U0047197

LOCUS

LOCUS

LOCUS

LOCUS

to

fiction

to 42
天殺的熱帶日子
Life in The Damn Tropics
作者：大衛・昂格（David Unger）
譯者：汪芸
責任編輯：莊琬華
法律顧問：全理法律事務所董安丹律師
出版者：大塊文化出版股份有限公司
台北市105南京東路四段25號11樓
www.locuspublishing.com
讀者服務專線：**0800-006689**
TEL：(02) 87123898 FAX：(02) 87123897
郵撥帳號：18955675 戶名：大塊文化出版股份有限公司

總經銷：大和書報圖書股份有限公司
地址：台北縣五股工業區五工五路2號
TEL：(02) 89902588 FAX：(02) 22901628
排版：天翼電腦排版印刷有限公司 製版：源耕印刷事業有限公司
初版一刷：2007 年1 月

定價：新台幣380 元
Printed in Taiwan

Life in The Damn Tropics

天殺的熱帶日子

David Unger 著
汪芸 譯

謹將本書獻給

我生命中的女性：

最重要的，獻給我的妻子安（Anne），她的愛、靈魂與奉獻廣闊無邊。支持我，永遠與我相伴，這實在是無價的禮物。

獻給我的兩個女兒，蜜亞（Mia）和柔伊（Zoe），她們是愛、體諒與美好時光的永恆源頭。我非常愛她們。

獻給我的母親佛丘娜（Fortuna），爲了她的支持、熱烈的忠誠，以及對於語言文字的愛。終於付梓了。

麗莎（Lisa）：希望本書能激勵你的寫作。

我生命中的男性：

紀念路易斯（Luis, 1898-1991），一位溫和與支持子女的父親，他知道，記憶會掩飾眞相。

獻給我的兄弟萊斯利（Leslie）和菲利浦（Felipe），爲了他們的支持與肯定。

獻給保羅・派恩斯（Paul Pines），他跟我一樣，也是在寫作戰壕中的作家。我所有的順逆起伏，都與他分享。

獻給哈迪（Hardie）、亞薩（Asa）、蓋瑞（Gary）和尙恩（Jon）——多麼美好的友誼！

7

孔夫子接著說
「敬重孩子的才能
從他吸入清澈空氣的一瞬起，
年屆五十卻一無所知者
就不值得敬畏了。」

——龐德（Ezra Pound），《詩章十三》

這個地方是該死，還是受了詛咒？

貝伊（Gioconda Belli）❶

該死的熱帶。美麗而致命。濃密、潮濕與炎熱的叢林裡，湧現著強烈的生命。它要不就是下著傾盆大雨，如同諾亞方舟的時代，要不就是極爲乾燥，大地一片蒼白，一個憤怒的眼光就能引發火苗。在中美洲地區，城市十分狹小、貧窮，有時是西班牙城鎮的詭異複製品。但是瓜地馬拉、宏都拉斯、薩爾瓦多、尼加拉瓜和哥斯大黎加的首都，都是擁擠的都會中心。那裡的人不是活得像王公貴族，就是陷入悲慘的苦境。那裡有暴力，社會的暴力，爲了生存不停的掙扎。中產階級是夾在中間的狹窄族群，在兩邊的推擠力量和戰爭的致命拉力之間，想辦法活下去。在一九七〇到八〇年代，這種情況尤其嚴重。桑定組織❷的革命在尼加拉瓜獲得勝利，薩爾瓦多的反叛行動日益增加，在瓜地馬拉，殘酷的李歐斯將軍屠殺印地安人。這是一個充滿張力與衝突的時代。一個被夾在中間的恐怖時代。

中美洲那些年發生的人間慘劇，已有許多文章多所著墨，這些文章大部分來自親身體驗者的觀點。本書最有趣、最特殊的一點就是，它是從不甘心的邊緣人士的角度出發，來關照這個時期的社會現實。它不僅從這個角度探討猶太人的命運，也表現出一種新鮮、反諷、桀驁不馴的幽默感。透過主角馬可斯的痛苦經歷，看到他拼命想爲自己、爲新女友愛絲佩瑞莎創造出一個美好的生活，看到瓜地馬拉的腐敗與黝黑的暗流，我們深切的體會到，在身邊的一切分崩離析，飽受侵蝕之際，什麼叫做只想過好自己的日子。

爲了解決自己生活裡的衝突，馬可斯心不甘情不願的變成家族悲劇的共犯，這件事最後讓他領悟到，在政治劇變的時代，要過個「正常生活」是不可能做到的。熱帶地區展現了自身，讓我們看到它不僅是個該死的地方，也是個受到詛咒的地方。

昂格精巧的編織出這個故事，讓各個環節緊密相扣，並且盡量不作道德判斷。我們跟著書中的角色一起感到困惑，不明瞭極度複雜的問題究竟是怎麼回事。這不是一個談論好人與壞人的故事。書中的每個人都不夠理想，都缺乏英雄氣質。然而，在這些角色的脆弱與不完美之中，在他們爲了衝突而求告的時刻，在他們爲自己帶來毀滅之際，有許多鏡子在映照，嚴酷的反射出他們生活的病態社會。他們爲這隻野獸賦予生命。神話中的農神撒頓正在呑吃自己的子女。

本書的背景是悲劇，然而書中充滿了歡笑、性欲和謙卑。靈活滑稽的對話讓我們全心全意的陪著馬可斯感受到懷疑與顧慮，逐漸喜愛與了解這個心中五味雜陳的瓜地馬拉猶太版的波諾❸，接受他所做出的每一個看似瘋狂的選擇。

昂格目前住在紐約。他在五歲的時候，隨父母從瓜地馬拉遷居美國。他至今仍記得夏天跟他的兄弟菲利浦在瓜地馬拉市的街上漫遊，去打撞球，看電影，上酒吧。他記得上他父母餐館用餐的人，這家名叫「小屋」的餐館位於軍營對面，具有傳奇色彩的諾貝爾獎得主阿斯圖里亞斯❹，還有悲劇性的人物、由於美國干預而下台的亞本茲總統❺，都是這家餐廳的座上客。

這些鬼魂，這些愛與渴望的鬼魂，在他童年時代的祖國，他深深同情它們。這個地方既美麗又恐怖，在這裡，在這本小說裡，鬼魂們放聲歌唱。

❶貝伊（Gioconda Belli）：尼加拉瓜作家，著有《百年心魂》。

❷桑定組織（Sandinista Revolution）：尼加拉瓜於一九六一年出現民粹主義的左翼組織「桑定國家解放陣線」，開始武裝反抗，一九七九年取得政權。

❸波諾（Portnoy）：指美國作家羅斯的小說《波諾的怨言》的主角，一個藉由自慰擺脫罪惡感與不安全感的男人。

❹阿斯圖里亞斯（Miguel Angel Asturias, 1899–1974）：瓜地馬拉小說家，一九六七年諾貝爾文學獎得主，他被視爲拉丁美洲魔幻寫實主義的開創者，在拉丁美洲與世界現代文學史上佔有重要地位，代表作爲《總統先生》（El senor Presidente）。

❺亞本茲總統（Jacobo Arbenz）：瓜地馬拉軍人暨政界領袖，一九五一至一九五四年擔任總統，採取民族主義的經濟和社會改革。

致謝

獻給貝特・提品斯，她的信心和支持，給了這本小說第二個生命。

獻給我的編輯，艾琳・維拉，她本身也是一位極為出色的作家，是她促成了《天殺的熱帶日子》的出版。

1

瓜地馬拉市（Guatemala City），蘭諾醫院（Llano Hospital）

一九八一年十二月六日

我醒來，開始這一天，好似上帝或魔鬼——後者的可能性較大——讓我張開了眼。這間白色的病房，我這七天以來的家，此刻像是異域，彷彿飛機或鸛鳥將我從高空拋下，落到這裡。絕對是被一隻鸛鳥從窗外扔進來，牠把一個禿頂光屁股的五十三歲嬰孩拋入白色病房。我無法移動，只能瞪著廣角鏡頭般的凸眼往外張望，搜尋犯罪的證據，證明在我屈服於向晚午睡的倦煩的時候，有人快手快腳的為我動了手術。

我有一種怪異的感覺，似乎骨頭被拿掉了，我成了肉排，這就是我住院的理由。特殊的緊急手術：開膛取骨！

艾倫到哪裡去了？我每天在這裡等著他，等著知道何時能放我出去。眞是個異想天開的故事！只有在瓜地馬拉，才會在醫院裡軟禁人。要是有別的選擇，我會選的。我是個大笨蛋，我被拋棄了，一點希望也沒有。愛絲佩瑞莎可能已經走了，跟奧塔維歐搞在一起。

我試著從床上坐起來，背脊卻滑下去。我抬眼看看四周，視線往下移，看著手錶。下午六點，又過了一天，沒有任何事情發生。也許住院才是讓我不舒服的眞正原因，讓我成爲腦膜炎垂手可得的目標。也許我得了惡性梅毒，病菌掏空了大腦管思考的部位，作爲三十五年不帶套子打炮的懲罰。

隔壁病房的老太婆說：「天上的神，讓我好起來，要不就殺了我！」這是她的連禱，已經進行四天了。我唯一得到的補償是，她沒有被推進我的房間。*天上的神，讓我好起來，要不就殺了我！*上帝又來了，掂著腳尖，滑進她的病房，用滴著口涎的枕頭悶死她，讓我和她雙雙得到解脫，不再被她的痛苦折磨。

事前我沒有接到警告。當時我待在自己的公寓裡，正要開始讀《愛在瘟疫蔓延時》（*Love in the Time of Cholera*）的最後幾章，突然聽到持續的敲門聲。我穿著藍睡袍，剛打開門，六雙手立刻伸過來，把我提到空中，放上擔架，送進黑色的救護車。警鈴大作，車子直接開到醫院。我應該感激，我若是住在潘佐斯（Panzós）的打赤腳的印地安人，而不是住在高樓大廈的富有白人，可能早就被兩顆子彈了結了。十五分鐘前，電話響了，我愉快的說，哈囉——是不是愛絲佩瑞莎打來的，約我一起吃晚餐？——對方啪答一聲，掛斷了，尖銳、猛然、不友善的啪的一聲，打錯了。但是……

老實說，我陷入極度的絕望，簡直快不行了。在這個時刻，要是狗來舔我，牠會立刻死掉，太陽若注視我，當下就會結凍，就是這種心情。

「馬可斯？你沒在睡吧？」

我稍稍抬起眼皮，看到我兄弟笨重的走到床邊。我昏昏欲睡，彷彿置身霧中。「這個地方讓我想睡覺。」

「兄弟，你最好醒過來。要是事情進行順利，一天之內，也許兩天，你就能出去了。」

我用手肘撐起上身。「此話怎講？」

艾倫笑了，姆指摩梭著食指：「巴瑞安托法官想在假日帶家人到愛提特蘭湖（Lake Atitlán）去滑水，手頭卻有點缺錢。一千格查爾（quetzale）❶說服了他，讓他叫聽證會提前舉行。」

瓜地馬拉市的熹微薄暮，微風停息，日落西山，窗外有桂樹，樹梢的細葉一點點暗下來。黑鶇與樹燕啾啾鳴叫，像國家體育館裡滿肚子蓋洛啤酒的足球觀眾，高聲吶喊著加油加油，拼命壓過另一隊的球迷：

來個叮，來個噹，來個叮，叮，噹

❶格查爾（quetzale）：瓜地馬拉貨幣名稱，本書中若未清楚標示為美元之數字皆以格查爾為單位。一美元約可兌換七格查爾。

我們一定贏，啦，啦，啦

「不可能，律師會搞砸的。」

「他並沒有那麼無能，馬可斯……我能坐下嗎？」

東西亂糟糟的，我點點頭：「把它們推到地上就好了。」我的身體沒問題——除了痔瘡突然「冒火」，不過用冰塊敷敷就沒事了——但是我們的會計師維拉控告公司逃稅後，法官憑著無限的智慧，想像出這種禁閉方式。法官認爲，在「醫院」軟禁我，比二十四小時派軍校學生看守我那間公寓，來得更划算。我的兄弟們當然沒有用抽籤來決定誰接受軟禁：艾倫成了家，在猶太人團體裡擔負許多責任，大衛是公司總裁，那麼就是馬可斯了。這個單身漢，充當頂罪的救火隊。

「艾倫，究竟是怎麼回事？」

「要是我知道就好了。」

「這是勒索，一目了然。還有什麼別的理由，能讓維拉編造出這種故事，說我們透過巴拿馬洗錢？」

艾倫拿下眼鏡，抹了抹蒼灰的臉。他額頭上的每一條皺紋都顯出壓力的痕跡，眼角也爬滿魚尾紋。「今天我們說，要給他五千塊——當然是透過中間人——來交換撤回告訴。他當時就拒絕了。」

「他要更多的錢。」

艾倫搖搖頭。「不，比這個複雜。維拉可能是盧卡斯總統派來臥底的，好糾出逃稅的人。」

「胡說八道，艾倫。我們只是小魚。他去找柯菲尼歐或赫瑞拉斯那種咖啡大亨，還比較有機會成功。」

艾倫乾笑了兩聲。「老弟，你還眞是天眞。他們多年來一直對總統使錢。」

「那就讓他在三十個將軍裡挑一個出來，拿這人開刀。他們貪污的錢快淹到脖子那麼高了。」

「天殺的熱帶的日子。」

「他媽的天殺的熱帶的日子。」我一面糾正他，一面想，我實在太笨，原本可以務實一點的，最後還是把好幾千塊賭光了。我把格查爾換成價值穩定的硬貨幣（hard currency），把美金匯出去，投資佛羅里達州的公寓。

艾倫繼續說。「我們不怕聽證會。我們的帳冊一點問題也沒有。」

我們的談話內容讓我沮喪。「賄賂又是怎麼回事？」

我老哥緊張的摸摸下巴。「公司不需要成爲頭條新聞，這一點我們有共識。盧卡斯可以在競選活動中鼓吹政府多麼清廉，但他五月會下台的。他太腐化了——每個人都心知肚明。他只是想把名聲弄得乾淨一點，好帶著偷走的幾百萬，到西班牙馬拉加舒舒服服過日子。還有，他很難說服這些將領，要他們讓他的兒子接班……」

「他女婿呢？那矮子不過是個二十五歲的小癟三。」

艾倫坐著，上身往前挪了挪。「我們不希望公司變成任何人的代罪羔羊。讓盧卡斯給自己臉上貼金，讓他榨乾國庫。他可以把銀行收爲國有，一切跟我無關，只要他不來煩我們。」

我笑了。「艾倫，你講話的口氣像共產黨，你讓我吃驚。」

我老哥拿出一本國際版的《時代雜誌》，手背重重拍下去。「第十七頁。他們說，這裡每個月有四百人喪命，哪裡得來這樣的數字？」

「也許每一件事都受到通貨膨脹的影響。」我試著逗他笑。

「這種新聞會讓我們破產。尼加拉瓜的桑定政權（Sandinistas）不斷向鄰國推銷革命，薩爾瓦多游擊隊炸毀了發電廠，反桑定的「對立團」（Contras）在宏都拉斯接受訓練，巴拿馬的諾瑞加跟古巴的卡斯楚私相授受，瓜地馬拉則用謊言粉飾侵犯人權的作爲。年利率高到百分之二十五了，銀行卻不肯跟我重新討論貸款問題，而我答應了要給蘇菲和山姆一戶房子，作爲結婚禮物。」

儘管如此，艾倫每年還是可以去佛州，到他的公寓度三次假。「也許你應該自願出馬，接受軟禁。」

「馬可斯，非常好笑。」

「說眞的，雖然我不能說，在這裡我會變得越來越窮，但是世界在變，我最大的挑戰卻只是猜晚餐要吃什麼。還有，我房間門口有警衛站崗，好讓我隨時想打手槍不會受到干擾。」

艾倫鬆開領帶，笑了。他總是在扮演艾塔勒夫家族分派給他的大家長角色，這個角色慢慢變得僵硬，變成永久的面具。「馬可斯，你可別說你還在做那檔子事兒?」

「年齡跟它無關。艾倫，老實說，做這個讓我的注意力更集中。」我突然感到頭暈，彷彿有人爲我注射了某種說說笑笑的氣體，也許是因爲緊張的時刻慢慢過去了。「記不記得我們在莫拉桑公園（Parque Morazán）的水池走廊騙錢?」

「當然記得。我們看電影的錢就是這麼來的。」

「唔，打重要的球賽前，我會在淋浴間打手槍，這樣會帶來好運。還有，這能讓我把球桿拿得很穩。」

艾倫捧腹大笑。好多年沒見他這麼放鬆了，過去他一直是頭頂冒火的帕卡雅火山（Pacaya volcano）。連病房裡的東西都隨著他的笑聲抖動起來。也許，只是也許，我能讓他笑上兩次。「還記得我們跟瑪麗娜與荷爾嘉，科亨家的那對姐妹花一起約會嗎?」

「那是四十年前的事了。」

「約會前我們才看完佛雷・亞斯坦(Fred Astaire)❷主演的《柳暗花明》(The Gay Divorcée)，還有一部日本入侵珍珠港的新聞影片。我們在她們家客廳，我學影片裡的日本人說話——把蟲子含在嘴裡。你拼命笑，連褲子都尿濕了。」

「我記得！那時我一直坐著沒動？」

「你弄翻了一杯豆奶，倒在我的褲子上，那股杏仁味是最好的掩護。瑪麗娜完全沒發現。她很生氣你弄髒了她爸媽的沙發。她覺得你笨手笨腳的，這次之後就不肯跟你約會了。」

「她覺得我是個蠢蛋。」艾倫弓著背，坐在椅子上。他的西裝外套沒有扣，露出啤酒肚。「那時我愛上了她，但是只要她在旁邊，我就一直打破東西……馬可斯，你的記憶力非常好，我什麼都不記得了。」

我下了床，拿起我擺在床頭櫃上的總督牌（Viceroys）香菸。我把整包菸遞給艾倫。多年前，在醫生的命令下，他戒了菸。「來吧，拿一根，就算爲了過去的時光。」

「不，我不需要。」艾倫板著臉。

「我不會告訴羅妮亞。」

艾倫看著我。「你愛對羅妮亞說什麼就說什麼，我陪你抽一根。」

我用一根火柴點燃兩支菸。我們違反了醫院的規定，但是技術上我既不算病人，護士們就

❷佛雷・亞斯坦（Fred Astaire，1899～1987）：號稱「舞王」，爲美國電影史上最偉大的歌舞片巨星之一，曾主演《柳暗花明》（*The Gay Divorcee*）。

能裝作沒看到。

艾倫小心翼翼的噴著煙，試著不吸進去，但他很享受這支菸。

「我們應該多花點時間談談以前的事，開心一下。」我說：「生活沒這麼嚴肅。我們老是在談生意或政治……」

「或是怎麼付清你的賭債。」他實事求是的說，沒有用平日的論斷口氣。

「也包括這個。」

「馬可斯，我們都是大人了。我有家小，在猶太團體裡負有職責。」

「但是你快六十了，把快樂放在第一位的時刻來臨了。」

艾倫把香菸按熄在菸灰缸裡。「要是你成了家，就會明白我的意思。」

「你總是這麼說。」

「還來得及。」

「來得及幹什麼？」我問，吸進最後一口煙。

「結婚。很多女人能讓你快樂，比如說，葛萊迪絲就是。」

「對，但是我不愛她。」

「她是個有魅力的女人。納格林留下來的錢讓她過的很不錯。」

「無論我曾經對她有過什麼樣的感情，都在很早以前就消失了。我到過她家，她上過廁所後，我用了馬桶。她沖了水，卻沒沖乾淨。我無法相信像葛萊迪絲那樣細緻的人，竟會拉出那麼多屎。」

「馬可斯，你太孩子氣了。每個人都得拉屎的。」

「不像那個樣兒。」

艾倫嘆了口氣，搖搖頭。

對，艾倫是對的，我是無藥可救。我這一生給人的印象，不是幼稚就是玩物喪志，連我自己都這麼覺得。只要察覺出一點承諾的蹤影，我就用力驅趕，像趕走一隻蒼蠅。

「你早該娶個跟我們同樣年齡和背景的女人，猶太社區的人。」我知道，艾倫是指我跟索爾妲過去的一段情，還有現在跟愛絲佩瑞莎的交往。「還來得及。」

我煩躁起來。「男人該娶他愛的女人，我一直是這麼想的。我不相信建立在利益上的婚姻。艾倫，你總是撮合我跟老寡婦交往，她們不是有一打孩子，就是用切肉刀拉過臉皮。」

亞倫的十指在膝頭交纏。「每個人都會老。」

「你以爲我不知道？」我反駁道，一面感覺痔瘡搔癢起來。和平常一樣，我們的友好談話在爭吵中結束。這是艾倫維持現狀的辦法。

「我得走了。我太太在家裡等我。」夕陽的微光消失了，窗外的樹叢與驟然降臨的黑夜融爲一體。一架飛機在上空嗡嗡盤旋，調整位置，準備在附近的愛羅拉機場降落。「順便提一下，」

飛機一落地，他就繼續說下去：「上個月你在傑森餐廳介紹我認識的那個女人，今天到辦公室來找過我。」

「愛絲佩瑞莎？」我喘著氣，身子微微前傾。

「對。」

「她想做什麼？」

「她來要錢。跟你的瓷磚生意有關。」

「我希望你沒有給。」

「當然沒有。」我老哥站起身來，把領帶的結拉到喉結正下方，結的上半部被他的下顎蓋住了。然後，他拉直外套的袖子。「我不需要提醒你，大衛和我一開始就建議你不要作這門生意。愛絲佩瑞莎看來像個誠懇能幹的女孩，但是不適合作生意。她說你的墨西哥合夥人弄砸了，她在搶救你的投資。我警告過你，跟你不了解的人作生意時，千萬要小心行事。」

「我認識愛絲佩瑞莎有三個月了。」

「對，但她不是瓜地馬拉人。我認爲她在跟這個墨西哥人聯手偷你的錢。」艾倫的手指輕敲桌面：「馬可斯，星期五我想辦法來看你，不過你知道那天是安息日。」

「沒關係。」我的心情回到谷底，痔瘡像著了火一般：「艾倫，把我弄出去。」

「我在努力。」他一面說，一面讓路給護士瑟希，身材姣好的瑟希端著我的晚餐，豐滿的身軀幾乎從潔白的制服裡爆裂出來。

「待在這裡，我快要發瘋了。」

有一秒鐘，艾倫在門口遲疑了一下，眼球朝著瑟希的身體上下滾動，最後停留在圓凸的臀部上。房裡靜悄悄的，只有她走動時，白色尼龍布摩擦大腿的聲音。非常性感的聲響。

「我想像得到。」艾倫說，他似乎不了解自己在說什麼。

瑟希放下托盤，轉過身，對著艾倫露出笑容。

她垂下眼睛。我老哥看起來非常滿意，他輕鬆的舔了舔嘴唇，踏著悠閒的步伐走出病房。

2

「要不要坐在椅子上吃？」瑟希用平時的愉快口氣問道。

「不要。」我躺下去，把床單和毛毯拉到下巴底下。「我不餓。」

「你得吃點東西。」

「把托盤放著。我想安靜一下。」

瑟希露出失望的神情。

「我等下再吃。」我碰了碰她的手：「我答應你，我不會成爲第一個死在你身上的病人。」

她的眼睛亮起來。「我不會讓這種事發生的。」

「你走吧，免得其他病人抱怨。還有，只要你再待一下，我就會把你弄到床上去，跟我一起睡。」

「艾塔勒夫先生，你就是愛說笑。」

「我就是，我就是。」我的心情惡劣到極點，但我就是忍不住要調情：「別忘了來拿托盤。」

瑟希點點頭。「沒問題，艾塔勒夫先生。」

過了九點，我準備睡覺的時候，安東尼奧來看我。他是我小時候的朋友，也是爲艾倫和大衛動手術，切除甲狀腺的醫生。

「你是怎麼讓警衛放你進來的？」我很驚訝他會出現在這裡。

「馬可斯，在這裡我有探視的特權。」安東尼奥拍了拍我的腿：「還有，我告訴他，我必須安排時間，給你作大腸鏡的檢查。」

「所以你是爲這個來的。」

安東尼奥兩隻粉紅的手靠在一起，彼此搓揉。濃眉讓他看起來像個瘋狂的化學家，而不像外科醫生。「這倒也不是個壞主意。」

「我連屁股上的黑痣也不讓你動一個。」

「但是一定有什麼東西刺激到你的血管。」

「安東尼奥，你說的什麼東西是指癌症。」

「不是。」他眨了眨眼：「可能是感染，或是某種良性的東西在長大。你排尿的時候是否仍有灼燒感？」

「你知道有。你說過，只要我戒菸，灼燒感就會消失。嗯，」我點燃一根香菸：「我還在抽菸。」

「抽菸只會讓你的問題更糟糕。」

安東尼奧急切的打斷我。「你何不看看對面的那個男人？他多年來沒有碰一根菸，而他才開過第二次攝護腺手術。還有隔壁的男人，他的老二裡塞了塑膠纖維，好讓他能勃起。你的查問對他們派得上用場，對我可沒用。」

「馬可斯，你太孩子氣了。」

爲什麼每個人都要逼我？「來，摸摸我的喉嚨。要是發現腫塊，你可以切除它，但你別想用探照燈推擠我的屁股！」

安東尼奧鬆開手。「馬可斯，你跟驢子一樣固執。但我是來看你的，不是來激怒你的。」他坐到床邊的椅子上，粗短的腿架到扶手上。「說正經的，馬可斯，你好嗎？」

安東尼奧的爸爸曾希望兒子當神父，但是安東尼奧被抓到在卡爾門修道院（El Cerrito del Carmen）附近賣聖餅給乞丐，因此跟教會惹上了麻煩。到了我認識他的時候，他正在吹噓跟農場裡的家畜做那檔子事兒。他最喜歡山羊，因爲一戳進去，牠們就咩咩叫個不停。他的宗教訓練唯一剩下的殘渣是一種認罪的張力，讓他用花言巧語哄騙病人，說出他需要知道的資訊。我通常會抗拒他的查問，但是此刻愛絲佩瑞莎不在，我覺得自己赤裸裸的，非常脆弱。「生命是一碗大便。」我對他說。

「對，我在《自由新聞報》(*La Prensa Libre*) 上看到維拉提出控告的事。但是為什麼要把你放在醫院裡？」

「法官覺得我在這裡更安全。少了好幾扇可以逃走的門。他認為我會出國。」

安東尼奧點點頭。「剩下的一切對你有好處。」

我聳聳肩。「我工作沒這麼賣力。我為艾倫接下來的時候，還以為安逸的生活會宣告消失，但是我所作的只是口授信函，簽上名字，認可命令與裝船出貨，還有每個禮拜到印刷廠看看。董事會一個月碰一次面。他們對我的報告給予禮貌的鼓掌。對於年薪六萬美元來說，工作不算太多。」

「你的兄弟們信得過你，這就值些錢了。」

「也許吧。但是從我到這裡以後，艾倫從未提到公司的業務。沒有人想念我的付出。大衛掌管一切。」

「他還是智囊，對不？」

「很好笑。小時候他想當佛教徒，他研讀八法 (Eight Ways)，想到山上盤腿打坐、冥想。但是他成了一個傑出的生意人。」我吸了一口菸：「什麼都逃不過他的法眼。實在不可思議，問題還沒有發生，大衛就在等著它了。我們就是這麼存活下來的。」

艾倫創立公司的時候，賣的是衛生紙，然而在包裝業看到了未來的是大衛。引進日本勞工措施的也是大衛——工人的住房，工作地點的診所。我們的利潤每年增加一倍，整個七〇年代都是如此。我們從未碰到罷工。右派爲了我們與時俱進而討厭我們，左派說我們是父權主義。沒法讓大家都高興。

「但是現在到處都有游擊隊。因爲桑定政權的緣故，我們自家後院裡就有共產黨。」

「安東尼奧，要在尼加拉瓜做生意，我們必須直接付錢給蘇慕薩家族。至少桑定政權拿現金買我們的產品，而且給的是美金。」

安東尼奧搔搔腦袋，他是另一個賺得飽飽的改革派。他的房子多到連自己也說不清。「我們看《自由新聞報》的時候，向來不看這些東西。」

「當然不看。」我對著手上的菸，慢慢噴出一口煙霧。安東尼奧似乎非常懼怕我知道的事情。「我們只看流亡到巴拿馬的伊朗國王，或是盧卡斯宣稱要光復宏都拉斯首都貝里斯，或是游擊隊如何破壞水壩和發電廠，燒掉工廠，斃掉母親和孩子，在他們熟睡的時候……」

安東尼奧舉起一根手指，壓在嘴唇上。「這樣講會讓你沒命。門口有個警衛，這個房間裡甚至可能有竊聽器。你應該更……，嗯」

「小心一點？他媽的爲了什麼？在這個叉你娘的國家裡，無論你怎麼做，結果都是受騙。」

「馬可斯，聲音小一點。」

「當這裡開火了——會發生的——沒有人會質疑你的政治手腕。你和我這種人，知道出了問題、卻沒有採取一點努力來改變它的人，會被卡在兩邊交火的槍林彈雨之中。艾倫認爲他的財產和金錢會保護他。你沒法跟他講道理，至少我從來不能。」

「昨天我見到他。」安東尼奧說：「我們一起走到他那家店旁邊的車庫。他要去接羅妮亞，然後送她去上健身課。」

「你明白我的意思了嗎？一切都是穩定不變的。」我按熄香菸：「三十二年前蘇菲出生後，羅妮亞一直節食，吃同樣的東西，結果是體重不斷增加。」

「你哥哥說，他覺得你在戀愛。」

我的手驟然抽搐了一下，彷彿在菸灰缸的邊緣微微跳起舞來。「艾倫是這麼說的？」

「一個哥倫比亞女人。很好看，他說的。」

我的心砰砰跳，我聽到它的撞擊，我知道我的臉頰漲紅了。「有一次我到外地賭博的時候，認識了愛絲佩瑞莎。」

「當然。」

「她跟我回瓜地馬拉。」

「很漂亮的婆娘，對不？」

「跟你想的不一樣，」我澄清道：「當時她到邁阿密去看她那已婚的同父異母姊姊。我們參加同一項遊輪旅程，相談甚歡，然後我們……我們就在一起了。」

「馬可斯，這可不像你的作風。難怪你沒有打電話給我。」

「愛絲佩瑞莎改變了我。再也不亂搞了。我的公寓……」

「馬可斯的罪惡巢穴。」安東尼奧摸了摸胯下。

「再也不會這樣了。愛絲佩瑞莎把牆上釘的《花花公子》畫報全拿掉了，掛上印地安人的編織品。菸灰缸清乾淨了，酒瓶放回酒櫃裡，它們原本就屬於那裡。她扔掉了我所有的西裝和襯衫，這些衣服在櫃子裡掛了幾十年了。」

「聽起來像女傭。」

我深深吸進一口氣。「我不怪你這麼說，看起來的確是這樣。」

安東尼奧揚起濃眉，笑了。

「你無法相信我可以愛一個女人？」

「馬可斯，我了解你。」

「那麼，你不太了解我。」

安東尼奧又笑了。「她若有這麼好，你為何這麼火爆？」

「我不知道。」

「啊哈。」

他們不准愛絲佩瑞莎來看我，但是她答應每天打電話來。從她打電話給帕哥，要他來看我以後，就沒了她的消息。她叫我那當律師的老友帕哥過來讓我簽字，把我在紡織生意的股份歸給她。她說，擁有全部的股權後，她可以放手跟債權人談判。現在她擺脫我了。「她要我參加一項投資，跟一個叫奧塔維歐的墨西哥人一起做生意，她在瓜地馬拉夜總會認識這個人。這件生意不可能失敗，她是這麼告訴我的。」

「聽起來已經失敗了。」

「我查過了。奧塔維歐的人在奇馬爾特南戈（Chimaltenango）附近的汎美公路旁邊，用鋤頭和鏟子採大理石。有了我的錢，採石場就能機械化：柴油的傳送器，切石機，發電機，整個設備。」我揉揉鼻子，儘管它不癢。「我來到這裡以後，一直找不到愛絲佩瑞莎。」

「你認為她和這傢伙耍了你？」

「必定是這樣。」

「這個墨西哥人英俊嗎？」

「他不是滿嘴暴牙的邋遢鬼。」

「不僅耍了你，還跟他跑了。」

安東尼奧的話反映出我的恐懼——我的哥倫比亞女郎逃出了小屋！我早該料到的。一開始，當我們在客輪上邂逅，我就知道她是哪一種女人，但我拒絕接受。值得讚揚的是，她從來沒有自稱是處女。看在上帝的份上，她已經三十了。

但我還是想痛打安東尼奧。他並沒有貶低我，他只是個外科醫生，一心想找出疾病。安東尼奧看起來是如此的有把握，從未被迫承認失敗。

「我不知道。也許吧。我一直是個差勁的賭徒，該按兵不動的時候，卻加倍下注。我不知道什麼時候該罷手，總是覺得再賭一把就能翻身，就能回到高處。誰知道呢？我的手氣必須改變。」我知道自己在絮絮叨叨的說話，但我停不下來。「你知道我總是跟哪種女人混在一起。」

「秘書、吧女。」安東尼奧說，眼睛眨也不眨一下。

「有時候更糟。」

「妓女，我知道。」

「在瓜地馬拉是沒有秘密的，對不？」

「馬可斯，你已經逐漸累積出了名聲。」

我無法直視安東尼奧的眼睛。「愛絲佩瑞莎不一樣。我不知道能不能說服你，讓你相信這一點。我覺得我了解她。我們之間有一種特別的相知……」我努力抓取許多線頭，但是手一伸過去，它們就消失了。

「你愛她，馬可斯，承認吧。」

我想到第一次見到她，在船上玩二十一點的牌桌旁，長長的秀髮發出黑檀光澤，上臂箍著銀環，新月形的眼睛四周畫著紫色的眼線，高高的顴骨留著一抹胭脂。她的臉宛如埃及面具，有著驚人的美，嘴唇細緻優雅，右邊嘴角上嵌著一顆痣，宛如深紅的寶石。「我想是的。」

「你害怕她當著你的面撒尿。」

「我不會這麼說。」我的嘴唇不受控制的顫抖起來，我的臉劇烈的抽動。安東尼奧何必這麼一針見血？「不，不是這樣的。我只是對她說了些自己的事，很少人知道的事。」

「你告訴她索爾妲的事了？」

「說了。還有亞伯特，我們的兒子。索爾妲還是不讓我去看他。」

安東尼奧點點頭。

「我們談到同居，還有結婚。我甚至告訴她，既然她不能懷孩子，我們可以收養一個薩爾瓦多的孤兒。我告訴她二、三十年前的事。我說過，或是做過的事，我逐漸感到後悔的許多事情。」我抬起眼，看著安東尼奧。「不要笑我。」

「沒有人在笑，馬可斯。別忘了，我也是光棍。」安東尼奧溫柔的說。累積財富讓他避開了認眞的感情。

「我對她打開心門。她曉得怎麼哄我，讓我說出來：我父母爲何離開埃及，到瓜地馬拉的頭幾年是怎麼過的。我的生活從來沒有這麼有趣過。她還告訴我她的私秘，她從來沒有跟任何人分享的念頭，至少她是這麼說的。」

「這就是愛情，我的朋友。」

對愛絲佩瑞莎來說，我是馬奎托斯——一天晚上她在一艘沒有名字、沒有目的地的客輪上碰到的一個悲傷的男人，這是我們的生命之船，在相遇的這一刻之前，這艘船正遲鈍緩慢地向前航行。她教我張開眼睛做愛，眞正的張開，她堅持要這樣。「你在我裡面的時候，我要你看著我。」她命令道，彷彿她害怕我在交歡時刻想著另一個女人。我沒有這樣做過，張大了眼睛來，即使達到高潮的時候也沒有，這麼做，不讓一瞬的親密逃脫，彷彿要我記住她的每一個毛孔，身體的每一個凹處。高潮在飛翔，也在降落。第一晚，當我們終於入睡，經過好幾個小時的做愛之後，我們面對面躺著，兩條髮繩互相交纏，編成一條髮辮。二十年來頭一次，我不想在黎明時叫床上的女人離開。

「我愛她，我眞的愛。現在我只想殺了她。」

我的眼裡有淚，他媽的，我再也忍不住這淚。還有痛苦，傷害。

「別這麼說。」我聽到安東尼奧的聲音。

不知道過了多久，我抬眼看他，他看著我，一言不發。他掏出一條手帕，溫柔的擦拭我的眼。

3

我醒來，發現太陽滾燙的曬在我臉上。有一秒鐘，甫自睡眠最陰鬱的區域回返的時刻，我不知身在何方。唯一的安慰是知道自己去到某個地方，之後回返，飽受震撼，然而強烈的活著。

在夢裡，我到了阿勒頗。父親叫我回家去給他拿一件毛衣，他繼續留在猶太人廣場賣橘子和葡萄柚。我回到家，發現毛衣掛在走道的鉤子上。問題是，我找不到路，無法穿越縱橫交錯的街道與巷弄，回到他那邊。白牆極高，擋住了所有的陽光，鵝卵石小徑擠滿穿著不打褶的白麻長袍的男人。空氣裡瀰漫著濃郁的氣味，發酸的汗水，異國的香料。我持續的呼喚父親，但他不是聽不到，就是不理我。我不停的走，一小時又一小時。

我走到市場的時候，已是晚上了，月亮已經隱沒，但是星星彷彿擁有生命，閃耀著如騎兵刀尖的光。男人們吸著水菸袋，面對舞台坐著，觀賞回教僧侶跳迴旋舞。他們在大笑——父親是其中之一——然後，他們把我推上舞台。僧侶停止旋轉，我看到一位蒙上面紗的女舞者，身上僅僅裹著彩色絲巾。我上了舞台，女人往後仰，如一隻蜘蛛，她要我過去，吸吮她深陷的肚臍。父親在哪裡？嘴唇觸到女人皮膚的一刻，我醒了過來。

這一天過的很慢。我一直在等艾倫或愛絲佩瑞莎打電話來，或是安東尼奧再來看我。沒有人打電話給我。我覺得全世界聯合起來矇騙我，爲了某種我並未蓄意犯下的罪行懲罰我。下午過去了，我從自認是受害者，轉變成一心復仇，訂下計畫對付那些拋棄我的人。

我沒法把愛絲佩瑞莎趕出腦海。我不停的重播這段古老的帶子，在我只是一具悲傷皺縮的行屍走肉的時候，她把生命的氣息吹入我體內。十八年前索爾妲和我分手後——我是這麼想的，好讓我們能平均分攤關係破裂的過失——我放棄了一切希望，不再相信我能對任何人或任何事物產生意義。我不是放棄了女人。妓女和情婦前前後後的發誓說，沒有了我，這冷酷無情的日子，她們過不下去，但我總覺得，她們是爲了我買給她們的嗆俗小飾品而愛我，那都是我浪擲金錢隨手買下的。一道等式寫下了，好讓我最想要的，或是最害怕的——叫它愛情吧——永遠不會出現。

跟愛絲佩瑞莎在一起的時候，它出現了，卻又消失了。我被監禁在這棟淒涼的醫院裡，這個世界、我的夢想，聯合起來密謀對付我。

晚餐時間。瑟希送餐過來，我一定要她留下跟我聊天。在光棍生涯中，我慢慢成爲一個好聽眾，沒有別的理由，只是想讓對方覺得我關心她。這個策略非常成功。在此之後，叫女人爬上床就簡單了。

女人喜歡認眞對待自己的男人。

所以我只用一半的心思聽著瑟希。她說到在貝里斯生長的經過，在猴河（Monkey River）河口附近的一家女修道院裡，由一群法國修女扶養長大。她們訓練她成爲護士，她告訴我，但是她懷孕了，肚子大到藏不住時，便搬到李文斯頓（Livingston）。她產下一名女嬰——她唯一的孩子——最後帶著孩子來到瓜地馬拉市。

瑟希坐在床邊講話，我伸手關上頭燈。我拉她過來，心裡知道她無法抗拒。她靠近了些，我們深深地吻了幾次；在我察覺之前，我的一隻手伸進了她的白制服。我解開她的胸罩，她的乳房落下，像兩隻桃。我繞著乳頭摸，直到它們變得堅硬。瑟希的呼吸越來越急促，她的手在我赤裸的大腿內側上下摸索。

我的鬱卒消失了，我的老二正在揚起。

然後，我的整個身體——不只是老二——軟下來，我不確定是爲了什麼。瑟希感覺到了，試著讓我振奮起來。當她的努力無法奏效，她低聲說，男人緊張的時候，這是常見的現象——彷彿我從未體驗過這檔子事兒。她很體貼，但是我沒法叫我的身體亢奮起來，也沒法告訴她眞相：她觸摸我的時候，我腦子裡想的是愛絲佩瑞莎，而不是她。這讓我更恨愛絲佩瑞莎。不僅是她離開我，讓我像個光溜溜的玉米芯子，她還迷住了我，讓我沒法跟另一個女人享受魚水之歡。這個巫婆！

我仍在嘗試說服自己，讓我相信可以爲瑟希興奮起來，突然間，有人推門進來。一瞬間，走廊的強光讓我們什麼也看不見，瑟希和我像驟然被手電筒照到的夜行動物，凍結在原地不能動彈。

「搞什麼？」一個女人喊道。另一個護士，我想。我離開瑟希的身體，瑟希微弱的試著恢復平靜。

天花板的燈啪的一聲打開了。是愛絲佩瑞莎，和以前一樣迷人，但是她的臉上沒有笑容。我看看瑟希，她趕緊穿好合身的黑色內衣，白制服的釦子卻沒有扣好。她拉拉衣服，慢慢鎮定下來。

然後，愛絲佩瑞莎猛然跳到我身上。我掙扎著，不讓她的指甲，那些紅色的螯，插入我的手臂。「混帳東西，他媽的混帳東西，我一整個禮拜都在努力幫你，你卻在搞這個。」

警衛走進來，靠在門邊上。他咧開嘴笑了，眼光不斷的從扣釦子的瑟希身上，移到全力攻擊的愛絲佩瑞莎身上。他開心的很，這個白痴！

愛絲佩瑞莎摳我的肉，新月形的傷痕自皮膚上浮現。我終於抓住她的手腕，用力推開。「你不欠我什麼。爲什麼你不回到那個肥豬墨西哥雞巴身邊去？」

髒話從我們的嘴裡湧出；野蠻的語言攻擊嚇到了旁觀者，甚至嚇著了我自己。樓層的護士走了進來：「這裡是醫院，不是酒吧。」她威脅說，要是愛絲佩瑞莎不能安靜下來，就叫警衛帶她出去。她拒絕離去，直到我們安靜下來。

重頭戲結束了，除了愛絲佩瑞莎，所有的人慢慢走出病房。我給自己倒了杯水。她站在窗邊看我，眼裡滿是憎惡。我點了一支菸，問她要不要。

「謝了，不用，你這個到處嫖妓的浪子。」

「你在講自己。」我答道。吸入香菸並未帶來快樂。我的思緒飛快奔馳。這些日子以來，我覺得受騙了，覺得被拋在一旁，不確定是否會再見到愛絲佩瑞莎，我詛咒她，爲了她拋棄我。現在，由於瞬間的失誤，我成了防衛的一方。

「他們怎麼會放你進來看我？」我微弱的問。

「我爲什麼要告訴你？」有個東西在愛絲佩瑞莎的左耳上，她拍掉它。「我笨到求你哥哥打電話給巴瑞安托法官，讓他准許我來看你。」

「我不明白。」

「只有這個辦法能讓我進來。艾倫對他說，我有資格得到這項特權，因爲我實際上是你太太。這不是個笑話嗎？實際上是浪子的太太……」

我靠到枕頭上，瘋狂的暴怒在體內醞釀。愛絲佩瑞莎沒有權力插手我家的事。尤其是艾倫，他認爲她不過是我的另一個「秘書」。他見過她一次，偶然在街上碰到，他表現的彬彬有禮，謹愼周到，惜字如金。然而他的眼睛背叛了眞正的感覺：愛絲佩瑞莎塗抹成那樣，可能被看成婊子。

我閉上眼睛，什麼也沒說。

「我們結婚了，這個想法讓你起反感，對不對？」

我的眼睛和嘴唇依舊緊緊閉著。

「我不過是個洞，跟那個洞一樣。」她指的是瑟希：「還有那些女人，在街上走過來跟你打招呼：『哈囉，馬可斯，好幾個禮拜沒你的消息了。』，或是『馬可斯，有空的時候，何不給我個電話？』你應該跟這種垃圾廝混。」

「我想是這樣。」

「你還有膽子批評你哥哥。艾倫的紳士風度是你的十倍。」

這話生了效。我張開眼，坐了起來。「我很確定，你非常了解『紳士』是什麼。」我未加思索的說：「我確信你有豐富的經驗。認識你的那一刻，我就知道了。」

愛絲佩瑞莎的臉漲紅了。她看著自己的腳。突然間，她跺了跺腳：「我走了。」

繼續說，馬可斯，叫你的女孩婊子。我不是有意要這樣，但我覺得被困住了。我想觸摸她，但是某種力量——一星期沉默的等待？——拉住了我。安東尼奧說的簡單明瞭：我愛她。但我最拿手的就是堅守立場。

「你應該給我一個說法。」她拉開門的時候，我說。

「應該？」

「對，應該。你離開以前，還欠我這個。」

「你不値得任何人給個說法。最不値得我給。」她深深吸進幾口氣，足以緩和她眼裡的暴怒。「我全是爲你做的，馬可斯，只是爲你。你就是這樣謝我的嗎？」

「爲了你做什麼而謝你？」

「爲了幫助你。你眞的這麼笨嗎？難道你什麼也不知道？」

「我該怎麼想？當我打電話給你，你不接，也不回電？當你的女僕說，你在洗澡？我不知道你要洗這麼多澡，也不知道你的行程如此緊湊。你知道那是什麼感覺嗎？等待你的隻字片語，等你低聲說，你還活著？拜託你，愛絲佩瑞莎，不要說都是爲了我。」

「的確是。」她抬起眼睛，紅紅的眼。「但是你不會相信我，馬可斯。你認爲我是個說謊的賤貨，一個婊子，跟奧塔維歐跑了。你怎能有這種念頭？」

「你把我一個人丟在這裡！」

「我必須這麼做，」她啜泣道：「只有這樣，我才能解決事情。」

「啊哈。」

她從床頭櫃抓了一包面紙，擦擦眼睛。「我最後一次跟你說話的第二天，兩個警察來辦公室，要見奧塔維歐。他們拿著把他引渡回墨西哥的文件。」

「我知道他是個老千。因爲你，我才相信他。」

愛絲佩瑞莎不理會我的評論。「他們逮捕他，罪名是試圖闖入麗池飯店的房間。警方說，他曾因爲勒索、敲詐，甚至僞造贗品，在墨西哥坐牢。他用了不同的名字，警方發現他是誰以後，就來找他，那時他已經不見了。」

「並不意外。」我拍打膝蓋：「一開始我就知道，他沒有把所有的牌都放到檯面上。你就是不聽我的。」

「我信任他。」愛絲佩瑞莎解釋道：「許多人都很信任他。」

我太愚蠢了，第一流的。我想要抱住愛絲佩瑞莎，要她擁抱我，但我壓制住內心的感情。

「要是奧塔維歐把我的錢捲光了，有什麼必要簽授權書，要你當受託人？」

愛絲佩瑞莎用右手的拇指摳下其他指甲上的油彩。「我必須把事情理清楚，至少要試著這麼做。我花了一星期的時間，跟銀行家、債權人和供應商見面。幸運的是，我能歸還沒有用過的工具，用過的機器也找到了買家。我已經盡力了。」

「我破產了！我賠掉了八萬美元，我的退休金，我存下來的一切，全完了！」

「不是全部，馬可斯。我搶救了一部份。」

我應該覺得感激，但這次我又什麼也沒說。失掉掌控權，給個娘門兒拿去，讓我很不是滋味。我的兄弟們沒有一個會支持這種作法。

愛絲佩瑞莎繼續說，她並未期待自己的勝利能帶來任何寵愛縱容，僅僅在我冰冷的瞪視下，停了一停。她也察覺到，我們感情的未來處於危險狀態。「奧塔維歐甚至不是採石場的老闆，那是屬於一個住在哥斯大黎加的瓜地馬拉人。我不知道他如何得到這份地契。」

「或許他是跟一個職員打炮得來的。」我的上唇開始抽動。我覺得我在開一架飛機，但是它的引擎關掉了。飛機的兩翼因尾部劇烈旋轉而失去控制。要是我能在飛機墜毀前拉平機身，這該有多好！「這會是個精采的故事。」

「這都是眞的，馬可斯。如果你不相信我，可以問帕哥。我沒打電話來，是因爲我不想讓你擔心。」

「你就是在這麼做，我擔心的快生病了。」

「我想修補所有的問題，這本該是個禮物的。」

「了不起的禮物。」我的菸在菸灰缸上，彷彿一支灰色的蠕蟲。

「索妮亞告訴過你，我很好。」

「她是你的管家。我要跟你說話。」

「你沒法相信我？」

「我以爲你跟奧塔維歐跑了……你不知道待在這裡是什麼滋味。沒有事可做，沒有人來看我，只有艾倫和安東尼歐。」

愛絲佩瑞莎走過來，挨著我坐在床邊。「艾倫對我保證說，你很好。」

我不得不笑出來。「他知道什麼？他才不在乎我在裡面有什麼感覺。只要你有個老婆，有張床，有東西吃，艾倫就會向你保證，你過得很快樂。」我喝了一口冰水。「他從來沒有問過我不是只有表面上重要的東西，他表現的好像我沒有深刻的感覺。」

「你對他說過嗎？」

「艾倫不感興趣。」

「你怎麼知道？」

「因爲我了解他的每一個小小的動機。」

「就像他瞭解你的？」

「你把一切都扭曲了，愛絲佩瑞莎。艾倫關心我，只因爲他覺得有責任。他在我父親臨死前發過誓，要把我看好。我只是一個負擔，一種困窘——第三條腿。」愛絲佩瑞莎依偎過來，觸摸我的臉頰。她的手很潮濕。我想到瑟希：「你一定認爲我是眞正的混蛋。」

她看著窗外，黝暗的，反射不出任何光線。「你在這裡做的事，實在沒有意義，馬可斯，這是不成熟的男人才會做的事。讓人傷心的是，你不信任我。」

愛絲佩瑞莎看上去非常美，臉上的胭脂暈開了，顯得更美。她站在那裡，甩鬆頭髮。她穿著黑底紫羅蘭花的洋裝，花朵似乎流出鮮血，滲入布料深處。一排白色的釦子從琥珀項鍊延伸到膝蓋。

我的神經開始騷動，想到她將要走出這扇門，永不回頭，我就要發狂。

「愛絲佩瑞莎！」

她直直瞪著我。

「請不要離開我。」

她的眼睛垂下，她朝著我走了幾步。我站起來，溫柔的把她拉到身邊。她的身上泛出梔子花的香味，新鮮而深厚的香氣。我把玩她的釦子，好讓我有點事做。她的手沿著我的肩溜下去，拉開我的手指。她把我的臂膀移到燈光下。

「我弄傷你了？」她的指甲溫柔的追索抓傷的痕跡。

「沒事兒。」

她親吻我的手臂，把頭放在我的大腿上。我把她臉上的黑髮一縷一縷撥開。

「我愛你，愛絲佩瑞莎。對我來說，這是很不容易說出口的。我覺得好迷惘。」

「我知道。」

「有時我看到自己，一個駝背的老人，沿著小徑上山。我父親就是這樣，徒步走出去，到馬薩特南戈（Mazatenango）外圍的村落，賣洋傘或喀什米爾羊毛給印地安人。無論我走哪條路，似乎都沒法前進。往上，再往上，繞一圈，再繞一圈……我已經五十三了……」

「你不必解釋。」她說。

「我要你知道一件事。跟索爾妲戀愛的時候，儘管我父親反對，我還是想娶她。但是你知道，我沒辦法，我沒辦法叫自己這麼做。索爾妲最後離開了我，懷了孩子，我編了一些既沒道理又站不住腳的藉口，沒有人提出質疑，沒有人在乎我可能失去什麼。那時我領悟到，我若是說笑話，把心裡的感受隱藏起來，讓所有的人都看不到，人們就覺得輕鬆自在。即使我對他們視而不見，情況還是一樣。」

愛絲佩瑞莎把臉轉向我。「我知道這種感覺。」

「對，但是你讓心裡的感受繼續活著，任何人都看得出來。安東尼奧和帕哥這些朋友把我看成唐璜，風流韻事不斷，跟同事的妻子上床，險些被抓到，總是逃避婚姻。我開始編故事，只是為了取悅他們，謊稱我跟他們都認識的某些女人有一腿，當她們的丈夫端坐在客廳，我是如何在浴室引誘她們跟我做愛。那很容易，我已寫好劇本，每個人只想從我這得到幾段故事、許多笑聲。現在我背叛了你。」

「不，馬可斯，你背叛了自己。男人很擅長這個，只是他們可能不是從這個角度來想。有些人產生懷疑，但是從另一個角度想，還是比較輕鬆。即使是已婚的男人，他們有孩子，一直有幾個情婦，所有男人會做的事，他們都做到了。這只是一場遊戲，在這場騙局中，騙人的人也是被騙的人。我父親就是這樣——」

她靜默下來。

「你從沒提過他。」

「我不想。」她的眼光移開了。

突然間，我覺得一陣冷，血液在血管裡凍結了。我把愛絲佩瑞莎的臉捧在手心，親吻她的面頰和眼皮，輕舔她下巴的邊緣。

「馬可斯，我愛你。爲什麼你不能接受這個事實？」

我凝視她那深邃的黑眼睛。我想問她，一個人如何能接受長久以來不被允許得到的東西？但是我一個字也說不出來。

我彎下腰，把嘴唇壓在她的唇上，讓我的舌頭尋索她的。她呻吟起來。我移開嘴，輕柔的親吻她的整個臉龐。這是我曾經深愛著的面孔呀。

在病床上，我一邊笨拙地籌畫復仇，一邊和愛絲佩瑞莎共赴雲雨，悄然無聲，激情纏綿。

4

第二天下午，吃過午餐後，警衛來敲門，有人打電話給我。我輕快的走向走廊的電話，朝著住院的病患露出近乎愚蠢的笑容。我的生活還是一團糟，但是愛絲佩瑞莎來過以後，我覺得隧道盡頭透出一線光亮，一種叫做希望的東西。

「好消息，馬可斯。」是艾倫。

「我能出去了？」

「明天。」

「爲什麼不是今天？」

「巴瑞安托還得在放人的文件上簽名。」

「所以賄賂有用，對不？」

「我寧可不要在電話上談這件事，等我見到你，再詳細告訴你。明天晚上來我家一下。」

「那是我出去的第一個晚上，我想跟愛絲佩瑞莎一起過。」

「以後你可以見她。」艾倫說：「有什麼事比得上在安息日感謝上帝？還有，大家都想死你了。」

我回房去收拾東西。這個結果讓大家高興，維拉得到了五千美元；盧卡斯總統正式展開「誠信政府」的競選活動；公司的名聲保住了；如今法官可以負擔全家人到帕納加查（Panajachel）度假的開銷。沒有人受到傷害，每個人都很滿意。在許多人心中，馬可斯度過了一個禮拜的愜意假期。

我在床上舒展手腳，快要睡著了，這時，安東尼奧快步走進來。

「馬可斯！」他緊張地說：「我就是希望你還在這裡。」

我坐起來。「出了什麼事？」

安東尼奧半縮著肩膀，連珠砲一般的說：「我應該繼續當醫生的。生意——好傢伙！——從亞本茲總統那時到現在，從來沒這麼差過。我不知道有沒有告訴過你，我有很多房客已經好幾個月沒交房租了。有位買主本來要買我在艾文尼達（Avenida Elena）的房產，現在也取消了，銀行不肯貸款給他買房子。」他的眼睛眨了幾次，彷彿被手電筒照到。「不能再貸款買東西了。我爲何要用這些事來煩你，馬可斯？還有，這個國家到處是游擊隊……」

「我得到文件了。」我答道，我想讓他知道，我待在醫院不算隔離監禁。安東尼奧看起來心情十分惡劣，我打手勢要他坐下，但他不理我。

他取下眼鏡，閉上雙眼，用右手的拇指與食指摩梭額頭。「你讀了我們的觀光部長今天說的話嗎？觀光客紛紛取消到瓜地馬拉的行程。他們買了機票，去到機場，卻拒絕登機！」

「令人難以相信。」

「是眞的，馬可斯。從邁阿密來的飛機上沒有乘客。不止這個。」安東尼奧喋喋不休，瞪著眼睛說：「今天的墨西哥玉米餅一張要兩分錢。」

「我希望你現在可不要餓了。」

安東尼奧戴上眼睛。「我知道你認爲這只是個笑話，馬可斯，我原本應該笑出來的，但是我一點也不覺得好笑。我記得以前我們可以用一分錢買到五張玉米餅！」

「安東尼奧，你是個光棍。你講話的樣子，好像有七張嘴等著你餵飽，你的孩子一天要吃掉幾百張玉米餅一樣。我記得以前我們連一個玉米粽也買不起。那個爲你做玉米餅的印地安婦人，到今天還是住在簡陋的小屋裡，你卻在維斯塔赫摩沙（Vista Hermosa）擁有一棟八個房間的別墅，在佛羅里達還有一戶公寓！」

「誰知道我能不能一直負擔的起？」

這不像安東尼奧——向來是穩定、平和、善於算計——即使在幾天前還不是這樣。某種力量把他弄得頭昏腦脹。

我一側身，坐在床沿，晃蕩著兩條腿。我打個手勢，要他坐在我旁邊的椅子上。「該死，你究竟是怎麼啦？我從沒看過你這麼心煩意亂，從你跟山羊打炮的時代開始，你就沒有這個樣子過。」

「非常幽默，馬可斯。」

安東尼奧的眉毛在眼鏡上方皺起來。他從床頭櫃上拿了一支菸，點燃它，迅速吐出煙霧。「我應該繼續當醫生的，眞的，我害怕我的個性不能做房地產。我爲何要扭斷自己的脖子？爲了誰？」

「你在咕噥些什麼？深呼吸，放鬆一下，否則你會一病不起，那時躺在這張床上的就是你，而不是我了。」

安東尼奧從醫生的白袍裡掏出手帕，輕輕放在額頭上。「是壓力，眞的，只是壓力。我需要轉移注意力。」他踩熄抽了一半的香菸：「說說你的事吧。」

「我明天應該可以回家了。」

「我爲你高興，馬可斯。我眞的是。是時候了。」

「至少我能讓痔瘡休息一下。」

安東尼奧假笑了一下。「好些了嗎？」他的汗流個不停，試著表現出實事求是的樣子。

「還在流血。」

「我姊姊在紐奧良的奧克斯納醫學中心（Oxner Clinic）動手術切除痔瘡，過程很痛苦，但是她說感覺很好，醫生會說西班牙語，三餐是朶布餐廳（Dobb's House）做的，醫院還有一個熱水游泳池。想一想，馬可斯，在醫院的屋頂上有一座熱水游泳池，我應該到那裡找份工作。」

「你應該。」我疲倦的說。在窗外，越過安東尼奧厚實的肩膀，十二月的太陽正落在圍繞這城市的群山之後。這天空，過去一連數月都是澄澈的藍，如今是淡灰的，沒有雲彩，由於所有的工廠，成了一片灰濛濛的醋酸纖維布。「你在煩什麼，安東尼奧？我從沒看過你這個樣子。」

「艾倫告訴你了嗎？」他問。

「關於我要出去的事？」我不明白。

「不，關於他的。」

我聳聳肩膀。「他提到，他和羅妮亞要到墨西哥市度過耶誕假期。」

「這就怪了。」安東尼奧彷彿突然想起我剛才要他深呼吸的話，深深吸進一口氣。「他應該要告訴你的。」

「你是指什麼？」

「艾倫當選了瓜地馬拉猶太團體的會長，報上有登。」安東尼奧解釋道：「他不是到墨西哥度假，而是去參加拉丁美洲猶太團體（Latin American Jewry）的會議。」

「他一個字也沒提。什麼時候選？」

「必定是最近。《自由新聞報》、《公正報》(*El Imparcial*) 有好幾篇報導，連今天的《時報》(*La Hora*) 也有，登在社會版。」

這個消息實在驚人。頭版新聞，至少瓜地馬拉的猶太人是這麼想的。「我還以爲傑斯登要當一輩子會長。」

「馬可斯，我不了解你們組織的內部運作。我只能告訴你，我從報上讀到的東西。重要的是，你的家族出頭天了！艾塔勒夫家族當中的一個當了家——猶太人的家！」

當了家！要是有這麼單純就好了！過去這往往是平衡的結果，在波蘭、德國和中東地區的猶太人之間維持和平，每個群體各有自己的屬地與會堂，因爲他們的習俗、儀式、甚至語言，都有極大的差異。傑斯登的偉大成就是，讓各個派系合建一座核心的會堂，滿足所有會眾的社交和宗教需求。讓這些完全不同的組織團結起來，是一件非常艱鉅的任務，因爲隨著他們的繁盛，他們慢慢整合自身，醞釀成瓜地馬拉菁英階層的對立集團。他們跟古老的西班牙家族，非猶太人的企業領袖，咖啡莊園 (coffee finca) 的老闆，以及不斷更換的執政派系，形成不穩定的結盟關係。由於游擊隊在鄉村地區發動大規模的襲擊，猶太團體的會長必須相當圓滑狡詐，很有手腕，當然，還要多多的行賄。我懷疑我老哥能不能處理這些事。

「我希望艾倫知道他讓自己捲入了什麼環境。」

「對。」這個消息令我有些沮喪。「猶太團體必須非常謹愼。科亨被綁架了，貝柯維茲走出他的商店時遭到槍殺。他們說，密茲拉西付了兩百萬格查爾贖回他太太。」

安東尼奧點點頭。「猶太人是目標。我們知道游擊隊在敍利亞接受訓練。他們是狂熱份子，滿腦子都是抓到猶太人！」

「只抓有錢的。」我澄清道。

「馬可斯，你和我看法不同。這些綁架案不是空穴來風。」

「我只是覺得，有錢人永遠是目標。綁匪可能是左派份子，右派份子，或者只是一般的無賴。我們並不確定。還有，是的，某些受害者正好是猶太人。這並不表示，我們又面臨了大屠殺的威脅。」

「這是你的看法，馬可斯，我可不這麼認爲。」安東尼奧推推眼鏡，他的眼鏡似乎一直從油膩的鼻樑往下滑。

艾倫的參選是猶太人內部的事。我無法了解安東尼奧爲何這麼擔心。「安東尼奧，你在操心什麼？」

他的身子拉直了。向上，再落下，向上，再落下，像個打氣筒。「有人恐嚇我。」

「恐嚇你什麼？」

安東尼奧抓起床頭櫃上的另一支菸。

「看在上帝的份上，放下它。你是個醫生！」

安東尼奧把香菸架在菸灰缸邊緣，拍了拍手。「我在這所醫院接到一封信，裡面裝著售屋契約，要我賣掉艾文尼達的房子。我得在上面簽名，寄回第七大道的一個郵政信箱。只要簽個名，我就失掉一棟房子。」

「你不能找警方處理？」

安東尼奧笑了。「好讓警察壓榨我，要我交出另一棟房子？謝了……也許我應該休假，去邁阿密休息一下。或者在奧克斯納找份工作。我才是需要游泳池的人。」

我想到去年有些印地安人佔據了西班牙大使館，抗議政府在基切省（Quiché Province）實施軍事鎮壓。警方用燃燒彈攻擊大使館時，安東尼奧大聲歡呼，四十個印地安人——在他的心中，是游擊隊——被燒成灰燼。他投書到《自由新聞報》，讚揚盧卡斯總統防患於未然的魄力，一如往昔。他站在右派這邊。

「爲什麼不早點告訴我？爲什麼要聊這些有的沒有的？」

「這封信是今天來的，馬可斯。」他站起來，凝望窗外。從我這邊望過去，外頭沒有什麼變化。鳥在飛，汽車喇叭在響。「我不知道艾倫爲什麼不告訴你參選的事。」他含糊的說。

「或許艾倫在想別的事。」我突然覺得緊張：「安東尼奧，你準備怎麼做？」

他轉過身來，注視著我，用白色的袖子擦乾臉上的汗。「你會怎麼做？」他問我。

「我會假裝沒有接到信。」

「什麼也不怕的馬可斯。我只是個寫信的人，一個懦夫。」他仍然凝視著窗外：「我要在合約上簽名，寄過去。我的命比一棟房子值錢多了，不是嗎？」

5

在艾倫家過安息日。他堅持要戴圓頂小帽，用他那只純銀的高腳酒杯，並且誦唸一大段冗長的祈禱書（Siddur）❸。

多麼精采的啞謎遊戲！瑪莉娜和未婚夫丹恩在餐桌下手牽手，兩個人眉來眼去；法蘭西斯柯苦思美國經濟學家傅立德曼（Milton Friedman）❹的另一句格言時，眼光漫無目的的掃過餐廳；飢腸轆轆的羅妮亞不斷看著餐廳的時鐘。只有蘇菲和山姆，兩個長駐的猶太法典（Talmudic）學者，一心想在瓜地馬拉一處時髦的市郊地區建立以色列聖地的分部，艾倫重複唸出眾

❸祈禱書（Siddur）：猶太教的祈禱書，包含一般安息日和週日家庭與會堂禮拜的全部祈禱文。

❹美國經濟學家傅立德曼（Milton Friedman，1912～2006）：一九七六年諾貝爾經濟學獎得主，美國著名經濟學家。

所周知的經文時，只有他們隨著儀式點頭。艾倫先用希伯來文唸，然後用西班牙文，以強調經文的重要性。

終於，艾倫闔上祈禱書，舉起盛了酒的高腳杯，湊到唇邊說：「安息日再見」。酒杯沿著餐桌傳送，我們站著，擁抱彼此。

我們重新就座，艾倫在高腳杯中注滿了酒，對著這群安靜的教民舉起酒杯。「今天晚上我們有兩個非常好的理由，要特別感謝上帝。」他朝著丹恩和瑪莉娜點點頭，他們的手已放到餐桌上，純潔地交疊在一起。「下星期這兩位以色列的子女將合而為一。」

丹恩和瑪莉娜接吻，餐桌旁的其他人鼓掌。

「而且，我們很幸運，馬可斯，經過一段短時間不在以後，現在又回到我們身邊了。」更多的掌聲響起。我覺得有義務說些話，我俯身往前，從艾倫手中拿過酒杯。「我們應該敬艾倫，瓜地馬拉猶太團體的新會長。父親要是在世，看到長子得到這麼有聲望的職位，一定很高興。」

「你是怎麼知道的？」艾倫看起來有點驚訝。

「安東尼奧昨天到醫院來看我，他告訴我的。」

艾倫點點頭。

「你會成為一個偉大的會長。」羅妮亞的聲音傳過來，電波般陣陣發射。她等不及要當上第一夫人，爲女眷們每週舉辦三姑六婆的社交茶會。她將不再因爲母親不是猶太人而遭到藐視。

「你會的。」蘇菲的眼睛閃著光：「還有，爹地，也許你可以設立一所圖書館，出借猶太人的書籍，我們對自己的瞭解實在太少。」

「有什麼好知道的？」法蘭西斯柯插嘴道：「古往今來最偉大的人全是猶太人，摩西、馬克斯、佛洛伊德和愛因斯坦，甚至連耶穌基督也是猶太教的拉比！」

「你的腦筋太簡單了。」蘇菲斥責道：「你從未讀過他們任何一人的作品。」

「馬克斯我讀得夠多，足以知道他是叛徒。」

「背叛什麼？」

「背叛猶太教，背叛自由市場制。」

「你認爲傅立德曼是另一個中世紀名猶太學者拉希（Rashi）。」

「更勝一籌。」

「現在，孩子們，」艾倫說：「我不要看到任何人在門嘴。今晚我們有事情要慶祝。」他拿起餐桌上的銀鈴，搖了起來。廚子蒂娜立刻從廚房出來，推開搖晃的門走進餐廳。

「先生，該上菜了嗎？」

「對。從湯開始上。」

「還有，蒂娜，」法蘭西斯柯補充道：「把我要你做的酪梨醬端上來。」

這矮子正走上變成第二個凱撒的路子。自從他開始在馬洛京學院（Marroquin College）修課以後——這所學院的成立宗旨，是爲了對抗據說受共黨控制的聖卡羅斯（San Carlos）大學——法蘭西斯柯就越來越傲慢。一下子資本主義，一下子自由市場，他讓人覺得賺錢是件糟糕的事。

「好的，法蘭西斯柯先生，我熱好了玉米餅，如你的吩咐。」蒂娜咕噥著走回廚房。我正要說話，瑪莉娜開口了。

「就是因爲這樣，我們的女傭老是辭工。法蘭西斯柯，你對她們像對奴隸一樣，你覺得女傭不會有感覺。」

「你必須讓她們知道誰是老闆。你和丹恩打算怎麼做？伺候你們的女僕，把早餐送到她們床上？」

「白痴。」

「社會主義者。」

「法蘭西斯柯，當然你有部分是對的。」艾倫自豪的看著兒子：「但是這麼武斷，由於目前的氣氛，是短視的。瑪莉娜也是對的——你可以用溫柔卻堅定的態度完成許多事。只要我還是一家之主，請你們聽我的。」

羅妮亞看著丈夫，滿意的笑了。

蒂娜送上佛手瓜湯。這一餐吃得很慢。我看看錶，我答應愛絲佩瑞莎九點到家，現在八點都過了，沒多少時間排除萬難脫身了。

「所以，艾倫，」我把湯舀進碗裡：「談談當選的經過。」

艾倫用餐巾紙擦乾嘴唇。「很簡單。傑斯登不想做第三任，我被提名，然後就當選了。」

羅妮亞瞥了丈夫一眼，搖搖頭。「我先生就是這麼謙虛。蘇爾坦也得到提名，但是艾倫在第一次投票就拿到所有的票數。」

「不完全是這樣。」艾倫答道。他看起來有點尷尬，但沒有尷尬到要糾正她。

「這麼謙虛！蘇爾坦是百萬富翁，財產是我們的好幾倍，但是董事會不看重金錢，看重品質。」

「傑斯登呢？我無法相信他就這麼放手了。」

羅妮亞轉過身來，對著我。「董事會要是不把希伯來學校改成他父親的名字，他就不做會長。」

「改成亞伯拉罕．傑斯登學校？」

「他是這麼要求的。」羅妮亞說。

「太荒謬了！亞伯拉罕連聖潔日也不上會堂。他認爲爲了安息日，叫他的玩具店暫停營業是愚蠢的作法，那天他生意最好。他會的希伯來文不超過十個字。」

羅妮亞聳聳肩膀。

「再下來傑斯登會要求會堂改成他的名字。」

「馬可斯，這麼說有失公允。傑斯登長久以來一直為猶太團體做事，他從一無所有的情況開創出一番局面。」我老哥嚴峻的說。

「對，就像皮西奧圖去世後，他要死者家屬先交出給會堂的款子，然後才准他們把皮西奧圖葬在墓園裡？」

「他還能怎麼做？瓜地馬拉有太多猶太人視之為理所當然，維持墓園要錢，要有鮮花，有人得把墓碑打掃乾淨，否則你父親的墳墓就會長滿雜草。」羅妮亞說。

「董事會當然拒絕了傑斯登的要求。」

「只多兩票，馬可斯。然後雅希就提名我當會長。」

「傑斯登威脅要辭掉董事，當他發現沒有人支持他，就衝出了會議室。」蘇菲說。

「事情發生的經過，現在已經不重要了。」羅妮亞點點頭：「艾倫贏了。下星期我們要代表瓜地馬拉到墨西哥市參加一項討論猶太人生活的會議。」

「太好了，爹地。」蘇菲說。

「對。」她丈夫應和道。山姆是個沒骨氣的人，現在跟著艾倫在「偉大宮殿」(Great Casbah)做事。他從威斯康辛州來到這裡，原本在美國學校教英文，他就是在那裡認識蘇菲。他最大的野心是建立瓜地馬拉最大的私人圖書館，不管裡頭的書有沒有人看。

「也許你可以找個新拉比來接管會堂。」蘇菲補充道：「金斯堡拉比不覺得希伯來文課程有那麼重要。他忙著爲他的猶太肉店尋找新地點——」

「讓我說一句，」艾倫插嘴道：「我同意這個觀念。瓜地馬拉將是中美洲第一個有猶太認證的肉店的國家。」

「事有先後。」我提出看法。

「馬可斯叔叔是對的，爹地。」蘇菲說：「教室一團糟，沒有人管事，一半的老師連希伯來文也不會講。」

艾倫靠到椅子上。「讓我提醒你，蘇菲，很難找到一位拉比，又要懂得律法，又能用西班牙文佈道，還要掌管學校——這一切只換得一棟不用交房租的屋子，還有每年一萬格查爾的薪資。我們這個團體很小，就某種程度而言，也很窮。這表示我們必須不停的等，等著接收墨西哥或阿根廷不要的人。」

「你爲何不提高薪資？」丹恩務實地問。他出生於瓜地馬拉，卻在佛羅里達州的科瑞葛伯(Coral Gables) 長大。

艾倫沒有立刻答話，他搖搖鈴，叫廚子過來。他的臉上佈滿慈父的微笑。「丹恩，我最大的挑戰就是在財務方面建立清償能力。」

「科亨指控說，猶太團體出錢資助敢死隊，這又是怎麼回事？」

艾倫的笑容消失了。他瞪著丹恩，顯然很不高興。「我會當作你沒說這句話，丹恩。科亨是個口無遮攔的人，也許你的想法跟他很像，因爲你在美國住了這麼多年。」

這是緊張的一刻。丹恩彷彿要開口道歉，但他只是抓起瑪莉娜的手，親吻它。

就在這時，蒂娜端著托盤進來，準備取走吃剩的餐盤。

「可以上主菜了。不要忘了熱一下我的燉桃子。」

「好的，先生。」

「還有蘇菲的蛋糕。」羅妮亞低聲說。

艾倫拍拍肚皮：「我希望我還能吃得下這兩樣。」

晚餐緩慢的進行。儘管迅速轉移話題，丹恩的話仍然對這個夜晚造成消音的作用。談話變得簡短，我不斷偷偷看錶，最後我終於不斷打著呵欠說：「我該走了。這一天實在漫長。」

「這麼快？」艾倫不相信的問。桃子充滿了他的腸胃，但他像個忠心耿耿的騎兵，決心跋山涉水，投入黏稠的蛋糕。

「我花了一下午的時間烤蛋糕。」蘇菲說。

「我帶一片蛋糕走。」我轉過身，對著丹恩和瑪莉娜說：「我確信你們了解，我度過了令人疲憊的一個星期。」

法蘭西斯柯在偷笑，但是當我看著他，他往下瞪著自己的盤子，用叉子戳取桃子。

「法蘭西斯柯，這所時髦的學院也許讓你相信你是天才，但我還記得你撒尿在床墊上。」

羅妮亞喘了口氣，看了艾倫一眼，他微笑著，有點愉快。

「我什麼也沒說。」

「你笑了。」瑪莉娜爲我說話。

「馬可斯叔叔總是九點就要走，連蘇菲的孩子都還沒睡。」

輪到艾倫了。「你知道，法蘭西斯柯，規律的生活對人有益。如果你這麼做，就不會在你姊姊婚禮前的周末，臨時抱佛腳準備考試。」

大家都笑了。法蘭西斯柯之所以這麼唐突，部分也是我的錯。許多年前的一天晚上，他到我的公寓來拿艾倫要的文件時，發現我跟兩個妓女在床上。我喝醉了，找不到文件。從那時起，他就隨意的嘲笑我，但從不直接表示。

「你應該跟叔叔道歉。」艾倫說。

法蘭西斯柯看著我，點點頭。僅此而已。

「拜託你，留下來吃蛋糕。」羅妮亞很堅持。

「我眞的得走了。」我站起來：「很高興能看到大家。我想念你們。婚禮見。」

「公證結婚在下週六晚上八點。」

「費莉西亞和山繆會來嗎?」

「會。他們星期五到。」

「他們的兒子們?」

「還是過得像吉普賽人。」羅妮亞說:「要是艾倫寄機票給他們,他們會找時間來。」

我裝作沒聽見,彎下腰親吻瑪莉娜的額頭。艾倫搖搖鈴,要蒂娜切兩片蛋糕給我。

「不用了。」

「馬可斯,你可以等一分鐘。我確信你還不至於那麼累。」

蛋糕來了,包在錫箔紙裡,艾倫陪我出去。他跟在狂吠的杜賓狗後面,帶我沿著小徑來到大門口,他的家被高達八英尺的通電鐵絲網圍繞。三支鑰匙開了門。他陪我走到車旁,我的車停在路邊。夜空萬里無雲,就像十二月時常見的那樣,有著彎曲雙螯的天蠍座星斗,彷彿伸手就能觸及。

「我希望你禮拜一到我辦公室來一下。」

「當然,艾倫。出了什麼事嗎?」

「沒有,沒有,沒有。」艾倫說:「沒有該你擔心的事。我只是想跟你討論一些事情,私下談。」

「關於行賄?」

「這個沒那麼重要。還有別的事。」

「安東尼奧提到，他也受到恐嚇。」

「對。現在這種事很多。你星期一會來吧。」

「當然。」我爬進我的ＢＭＷ轎車：「再說一次謝謝，爲了一切。」

「上帝與你同在。」艾倫揮揮手。

「上帝與你同在，兄弟。」

6

愛絲佩瑞莎和我一直待在床上，直到星期六午後。我們回到了相遇的那艘船上，一整夜的探索，重複的交合。愛絲佩瑞莎放慢了每一個動作，好讓我們的身體用同樣的速度運動，做愛成了一種親密的交談，不只是釋出壓抑的能量。我把她的身體看成個別而獨特的東西，對她的心情和欲望，也對我的，作出回應。她舔我腋下的凹處，饑渴的吸吮我的唇，要不就往下，吸吮我的腳趾，她的舌頭沿著我的背脊往下溜，來到臀部之間的柔滑曲線。她想吃掉我，我也想吃掉她，一塊一塊的吃。

更重要的是，性交過後，我不再像過去一樣，想脫離對方，回到私人的空間。我留在愛絲佩瑞莎裡面，儘管睡意襲來，我的老二縮得像條灑了鹽的鼻涕蟲。這樣，當我醒來，我還在她裡面，已經硬了。我無法控制這股想讓愛絲佩瑞莎跟我合爲一體的欲望。

在一次暫停休息的時候，愛絲佩瑞莎溫柔的拔著我的胸毛，她說：「你眞英俊，馬奎托斯。」

「你覺得這樣？我從來不照鏡子。」

她俯視我，我覺得緊張。「你應該仔細看看自己的臉，你的眼睛很深，跟我父親完全不同。」

「這不會困擾你吧？」我困倦的問。

愛絲佩瑞莎在我身邊躺下，壓在床單上。「一點也不會。」她說，她的聲音幾乎像從遠方傳來。

「你不喜歡你的家人。」

「想到他們，我就覺得悲傷。我想我恨他們。」

「所有的人？」我問。

愛絲佩瑞莎用一隻臂膀撐起身子。我喜歡她放鬆時鼻孔張開的模樣。「只有我媽眞的愛我。她跟我玩，讀故事書給我聽，我爸則是光著腳，坐在木頭椅子上看報紙。這就是他們在我心中的模樣。」

「聽起來很舒服。」

「我還記得，我爸從波哥大給我帶了一隻玩具獅子狗回來。它有膨鬆的黑色捲毛，長長的白鬍子，幾乎像隻貓。上緊了發條，它就繞圈子跳舞，發出咳嗽般的聲音，而不是狗吠。我不知道它後來怎麼樣了。我記得我媽病重了，我到處找它。」

「她去世的那段時間？」我就知道這麼多。

愛絲佩瑞莎點點頭，把腦袋放到我胸口上。「那時我六歲，住在席斯奈羅（Cisneros），但是我不太記得那裏了，或許我不想記得。她突然病得很重，也許她的盲腸爆開了。我記得在他們房間的床上睡覺——我睡在那裡——然後被她的慘叫驚醒。我爸竟打她耳光，不肯找醫生。我了解他，他也許在生她的氣，氣她帶來了這一場亂。他痛恨一切打破他日常規律的事情。」

「混蛋。」

「他是那種人，相信只有自己的痛苦是重要的……所以，醫生第二天早上來的時候，我媽像床單一樣蒼白，衰弱的幾乎沒法說話。我被匆促的送到鄰居家裡，我還記得坐在院子裡，那中間有一座粉紅色的花型噴泉，水的顏色綠而暗，但是當我仔細看，可以看到巨大的黑魚在底部游動。」愛絲佩瑞莎坐起來，點燃香菸：「一位婦女——爲什麼不是我爸？——走過來對我說，我母親去世了。我沒有抬起眼睛，只是用手指在水中畫圈子。她把我抱回家，我看到我家籠子裡的黃鸝和鸚鵡的時候，就哭起來了。牠們看起來如此悲傷，我想打開小門，讓牠們全部飛走。」

愛絲佩瑞莎凝視我。「我們是我爸的鳥……然後我抱住他的腿，尖叫著說，我不想離開。但是他說：『瑪西迪絲，帶她走，我這種年紀的男人，需要一點寧靜。』」

「瑪西迪絲是誰？」

「我爸的妹妹。大家叫她梅姆，連我爸也這麼叫，除了他要她做些什麼的時候——那時他就喚她『瑪西迪絲』了。她要帶我回波哥大的家。在巴士站，我開始哭泣，求她把玩具獅子狗給我。她說，我的眼淚讓她受窘。她給我一個拉上拉鍊的小錢包說：『玩這個。要是你不停止這種表演，我就叫巴士司機把你丟在公路旁邊。』」

愛絲佩瑞莎深深吸了口菸，粗暴的按熄在菸灰缸。「表演，」她吐出一口煙，「梅姆就是這麼描述我的哭泣的。任何情感的流露都會被視為表演。我媽剛死，我就得規規矩矩的……彷彿我的眼淚不是眞的……她經營美容院，她總是對顧客說——當我坐在沒有顧客坐的椅子上看雜誌的時候——可以用訓練狗的辦法訓練孩子，只是他們有時更頑強一些。」

我點燃香菸：「你父親就這麼讓她來照顧你？」

「他每個月來看一次，但是總待不了幾分鐘就走。他的來訪實際上是審問。『你有足夠的東西吃嗎？』或是『你姑姑有沒有給你買件新毛衣？』我不懂他為何從來沒有問過我，我是否快樂，喜不喜歡新的學校，是否交到新朋友。他並不關心我，馬可斯。他只想知道他花的錢是否值得——而我才十歲大——這件事對我打擊很深。」

「我不明白你的意思。」

「他付給妹妹錢，讓她照顧我。他想確定她沒有唬弄他，把他的錢花在自己身上。」

「他的親妹妹。」我摩娑愛絲佩瑞莎的臂膀。

她依偎著我。「梅姆姑姑總是在一本有著褐色外皮與藍色內頁的帳簿上，寫下一個個數字。

我爸一來，她就拿帳簿給他看，他便給她錢。他才走進來，就站在那裡，宣佈他有事要辦，然後要搭巴士回席斯奈羅。」愛絲佩瑞莎拿起我的手，一隻指頭沿著我的手指側邊上下滑動。「一個磨刀匠在波哥大有什麼事好辦？」

「我不曉得。」我說：「買些磨刀石？」

愛絲佩瑞莎放下我的手，響亮的笑道：「這個理由不錯，馬可斯。一塊磨刀石可以用好多年。不，他到波哥大來，是為了把他的工具磨得更利。」

「來打炮？」

「對。我爸很愛玩女人，他的專業讓他能挨家挨戶的提供服務。我在邁阿密的同父異母姊姊，是他跟一個女人生的，幾乎從他娶我媽進門的那天開始，他就跟這個女人搞在一起。他的年紀越大，就越需要證明他還有魅力，還有男子氣概。証明他還是——你知道的——男人。一個征服者！」

我挺直了身子：「你是這樣看我的？」

「你在說什麼？」

「你知道，年紀大的男人跟年輕女孩在一起，努力證明他還能讓老二豎起來。」

愛絲佩瑞莎轉過身來，面對著我：「我都三十了，我不是女孩，但是我說不出你跟我在一起，是出於什麼動機。」

這不是我要的答案。但是愛絲佩瑞莎就是這個樣子，她絕對不會承擔爲某人辯護的責任。她只對自己負責。只有這個能解釋她抓到我在引誘瑟希時，爲何從暴怒轉爲接納。她在醫院裡曾說，男人經常表現得像幼稚的男孩。事實上，我就是個小男孩。

她跟我帶出去的女人多麼不一樣，是的，我「買來」的許多女人，她們從不吝於恭維我。她們的話要是能信，我就是她們歷來所見，最俊俏、最大方、老二最硬的男人。沒有男人滿足過她們，我是唯一一個男人，給了她們長久而猛烈的高潮。我內心有相當一個部份信了她們。

愛絲佩瑞莎用手指捲著我灰色的胸毛：「馬奎托斯，我傷到你了，對不？」

「沒有。」

在短暫的靜默中，我聽到電動刮鬍刀的嗡嗡聲，或許是隔壁公寓傳來的。

「我從來不想傷害你。」

「我很好。」我閉上眼假寐。愛絲佩瑞莎不斷撫弄我的胸毛。我有一種無限大的能力，讓我不去反省自己，直到突然失了足——砰的一聲！我從別人看我的角度看自己，也許我只是另一個像愛絲佩瑞莎的老爸那樣的男人，還在炫耀自己的東西，緊緊抓住一個幻覺，以爲自己是一匹強猛獨立的種馬……

我不敢問她：愛情的處方是什麼？她在我身上看到了什麼？

那天晚上，我們去尼可餐廳（Nicho's）用餐，這是許多德州風牛排館中的一家，七〇年代探鎳和石油業興起後，這些餐廳便在首都各處出現。餐廳領班帶我們就座，我們旁邊坐著瑞卡多和薩琳娜，這對夫婦是艾倫和羅妮亞的朋友，他們向我恭賀艾倫當選會長。他們生硬的跟愛絲佩瑞莎打招呼，彷彿害怕被她汚染。是的，是的，是的，她穿著低胸洋裝，她擦了太多化妝品，尤其是眼睛四周，她跟他們打招呼的態度太過親熱。我不認爲愛絲佩瑞莎有所察覺——她太開朗活潑了——但是我很能察覺細微的冷落。我在加了冰塊的奇瓦士裡得到安慰，還有，感謝上帝，這對夫妻甜點已經吃了一半了。

之後，我們到卡米諾里爾飯店（Camino Real Hotel）喝酒。這家飯店位於改革大道上一段延伸出來的富麗堂皇的地區。年輕的一群喜歡光顧城裡的半打迪斯可酒吧，加上花押字的邀請函和燙金的別針就更完美了。但是他們的父母還是留連於大飯店，那裡有舒服的座位，保有隱私，還有五人樂隊，運氣好的話，能讓你不得不進入舞池，隨著放慢速度的森巴，或是有氣無力的法蘭克·辛納屈的歌曲起舞。

我們被帶到一張距離樂隊很遠的桌子。我爲愛絲佩瑞莎點了伏特加湯尼，給自己點了蘇格蘭威士忌。但是她一聽到音樂，腳就開始動了。她拉著我走向舞池。她的身體開始擺動，美好的大腿，長而蓬亂的黑髮以相反的節奏，隨著身體的其他部位擺動。她是大膽的，一隻旋轉、迂迴前進的蜂鳥，跟著我，她的加拉巴哥陸龜，一起跳舞。通常我只是在旁邊看，但是蘇格蘭威士忌發揮了功效。

跳了幾首緩慢、死氣沉沉的曲子以後，愛絲佩瑞莎和我坐回位子上。

「馬可斯，有一天我要帶你到卡塔赫納（Cartagena）去，你就會知道什麼叫生活。」愛絲佩瑞莎把頭髮甩到背後，快速的嚥下她的酒。「我們會跳騷莎（Salsa）和昆比亞舞（Cumbia）❺，直到太陽出來，然後到港邊吃早餐，享受灑橘子汁的生魚片，然後再跳舞。」

「我去過聖安德列斯（San Andres）。」我提到這個位於宏都拉斯外海的哥倫比亞島嶼。「那裡很美。」

「聖安德列斯是個度假勝地，給富有的中美洲人享用的。眞正的哥倫比亞人不會被人發現在這裡暴斃。」愛絲佩瑞莎打開皮包，把紫紅的唇膏抹在嘴上，挑釁的，彷彿在這個陰沉的喪禮般的氛圍中，別人都在看她。我看得出來，她醉了。「這是個美麗的國家，馬可斯，但是瓜地馬拉人已經半死不活了，他們了無生氣。」

沒有人說過如此直率的話。儘管它這麼美，儘管許多座活火山在此隆隆作響，儘管它有杳

❺昆比亞（Cumbia）：拉丁舞曲類型，爲哥倫比亞的一種民族舞，在委內瑞拉和秘魯等加勒比海地區發展，同時受到非洲和西班牙文化的影響。舞蹈形式以跨部的轉動為主，很多的舞蹈動作源於非洲舞蹈的本土元素。

無人煙的叢林與海洋，瓜地馬拉仍是一個極端保守的地方。尤其在公開場合，在他人的目光下，你必須謹言愼行；事實上，藉著這種方式，你才會受到讚揚與敬重。當然，還是有瘋狂的行爲在私下進行，遠離眾人巡梭的目光。難怪印地安人被視爲不可靠，因爲每星期一次，禮拜天的時候，他們竟敢喝得爛醉，醉到渾然忘卻悽慘絕望的日常生活。他們不了解，小心謹愼才是最重要的。

愛絲佩瑞莎是對的，然而我討厭她的自負。她才來瓜地馬拉四個月，沒有足夠的時間作出這種決定性的評論。還有，就是因爲她那偉大的做生意的才幹，害我賠掉了一大筆錢。「好啦。我們不是墨西哥人——背著槍的歌手，還有酒鬼。」

愛絲佩瑞莎吻我的嘴。「不，你不是！而且你沒有寫出墨西哥傳統民歌（ranchera）的靈魂。」好像我根本沒有在聽她說話，只是自顧自的誦唸我那不斷重複的連禱。「還有，我們不像尼加拉瓜人那麼懶惰，也不像宏都拉斯人那麼愚笨。」我繼續說，我的喉頭湧出瓜地馬拉人幾十年來爲了自衛而激發的陳腐的貶抑言詞。「還有，我們不像薩爾瓦多人，跟豬一樣生活在豬圈裡，吃飯和拉屎都在同一個房間。我們不像哥斯大黎加人一樣，虛榮的模仿歐洲，也不像巴拿馬人，還是生活在殖民地。」

「瓜地馬拉人的眞正面貌是什麼樣子？」愛絲佩瑞莎取笑道。

我覺得狼狽：「我們是一個自豪的民族。」

「爲了什麼自豪？」

「我們的馬雅祖先。馬雅人第一個發明零的觀念，還有……」

愛絲佩瑞莎把一隻手指壓在我的唇上：「停一秒就好，馬可斯。這裡的人不是馬雅人。」她的手指沿著我的嘴繞圈子。

「……我們的風景，我們的紡織品，我們的手工藝……」

愛絲佩瑞莎的指甲打鼓般敲擊桌面，她輕輕哼著，彷彿覺得無聊。「聽起來很像阿根廷人說的話。」

「這是什麼意思？」

「驕傲自大、華而不實。」她握住我的手，「來吧，馬可斯，我想跟你再跳幾支舞。」

「不，我不想跳。」

「不要板著個臉。你知道我是開玩笑的。你把一切都看得太嚴重了。」

「不是一切。是有些事情。」

愛絲佩瑞莎站起來，走到樂隊那邊。她跟歌手說了幾秒鐘，然後他跟其他的樂師商量了一下。突然間，樂隊開始演奏昆比亞舞曲。愛絲佩瑞莎回到位子上，把我拉起來。舞池空了，只剩我們兩個。我跟著她的舞步，她不斷舉起我的右手，好讓我恰當的托住她的背。我像個初學者，覺得自己很笨拙，沒有韻律。我拉住她的手，想坐回位子上，她卻把我的手甩開，一個人在舞池裡獨自跳舞。她把手肘甩出去——她的乳房幾乎要從罩杯裡溢出來——迴旋，轉身，腳步滑過打蠟的地板。木琴、小喇叭和打擊樂器隨著她的步伐伴奏，發揮到極致，拼命打破包裹住這座沒有生命的酒吧的蜘蛛網。愛絲佩瑞莎的臉上浮現笑容，當她把頭髮向後甩，就能清楚看到。她彷彿進入了自然界，彷彿是一條被丟回大海的魚。她完全沉浸在音樂裡，盡情的做她自己，她不在乎是否有人在看她，判斷她。她在自己的世界裡。

樂隊中途開始演奏富有感傷情調的墨朗格樂曲（Meengue）❻，我最喜歡的一首墨朗格，此刻搭配昆比亞的節奏，歌詞彷彿預言：

我想喝醉，抽根菸
去找這個讓我心碎的女人
你不該玩弄我愚蠢的心
你摧毀我的愛情，你要付出慘痛的代價

❻墨朗格樂曲（Merengue）：源起於多明尼加，節奏明快的拉丁舞曲類型，男女對舞，節拍非常易懂，所有的舞步都是在一敲一打中做 One, Two, One, Two 的步伐，會有一次典型的跛行出現，墨朗格被稱爲拉丁美洲舞蹈（如恰恰、曼波、騷莎、森巴）的起源。

我不傷心，我不哭
是煙霧讓我流淚
你以爲你是誰？女神嗎？
一個終將凋萎的美女

我的腳跟著節奏打拍子，思緒在自豪與困窘之間游移。我在喝酒，抽菸，就像歌曲中的吟遊詩人，但是這女人是否會玩弄我的心，使它碎裂？是否有一天，我會被拋在一旁，堅稱我流淚是因爲香菸薰了眼睛？愛絲佩瑞莎是不是我的女神，要是這位女神離開我，我就不想活了？這個搖晃震顫她的肩胛骨的女人，她究竟是誰？我閉上眼睛，飲盡剩下的蘇格蘭威士忌，現在它絕大部分是水了。我張開眼睛，我的眼固著在愛絲佩瑞莎身上。我深深吸氣，再吐氣，我的肺幾乎爆開。然後，一個念頭，比較是生理，而不是精神的，打動了我：我想跟愛絲佩瑞莎結婚，把她永遠留在身邊。

這是一種招認，讓我的左腿神經質的敲擊地面，直到這首昆比亞樂曲進入尾聲。

大約在午夜時分，我們離開卡米諾里爾飯店。夜晚的空氣冷而脆，飄來杉木和尤佳利的香氣。不久前在改革大道上叫賣毛毯與原木傢俱的印地安小販，已經把貨品裝箱，路上的汽車寥寥可數，大多是軍用吉普車。我兜了個圈子，回到機場邊的家，路上經過卡薩克里瑪（Casa

Crema），總統官邸，以及理工學院（Polytechnical School），一棟宛如中世紀建築的藍色城堡，這所學院宣稱他們是中美洲的西點軍校。我們從改革家鐵塔（Torre del Reformador）下面駛過，這是一座縮小的艾菲爾鐵塔，法國人在瓜地馬拉留下的禮物，然而在第七大道上，這座鐵塔顯得分外滑稽，彷彿被擺錯了位置。

突然間，這些「重要」的觀光點顯得非常可笑，一個城市自豪的提供給這些人看，卻渾然不覺它自己是多麼無足輕重，多麼無關緊要。在這個遙遠醜陋的城市裡，沒有人在乎誰跟誰上床。在沒有月亮的夜空下，瓜地馬拉市宛如一座馬雅古蹟，一度由缺乏想像力的建築師以拙劣手法重新修建，如今將成廢墟。時髦的大飯店，摩天大樓，迪斯可舞廳，時裝精品店，還有假珠寶。

「你是對的，我們滿嘴謊言。」我輕佻的說。

我等著愛絲佩瑞莎捧腹大笑，說出她的答案，但是，當我瞄她的時候，她已經睡著了。

7

早晨六點三十分，一陣強烈的震動驚醒了我，但是愛絲佩瑞莎繼續睡。我躺在床上，維持四肢張開的姿勢，緊張的等待劇烈的餘震，它一直沒有出現。從一九七六年的地震以來，那次地震有三萬名瓜地馬拉人喪生，絕大多數是印地安人，一大塊水泥——應該是經過強化的——落到我床上，就在我旁邊，從此，即使是最輕微的地震也會把我搖醒。

愛絲佩瑞莎起來時，我已經喝了三杯咖啡，仔細讀過週六的《公正報》。裡頭的文章皆無新意：金價暴漲，逼近一千；石油輸出國家組織（ＯＰＥＣ）又一次威脅讓石油價格增加一倍；瓜地馬拉財政部長公佈的報告預測說，儘管一切跡象指向相反的趨勢，經過了一九八二年的通貨膨脹，國民生產毛額仍會成長百分之三。滿嘴謊言。地方版有篇短文報導了一項傳聞，就是有二十三個印地安人在基切省聖塔克魯茲（Santa Cruz del Quiche Province）的松林裡遭到處決。政府發言人否認這項報導，宣稱有五百名游擊隊員對當地駐軍要塞發動突擊後被擊敗，死者全是共產黨反叛份子。眞相是什麼?沒有人敢調查死者是誰。更糟的是,沒有人在乎。

愛絲佩瑞莎想去游泳。我打電話給艾倫,他是阿馬蒂特蘭湖(Lake Amatitlan)附近的馬雅俱樂部的會員。

「請接受我的招待,一切費用都簽我的名字。」

「你不去?」

「不,法蘭西斯柯和我要開車去里金(Likin),看看他那艘船上的艾文魯德懸掛引擎效果如何。我在俱樂部的會所沒有房間,但是歡迎你們用我的池畔小屋,第六號,就在游泳池旁邊。馬克斯,你若用了我放在那裡的毛巾,請記得交給服務員洗乾淨。要是你能帶自己的毛巾更好。」

「我們會的,雖然我覺得游泳太冷了。」

「我不是指你們會在游泳時用到毛巾。」他格格的笑。

「非常幽默,艾倫。」

「明天『宮殿』見。」他掛上電話。

俱樂部距離首都有四十分鐘車程。這裡是瓜地馬拉的古老家族,卡斯提羅與莫瑞里斯兩家,還有美國商會那些人,用來跟家人聯誼的地方。它有一座九個洞的高爾夫球場,於一九七〇年代後期由高爾夫名將特維諾(Lee Trevino)主持啓用儀式,還有兩座果嶺區,一座奧林匹克標準游泳池,一座兒童戲水池,網球場,鞦韆,翹翹板,各種設施。

前往天堂是另一回事，車陣沿著山谷蜿蜒排列，瓜地馬拉市周圍山區堵車嚴重，但是到了下午兩點，我們已在那裡用午餐，享受蝦肉冷盤、血腥瑪麗、酪梨沙拉，還有燉雞丁。吃完了以後，我們在池邊攤開四肢休息。愛絲佩瑞莎換上泳衣，但我穿著所有的衣服，連鞋襪也沒脫，徹底癱在池畔的帆布床上。

「你這樣躺著，看起來很傻。」愛絲佩瑞莎說。她趴著，一條方巾穿過她的髮，在腦後包成一個圓。她解開淡紫泳裝的肩帶，她那幾乎全裸的臀部面對著陽光，如瓜般碩大，其中之一有隻明顯的蝴蝶刺青。我覺得難爲情。

「馬可斯，你至少可以脫掉鞋子，捲起褲子。」

「我不喜歡太陽。它把我禿頭的部位曬得好燙。而且，有什麼必要炫耀我這雙白腿？」

愛絲佩瑞莎坐起來，兩隻乳房上下浮動，附近沒有人看到它們。「要是你讓它們曬點太陽，它們就不會這麼白了。你的態度好像太陽是你致命的敵人。」

「我不喜歡暴露自己的身體。還有，你已經爲我們兩個曬了足夠的陽光了。愛絲佩瑞莎，你在展示自己。」

「這個國家需要多一點加勒比海式的暴露。」

「而這要由你來提供？」

「有何不可？」愛絲佩瑞莎揚起眉毛。我聳聳肩，闔上眼睛。幾秒鐘過去了。

「反正紡織生意結束了，我沒事可做。」

「有些女人會羨慕這種情況。」

「我可不會。我想要有所作為。」

「你為什麼不去教烹飪？」愛絲佩瑞莎是個高明的廚子，「你可以跟帕哥的太太一起上法文課，或是跟羅妮亞一起上健身房。」

「馬可斯，你聽起來像一本宣傳小冊子，上面列出瓜地馬拉閑著沒事做的女人可以擁有的一切選擇。我想做自己熟悉的事，比較符合我專長的工作。昨天晚上我在卡米諾里爾想到一個點子。」

「什麼點子？」我彷彿看到我的錢如金色的岩漿從山邊流下去，落入一個不斷吞噬的深溝。

「我想開一家夜總會。」

「但是大飯店裡已經有酒吧了。」

「那時我跟你在一起，對不？我想的是別的。我還沒有想清楚，但是我們何不在五星級大飯店的附近開一家夜總會？我們可以把它裝潢得很漂亮，提供不很昂貴的酒，拉丁爵士的音樂，有兩到三個房間給人們坐著聊天或跳舞。一個浪漫的場所，全是我們的，店名可以叫『愛絲佩瑞莎的店』(Esperanza's)」。

「這名字很有創意。」太陽隱藏到一堆雲朵後面，「要是還沒想清楚，你怎麼會這麼快就想到這個名字？」我知道我有些不耐煩，我的態度也不公平，爲了許多原因。我還沒準備好要馬上投入新的事業，同時，我討厭獨立女性給人的感覺。追根究底，我不確定愛絲佩瑞莎在離開波哥大她姑姑家，到跟我在船上相遇的這段時間，究竟做了些什麼。她告訴過我，她在餐廳和夜總會做怪異的工作——領班、女侍。不只這樣，我知道，但是縮頭烏龜馬可斯沒膽子問。

「這名字突然在我腦中出現。」

「我們可以過一陣子再談這件事。」

愛絲佩瑞莎躺下來，很不高興的扣上泳裝的肩帶。「你上班的時候，我得有點事做，否則我會把我們兩個弄得發狂。我不是在開玩笑，馬可斯。」

我聽得出她的口氣，她沒有騙人。我把毛巾蓋在臉上，假裝打起瞌睡，直到眞的睡著。

我們大約在五點離開馬雅俱樂部。通往瓜地馬拉市的公路寸步難行，我決定抄近路，穿過特伯爾鎭（Ciudad Trebol）回去。這是一個醜陋的社區，一九七〇年代經濟瘋狂擴張的時候，從山上挖出來的。有一半的房子沒有完工，排列在褐色的泥土上，像缺牙似地呆望著下方。有一條路進去，裡面有兩條佈滿塵土的巷子通往工地。上次我走這條路的時候，一路上暢行無阻。

不幸的是，我不是唯一一個想到這策略的人。路上擠滿車子，大家都在按喇叭，更糟的是，成排的印地安人背著沉重的食物，沿著公路邊往前走，他們剛從聖塔卡特瑞納皮努拉（Santa

Catarina Pinula）的週日市場回來。也許是血腥瑪麗的緣故，或者是我晒傷的頭頂，我不想跟著前面的車緩慢前進。趁著愛絲佩瑞莎打瞌睡，我像安德瑞提（Mario Andretti）❼一樣充滿決心，在車陣、車輪輾出的痕跡和返家的印地安人當中蛇行。突然間，一隻狗跑到我車子前面。

我踩下煞車。

愛絲佩瑞莎坐直了。「我的天！」

太遲了。車子前面的保險槓猛烈的撞上這隻狗，把牠拖到車子底下。壓碎的骨頭讓車頭微微翹起，然後落回狗身上。汽車熄了火。狗發出痛苦的尖銳叫聲。

一群印地安人圍住汽車。我本能的插進鑰匙，發動車子。在我開走之前，愛絲佩瑞莎越過方向盤，一把抓住我的手臂：「不，馬可斯，我們不能就這麼走掉。」

「爲什麼不行？不過是一隻生瘡的老狗。」

「不，我們必須做點什麼。」

「我能做什麼？這些印地安人可能會攻擊我們。我可以倒車過去，結束牠的痛苦。」

「不！」愛絲佩瑞莎尖叫著，用手掩住耳朵。

我用手掌根部敲打方向盤，然後下了車。六個來自聖胡安薩卡特佩克斯（San Juan Sacatépe

❼安德瑞提（Mario Andretti）：美國一九七〇年代賽車名將，曾獲多項比賽冠軍。

quez)❽的印地安人圍住車子，嘴裡不停的咕噥。我聽到幾個印地安孩子哭泣的聲音。一個印地安老人用拐杖指著我，開始用基切語詛咒我，但我一個字也聽不懂。我彎下腰，拉著這隻雜種狗，把牠從一大攤鮮血裡拖出來。有一半的內臟被壓爛了，沾在髒汚的黑毛上，更多的血從牠哀號的口中湧出。牠那長而軟的乳頭腫脹起來，彷彿剛剛被吸吮過。

奇怪的是，這隻母狗奇蹟般的試著站起來。這個動作具有英雄意味，然而卻是徒勞——牠的四條腿都斷了。

「殺了他。」有人在群眾中喊道。我不知道他指的是狗還是我。我的襯衫黏在身體上，灰土和煤油滲入嘴裡，汽車喇叭的噪音，現在增加到幾百種聲音了，讓我感到緊張。

太陽落到山峰背後，彷彿有印地安人拿著火把。我回頭看看狗，令人無法置信，牠變成了一個印地安女孩。我側過身，一個膝蓋跪下來，開始嘔吐。

愛絲佩瑞莎下了車。她拿著老人用來指我的枴杖，對著狗頭重打四、五下，像是敲打一張繃緊的鼓，狗痙攣了最後一下，停止了嗚咽。

我用袖子擦擦嘴。愛絲佩瑞莎扶我起來，把我帶到車子靠乘客座位的一邊。我確信我們不能活著離開這裡。

❽聖胡安薩卡特佩克斯（San Juan Sacatepequez）：瓜地馬拉行政區名稱。

「等一下。」我深深摸索口袋：「我要給這些人一些錢。」

「爲了什麼？」

「爲了我造成的損害。」

「馬可斯，你在做什麼？」

我看了她一眼，眼神意味著「我了解我的國家，了解我的同胞。」，我拿出一卷二十格查爾面額的鈔票。

「你覺得錢能解決一切問題？」她把鈔票塞回我的褲子口袋裡，打開我旁邊的車門：「立刻上車。」

愛絲佩瑞莎把柺杖還給老人，上了車，把車開走。她的眼睛定定的凝視前方的道路。我看著她的臉，幾秒鐘後，我沉入睡鄉。

醒來的時候，我們已經走上我家附近的美洲大道（Avenida Las Américas）。今天的夜特別黑。「我眞的慌了。」

「你是的。」

我的身體顫抖起來。「也許我喝太多了，我不該喝那麼急的。」

「任何人都可能碰到這種事。」她冷淡的說。

「但是我碰上了。我無法結束牠的痛苦，這隻可憐的狗。然後這隻狗，我不知道，我以爲牠變成了一個小女孩。」

「一定是你想像的。」

「不，她就在那裡。她的頭髮是黑的，脖子上戴著金項鍊。」

「也許這是警告，好讓你下一次知道該怎麼做。」

「你爲什麼不幫我？」我指責愛絲佩瑞莎，對於她無情的退到一角，我感到既憤怒又傷心。我覺得剛才我慌亂無比，我們幾乎喪命，幾乎無法逃脫。

「我正在幫你，不是嗎？我在開車。」

「我不是指這個。」

「那你是指什麼？我應該停車，抱著你，告訴你一切都沒事了？」

「這倒不是個壞主意。」我說。

愛絲佩瑞莎張開嘴，彷彿想說些什麼，然後，她搖搖頭。當她開口了，她說：「生活沒有這麼單純，它既黏膩又骯髒。有時候，馬可斯，你必須獨自經歷你的痛苦。」

「你是這麼想的？」

「這是生活教我的道理。我沒法護住你，讓你看不到你心中的魔鬼。」她的眼睛又盯著馬路，定定凝視前方的汽車。她彷彿在很遠的地方，距離我非常之遠，陷在自己的沈思中。

我忍不住想到，我實在是個傻瓜。我能認知到眞相，但我就是沒法面對它。

8

爲了耶誕假期，艾倫從密西根州訂購一座電子控制的小丑，裝在「偉大宮殿」的入口。一感應到顧客走近，小丑就會站起來，咧開嘴，輕輕摘帽行禮。靜止幾秒鐘後，小丑會皺起臉，用英文說哈囉，然後鞠躬致意。之後所有的儀式重新來過。少數鞋童，依戀著一九八一年耶誕假期的繁華盛況，一直留在這家店的門口不肯離去。

我走進艾倫的店，幾個女店員聚在內衣部聊天。一看到我，她們的背脊馬上僵硬起來。

「別擔心，女孩們，來的是馬可斯，不是老闆。」

「看得出來。」卡蜜拉說，她是個棕色皮膚、小腿粗壯的美女。多年前我上過她幾次，但是她爲艾倫工作讓我們的關係沒法再進一步。「我們聽說你去度假了。我們都很想你。」她取笑道。

「不是眞的度假，但是我找了幾個像你這樣的漂亮女孩子，讓她們跟我作伴。」永遠的調情。

「隨時奉陪，馬可斯先生。」

其他的女店員格格的笑。

「我老哥在不在？」

「在樓上。」

「鷹眼呢？」

女孩們又竊笑起來，不好意思的用手遮住嘴，對於賣出胸罩和內褲給超重的百萬富翁，笑聲實在沒有幫助。

「莎拉小姐和山姆在跟你哥哥開會。」卡蜜拉答道：「馬可斯先生，你的笑話有可能讓我們被炒魷魚。」

「卡蜜拉，你有本事照顧自己。」

她笑了，我確信她想起了那次她要求艾倫加薪的事。他拒絕了，但是她堅持要，我老哥當場就開除她。卡蜜拉說，他得叫警察來把她拉出去。莎拉，這位好心的修女院院長與羅妮亞的姊妹，出面調解，於是女孩們贏得多年來第一次調薪。艾倫從未原諒莎拉插手此事，她懷疑他以任命山姆當店經理作爲報復，山姆之前從未做過零售業。莎拉受到致命一擊，她有了一個頂頭上司。原來就嫌不夠的家庭式感覺，現在更少了。

我離開女孩們，走向後面的樓梯。艾倫從公司退休後，花了一百萬格查爾，擴大「偉大宮殿」的規模。他買下全部股份，把鞋子、相片和玩具部門挪到兩邊。它變成了一座玻璃宮殿，有一道二十英呎高的瀑布，長滿鮮活植物的噴泉，還有魚，還有一座噴出芬芳煙霧的火山，像一座巨大的噴霧器。不再有寬闊的木質櫥窗和裝箱內衣的灰塵味：如今純絲與透明內衣高掛在綠意蔥籠的樹枝上。

我警告過艾倫說，他做得太過火了，但他不聽我的。他確信能讓有錢人放棄到邁阿密的購物之旅，改成花一下午的時間到「偉大宮殿」來買東西。到最後，上他的店的多是超重的老婦人，穿著加大胸罩或老式的長襪，花了好幾個小時拼命把身體塞進尺碼特小的禮服與洋裝裡。

「馬可斯，我們快結束了。」一看到我，艾倫便說。

「慢慢來。」我對莎拉和山姆揮揮手。我在迷你冰箱旁邊坐下，艾倫用它來存放他的飲料和三明治。我點燃一根香菸。

艾倫的辦公室應該裝修了。房裡很髒，到處都是灰色的檔案櫃，堆得高高的時裝雜誌，空的瓶瓶罐罐，摺疊的紙箱，還有他捨不得丟棄、塑膠模特兒分解開來的四肢和軀幹。艾倫的巨大書桌後方的黃色牆壁上，掛著他最心愛的幾樣東西：一張羅妮亞的照片，苗條而純潔，穿著結婚禮服；來自於亞達馬市長（Mayor Aldama）的表揚狀，感謝他在一九七六年地震後慷慨解囊；還有他的「國家之友」（Amigos del Pais）與中美洲哈佛商會（Central American Harvard

Business Club）的會員證。

會議結束了，山姆和莎拉走出來。艾倫拿下眼鏡，向後靠在他的旋轉椅上。他從不承認，但是週末在家跟親人相處，完全打敗了他——他需要度假，但他不得不扮演讓這個家安定的角色。「馬可斯，有什麼事嗎？」

我覺得困惑。「你星期五要我過來。」

「是嗎？」艾倫心不在焉的說。他那刮得乾乾淨淨的臉很像鯊魚肚。他打開水瓶，給自己倒了一杯梅子汁。他用兩隻手上下揉搓整張臉，然後拿起玻璃杯，喝下果汁。「是的，大衛打電話來過。」

「他好嗎？我出來以後，還沒有跟他說過話。」

艾倫把手裡的玻璃杯轉了兩、三圈。「緊張。」

「比平時更緊張？」

「嗯，我們一直有些問題……我確信你辦公室的桌上有張紙條有寫。他必須在紙板工廠裁掉一百多個工人，上一季開始，訂單少了百分之三十；平版印刷廠的情況也好不到哪裡去。我們需要的只是美國的銀行別再借我們錢。感謝上帝，衛生紙工廠正在全力運作。」

「屎總得拉的。」

「當然，馬可斯，當然。」艾倫喝了一口。

「看得出來，你有點不順暢。」

艾倫笑了。「我一直在便秘。事實上，我喜歡梅子汁。」

「大衛的家人好嗎？」我轉移了話題。

艾倫搖搖頭。「希爾達不會回薩爾瓦多去。她要在羅德岱堡買一棟房子，更接近她的純種馬，你知道，她在訓練這些馬去賽跑……還有，他們的孩子們，我能說什麼呢？我總是覺得，大衛對他們不夠嚴格。羅伯特在聖地牙哥一家漢堡王工作，米迦勒在曼斐斯讀某個學科，亞伯特無法決定要住在義大利還是以色列。可憐的孩子，他不知道自己是天主教徒還是猶太教徒。眞的不是他的錯。他們全家人過得像吉普賽人一樣。」

「這不是他們選的。你忘了那些死亡威脅嗎？」

艾倫放下玻璃杯。「我當然沒有忘。那時瓜地馬拉還沒有變得跟薩爾瓦多一樣糟糕——至少還沒有。我告訴過大衛一千次，叫他搬出在聖貝尼托（San Benito）的房子，到喜來登大飯店租個房間，但是你知道，我們這兄弟是多麼死腦筋。我給的每一項建議，都成了他唱反調的藉口。我們從不直接看著對方的眼睛，我想這是我最後決定離開公司的原因。」

「大衛不想放棄他的房子，他在那裡養育子女，那裡充滿了回憶。」

艾倫拍拍手。「我說的就是這個，大衛讓感情帶領理性，在這個世界裡，沒有留給感情的餘地。」

「大衛的感情和他的理性建立了公司。」

「這一點我沒話說。但是有時我覺得，他代表工會的程度，超過代表管理階層。我們無法投合工人所好。世界已經變了。」

「我想大衛很難接受這一點。」

「講得好！這是他的錯誤……但是馬可斯，我們在這裡不是爲了討論大衛——不過他的『情感』也適用在你身上。你在醫院的這段時間，大衛說服了董事會，讓他們給你薪水和一筆獎金。他要我告訴你，爲了你被關起來，你可以得到額外的一萬格查爾。」

「你們眞大方。」

「大方的是大衛。」艾倫糾正我：「他還建議我們給你支薪的四個禮拜假期，但不是現在，因爲我們需要你回來上班。」

「我不曉得該說什麼。」

「星期五的婚禮上，你可以謝謝大衛。」

我點點頭。

「馬可斯，我希望你不要把這些錢賭博輸光。如果你願意，我可以幫你做預算，比如說，每個月給你一千格查爾，那樣應該夠了。」

「不需要。」

艾倫小心翼翼的看著我。「你欠帕哥的債呢？」

「大概只有兩千。我會先還清。」

「紡織生意呢？」

「都結清了。」我撒了謊，我不想聽他的教誨，說我敗光了自己的退休金。「我在醫院的時候，愛絲佩瑞莎全都辦好了。我們發現奧塔維歐表裡不一。」

「沒有人聽我的建議。原本我要你——」

電話響了。

艾倫立刻拿起話筒，聽到對方說話後，他的臉色變得陰暗。他轉過去，拿椅背對著我。他聽了至少有一分鐘，咕噥了兩、三次「是這樣嗎？」，最後他以「你有這麼自信？我們得看看情況再決定。」來結束這通電話。

艾倫轉回來，重重放下電話。

「出了問題？」

「是你的朋友維拉。」艾倫心煩意亂的說：「好像我忙婚禮還不夠似的。」

「這個惡棍要什麼？」

「當然是要他的錢。你知道，我們跟他達成協定，他一直打電話來說，他立刻要拿到錢。他以為我只要打個電話，就能拿到現金。我想他眞的相信他那些胡說八道的話，認為我們在巴拿馬洗錢。然後他說，他願意接受我的個人支票。他以爲我是笨蛋？他會把支票給媒體看，說我們私下對他行賄！讓這個混蛋等吧。」

「你們協定的內容是什麼？」

「三萬——美金。」

「我還以爲是五萬。」

「一萬給他，兩萬給……我不能說。」

「給盧卡斯總統？」

「我發過誓要保密。」

「但是盧卡斯涉入了這件事，對不對？」

艾倫吸了吸牙齒，露出佈滿血管的舌根。「我沒告訴過你，總統要拿我們開刀嗎？因爲我們是猶太人，他做給多數的天主教徒看，儘管他的士兵拿的是以色列武器，他還是可以自己做主張。僞君子！」

「眞是一團糟。」我靠上椅背。

艾倫的手指敲打書桌。「這些混帳東西認爲，他們可以榨乾你的錢。」他似乎迷失在他的思緒裡，幾乎是充滿敵意的。我該離開了。

「要是沒別的事，我走了。」我說。

「好。問候你的女友。」

「愛絲佩瑞莎？」

「了不起的女人。你知道嗎？我拒絕借錢給她以後，星期四她又來找我？」艾倫搖搖頭：「我們聊的很高興。她對我談到她的家人，他們原本住在西班牙科多巴（Córdoba）。看來她有一半的猶太人血統。」

「眞的？」我還是頭一次聽到。

「她父親姓羅布斯，這不是猶太人的姓嗎？」

「我想是。」愛絲佩瑞莎爲何要迎合我老哥？我警告過她，叫她跟他保持距離。

「她談了很多你的事，馬可斯，還有你對她是多麼重要。我不知道你能讓女人對你這麼忠誠，讓她這麼愛你。」

「你知道女人，她們就是這樣。」

「她求我打電話給巴瑞安托法官。我打的時候，她把話筒拿過去，對他說，你們認識好多年了，她實質上是你太太！」

「她是這麼說的？」我西裝裡的襯衫濕透了。我大概流了一夸脫的汗水。

「然後她讚美法官的清廉和丰采。我不知道她從哪兒聽來的，因爲大家都知道他腐敗得要命。然後她在電話上跟他調情，對他說，她不久就要在卡米諾里爾對面開一家夜總會，邀請他參加開張的活動。太精采了。」

所以她對我說的，這個突然想到的點子，早就在她腦中醞釀了……「愛絲佩瑞莎是很有說服力的。」

「她很精明。你應該帶她到我家來……你知道，等我們從墨西哥回來以後。」

「星期五晚上我不打算帶她來參加婚禮。」

「我確信你不打算這麼做。」

我陷入沮喪的漩渦。「我最好回辦公室去。」

「你桌上會有一堆東西要處理。」

「對，總是有文件要簽名。」

「高階主管必須受的罪！」艾倫說。

他的心情好了起來，我的臉卻陰慘得像一輛靈車。

「你要怎麼用這筆錢？」艾倫問：「開那間夜總會？」

「那是愛絲佩瑞莎的計畫！她總是滿腦子新點子。有時她會忘記，我才是當家的。」

「很好，馬可斯。」艾倫站起來：「現在不是作新投資的好時機。這些綁架案的報導非常糟糕。沒有人知道誰能贏得三月的大選。從個人角度來說，我已經連續二十個月賠錢了。要不是有公司的紅利，我連銀行貸款都付不出來。尤其是瑪莉娜和丹恩的婚禮，會有上千個人，還有在彼特摩爾（Biltmore）的宴會也要花掉我三萬美金——還不包括花、小費，還有給拉比的錢。不，馬可斯，我建議你不要。還有，為什麼要開夜總會？光是順利開張，你就得對每個人使錢，然後你必須給警察錢，還要處理那些鬧事的醉鬼。不值得。」

「也許你是對的，艾倫。我會仔細想想。」

「你好好想一下。」艾倫陪我走到樓梯口。他在我耳旁低聲說出一個愚蠢的笑話，然後大聲笑出來，然而他的聲音被從發光的藍色管子傾瀉而下，注入樓梯下方池子的嘩嘩水聲蓋住了。

9

每個人都在工作，從祕書到業務人員，他們用親愛和熱情的眼光看著我，讓我覺得他們誤以為我是死裡復活的拉撒路（Lazarus）❾。我桌上擺著四個花瓶，裡面插著劍蘭和康乃馨，還有一個托盤，裡面放著熱騰騰的餐前點心和一台菲律賓作的吃角子老虎，當你拉下桿子，就會跑出一杯蘇格蘭威士忌。我的秘書左拉代表大家說，辦公室沒有了我，工作生活變得非常悲慘，尤其是艾倫先生突然出現的時候，大家都很緊張。這些日子沒有人開玩笑，大家都不敢笑出聲來。

歡迎我回來的派對舉行了半小時，然後大家回到座位上繼續工作。我不斷拉下吃角子老虎

❾拉撒路（Lazarus）：《聖經》中耶穌使其死而復活的人。拉撒路死而復活的故事，是基督徒樂道的聖經故事。

的桿子，直到酒沒了。十一點半，我獨自坐著，相當醉了，瞪著沒有窗的辦公室，哼著墨西哥民歌。牆上的克羅克（Frederick Crocker）肖像裡的印地安人，突然迂迴前進，放下他們背上沉重的東西，對著我這個爛醉的、面容扭曲的人，露出了微笑。

在我桌上靠側邊的地方，有一小堆信件與訂單，等著我簽下名字，還有一張清單，列出我在蘭諾醫院的這段時間裡，有誰打過電話來。奧塔維歐的名字在十二月初出現了幾次，之後像暴風中放了個屁，消失得無影無蹤。

索爾妲的名字也出現了，她每個月每逢第三或第四天來電，永遠只留話要我回電。顯然她需要錢。

在半醉狀態下，我用左手簽下所有發佈的消息，然後，我開始看每週的訂單與運貨報告。這些數字顯得模糊，混成一團，宛如畫作的許多筆觸。我的工作忙碌而沒有價值，對我的哥哥們來說，它卻值一年六萬美金。我大聲笑起來，然後，我安靜下來，傾聽附近聯合教會（Union Church）的電子鐘聲。我在等待著，打雷、地震、上帝的干預。寒氣從我的背脊往上冒，再溜下去。我病了？現在離中午彷彿已有幾十年之久。

我把腳架在書桌上，愛絲佩瑞莎最喜歡的昆比亞舞曲的詞句不斷在我腦中重播：

喂，聽著！張開你的眼睛！

看看四周
享受生命賜下的
美好的事物

我用純銀鋼筆敲擊桌面，是的，我可以張開眼，看看四周，享受生命提供給我的美好事物。我可以忘記愛絲佩瑞莎的謀畫，把心思放在她肉感的身軀上，她需要馴服，但是沒有人會否認她愛我。所以，如果我銀行裡沒有錢，又會怎樣？但我還有一棟不錯的公寓，一輛汽車，一份對我要求極少的工作。我準備打電話給愛絲佩瑞莎，跟她說我要回家吃午餐，這時，左拉透過公司內部的通話系統堅持要跟我說話，我驚訝的幾乎從椅子上摔下去。「這棟大樓著火了？」

「對不起打擾你，馬可斯先生，是索爾妲。我應該告訴她，你正在開會嗎？」

「她知不知道我回來了？」

「總機小姐告訴她，你回來了。」

「要命！要命！」我對著話筒尖叫。我若不接這通電話，索爾妲就知道我在躲她，經過這麼多年，她知道我哪些藉口摻了水，哪些沒有。「接過來，」我嘆了口氣：「但是左拉，我跟她談過以後，請過濾我的電話。就說我已經出去吃午餐了。」

「是的，馬可斯先生。」

接通電話的喀答一聲，並未給我時間讓我鎮定、清醒。

「終於！」大審判官的聲音傳出來。

「哈囉，索爾妲。」

「回來上班了，馬可斯？」

「第一天。」

「很好笑，但我還以爲你退休了，到拉斯維加斯去養老。」她的口氣中務實的成分大於嘲笑——不帶感情的——但是我喝下的蘇格蘭威士忌讓關於索爾妲的一切都顯得陰險狠毒。

「不，我還在這裡。」

「我在報上讀到關於你的一切。你成了名人。」

「大部分都是八卦。你好嗎？」

「老樣子。」她沉著的說：「還過得去。」她在「小姐」做了二十幾年。我遇見她的時候，她正在擦地板，清理櫥窗。後來老闆畢夏普太太得了關節炎，整天躺在床上，索爾妲就管起賺錢的珠寶部門，把手工製作的金飾與銀飾和頂級的印地安編織品賣給富有的美國觀光客。

「安東尼奧說，觀光業在走下坡。」我說。

「說得對。但是我們的郵購生意情況不錯。你好嗎？馬可斯。」

「跟以前差不多。」

「傳聞說你戀愛了。」

「傳聞全是謊話。」我暴躁的說。

「眞的？我不知道你對安東尼奧的看法竟是這樣。」

「安東尼奧老是講個不停。而且嘴巴講講不花力氣，尤其是當你不了解內情的時候。」我立刻發現，我說了一些與本意相違背的話。「我不是指你，索爾妲，我只是說一般的情況。」

在電話的另一頭，索爾妲沒有說話，等著我繼續說下去。我可以看到她那淡黃色的光滑皮膚，粗糙的黑髮，如今可能泛灰了，依舊是一位馬雅女神，嚴峻冷酷的面龐，浮現於已成化石的琥珀，在她裡面的某個地方，藏著一顆跳動的心與鮮血，但是在哪裡呢？

顯然得幫忙挖出它們。

辦公室開始旋轉。我不想再撒謊，爲了方便，或是，更適當的說，爲了恐懼，而隱藏眞相。

「對，我想我戀愛了。」

「如果你想是這樣，馬可斯，你就不是眞的相信。」

「我戀愛了。」而且我想哭，流下大顆的眼淚。

沉默了好幾秒鐘。「恭喜你，馬可斯。我一直認爲，你會做個好丈夫。只要你長大了，能夠面對事情。你打破了那些相信現在改變已經太遲了的人的看法。」

這就是我的索爾妲，她嫁給我，只是因爲我承認我愛她，總是誇大其辭。我買了一輛新車，突然間，我就成了大闊佬。發生在我們之間的事不也就是這樣？她把我在激情湧動下衝口而出的「我愛你」當成了我願意娶她爲妻。她的聲音裡有怨，從那張我已有十八年沒有親吻，甚至沒有見到的嘴中滑了出來，那黝暗的薄唇，像魚一樣，永遠是柔軟的，浸濕的舌，自主的跳躍，穿過白骨般的牙齒，從不在我口中揮動……我的舌頭在嘴裡滾來滾去，彷彿再一次觸碰到她的唇……

「馬可斯，你在哪裡？」

「當然在這裡。」我說，把手壓在話筒上。

還是我回到了幾十年前？「那裡」是卡爾門修道院的黑巷，兩棵鴨掌木的枝葉合在一起，在那裡，我愛過這個乳房如百合花瓣的清瘦女孩。我啜飲她的嘴唇，她的乳房；那嘴唇，敞開時微微顫抖，給了我唯有二十歲的年輕人才能給出的甜美。有一天，大衛和我看到她獨自在福祿壽餐廳用餐：迷人的杏眼——她告訴我們，她的外婆是華人——深深的閃耀著，暗棕色的身體，是的，然而它是個豆莢，在柔軟的外殼底下，藏著甜美的羅望子的果實。那些晚上，當我說我愛她，我總是試著進入那豆莢，當我進去了，我發誓，只要我能，我一定娶她，無論有多少阻撓……然而我知道，我永遠不會。我很快就想出各種阻撓，總是有我父親，拿著他的猶太教經文匣⑩詛咒我，有位拉比不同意——怎麼會呢？——還有艾倫在搖頭……

「馬可斯，我是爲亞伯特打這個電話的。」

索爾妲，永遠的現實主義者。每當我們快要接近我們眼前的位置，最省力的就是提起兒子的名字。

我不敢開口。

「看在老天的份上，你怎麼了？」

「對不起，我得走開一下，我的喉嚨很癢。」要真是我的喉嚨就好了……我讓自己從椅子上站起來，蹒跚的、膝蓋發軟的走進辦公室的洗手間。我打開水龍頭，水汩汩流下，溫暖的，幾乎發出惡臭的水。等水冷了，我把塞子壓進漏水口，讓我的臉沉入水中。我讓它舒緩我腦中的熱度，希望找到跟索爾妲好好談話，不要互相指控的方法，像是我們之間的愛情的確存在，至少如懷亞伯特的那天晚上。我擦乾臉，回到電話旁邊，我知道索爾妲永遠不會原諒我，連我死了以後也不會。她曾愛過我，把自己的身體交給我的話，衷心相信那些話，而那些話對我卻沒什麼意義，因爲我完全不曉得，愛情可以是什麼樣子。

「亞伯特怎麼樣？」我問。

⑩猶太教經文匣（phylacteries）：據猶太教規定，除了安息日和節日外，十三歲以上的猶太男子在平日晨禱時必須佩帶經文護符匣（希臘文，原意爲「護身符」；希伯來語稱爲「塔夫林」（Tafflint），意爲「祈禱」），以表示對上帝的敬意和對誡命的遵守。

我的兒子。我從未見過的兒子。禁止入內，對我的懲罰。

「他下個月要從那所軍事學校（她從未說到學校的名字）畢業了。政府五月派他到美國接受三個月的特別訓練，到喬治亞州。然後他可以回來，上理工學院。」

「我的兒子接受中情局和美國海軍陸戰隊的訓練？」

「他必須考慮他的未來。」

「他需要錢。」

「對，大約三百一十五美元。」索爾妲算得很清楚，總是用美金算，從不多接受一分錢。我早就停止嘗試多給錢了。

「這錢是你的了。」

「是他的。」

「說得對，索爾妲，都是他的。我什麼都願意給他。你知道的。」

「不，我只讓你給他我不能給的。」

「當然。」沒有其他的方法：「他還好吧？」我問，我不想讓她察覺到我內心的騷動與混亂。

「很好。」

「我能認出他來嗎？」

「他很高很瘦，像我，皮膚很黑，現在在留小鬍子。有人告訴他，要吃維他命E。他有你的悲傷的猶太人眼睛。」

一次坦白的供認，我不能放過它，不做答覆。「他很悲傷，因爲他需要爸爸。」

她停下來。「不，馬可斯，他很悲傷，因爲生命是悲傷的。即使你恰巧在戀愛也一樣。沒有什麼是永遠純潔的。總是有背叛。」

我是否曾經說這話？「我從來不想傷害你。」

「你眞是會逗我笑，馬可斯。」

我讓這一擊刺穿我。「我跟他見面的時候到了，難道不是嗎？」

「你知道我們的協定。」

「一項協定需要雙方同意。你逼我簽字的。」

另一頭沉默了。然後她說，「亞伯特是我的兒子。他滿二十一歲以後，我會告訴他你還活著。到時候他要是想見你，那是他的事。」

「他相信我拋棄了他。」

「這孩子已經不問了。」

「他假設我死了。實在太好了。父親淹死在海裡。你從哪裡得到靈感，告訴他是這樣？」

索爾妲沒有回答，只補充說：「你知道，馬可斯，對於訓練軍校學生的以色列人，學生們總是說那些人的壞話，亞伯特卻爲他們說話，對此你應該感到自豪。」

「至少他不像其他瓜地馬拉軍人一樣反猶太人。」

「學生們取笑亞伯特說他是猶太人。當然他們不確定。這是因爲他的頭髮很鬈，還有那雙悲傷的褐眼。」

「上帝幫助他。」

爲了某種原因，她說：「這些男孩很嫉妒，因爲亞伯特的槍法名列前茅。他跟比較小的學生處得不錯，幾乎是守護著他們。他還是不沾菸酒。」索爾妲輕鬆的說。

「我絕不會送他上軍校，他上英美學院（Inglés-Americano）會好一點。」

「你曾有過機會，馬可斯，而你弄砸了。」索爾妲的聲音提高了。她是對的，她對我說她懷了孩子的時候，我可以娶她的。

「這件事你永遠不會原諒我。」

「我爲什麼要？」

「因爲孩子。」

「你應該感激我讓你幫他。」

「我應該謝謝你，讓我給他錢？」

「你本來就沒資格。」她的聲音拉得很高，充滿情緒的顫動著。「我得走了，馬可斯。畢夏普太太剛才進來了。寄錢來——快一點。」

「寄到店裡？」

「對，到店裡。」她急促的說。

「等新年過了。」

「沒問題……還有，馬可斯？」

「什麼？」

「我很高興你戀愛了，這對你很有好處。」

我還沒答話，電話就啪噠一聲掛掉了。我放下話筒，覺得快崩潰了，我走出辦公室，完全沒聽到別人在叫我。我上了我的車，未經思考就開到愛絲佩瑞莎的公寓。她打開門，穿著紅色的長袍，上面有栩栩如生的綠色與黃色的金剛鸚鵡。接下來的五分鐘，我只是站在那裡，抱著她，害怕鬆手。

愛絲佩瑞莎給我一杯蘇格蘭威士忌加蘇打。「你曾經愛過她，是嗎？」

「她是我頭一個好好對待的女人，其他的都是青少年的迷戀，你知道的。」

「你讓宗教阻礙了愛情？」

我喝了一口酒。「不只是宗教。就我所記得的，我爸爸經常對我們說起阿勒坡（Aleppo）的事，談到猶太人在敍利亞如何艱難的生活在阿拉伯人之中。還有聖經故事，約瑟夫和他的兄弟們⓫，約拿和鯨魚⓬，總是有一種把我們界定成猶太人的寓意。跟索爾妲結婚會毀掉這個他辛苦建立起來的小世界。我確信那會殺死他。」

「索爾妲也許會改變信仰，像羅妮亞一樣，不會嗎？」

我從沙發上站起來，加了一個冰塊，把更多的蘇格蘭威士忌倒進杯中。

「首先，羅妮亞有一半的猶太血統。那時索爾妲又懷孕了。誰都看得出來。」

愛絲佩瑞莎也倒了第二杯，然後，她把我拉回沙發上。「她可以墮胎。」

「我不明白。」

「我堂哥西薩願意給她做，但是索爾妲拒絕了。她讓這件事變成一場意志的戰爭。」

「她說，要是她去墮胎，我就沒有理由娶她，即使她肯改變信仰也一樣。」

「但是你愛她。」

⓫約瑟和他的兄弟們（Joseph and his brothers）：據《聖經》記載，約瑟爲亞伯拉罕的曾孫，雅各的第十一個兒子，曾被哥哥們合謀賣到埃及。

⓬約拿和鯨魚（Jonah and the whale）：據《聖經》記載，約拿被拋在怒海中，留在鯨魚胃裡三日之久，然後被吐出來，到了陸地。

「我們在一起三年，她知道我一點都不想向她求婚。」

「馬克斯，你在欺騙她。」

「我只是沒法讓自己娶她。」

「你這個傻瓜。你知道你做了什麼嗎?」

我摩梭愛絲佩瑞莎的頭髮，只是找點事做。「知道她懷了孩子，我就慌了。我一定要她去墮胎，然後我們再商量結婚的事。我甚至對她說，大衛建議我簽一份合約，明白寫下我的意圖。」

「至少要這樣。」愛絲佩瑞莎諷刺道。我懷疑她也覺得受到同樣的對待。「索爾妲當然拒絕了。」

「她說，她想要的是承諾，不是一文不值的文件。充滿威脅和爭吵的幾個星期就這麼過去了。大衛說，他若是我，就會逃到特古西加帕（Telgucigalpa）或聖佩德羅蘇拉（San Pedro Sula），一年後再回來，帶著猶太新娘和一個孩子。但是大衛比我小六歲。他不記得我們剛到瓜地馬拉來的那幾年，我父親每天早上佩帶經文匣，強迫我們聽故事，一個又一個，關於什麼是猶太人，尤其是流亡的猶太人。『即使在異教徒中間，猶太人永遠是猶太人。』我父親經常這麼說，然後他會對我們說起巴別塔（Tower of Babel），摩西穿過沙漠，還有約書亞有什麼遭遇。我們住在——其實幾乎是在挨餓——馬薩特南戈。我爸爸每周五下午關上店門，坐巴士走一百三十哩路到瓜地馬拉市，跟他的姐妹瑞秋過安息日，第二天早上到會堂參加禮拜。我爸爸爲安息日而活。

我該怎麼做？跑到宏都拉斯去，笑著回來，介紹他認識他的媳婦和小孫子？」

「所以你就什麼都不做？」

「我們兩個什麼都沒做。不全是我的錯。」

「但是你作了決定。」

我搖搖頭。我願意承受的範圍有其限度。「她不肯墮胎，所以我不會娶她。」

「僵局。」

「直到有一天，索爾妲突然消失了。我問畢夏普太太，她說她要求休假。畢夏普太太一定知道她到哪裡去了，但她就是不告訴我。」

「你想不出來她去了哪裡？」愛絲佩瑞莎溫柔的把我拉回沙發，把我的腿放在她的大腿上。

「我懷疑她到格查爾特南戈（Quetzaltenango）的娘家去了。」

「你有沒有去找她了？」

「為了什麼？我們是不會有結果的，我們兩個誰都不願退讓。我聽說她在那兒生下孩子，然後回來為畢夏普太太工作。索爾妲拒絕跟我見面，也不讓我看亞伯特。我把錢寄到店裡。她威脅說，要是我不合作，她就告訴我爸爸，是我讓她懷孩子的。」

「她勒索你。」

我搖搖頭。「她從不為自己要錢，只是為亞伯特。一個月二十格查爾，作為育兒費，而不是為了她自己。」

「你就再也沒有見過她？」

「一年二到三次，我會從商店的櫥窗外看著她。當然，她老了些，比我記得的樣子還瘦，但那是她，同樣的吊眼梢，黑色的頭髮……」

愛絲佩瑞莎靜靜坐了幾秒鐘。我藉著搖晃杯裡的冰塊得到安慰。這一天，我第二次喝得爛醉，對於回到工作崗位的第一天，實在是了不起的紀錄。

「馬可斯，你還是愛著她，對不對？」

我看看愛絲佩瑞莎。如果她教導了我什麼，那就是要誠實——不要迴避正面答覆，不要遮蓋自己的足跡。「就某方面來說，我想是，作為過去的情人，作為我兒子的母親，作為我絕對是背叛了的對象。」

「對。」愛絲佩瑞莎溫柔的說：「有一種沒有了結的感覺，你一直想知道何時會結束，不斷地等待另一隻鞋子落下，但它從來沒出現。」

「你是指什麼？」

「馬可斯，你若娶了她，會是什麼情況？想像一下，你的生活會有多大的不同！再也沒有到碧米尼（Bimini）的遊船旅行了。」

我把愛絲佩瑞莎拉過來，一隻手伸到她的罩袍裡。我感覺到老二騷動起來，總是在想要佔據的情況下開始亢奮。

她抓住我的手。「我知道你要什麼，答案是不行。我沒有心情，馬可斯。對不起，我希望你能了解。」

我吻她的脖子，然後把頭貼在她的胸口。「我希望你星期天來參加瑪莉娜的婚禮。星期五我想帶你到艾倫家，參加公證結婚儀式，但是艾倫要我別這麼做，這項儀式是家庭活動。」

「你不必向我證明任何事，馬可斯。」

「不是向你，愛絲佩瑞莎，而是向我自己。我以你自豪，我愛你，我想跟你在一起。」

「你想向我證明，你已經改變了。」愛絲佩瑞莎用手壓在我嘴上，「不需要。」

我輕咬她的手心，舔她指間的縫隙。「我再也不想活得像隻蠕蟲，總是躲躲藏藏。我覺得我的一生不過是個謊言，這都是因爲我不敢站出來護衛我認爲是對的事情。我說服自己，讓自己相信我不該被迫作出決定。」

「我覺得你喝太多了，馬可斯。」

「請你讓我講完。」

「好。」愛絲佩瑞莎瞪著身上的一隻黃色金剛鸚鵡。

「當時機對了，我要娶你。我們若要孩子，可以收養幾個。」

「嗯……這個以前你說過了」

「但是現在我是真心的。」

「馬可斯，你不欠我任何東西。」

「不是『欠』，愛絲佩瑞莎。上帝，對我來說，你是全世界！」

愛絲佩瑞莎再次捂住我的嘴。「拜託你，現在不要跟我講話，過會兒再告訴我，當我確定是你而不是酒在說話的時候。」

「愛絲佩瑞莎？」

「拜託，現在不要跟我講話。」

我必須同意，或許真的是蘇格蘭威士忌。

10

要開設「愛絲佩瑞莎的店」夜總會，我們需要一個律師。我打電話給帕哥，要他星期三早上到我辦公室來。

「馬可斯，你在醫院住住，對你有好處，我發現禁慾讓你神采煥發！」

帕哥代表的是四十五年的友情與忠誠。我們不常見面——我們的生命走向不同的路徑——但是童年時代的感情還在，永遠牢不可破。我擁抱他，低聲說：「誰說我禁慾了？」

帕哥瞪著我的臉：「你是個瘋子，馬可斯。」

「護士會走進我的房間，看著我光溜溜的身體，然後拉起裙子。有一個巴西女孩，瑟希。」我親吻我的指尖：「她的屁股可以讓和尚破戒。」

帕哥取下頭上的軟呢帽，這種帽子幾十年前在瓜地馬拉十分流行。他就是這樣，永遠有點過時。「你永遠不會改變，我的朋友。即使爲了愛絲佩瑞莎也不會。她非常特別。」

我指著椅子。「帕奎多，但是我的確變了。剛才說的那些護士只是隨便講講，看在舊交情的份上，我沒有忘記什麼會讓你硬起來。」

帕哥笑了，胸口鼓起來。二十的婚姻，跟一個禿鷹般的貪婪女人，六個孩子，岌岌可危的律師業務，讓他快要崩潰了。我們高中的死黨、現在在舊金山為美國公司皇冠齊勒拜奇（Crown Zellerbach）工作的「黑人皮納達」說，他最後一次去看帕哥時，帕哥被解除管理職務，像一塊磨鈍的打火石。也許他是對的，帕哥的耳朵長了一簇毛髮，還有他的八字鬍，以前是濃黑如掃帚，現在卻變得稀薄泛白，幾乎遮不住上嘴唇。他的動作的確緩慢多了，肩膀弓起來，像一隻馬蹄蟹，被生活壓彎了腰，更別提這身殼了，洩漏出來的老化跡象，他的右肩發出喀的一聲，他的皺紋像彗星的尾巴一樣，從眼角畫到臉頰。

帕哥坐下來，兩腿交叉。

「你什麼時候知道我出來了？」

「上星期五我在『糖果盒』餐廳碰到艾倫。這個老小子說你現在跟小鳥一樣自由，雖然花了公司幾千塊來逃過法律責任。要是交給我處理，你絕對不會踏進醫院一步，除非你想跟那個護士亂搞。」

「我知道，帕哥。」

「但是你兄弟喜歡知名度高、又有時髦的美國學位的律師，跟他們談哈佛法學院的事。他對我到底有哪裡不滿意？」

「帕哥，我們不再是家族企業了。」他還在懊惱一九六三年玻璃瓶工廠跟紙板廠及平版印刷廠合併時，被公司踢走的事。讓帕哥走路是正確的作法，他對併購與國際法一無所知。他很會處理離婚與勞工糾紛的官司，但是複雜的合約在他的能力範圍之外。當時我若為公司做事，也得投票裁掉他。帕哥或許明白這一點。

他把前額的一縷頭髮甩到腦後，遮住光禿的部位。「我知道，我知道，我知道理由是什麼。但是要我走進這棟大樓，還是令人痛苦。」

「我們原本可以在樓下的咖啡屋見面。」

帕哥解開領帶。「對，這是一棟狗屁房子。這是艾倫的老舊狗屁房子。你為什麼不在這裡裝個窗子？這個房間簡直像一口棺材。」

「我不在意。沒有窗戶就沒有讓我分心的東西，才不會影響我處理會影響幾百萬人生活的重要決定。」

「你已經為公司工作了快十五年了，馬可斯。我還是不曉得你在幹什麼。」

「我也不知道。」我站起來：「我們下去，到『傑森』喝杯咖啡。我要帶你看看那個在隔壁新開了一家花店的加州金髮美女。」

我拉著帕哥的手臂往外走，吩咐左拉，如果有人打電話來，就說我去倉庫了。

坐電梯下去的時候，我對帕哥說：「你爲什麼不拿掉這頂愚蠢的帽子？」

「你不喜歡？好多年前，我花了二十五美元買的。爲什麼呢，它看起來還很新。」

「對，是很新，不過難道你沒有注意到，現在只有印地安人還戴帽子？連他們也只有星期天才戴。」

帕哥的額頭皺起來，把帽子夾在右臂底下。「馬可斯，我很高興知道，蘇珊娜不是唯一一個批評我的人。」

我們走過「蘭花」花店。幾十根天堂鳥對著我們伸出藍色的舌頭。但是眞正的西番蓮，叫法蒂瑪的女人，中午以後才會進來，給彩葉草與白花紫露草澆水的印地安女孩說。

「太可惜了，帕哥，她的長褲緊到能看到內褲的邊。」

帕哥用帽子打了我一下。「你有毛病，馬可斯。」

我們在「傑森」找了張靠窗的桌子。又是一個瓜地馬拉的萬里無雲的天氣，炫目的天光，繞行西班牙廣場的汽車快速駛過的強光，讓我的眼睛很不舒服。

我們點了兩杯咖啡和甜點，一個「大象耳朵」給帕哥，我的是草莓塔。

「家庭生活如何？」我點燃香菸。

帕哥皺皺眉。「一天又一天，沒什麼不同。瑣碎得讓我煩死了，孩子們學校的問題，我們的財務問題，不要問我什麼是性交，蘇珊娜和我幾乎有一年沒做愛了。」

「問題就是問題，但這樣很恐怖。」

「她老是說，我看起來像一塊不新鮮的麵包。我對她沒有吸引力。所以我們分房也分床睡。」

「以前你爲什麼沒告訴我？」

帕哥一把拿起我放在菸灰缸上的香菸，吸了一口。「有什麼意義？」

「我會聽你講。或許我可以給你一點意見。」

帕哥笑了。「我知道你會說：握住她的屁股，把她壓在餐桌上，戳進去，不要放手，直到她叫出來。」

我拿回菸，「這只是一種講法。」

「馬可斯，你認爲性交是解決核武戰爭的方法！」

我眞的是如此沉浸在自己的事捺，竟然讓別人有這種感覺？難道這就是我最好的朋友們對我的看法？「我這麼說話，因爲我以爲你想聽這個。『馬可斯和他的挑逗的故事。』」

「你怎會這樣認爲？」

「告訴我，帕哥，你眞的對一個受僱於兄弟，整天在訂單上簽名的老光棍的問題有興趣？我不認爲是這樣。」

帕哥的鼻子噴了一聲氣。「你覺得我是越變越年輕嗎？」

我們直視對方的眼睛。過去二十年來，我們的談話是一連串的笑話和哄笑，裝假和嘲弄，沒有任何東西暴露出來，最深的思緒與情感從未浮上檯面。我們可以一連好幾個小時，談論成長過程中的趣事，談論青春期的出軌行爲。我們對友情的定義就是這樣，回到過去，披露虛張聲勢的經歷，不是嗎？

「我很抱歉，帕哥。」我說。

他的手指神經質的敲擊桌面。「我也很抱歉。剛才你要是問我任何有關蘇珊娜的問題，我很可能會責怪你窺探我的隱私。」

我點點頭，按熄香菸。「你有別的女人嗎？」

「我跟中美洲航空公司（TACA）的一個空中小姐來往三年了，後來她曉得我不會離開蘇珊娜——因爲孩子。她厭倦了零零星星的相聚，在幽暗的餐廳吃東西，還有我一直東張西望。女人要一些羅曼史，不僅是私下進行的，而我只能關上門來給她。所以我現在大多去嫖妓。這樣比較單純。」

「你不怕得梅毒什麼的？」

「我不去十七街的妓院。而且我告訴過你，蘇珊娜和我早就不親熱了。要是我得性病死掉，她就徹底自由了。」

我看看帕哥。「你需要去度假。」

「拿什麼去？壟斷企業的錢？」

「聽著，不久以後，我會有一些空閒的時間。我們可以去巴拿馬一個禮拜，賭博、游泳、狂歡作樂。」

「你的新女友怎麼辦？」

「愛絲佩瑞莎不會在意的。帕哥，這樣對你有好處。我來付帳。」

帕哥的眼睛仍然暗淡無神。「蘇珊娜絕不會讓我去的，她眞的變成了枷鎖，沒有用的，我們都對這個完全沒有快樂的婚姻有承諾。」

「她知道我們在巴拿馬有辦公室。告訴她，我需要你去處理一些跟新企業有關的文件。」

「公司要我走以後，她很生氣我們還是朋友。那時她知道你沒有替你兄弟做事，但是她說這不是藉口——你原本可以做點什麼的。老實說，她很生你的氣。」

「那時每一件事都讓她生氣。」女侍端來咖啡和甜點。帕哥兇猛的朝著他的「大象耳朵」進攻，上身壓在蛋糕上方。他的樣子比用吃東西來取代生活、冒險與性愛的老光棍還要糟糕。

「帕哥，我在醫院的時候，你幫了我忙，我很感激。」

「小事一樁。全都是愛絲佩瑞莎的功勞。她非常聰明，但是不要用結婚來毀掉一切。」

「事實上，我們準備結婚。」

帕哥看看我。他的嘴唇上有糖粒，一開口說話，糖粒如雨點般落下。「它會毀了浪漫！」

「我不認爲如此。」我確定的說：「我們都會因爲安定而受益。」

「你年紀大了才上鉤。也許這回不一樣，你有充足的機會去犯錯，你正在重新來過。而且她愛慕你，馬可斯，她眞的是。我從未看過一個女人對一個男人如此關心。」

「你言過其實了。」

「不，馬可斯，我知道我在說什麼。看看我，我娶了一個女人，從我認識她的那一刻起，她就不敬重我。她總是覺得，我把自己廉價的出賣了。現在蘇珊娜甚至在孩子面前侮辱我——要他們將來不要像我這麼失敗。你知道爲什麼會這樣？」

我喝了一口咖啡。

「她從未愛過我，但是她以爲我會賺很多錢。現在她覺得，我有意讓她失望，只是爲了激怒她。不，馬可斯，你得到了一個盲目地愛著你的女人，這是最好的。爲了你，她願意把手伸進火堆裡。」

我點點頭，覺得某種類似自豪與尷尬的東西在胸口鼓脹起來。它太陌生，讓我無法把它藏在裡面。「帕哥，我又需要你幫我了。」

他嘖嘖的喝著咖啡。「我想你不會要我重做馮婦的。公司的事？」

「愛絲佩瑞莎和我想開一家夜總會。」

帕哥搖搖頭。「奧塔維歐的事還不夠嗎？要不是愛絲佩瑞莎馳援，你會損失所有的錢，最後還去坐牢。你被騙子釣上了。經歷過那次跟公司會計的事以後，馬可斯，我不認爲這樣做是明智的。不要這麼傻，先生，時機不對。」

「但這是個好主意。」

「什麼？像『波特里托』（El Portalito）那樣的另一家酒吧？這裡的小酒館比墨西哥所有的酒吧還要多。你需要的是外國佬所說的『觀念』。一個全新的、卻是強而有力的概念，馬可斯。」

「但這會是新的——對瓜地馬拉來說。我們想開一家酒吧，就像邁阿密的『大老爹』酒館（Big Daddy lounges），只有成年人能進來，最低消費額三美元，讓那些揩油的人不敢來。輕快的音樂，騷莎、昆比亞、墨朗格，愛絲佩瑞莎會處理這個。調酒的價格很公道，位子很舒服。我們會在所有的大飯店與旅行社做廣告。拉丁音樂，美國式的舒適。你覺得呢？」

「馬可斯，任何跟酒有關的東西都需要行賄，給發執照的機構，給進口酒的廠商，更別提警察、軍方和準軍事組織，市長，甚至盧卡斯總統，任何坐在想找麻煩的位子上的人。」

「這就是我們需要你的原因——來處理法律方面的事情。」

帕哥笑了。「但是你快要破產了。你從你弟弟大衛那裡偷錢嗎？」

我打開皮夾，交給帕哥一張支票，那是我欠他的錢。「這裡是你的兩千美金。」

「哇，蘇珊娜會很開心的。」

「爲什麼要告訴她？自己享受就好了。我還有八千美元會進來，作爲我在醫院的報酬。我想我可以從銀行貸五千美元。這樣就夠了。」

一個報童走進店裡，叫賣《時報》與《自由新聞報》。我買了一份《自由新聞報》，翻到廣告欄。

「現在投資，時機糟透了。」帕哥繼續說，扯著從耳朵裡竄出來的毛。「傳說盧卡斯總統準備取消格查爾緊釘美元的政策。到了六月，格查爾會貶值一半。」

「投資永遠有風險。」我隨意看著廣告：「百分之五十的企業在第一年徹底失敗。」

「一點也不錯！你爲何要再找一件事來爲它頭痛？利用通貨膨脹，把錢放在墨西哥，賺百分之二十五的稅務優惠。」

「如果他們又讓披索貶值，我就全賠光了。」

帕哥舉起兩隻手：「你對每一件事都有答案。」

我把報紙放到他手中。

「你要給我看什麼？」

「讀第三欄下面的第四則廣告。」

帕哥取出眼鏡，架在鼻子上，大聲讀出我們的廣告：

租屋：

一棟小房屋，或是多用途的辦公地點，附廚房。附傢俱佳。位於改革大道上，或是附近地區。長期租用。可提出推薦人。每月最多一千美元。請電六三八－六七六。

他讀完了，取下眼鏡，收進外套口袋。「你是認眞的？」

「非常認眞。要是我們能在二月開張，就能趕上在卡米諾里爾和彼特摩爾舉行的中美洲文具協會（Papeleria Centro Americana）、凱特比勒公司（Caterpillar, S.A.）和瓜地馬拉畜產業者(Ganaderos de Guatemala）的會議。」

「這是愛絲佩瑞莎的主意？」

「對，最初是。她在酒吧做過。」

「但做的都是外場的工作吧？」

我知道帕哥在暗示什麼──顧客的注意力，而不是管理。「在外場做，能讓你了解內部的運作。就像安東尼奧說的：女人的屁眼跟陰部差別不大。」

「差別在於你要什麼。」

「還有你在尋找什麼。」

帕哥笑著看我。「你知道如何改變措詞，馬可斯。」

女侍走過來。「還要點什麼嗎？」

我看看錶：「謝謝，買單。」

趁著女侍在收拾我們的盤子，帕哥把這份廣告又仔細看了一遍。

「你處理法律方面的事。」我對他說：「我可以用一筆錢付清，或者分你一點的利潤。」

帕哥的雙手在腦後交疊，然後伸直手臂。「聽起來你好像已經進度超前了。忘掉那些殺戮、綁架和無恥的司法系統，它可以吊死你，也可以放你自由。忘掉這些，瓜地馬拉也許有全世界最低的稅率，但是總要付出代價。」他搓搓手指，「瓜地馬拉不是拉斯維加斯。」

「我們準備做了，帕哥。管他的。」

「如果只是草擬合約，讓執照得到保障，我想我可以做。但是不能行賄，我不能爲了你一時的興致，讓我這家小小的法律事務所受到危害。我是說眞的。」

「這表示你加入了？」

「你知道你會說服我的。連那段加州金髮美女的話，都是你計劃的一部分。」

「我的建議是，你拿百分之十的利潤。這會減輕我們初期的開銷，就長期來說，你會賺到更多錢。」

「如果你成功了。」

「我們會的。」

帕哥站起來。他看看他的軟呢帽，把它塞到臂膀底下。「我想，直接把它放進帽盒的時候到了。馬可斯，每次我跟著你買股票或在賭場下注，結果都是輸光。如今我應該學到教訓，但是你把我心裡的那個賭徒——那個渴望的思考者——引誘出來。還有，愛絲佩瑞莎跟你一起做，情況應該大大的不同。」

「我去碧米尼的時候，她坐在我旁邊，我贏了一千五百美金。她是福星，帕哥。」

「跟你不一樣，那是一定的。」

我付了賬，陪帕哥從「蘭花」旁邊走到他的車子那裡。性感的法蒂瑪還是沒有出現。帕哥很失望，我看得出來。神奇的替代性歡樂，僅僅五秒鐘的凝視，我知道，就可以讓要負擔六個孩子的爸爸一星期都感到滿足。

帕哥發動他的一九六三年英帕拉敞篷車——磨損龜裂的頂蓋——他把一個銅板扔到爲他看車的赤腳印地安小孩手中。

他搖下車窗。「問候愛絲佩瑞莎。瑪莉娜要結婚了，替我恭喜艾倫——告訴他，我還在等喜帖。這個混蛋！」

帕哥把像罹患肺氣腫的車子開走了，留下一大蓬上升的黑煙。

11

我們原本準備登一星期廣告，原本也沒巴望會得到多少回音，也許有一兩通極為熱切的電話，最後我們才會選一個多少符合需要的地點決定下來。但是不到幾天，我們就接到十多通電話，有幾個賣家願意用低於我們提出的一千美元上限的價錢租給我們。我在公司忙著簽署文件，便讓愛絲佩瑞莎處理租房子的事。

「有點不對勁。」星期五她打電話到我辦公來報告進度時，我說。

「馬可斯，你像一隻土撥鼠，只看過黑暗的地方。」

「我是個生意人。」我反駁道：「我這一生當中，改革大道上的房子都很搶手——大家都想住在那裡，現在房價卻突然降低了。」

「這對我們有好處。」

「也許。但是人們很驚慌。我不認為馬桶裡有鰻魚爬出來。也許帕哥對格查爾貶值的看法是對的。」

「你的疑心病太重了。」

「首先，這些地方爲什麼沒有在報上登廣告？難道這不是出租房子的正常作法？回答這個問題。」

「馬可斯，你是個成年人，我不打算對你隱藏事實。一位跟我談過的女士說，她不敢把房子出租的消息登在報紙上，因爲她害怕游擊隊會綁架她來換取贖金。」

「我看不出這兩件事有何關聯。游擊隊怎麼會在乎這個？」

愛絲佩瑞莎沒有說話。

「她說了要搬到哪裡去嗎？」

「她要到薩卡帕（Zacapa）去，跟她生病的媽媽同住。」

「她要出國。這個女人叫什麼，我也許認識她。」

愛絲佩瑞莎停下來，停了太久。

「我打賭她不肯告訴你她的名字。」

「在電話上沒說。」

「啊哈。」

「她說，要是我眞的有興趣，應該打電話給她的律師，跟他討論。」

「這位女士很信任別人。」

「她的房子就在改革大道上——距離大飯店區不到半英哩，馬可斯。還有其他的房子，這個週末我們可以去看看。」

「你忘了瑪莉娜的婚禮。也許你該自己去看。」

「好。」愛絲佩瑞莎說，她停了一下，補充道：「我不希望這家夜總會成為讓我們分裂的東西。我認為它會讓我們的生活變得更好。你愛我嗎？我需要聽你說這句話，馬可斯。」

「我愛你，愛絲佩瑞莎。不是因為這個。我最喜歡的就是衝進你的大腿之間。」

「嗯，這樣也不錯。」

我掛上電話，覺得從來沒有這麼緊張過，彷彿在玩二十一點，我的牌是十七點，莊家只有六點。獲勝看起來實在太過容易，尤其是一隻變幻莫測的手操縱的一大筆錢。也許艾倫與安東尼奧都是對的，《新聞週刊》的文章不僅重挫了觀光業，也讓許多神經過敏的瓜地馬拉人打包離開。即使有綁匪、游擊隊，還是可以雇用一支私人軍隊來保護家人和財產；但是既然賺不到錢，有何必要留在這裡？你可以相信我，當我說我的痔瘡開始搔癢，癢得要命，正好趕在婚禮前發作。

任何重要事件都可以成為艾塔勒夫家的人舉行家族聚會的理由。總有一種彷彿我們是最後一次聚在一起，而死神即將攫走家中一員的感覺。但還是有人在瑪莉娜和丹恩的公證結婚儀式上缺席。大衛是自己來的，因爲希爾達接到邀請，帶著她的馬「海王星」，參加肯塔基州一項馬術的花式項目與障礙賽。他的兒子也全都不能來。費莉西亞和山繆從邁阿密來了，但是他們的兒子丹尼和亨利沒有到。

有這麼多人沒來，艾塔勒夫家族的人數遠不及到場的瓜地馬拉的猶太人，艾倫身爲這個以猶太勇士馬加比命名的猶太組織「馬加比」的大家長，不得不邀請許多最先移民來此的大家族前來參加。傑斯登、貝柯維茲、納格林、哈伯斯、裴瑞拉與艾芬達這幾家來了很多人。爲了某種理由，艾倫邀請了蘇爾坦，這讓費莉西亞那滿口假牙的先生山繆，整個儀式中不停的在我耳朵旁邊低聲說話。

「我不明白，馬可斯。艾倫怎能讓這個騙子走進他的房子？尤其在他女兒的婚禮上。」

「蘇爾坦恰巧是『馬加比』董事會的成員。」

山繆的眼睛張大了。「一九三二年我到瓜地馬拉來的時候，蘇爾坦因爲放火燒掉他的店面好拿到保險金，被關進去坐牢。他的一生就是一次接一次的詐騙行爲。」

我姊夫說話的聲音如此響亮，站在我們前面的人紛紛走開。羅妮亞轉過頭來，察看這場騷動爲何發生。

「山繆，那是快五十年前的事了。」我低聲說。

「騙子就是騙子。」

「對，但是他退休了。」我開了個玩笑。

費莉西亞原本跟大衛站在一起，她從人群中擠過來。「你一定得現在開始說你那些老掉牙的故事嗎？」

她丈夫怒目瞪著她，沒有人比山繆的道德標準更嚴格，也沒有人的記性比他好。他記得絕大多數人爲了省力的緣故慢慢忘掉的事情，一旦他亢奮起來，就比硝化甘油更容易引起爆炸，必須小心處理他的情況。

「你以爲蘇爾坦出獄以後變得誠實了？他開始從英國走私喀什米爾羊毛和防水的斜紋呢布料。你原本可以問你爸——願他安息——關於這件事。」

「在幾十年以前。」費莉西亞說。

「大家不應該忘掉這些事。我告訴過艾倫成千上百個關於蘇爾坦的故事，他對你爸爸很壞。」順便提一下，我們所談的人就站在我們前幾排的人群中，蘇爾坦感到無趣的時候，可能會站著打瞌睡，清晰的鼾聲混合著哽塞的喘息。

「山繆，別說了，否則就離開。我不會讓你毀掉我姪女的婚禮。」

山繆閉上嘴巴，但我知道只能維持一會。

證婚儀式結束時，侍者端著香檳和中東佳餚走出來，有猶太麵餅、韃靼牛排、葛萊布甜餅。

家族以外的客人舉杯祝福新婚夫婦，閒聊了幾分鐘，然後——按照習俗——紛紛離開，準備參加星期日在彼特摩爾舉行的宗教婚禮。艾塔勒夫家的人聚集在餐廳，準備端盤子吃自助餐，在這裡，墨西哥玉米粽、米飯和炸豆子、煎香蕉，還有灑橘子汁的生甲魚薄片，等待著我們享用。我把盤子裡裝滿食物，心裡想念著愛絲佩瑞莎，走到客廳的沙發上。還沒有走到，山繆就把我攔截下來，要我跟大衛、費莉西亞和他一起到餐廳去吃。當我們吃著晚餐，敍述上次家庭聚會過後的生活近況時，他看起來有點沉默。我們開始吃甜點時，山繆問我：「監獄的事結束了嗎？」

「是在醫院，不是監獄。」大衛糾正道：「是的，那個會計放棄上訴了。」

「另一個騙子，對不對？」山繆把這個世界分成兩邊，騙子和天使。他屬於後者。

「他以爲可以輕易的從我們這裡拿到錢。」

「以前我在中央公園（Parque Central）附近開餐館時，一個侍者告訴我，他在亞本茲總統的政府裡面有朋友，我的餐館不久就會是他的了。」山繆把桌上的食物碎屑堆成一座座小山。

「對，我記得這件事。」大衛轉過身，忍住了沒笑出來；這件事我們聽過很多次了。這是年老的跡象，但它更是山繆特有的做法，以確定我們永遠不會忘記。

「他告訴我的時候，我不想繼續雇用他。我曾爲亞本茲總統作過外燴，我知道他是個誠實的人。所以我當場就叫奧圖走路，儘管他威脅我。大衛，你必須防患於未然。一旦開始跟騙子做生意，你就完了。你明白嗎？」

大衛的態度通常是恭敬有禮的，但是山繆刺激性的言語讓他開始防衛。「山繆，有時你就是沒有選擇。例如，你知道我需要紙和墨水，讓平版印刷廠運作下去，七百個員工仰賴於原料及時送到。我若不肯使錢，工廠就得停止營運。我不喜歡這樣——在理想的世界裡，一個人不會這麼做——但是在這裡，你必須對你的標準作出妥協。我不能讓我需要的貨品，在波多巴瑞歐(Puerto Barrios)的某一艘船上擺放好幾個禮拜，當我知道幾百美金就能讓貨品順利運出來。」

「我也許是錯的，但是近朱者赤，近墨者黑。」

山繆滿肚子格言，其中有許多是從德文來的，而且譯錯了。「山繆，大衛想說的是，」我插嘴道，我很自豪我能說出這樣的話：「有時你沒有選擇，只能跟騙子打交道。它會帶來更大的好處。」

山繆停止了掃碎屑的動作。「你永遠有選擇，馬可斯，相信我，即使它讓你丟掉差事。就像你所知道的，一九三一年我從漢堡到瓜地馬拉來，因爲我的堂哥亨利在這裡，他答應讓我安頓下來。他用了無數的藉口——這是打仗之前的事——他給我找了一份工作，在葛特曼的店裡賣衣服，一個月二十五美元，另給佣金。亨利自己住在卡爾門修道院旁邊的一棟有十個房間的豪宅裡，卻安排我住進第八大道克蘭茲女士經營的包租公寓，每個月二十美元，一張三隻腳的沙發，一張凳子，浴室在走廊的另一端。沒有供餐，沒有熱水可以洗澡。我才來這個國家不久——只有歐洲可以比較——但是沒關係，我接受了。我堂哥，我伯父的兒子，是如此的慷慨，他把電器賣到瓜地馬拉各地，眼看就要賺進幾百萬。兩個月後，我在波特爾（El Portal）租下一間房，一個月七美元，三餐另付八美元。爲葛特曼做了半年以後，我問他佣金的事。他答道：『什麼佣金？』我說：『你答應給我的銷售佣金。』『你有文件能證明嗎？』他問。我說：『沒有，但是我有你的保證。』」

「『我的保證？實在太有意思了。』這一刻，我知道我在跟騙子打交道。我對亨利說起這件事——葛特曼是他的朋友——你知道我堂哥是怎麼說的？」

「『我無能爲力，沒把說好的事情寫下來，是你的不對。這對你是很好的教訓。下一回你會聰明一點。』我堂哥就說了這些，這個混蛋！不要教我怎麼去妥協。」

「那是五十年前的事了。」大衛批評山繆的主張。

白桌布上堆了四座碎屑的小山。「亨利．伯考，」山繆繼續說：「這個混蛋。在納粹時代，他是猶太團體的會長……」

「這件事我兄弟聽了上千次了。」費莉西亞瞪著他，不耐煩的說。

山繆瞪回去：「讓他們再聽一次！這件事我對自己說了一百萬次了。讓一個猶太人逃入瓜地馬拉，亨利得募到一百五十美元的費用——這是救人性命的經費，而不是用印刷機器賺錢——你知道兩星期後他是怎麼說的？『我已經募到了夠救十個猶太人的錢。』十個猶太人，馬可斯。而這人住在宮殿裡，有三個女僕，兩個園丁，一個司機。光是他一個人，不用緊縮開支或者改變生活方式，就能救出五百個猶太人。還有，七六年地震過後，只是因爲他捐了一千美元，贊助重建胡胡特南戈（Huehuetenango）的經費……」

「是在波哥索（El Progreso）。」我糾正道。

「誰在乎在哪個地方？他不過是出了點錢，他們就把一條街命名爲『亨利伯考街』，好像他是羅斯福或甘迺迪。我穿過這條街時，絕不跟他走在同一邊。他去年死了，艾倫還去參加他的喪禮——納屈曼對我說了。告訴我，大衛，你哥哥怎麼可以去參加這個人的喪禮？」

山繆幾乎是用喊的了：「告訴我，他怎麼可以？」

艾塔勒夫家族——人人爲我，我爲人人——每一件事都是爲了這個家庭，而不是爲了外界。它讓我們撐過貧困孤絕的歲月，在瓜地馬拉的高地上，在這裡，連小鳥的食物也比我們豐盛。它也讓大衛和艾倫把我拉進公司。

然而，此刻它膽怯的沉默下來，沒有人爲艾倫辯護，連費莉西亞也沒有。

這一刻，羅妮亞走向餐桌。她的腿在印有花朵的粉紅洋裝下顫抖，手裡的蘇格蘭威士忌幾乎灑了出來。「這一頭的吵雜聲是怎麼回事？」她掃了大家一眼，說出與事實相去不遠的話：「山繆看起來好像想吊死某人。」

「噢，」大衛說：「他在講邁阿密最新流行的黃色笑話。」

「很滑稽的笑話，大衛，」山繆反擊道：「我在跟你小叔講瓜地馬拉最傑出的猶太人。」

羅妮亞朝著山繆俯下身子，揉揉他的頭髮。他最恨這個動作。搔他的背，摸他的臉都可以，就是不能弄亂他的頭髮。他拿出玳瑁梳子，快速的把波浪狀的灰髮往後梳。

羅妮亞似乎醉了。「山繆，今天晚上你應該很開心才對。瑪莉娜結婚了，我們應該唱歌跳舞，而不是討論這個猶太人對別人做了什麼。」

「你女兒蘇菲該怎麼說？她為那個叫尼曼的納粹工作。」

費莉西亞的小眼睛發怒了：「山繆，給我一晚上的寧靜。」

艾倫蹣跚的走過來，他也喝醉了。「親愛的，一切還好嗎？」

「山繆說尼曼是納粹。」羅妮亞嚴肅的說。

「他是！他就是！你不能換件襯衫，就擺脫納粹的身分。」

「尼曼是我母親的好友。」羅妮亞答道。

「那個饒舌的老東西。」山繆的鼻子噴著氣。

「你不該這麼說我母親。」

「每個人都知道尼曼是什麼樣的人。」山繆用手重打桌子：「以前他租的房間在我隔壁。我們有時一起用餐，一起走過公園。有一天，一定是一九三七年，他來找我，並且說：『我不能再跟你見面了。』我問：『為什麼？』『因為你是猶太人。』」

「那天他搬走了。有人告訴我，他娶了一個瓜地馬拉女人。一九三九年希特勒舉行公民投票時，有人告訴我說，尼曼乘船從波多巴瑞歐出海，在公海登上一艘德國船艦，投票給希特勒。戰時他到德國去過三、四次。我對瓜地馬拉當局告發，他們卻沒有採取任何措施阻止他。瓜地馬拉加入盟軍後，尼曼和他太太坐船到漢堡去。戰後尼曼回來，作起房地產生意。現在你女兒卻在爲他做事。」

「不可能是同一個尼曼。」想到她的蘇菲，是個徹底猶太人的女兒，在爲這種雜碎工作，羅妮亞感到震驚。

「是同一個。」費莉西亞低聲說。

「但是他對蘇菲這麼好，她的薪水不錯；他不在意她在假日期間多休一兩天假。也許他已經變了，人是會變的。」

「別對我這麼說。」山繆反駁道：「納粹是變不了的。曼格爾變了？他把猶太人像實驗鼠般的利用過了，自己跑到巴拉圭去，過得像個皇帝。永遠不會變的。費多倫柯變了嗎？一個集中營的警衛，住在邁阿密海灘，所有的鄰居——提醒你，是猶太人——都說他很友善，喜愛狗和小孩。狗和小孩。猶太人爲納粹工作是一種侮辱！」

沒有人答話。艾倫的沉默最讓我驚訝。這個新當選的猶太團體會長竟然陰沉的默認，他女兒可能在幫前納粹份子做事。

山繆說完了，不過艾倫拒絕對他的指控採取自衛動作。這讓我想到選擇與調整，我們艾塔勒夫家的人從小被教導要遵守嚴格的道德標準，一直到七〇年代，我們仍依照它來做生意。我們的行為無可非議。後來經濟壓力日增，我們學會把握有利時機，不去聽要自己罷手的聲音。我們不僅經濟沒有出問題，情況還變得更好。這不是哄騙欺瞞，而是適時的行賄與忽略。大衛聲稱有好幾百人靠我們吃飯，藉此把這種做法合理化。他的意思是，我們必須要自己的道德標準讓步，好保住累積下來的財富。

所以，一旦生計受到威脅，古老的價值就會像紙牌搭的房子一般迅速崩解。付錢給一個將軍，以便早些拿到貨品，這麼做沒有關係。而同一個軍官也可以被賄賂，以避免支付賓士汽車的貨物稅。我們有辦法解雇一名棘手的員工，賄賂維拉或巴瑞安托法官，沒有人會譴責我們扣下扳機。

我們家的一個女兒可以為納粹工作，只要我們相信他受到不實的指控，或是已經復原了。沒有人懷疑尼曼的改變。

山繆質疑的是這種新的道德標準。發現我們在本質上變成了社會裡卑鄙串通的背叛者，實在令人不舒服。這個社會越來越仰賴貪污賄賂運作下去，更別提拷打與屠殺了。

艾倫的子女，在客廳裡，是快樂的一群，他們沉浸在這一刻的迷醉裡。音樂愉悅的播放，瑪莉娜和丹恩飄飄然的在各個房間走動，笑著，喝著酒，親吻著。蘇菲拿出吉他彈奏，對她的孩子們唱著以色列民謠。艾倫和羅妮亞輕快的從我們這邊走開，加入唱歌的盛會，在孫兒女跳上沙發的時候，搔他們癢逗樂子。

隨著時間過去，籠罩在餐桌上的沮喪氣氛逐漸消散。有人放了娜格拉的舊錄音帶，她那深沉沙啞的聲音隨著拉瑞的歌曲《愛蘿肯的一生》（*Arrancame la vida*）起伏。

身體生鏽了，沒法跳探戈，山繆癱在距離音樂很遠的沙發上，翻閱堆在茶几上的最近幾期《國家地理雜誌》。現在他似乎放鬆些了。

我拉起費莉西亞的手，我們開始跳舞。「你不該讓山繆把你煩成這樣。」我對她說。

「沒辦法。」她在我肩上流淚。

「沒有人覺得他的發作是針對個人的——都四十年了，我們要還是這樣，一定會瘋掉。」

「我知道。」費莉西亞神經質的笑出來：「但是我不明白他為什麼老是得攻擊我們的家人。我們從未傷害他。」

「他知道。但是他也知道，只有我們會聽他講，會認真看待他。要是沒有我們，他恐怕不能活下去。」

「有時我希望他死了，他是如此的記仇，然後我會恨自己這麼想。」

「費莉西亞。」我讓她靠著我。她斷斷續續的哭，我發現山繆伸長脖子往這裡看，想知道是否有什麼不對，我揮揮手，要他別過來，表示情況在我的掌控之下。

「馬可斯，你知道納粹殺了山繆的媽媽。」

「我知道她在戰時去世。」

費莉西亞搖搖頭；她兩眼通紅，「那時她在『聖路易號』上，那艘船坐滿了猶太人，從漢堡出來。沒有一個國家讓他們上岸。這艘船在哈瓦納港、邁阿密、紐約的外海停了好多天，然後回到歐洲。乘客有幾個選擇，去英國、荷蘭，或者回德國。山繆的媽媽選擇了荷蘭，她以為荷蘭跟德國很像，比較容易適應。納粹勢力蔓延到荷蘭後，她被送到索畢伯，毒氣處死。他永遠忘不了這件事。」

我摸摸她乾而脆的髮，想讓她放鬆心情。「山繆永遠不會忘記。這有什麼不對？」

費莉西亞用她皮包裡的舒潔面紙擤擤鼻子。「他就是忘不掉。後來他又在瓜地馬拉吃了猶太人的虧，他自己的家人。他所說的有關他堂哥亨利，有關蘇爾坦和尼曼的事，都是千眞萬確的。我跟蘇爾坦做過事，他就是那樣。」

「我知道。」

「但是，馬可斯，就是尼曼和羅夫森這種猶太人，在山繆快餓死的時候拉了他一把。」

歌曲快完了。娜格拉在唱波麗露舞曲。我聳聳肩：「我想他忘不了其他人。」

「哪些人？」

「那些希望山繆餓死的猶太人。」

12

婚禮在彼特摩爾的馬雅大舞蹈廳舉行，這是一座六角形的大廳，天花板掛下幾十座梨型華麗吊燈。牆上曾經用馬雅人的聖書《波波爾・烏》(*Popol Vuh*)⓭裡描述的景象作爲裝飾——大廳因此得名——但是現在糊上了十八世紀法國城堡常用的那種浮雕的深紅壁紙。餐桌裝飾著紅色桌布、鮮花和精緻瓷器，一排排桌子延伸下去，到視線的盡頭。

邀請的賓客超過千人。要是坐在後面，得拿望遠鏡才能看到新人。宗教儀式在喇叭、麥克風和擴大器的協助下進行。但是，就像瓜地馬拉經常出現的景象，設備先進的程度遠超過操作的技術人員，到最後，金斯堡拉比的話語與發生的回音混成一團。就連我們坐的地方，非常近

⓭《波波爾・烏》(*Popol Vuh*) 瓜地馬拉馬雅文明基切人的聖書。此書一開始爲馬雅文明的創世神話，然後敍述王族和欲以神力維持統治的眾神身上，詳述基切人的歷史與建國基礎。

了，還是只聽到回音。

由於婚禮與艾倫當選會長的時間很接近，他決定不要省錢。每位男賓送一頂猶太小帽，女賓各送一座瓷製小屋，上面寫著「瑪莉娜．艾塔勒夫和丹尼爾．科亨，走上愛的道路，一九八一年十二月二十一日。」每個人都送一盒巧克力，還有水晶鈴鐺。

客人可以在三個主菜中選一個——烤牛肉切片、白汁小龍蝦和鮮橙燴鴨——還有不停續杯的香檳。甜品桌上擺得琳瑯滿目，許多點心是瓜地馬拉很少看到的，像是蘭姆酒蛋糕、巧克力慕斯、果醬塔，還有火焰煎餅，由兩位廚師現場烹製。用餐的時候，一支木琴樂隊與迪斯可樂隊輪流上場；還有一場時裝表演，是「偉大宮殿」從米蘭和巴黎採購回來的新品，另一邊則是穿著鮮豔刺繡服裝的印地安女孩，顯然主題是文化的結合。

這場婚禮足以媲美一九三八年獨裁總統烏必柯（Jorge Ubico）⓮主持的瓜地馬拉全國展覽會開幕儀式，只是這裡沒有華麗的軍服、炮兵的戰鬥演出和騎兵的馬術表演。或許還少了幾隻怪異的馬戲團動物。

要是沒有愛絲佩瑞莎，我會厭倦至死。她穿著一件無肩帶淡紫長禮服，露出不少曬成棕色的胸部，打褶的禮服下擺落在木質地板上。四條蜿蜒的金項鍊圍住她的頸子，環型的耳環垂到

⓮烏必柯（Jorge Ubico）瓜地馬拉獨裁總統，任期為一九三一至一九四四年。

肩胛骨。半是吉普賽女郎，半是皇后，愛絲佩瑞莎讓人眼花撩亂。

不僅是我有這種感覺。我們走進大舞廳的那一刻，我看到許多人的腦袋轉過來，眾人紛紛交頭接耳。她的出場讓她成為今天晚上的新鮮事，我可以想像人們在談論著，馬可斯帶來的這個女人是誰？他的蕩婦中的一個，還是某個外國訪客？為什麼我們過去沒見過她？艾倫同意這件事？

即使在家人當中，她吸引的注意力也超過瑪莉娜。艾倫和大衛當然會跟新娘跳舞，就像我一樣，但是他們也兩、三度過來排隊，帶著愛絲佩瑞莎進入舞池。我用手指敲擊桌面，欣然接受這一切。我從來沒有這麼自豪過。連山繆，他對自己舞步遠不如對他扁平的屁股有信心，也帶她上場，富有紳士風度的旋轉共舞，教了她幾招時髦的狐步，大約是一九三〇年代的漢堡舞風，並且向我點頭致意。這深具意義，在他極度憤世嫉俗的眼光下，她獲得了認可。

光是坐著，喝酒，看愛絲佩瑞莎跳舞，我就很快樂了。但是當木琴演奏的墨西哥民謠《美麗的天空》(*Cielito Lindo*) 開始播放，費莉西亞走過來，一把抓住我的手。

「你該站起來做點事了，兄弟。」她學會了山繆週五晚上的評語，看起來很開心：「所以上星期在邁阿密，就是她讓你失約了。」

「事實上，我——」

「我還以為你把你所有的錢都賠光了，沒臉見我們。」

「以前我就想讓你見見愛絲佩瑞莎，但是沒機會。在前往碧米尼的遊輪認識她以後，沒道理再介紹她給你認識。」

「我知道，你很重視你的隱私。」費莉西亞捏了捏我的手。

我停下腳步。「我想確定我對愛絲佩瑞莎的感覺。」

費莉西亞笑出來。「老天爺，馬可斯，我不是你媽，不需要正式的引見，你當然也不需要我的認可。」

「還是一樣。」

「她眞是光芒四射。」費莉西亞的臉頰貼著我的，我們繼續跳舞。

「她的確是。」

「重要的是，馬可斯，她愛你。任何人都看得出來。她跟別人跳舞，但她總是看著你。我發現了。」

「我們在一起了。」我的臉紅了。

「要是不算羅妮亞『安排』的那些約會，在那個東方女孩之後——我忘了她的名字——愛絲佩瑞莎是我見到的你的第一個女友。」

「索爾妲。」

「可愛的索爾妲。你後來遇見過她嗎？」

「偶爾，就……」

「她結婚了？」

「據我知道的，沒有。」

費莉西亞移開臉頰。「她是『黑人』的朋友，對不？」

「不是，我是二十五年前在『福祿壽』認識她的。」

音樂停了，我陪費莉西亞走到她坐的那一桌。「對，」她繼續說：「那時我剛跟山繆解除婚約，因爲他不肯請拉比爲我們證婚。」

「那時就這麼頑固。」我爲費莉西亞拉開椅子。

「我愛上了一個不想當猶太人的猶太人。」

「我卻跟一個天主教徒約會。」我在她身旁坐下：「這些事一定會讓爸爸非常開心。」

費莉西亞笑了：「要是他曉得，他會殺了我們。他不喜歡山繆，因爲他是歐洲的猶太人，不會說阿拉伯文，說希伯來文的時候，帶著濃重的德國口音。你記得我們分手的事嗎？」

音樂又開始了。我點燃香菸：「記得一點點。」

費莉西亞的面孔看來如在夢中。「我有六個月沒跟山繆見面，我甚至開始跟他的朋友納屈曼約會，我幾乎沒法忍受這人。他總是買糖果送我，用他潮濕的手摸我。然後，有一天，爸對我說，山繆請求他的許可，讓他娶我爲妻。你相信會有這種事嗎？我原本可以殺掉他的。六個月不來找我，然後透過我爸求婚。」

「你丈夫就是這樣。」

「對。」費莉西亞茫然道：「那時他非常溫柔，至少對我是這樣。或者我曉得他可以變得讓人討厭，就像對他堂哥，但他總是非常尊重我……現在，看看他這個樣子。刻薄的老人，找每個人的碴，尋我每一個兄弟的不是！誰叫我要嫁一個年齡幾乎是我兩倍的男人，眞是報應。」

我望著舞池的地板，艾倫在跟愛絲佩瑞莎翩翩起舞。「那時他還年輕。每個人都覺得他只有三十幾歲。」

「對，但是他快滿四十三了。」

「他看起來還不錯。」

「對，發脾氣讓他保持青春。」

我們對望了一眼，笑起來。費莉西亞說：「你有一次對我說，索爾妲願意改信猶太教，對不對？」

「她說她願意——如果我先娶她的話。」

「要是她改變了信仰，爸爸也許會讓你娶她。我的意思是，會祝福你們。」

我臉上的皮膚一陣灼熱。「對，我曉得。但是索爾妲和我大吵了一架。」我撒謊道：「後來她就回格查爾特南戈的家了。」

「怎麼回事?」

「她說她去看她媽，但我懷疑她在那裡有個以前的男朋友。我想我是對的，因為我寄去的信她一封也沒有回。顯然她根本不想再看到我。」開始編織謊言後，我就一發不可收拾。

「多麼奇怪。她一直沒有結婚?」

一瞬間竟能想出這麼多的謊言!迪斯可樂隊開始演奏電影《週六夜狂熱》(*Saturday Night Fever*)⑮的集錦歌曲。大衛走過來，邀請費莉西亞共舞。

樂音飄揚，我又吞下幾杯蘇格蘭威士忌。我需要愛絲佩瑞莎，但是她在跟雅希跳華爾滋。她那雙可憐的纖小的腳。

我獨自坐著，對這場豪奢，浪費在鮮花，在如此之多無用的小飾品上，我覺得沮喪。成堆的剩菜即將倒進垃圾堆，這些剩菜能不能找到路，去到這些印地安人面前?他們離開自己的村莊，被帶到瓜地馬拉市四周的溪谷。多麼諷刺，印地安人被迫離開他們豐富肥沃的山區，到那裡去做什麼?一路挑選過去，就像那些禿鷹，留連在印地安人的屎坑附近，在他們村莊的邊緣。

我環顧四週，這所跳舞大廳，我懷疑我的姪子姪女是否知道我們曾經多麼貧窮。即使他們

⑮《週六夜狂熱》(*Saturday Night Fever*)美國1977年發行的知名歌舞片，由男星約翰屈伏塔主演，該片使迪斯可風行世界。

知道，他們又會在乎什麼？鋼琴、希伯來文、游泳課，闊綽的零用金和買衣服的空白支票，到美國度假，還有司機到處接送，他們丟下的每一件衣服，有半打的女僕跟著收拾、清洗、燙好——被寵壞的、乳臭未乾的孩子。

但是我又有什麼不同？我能坐在審判官的位子上，只是因爲我記得那些？在社會方面，我顯然並不比他們更有建設性。

我的腦子泡在酒精裡。

安提瓜（Antigua）的一間小店突然出現在我的腦海，那是我父親向一位華人買下的。老山繆爾先生必定是跟堂兄艾茲拉借了錢，買下這間長而狹窄的店鋪，我們賣橡皮筋、釦子、腰帶的扣環、胸針和針、成捆的線——整齊的分別放在不同的抽屜和隔間裡。店面靠近梅西教堂（La Merced Church），距離印地安市場很遠。然而父親抱著希望，他把費莉西亞和我從學校裡帶出來，要我們看店，他和艾倫到席達維加（Ciudad Vieja）、洛艾波桑多斯（Los Aposentos），甚至聖盧卡斯（San Lucas）和奇馬爾特南戈，叫賣同樣的貨品。

後來艾茲拉伯建議說，既然烏必柯已宣布安提瓜地區電氣化的計畫，我父親應該賣電燈泡，所以老山繆爾先生買了幾千個電燈泡——印地安村落，沒有水可用，現在要有電了。所以父親深入鄉間，向不識字的印地安人讀了篇《自由新聞報》的文章，就烏必柯的計畫建議他們囤積燈泡，但是他們太明智了，當然比我父親明智，他們買了一個燈泡，出於好奇心，僅此而已。

烏必柯的電氣化方案失敗後，我爸想到另一個了不起的主意。他想去巴拿馬。某人——又是艾茲拉嗎？——在他腦中注入了一個念頭，就是巴拿馬，有運河的那個國家，美國的基地，它是通往南美洲的必經道路，因此也是尚未開啓的寶盒。我爸相信，他可以到那裡去，把斜紋呢和喀什米爾羊毛賣給住在運河區的有錢美國人。艾倫和我可以跟他去，我媽，有費莉西亞的幫忙，就留守安提瓜的店，照顧大衛。

當我們乘汽船從波多巴瑞歐出海時，我大約十歲。這艘船預計要沿著大西洋沿岸停泊。船上的貨艙裡裝著烤咖啡豆、糖和豆子，甲板上堆滿了小型的比薩斜塔：活的小雞、公雞和火雞。我們睡在籠子附近懸掛的油布吊床上，每天早上我爸天一亮就起來，戴上他的經文匣，在幾百個咯咯嘎嘎的聲音裡進行晨禱。後來這艘船在尼加拉瓜沿岸故障，我們等了三、四天，從巴拿馬科隆（Colon）來的船上才有位子。我們沒什麼錢，但我爸還是想辦法上了岸，天曉得他是去做什麼事，喝酒和嫖妓。這是一段骯髒、惡臭、沒有終點的旅程，唯一能讓我和艾倫不致發瘋的是玩我們帶來的紙牌。

我爸十五年前住過巴拿馬，靠著挨家挨戶賣英國襯衫勉強糊口。但是，對於巴拿馬市變得如此擁擠炎熱，到處都是竊賊、訟棍和小偷，他感到驚訝。我們最後在一間小屋裡落腳，這裡鳥瞰溪谷，距離神奇的運河區有六英哩。我們的房子搖搖欲墜，不能在後面的房間玩耍，因爲我們一跑起來，地基就不停搖晃。這是我所看過最悲慘的社區。

過了六個禮拜，我媽、費莉西亞和大衛來了。爲什麼？只有老天爺知道。也許山繆爾先生覺得寂寞。

現在我們六人在巴拿馬團聚。這裡的雞蛋，一團小小的狗屎的白，丟進熱油裡，就縮得更小，一打要六毛，一條麵包要兩毛。生意既已失敗，我爸面無表情的坐在屋裡，不時出門去，灌一杯威士忌，或是嘗試賣點布。我想辦法靠著打撞球，在水手常去的撞球店賺了點錢。艾倫在市區內替人跑腿。我媽在三餐灑掃的空檔，把大衛交給費莉西亞，自己則爲運河區的人家燙衣服。

整整兩個月，我們靠著麵包、牛油和杏子果醬活命。破產了，我父親寫信給艾茲拉，想借點錢做爲回到瓜地馬拉的盤纏。他收到錢後，我們收拾東西，在夜的寂靜裡，我們丟下了小屋，登上一艘貨船，荒謬的是，它的名字竟然叫做「午夜太陽號」（El sol de la medianoche,midnight sun）。這艘船載著小雞和小豬，前往薩爾瓦多的利伯塔。從那個地方，我們搭了十五個小時的巴士，回到瓜地馬拉市。

這是我爸的最後一個發財計畫。他變得謙卑，回艾茲拉的店裡上班以便還債。羅夫森僱用我，把多刺的稻草塞進棉袋，那是給拉丁美洲混血人種睡的枕頭，一星期三塊格查爾。艾倫開始在賽勒尼克（Selechnick's）做包裹襯衫的工作，一天一格查爾。一點一點的，我們的伙食改善了，直到我們終於吃起眞正的雞蛋。

我的姪子、姪女，這些用公司生產的柔軟芬芳的衛生紙擦屁股的人，他們對這些事情毫無所知。幾乎就像我們有責任供子女享受一切自己沒享受過的東西。我們艾塔勒夫家的人，最初一無所有，什麼也不是，走到今天的位置，無論在哪裡都能隨手玩骰子輪掉五千美元，或是找人上床。法蘭西斯柯和瑪莉娜哪裡懂得肚子咕嚕咕嚕響，餓到睡不著的感覺？

「馬可斯？」愛絲佩瑞莎的身子在我頭頂俯下，她微微喘氣，嘴唇上方的痣發著光。「你還好吧。」

我不知道自己在過去裡沉浸了多久。「我在想事情。」

「哪方面的事？」她在我身邊坐下，拿出粉盒，打開鏡子，朝鼻子上撲粉。

「美好的過往時光。」我傻笑道：「家人。」

愛絲佩瑞莎的眼光越過粉盒的鏡子。「我喜歡你的家人，你知道嗎？」

「所有的人？」

「尤其喜歡你的兄弟，大衛眞是個紳士。」

「我想你是對的。」

愛絲佩瑞莎闔上粉盒，研究我的臉。然後，她笑出聲來。「馬可斯，我相信你喝醉了。」

我親吻她的臉頰，低聲說：「正是如此。」

讀者服務卡

謝謝您購買本書！

如果您願意收到大塊最新書訊及特惠電子報：

- 請直接上大塊網站 **locus**publishing.com 加入會員，免去郵寄的麻煩！
- 如果您不方便上網，請填寫下表，亦可不定期收到大塊書訊及特價優惠！
  請郵寄或傳真 +886-2-2545-3927。
- 如果您已是大塊會員，除了變更會員資料外，即不需回函。
- 讀者服務專線：0800-322220；email: locus@locuspublishing.com

姓名：____________________ **性別：**□男 □女

出生日期：_____年_____月_____日 **聯絡電話：**________________

E-mail：______________________________

您所購買的書名：________________________

從何處得知本書：1.□書店 2.□網路 3.□大塊電子報 4.□報紙 5.□雜誌 6.□電視 7.□他人推薦 8.□廣播 9.□其他

您對本書的評價：

(請填代號 1.非常滿意 2.滿意 3.普通 4.不滿意 5.非常不滿意)

書名______ 內容______ 封面設計______ 版面編排______ 紙張質感______

對我們的建議：________________________

廣告回信
台灣北區郵政管理局登記證
北台字第10227號

10550

台北市南京東路四段25號11樓

大塊文化出版股份有限公司 收

地址：
市　鄉/鎮　路　段　巷　弄　號　樓
縣　市/區　街

（請寫郵遞區號）

每次樂師宣佈要演奏最後一首歌時，艾倫就會走上台，給樂團負責人一些錢。這個情況發生了六次，彷彿這個派對會持續到天亮。

舞池鋪滿了幾千片玫瑰花瓣，許多賓客對艾倫和羅妮亞抱怨這樣太危險，有人會摔斷脖子。不是脖子，而是鼻子。羅妮亞的鼻子。她在狂野的與艾倫共舞時，踢掉了尖頭高跟鞋。她的雙臂向外伸，對每一個人微笑，自豪的妻子，丈夫是全瓜地馬拉最慷慨，最深情的男人，瓜地馬拉猶太團體的新任會長。她一定是踩到花瓣上，我看到她的時候，她已經摔下去，直直的滑落。她原本可以用手止住自己，但是這麼做可能摔斷其他的東西——長而鮮紅、毫無瑕疵的指甲，她花了好幾個小時才塗好的。

有一秒，她考慮了一下——從她驚駭的面容上可以看出——但是她決定選擇另一個。她讓雙臂垂到身側，落下去，先是臉，鼻尖，然後是鼻樑，猛烈的撞上木頭地板。

羅妮亞的臉頰立刻腫起來，馬上被送到醫院。新人走向這家大飯店的閣樓套房，其他賓客把玫瑰花瓣灑向他們。

愛絲佩瑞莎和我走到外面。我們等著侍者把我的車開到門口，她依偎在我身旁。一隻斜眼的公雞喔喔的叫起來，距離破曉還有三小時，橡膠樹叢傳來微弱卻無可否認的燃燒氣味。

「臭死了。」愛絲佩瑞莎說。她光著腳，鞋子提在手上。

「你覺得這是什麼味道？」我從她身旁挪開。

一個侍者說：「每天晚上這個時候，都有這個味道。聞起來好像瓜地馬拉市發生了火災。」

「附近有垃圾場嗎？」

「是的，先生，在軍隊駐紮的五個街區之後。」侍者迅速退入旅館裡。

「你覺得——」我說。

「跟你想得不一樣。」愛絲佩瑞莎拉拉我的手臂。

「還會是什麼？」

「抱住我，馬可斯，緊緊抱住我，我覺得好冷。」

我用臂膀環住愛絲佩瑞莎，我無法驅走一個念頭，某事發生了，它在空中瀰漫，跟羅妮亞摔斷的鼻樑毫無關係。

13

星期一早晨，愛絲佩瑞莎開車送我去上班，然後開我的車去看幾間房子。同一時間，我在平版印刷廠聽著大衛所作的降低成本報告，他建議暫時不要從德國購買新的墨棒和旋轉印刷機，也不要對邊際效益較低的小公司分派勞力密集的指令。因爲他現在還看不出有裁掉多餘工人的需要，但是公司無法就幾項長期貸款跟銀行重新談判，那時很可能就得裁員。其他的緊縮措施慢慢也可能採行，我們必須有心理準備。

到了下午，愛絲佩瑞莎打電話來。「我看的房子比席斯奈羅所有的房子還多了。」

「有不錯的嗎？」

「有一棟我很喜歡。」

「我應該看看？」

「對。我們應該帶帕哥一起看。」

「好……你看過那家購物中心裡的房子了嗎？」

「那邊不合適。」

我點燃香菸。「爲什麼？今天早晨那裡還是我們的最佳地點。」我在醫院裡的時候幫我的忙是一回事，但是愛絲佩瑞莎爲何要自己作決定，尤其是我的利益牽涉在內的時候？

「屋主要兩千塊押金，他會租給我們三年，一個月一千塊。」

「聽起來很不錯。」

「這家夜總會有一座長長的吧檯、一個小舞池、十五張桌子、很好的電線管路、一個小廚房、還有儲藏區。它沒有內嵌的音響設備。」

「我們可以自己裝。」

「但是你知道這裡開張以後，租出去過多少次了？」

「我怎麼會知道？」我對著話筒吹出一口煙。

「你不必這樣跟我說話。」愛絲佩瑞莎快速的反擊。

「對不起。我覺得很緊張。」

「我也是。但是我沒有因爲緊張就怪你。」

「我沒有怪你。老實說，我不……那裡有什麼地方讓你覺得不對頭？」

「我聽到那邊在三年當中租出去五次以後，決定去看看購物中心，那裡有一家精品服裝店、一家珠寶店、一家旅行社、一家小餐館、一家摩門教書店、一家印地安織品專賣店。他們晚上七點就關門，這表示夜總會將是唯一營業到深夜的店。服裝店的一個女店員告訴我，先前的夜總會關門大吉，因爲沒有客人上門；這家店在後面，在二樓，但是這棟大樓的老闆不想在晚上僱用警衛，或是改善照明設備。客人不敢上門，這裡就像黑暗的巷弄。」

「即使它就在卡米諾里爾的對面？」

「對。即使在週末，來喝酒的客人也不超過十五到二十個。眞喪氣，不值得冒這個險。馬可斯，到這裡來我們會賠錢的。」

「我想你是對的。」我惡意的說：「我們圈起來的那些房子呢？它們又有哪裡不對？」

「最靠近這家大飯店的房子，屋主是那個媽媽在薩卡帕的女人，我見過她和她的律師了，我們談得越多，她要求得也越多。她不喜歡夜總會的想法。她要一萬塊租金，而且保有隨時都能要回房子的權利，要回房子之前，她會早三個月通知我們。」

「她瘋了。這女人叫什麼名字？」

「愛蓮娜．彼特斯。」

「我記得她丈夫。威廉．彼特斯。他被綁架不久後，因爲心臟衰竭去世。他是日產 Datsun 汽車的高階主管。」

「她的兩個青少年女兒在美國讀寄宿學校。馬可斯，她緊張得要命，菸一根接一根的抽。」

我嘆了口氣。「所以我們現在剩下——」

「最划算的一筆生意，一棟裝潢成餐廳的房子。」

「不要是古老的『鮮花農莊』。」

「你怎麼知道？」愛絲佩瑞莎問。

「它是改革大道延伸地區的唯一一家餐廳。它原本是一家精緻的西班牙小酒館，做了好多年，西班牙獨裁者佛朗哥死了以後，老闆才賣掉這家店，搬回桑坦德。他們是極端的共和黨。我在那裡吃過很多次，香煎鱈魚、西班牙海鮮飯。後來一對義大利夫婦接過來做，菜單改成：糊爛的義大利麵，乾巴巴的前菜，帕勒摩風味。」

「你知道這個地方？」

「它距離大飯店區有幾條街，離街道很遠，但是在改革大道上有個巨大的招牌，它非常隱密，有很多樹擋住鄰居。我不知道這對義大利夫婦爲何要把這棟房子租出去。」

「他們不再是屋主了。新的屋主是瓜地馬拉人，名字叫門多薩，一位退休的上校。半年前他買下這棟房子，一直沒租出去。」

我彈了彈香菸濾嘴，菸燒盡了。「他的名字讓我想起了什麼。」

「他講到自己的時候，好像瓜地馬拉每一個人都該知道他。」

「我想他是跟『蜘蛛』阿拉納一起的——阿拉納就是『薩卡帕的屠夫』——六〇年代他在

薩卡帕山區追殺反抗份子。但是門多薩是個常見的名字，他長得什麼樣子？」

「嗯。」愛絲佩瑞莎說。我想像她把濃密的長髮往後甩的模樣。「我會用『狂熱』這個詞語來形容他，他認爲夜總會的構想太棒了，他想幫我們。」

半秒鐘過去了。我們不需要送上門來的協助。「我們找別的地方吧。」

「但是這裡非常完美。它很明亮，讓人心情愉快，擺滿了西班牙殖民風格的傢俱。牆壁是白的，地板鋪的是陶磚。門多薩一個月只要我們八百塊，他不想賺錢，只想有個好房客，讓他能過日子。」

「你問過他原因是什麼嗎？」

「我覺得這不是我的事。」

「但是這是你的事，愛絲佩瑞莎，至少是我們的事。也許這個混蛋想要給自己和他的屠夫朋友找個喝酒的地方，難道你不明白？」我捏碎了菸灰缸上的兩、三個舊菸蒂，它們位於菸灰缸的火山圖案上。

愛絲佩瑞莎靜默了幾秒鐘。「你和帕哥至少應該去看他一次，他是個家庭型的人。」

「有太太，還有三個孩子。」

「事實上，有六個。」

我搖搖頭。「愛絲佩瑞莎，整個都錯了。這個門多薩不是另一個安東尼奧，會被郵票上的老鼠圖案嚇到。他是那種拿著上膛的長槍，口袋裡甚至有手榴彈的人。只消一個游擊隊裝扮成普通人走進來，在酒吧裡留下一個小炸彈，我們可能就沒命了。」

「你在誇大其詞，馬可斯。」

「是嗎？」

「我不覺得他是這種人。我確信你可以把你的疑慮對他明講。他會了解的。畢竟這是我們的夜總會，而不是他的，對不對？」

聽起來多麼荒唐，一個上校，或是曾經當過上校的人，當我們的房東。直到二十五年前，瓜地馬拉軍方還是執政階層的工具。後來軍方開始佔據土地、牧場與工廠，建立自己的帝國。給錢成為日常生活的一部分，成爲作生意的成本。我們公司開始支付高額的賄金，絕大多數給了那些將軍，否則公司的機器和原料就會一連好幾個月被鎖在聖湯瑪斯（Santo Thomas）的某個破爛海關裡。每走一步都要使錢：給海關人員、卡車司機、警衛、電話公司、還有法官。連去看一場差勁的頭一輪電影，買票時都得行賄。在這種環境下，跟一位上校，不管他退休沒有，一起投下去作生意，似乎是白痴才會做的事。

「今天晚上吃過晚餐後，他要來看我們。」愛絲佩瑞莎說。

「我希望你先問過我。」

「沒有時間問。拜託，我們不要爲了這個吵架，馬可斯，我快受不了了。」

「好。」我的口氣柔和了一些：「將軍什麼時候來？」

「大約九點，到你的公寓。還有，他是個退休上校，他說了好幾次。」

「好。退休上校門多薩先生。我會打電話給帕哥。我祈求上帝，讓蘇珊娜准許他出來。」

「要帕哥早一點來，馬奎托斯。這樣你們兩個就可以商量出一個辦法，看看門多薩是否可靠。」

我們掛上電話。

我對左拉說，我要早點回家時，她笑了。回來一個禮拜了，我沒有一天上作滿時數。我慢慢明白，經過這次待在醫院以後，公司沒有我做橡皮圖章，一樣運作得很好。我像個高高在上的太上皇，只要確定下屬按照指示做就好。每個人都明白，還有一個更高的權威人士在掌管大局，而且我不用假裝不是這樣。

帕哥和往常一樣又遲到了，他才進門，門鈴就響了。

「愛絲佩瑞莎小姐。我是門多薩。」

「請進。」我試著表現出輕鬆的模樣。

首先，門多薩並不屬於我所預期的、生著一張驢臉的拉丁美洲混血人種。他大約六十出頭，身材健壯，對於他的年齡和地位來說，他顯得異常整潔。漆黑的頭髮直直往後梳，讓他看起來年輕了許多。他那快活的臉孔，黃色的墨西哥棉衫，茶色的長褲，讓他看起來像個在肯昆（Cacun）度假的墨西哥人，讓人毫無戒心。一定是軍人的新形象，我一面想，一面請他進來。

但是什麼也遮不住他臉頰右邊的兩道疤痕。在古銅色的肌膚上，好幾條鋸齒狀的新月型疤痕，在顴骨下方互相交叉，形成十字。

「我能給你拿點喝的嗎？蘇格蘭威士忌？蘭姆酒？」

「『自由古巴』就可以了。」

我把他的酒拿過來，他說：「我不想佔用你們太多時間，所以我們開始談正事吧。」

門多薩吞下兩杯「自由古巴」，用平靜，幾乎是抱歉的語氣，說明他的條件。帕哥和我不時丟出問題，他自在的接過去，彷彿我們問的是一雙鞋的尺碼或長度。他的鞋。

門多薩結束他的說明後，我向我方比個手勢：「你介不介意帕哥和我私下討論一下？」

「如果你們希望這樣，我們可以明天再談。」

「不，不。」我說：「只要一分鐘，我需要問他幾個關於另外籌措資金的問題。愛絲佩瑞莎會陪你。」

「既然如此，你們慢慢聊。你知道我愛上了你這個迷人的女朋友。」他放聲大笑。

愛絲佩瑞莎謝謝門多薩，並對我投以羞窘的眼光。

在我的臥房裡，我直接問帕哥：「你認爲呢？」

帕哥聳起肩膀：「從這些條件裡，我看不出任何不尋常的地方。一旦簽了約，就是法律文件，對你們雙方都有約束力。我會確定，萬一你不想租了，可以在適當的條款下進行。」

「所以，你認爲我應該簽？」

「這是你的決定，馬可斯。我已經放棄給艾塔勒夫家的人建議了，你知道得很清楚。」

「我有權利問他其他的問題，不是嗎？」

「當然有。只是一開始讓我說。這樣顯得比較專業。」

我們回到客廳，愛絲佩瑞莎和門多薩相處的非常融洽，兩人的嘴都咧得開開的。

「那麼，你的看法如何？愛絲佩瑞莎小姐。」

帕哥說話了：「你的條件讓人很能接受，上校，但是艾塔勒夫先生想再問你幾個問題。」

「問吧。」門多薩兩隻巨大的手，手指相互交叉，放在大腿上。「只要不會變成審問。」

「一點也不會，門多薩上校。」我說：「只是你的條件似乎過於公平了。」

「我會用『慷慨』這個詞語來形容它。」他插嘴道。

「對，慷慨。身爲商人，這一點讓我不解。」

「馬可斯——我可以叫你馬可斯吧？」

「當然。」

「請叫我拉斐爾。就像你所知道的，我租到這棟房子並不容易。經濟情況不佳，投資人驚慌害怕。」他幾乎是機械化的說：「所以，乞丐沒法有選擇。擁有某種東西，總比什麼都沒有，來得好一點。當愛絲佩瑞莎不只是充滿魅力，更表現出令人信服的神情，我想：一家『夜總會』不是餐廳，但是有什麼關係？她說得越多，我越喜歡這個夜總會的構想。瓜地馬拉不需要再開一家歐洲餐廳，但是一家夜總會，一間酒吧……也許我能賣免稅酒。有人欠我人情，你知道。」

我鼓起所有的勇氣。「讓我緊張的就是這個，上校。我只是不想造成任何困擾，希望大家都知道是誰在經營這家夜總會……」

「完全沒有困擾，馬可斯，你是船長。我只是把船租給你的人。」

「只要這一點說清楚了就好。」帕哥慢慢鼓起勇氣，終於說了一句有用的話。

門多薩對著帕哥笑，覺得他很有趣。「你太小心了，馬可斯。首先，我們根本不需要律師。」他用大拇指朝著帕哥指了指。「在我的工作領域裡，握手比文件有用。畢竟合約只是一堆文字，隨人怎麼去詮釋。我認爲你將對單單握手就能控制狀況，感到非常驚訝。其次，我要主動幫忙，這麼說吧，做爲促進者，而不是贊助人。你應該知道差別在哪裡。」

「我沒有冒犯你的意思。」我插嘴道。

門多薩點點頭。「我應該對你挑明了講，馬可斯，我有興趣讓這家夜總會成爲成功的企業。我不希望你賠錢，免得我要在一個半月以後把這個過程重新再走一次。你可能覺得吃驚，但是我們軍方的人也稍稍了解什麼叫獲利。」

我正要說話，門多薩揮揮手，要我別說了。顯然他習慣一口氣說完，不讓別人干擾他。

「你應該知道，我退役以後，沒什麼事可做。是眞的，我到軍官俱樂部時，有時年輕的軍官會走到我坐的桌子旁邊，跟我討論事情，尋求我的建議。我的子女都大了，老實說，我太太——我愛她，敬重她——和我沒有什麼共同的興趣。這種情況很平常，當這個女人必須留在家帶小孩，我的國家卻呼召我爲它效命……那麼我還剩下什麼？我在俱樂部跟朋友見面，去騎馬，或是打靶。到了晚上，我們喝點酒；有時我們玩點撲克。對於一個從十五歲起就有著熱鬧職務的人，這種生活實在不算充實。所以，如果我能有個生意做做，如果我能幫得上忙，那很好，會讓我有點事做。如果不能，我會像過去一樣，給自己找樂子。我確信，要是我偶爾走進你的夜總會，只是爲了消磨時間，你是不會在意的。」

「一點也不，上校。」我發現很難直接稱呼他的名字。不知道爲什麼，我說：「您的光臨是我們的榮幸。」

我想必說得很得體，因爲門多薩的臉開始發光：「那麼我們說定了？」他舉起酒杯，期待著。

帕哥和愛絲佩瑞莎瞪著我，等著某種訊息，行或不行。我可以說，我沒看過這個地方，但這樣就表示我不信任愛絲佩瑞莎的判斷。這時，我聽到我爸在我耳邊低聲說：「不行！」，他的聲調透露他對軍方的恐懼：「那些野獸，在烏必柯掌權的時候，他們會提起靴子的鞋跟，踐踏那些可憐的印地安人的臉。馬可斯，別傻了。」我那永遠小心翼翼的父親。

我的另一隻耳朵，聽到內心的賭徒對我說：「你得到了一整棟房子，你的對手剛才丟下了三張牌。他最了不起也只有一對A。」

「管他的。」我聽見自己說。

門多薩響亮的笑了。「敬禮，馬可斯。你不會後悔的。」

我們站著，舉杯慶祝。門多薩與愛絲佩瑞莎碰杯後，在我耳邊低聲說：「她是個好女人。你最好趕快娶她，要不然我就要跟我太太離了，向她求婚。」

「遵命，上校。」我說。

「拉斐爾，拉斐爾。」他責怪的要我稱呼他的名字：「沒有理由我們不能成爲朋友兼生意夥伴。我要買免稅酒的訂單仍然有效。」

「謝了，拉斐爾。」我希望剛才我是懸崖勒馬，而不是大膽下注。

然後，門多薩又待了一下。由於耶誕節即將來臨，我們同意沒有理由急著開張，可以過了新年再正式簽約。

我們確定門多薩走了以後，帕哥對我說：「你眞的不需要我，馬可斯。門多薩似乎是一個相當直率的人。就像外國佬說的：『他一拔槍就馬上開火。』」

我搖搖頭。「就是這一點讓我害怕，帕哥，一拔槍就馬上開火。他似乎對自己太有把握了一點。他眼睛裡閃過的光，我不曉得，他好像有點滑溜。」

「這都是假裝的，馬可斯。」愛絲佩瑞莎插嘴道：「他像一個不斷從糖罐子裡偷糖吃的孩子。」

「這件事是不是另一場偷糖吃的遊戲？」

「不是，可是——」

「好吧，」我暴躁的說：「帕哥，我要你參與每一件事。我不想單獨涉入這一切。你同意吧，愛絲佩瑞莎？」

今晚她異常的安靜。「我想我們需要你，帕哥。我沒有馬可斯的疑心病，但是你永遠不知道會碰到什麼事。」

「可能發生上百件事。」我補充道。

「這是你的錢，馬可斯，」帕哥吸吮杯中的冰塊。他放下酒杯，把他那頂很舊的軟呢帽——退休了幾天，又被召喚出來——戴到頭上。「下星期你不會需要我，對不？我要帶全家人到查坡里哥（Champerico）去度假。孩子們在游泳池裡試著把彼此溺死的同時，蘇珊娜和我會練習客氣對談的藝術。」

「去吧，輕鬆一下。」我說：「愛絲佩瑞莎和我去帕納加查的桑加尤大飯店（Tzanjuyu Hotel）幾天。」

「我很高興你告訴我這件事。」愛絲佩瑞莎說。

「你沒有給我機會說。」我緊靠著她。

「哈！」

我用手臂環住帕哥的肩膀。「享受你的假期。」

帕哥走了以後，我告訴愛絲佩瑞莎，是時候了，我們應該永遠住在一起。

「爲何是現在？」

「我們至少可以省點房租。」

「就是這樣？」

「不。這樣門多薩在附近徘徊的時候，我可以確定你在哪裡。」

「你這個壞蛋。」她笑了。

我試著吻她，她不感興趣的推開我。然後，我把一樣東西塞到她的手心。

「這是什麼？」

「這是我公寓的鑰匙。」我笨拙的說。

愛絲佩瑞莎看著我，點點頭。「時機拿捏得很好，馬可斯。我寧可擁有打開你的心的鑰匙。」

「你已經有了。」

「對，但它眞的能開嗎？」

14

我們希望「愛絲佩瑞莎」夜總會一月中開張。還有許多事要做：訂購霓虹燈招牌，粉刷內部的牆壁，木頭地板刨光上漆，磨光塗鋅的吧檯（門多薩告訴我，它來自聯合水果公司的員工餐廳。），選購印地安織品來裝飾粉刷好的牆壁，買酒杯，當然還要充實烈酒的庫存。要僱一個調酒員，幾個女侍。不過，還是有時間去桑加尤住兩天，這是一家農莊風格的大飯店，就在愛提特蘭湖畔。

帕納加查是個安靜的村落，居民爲卡克奇克族的印地安人。它在一九六〇年代是個高收入的藝術家退隱地，到了七〇年代初期，美國嬉皮發現它的存在，他們成群結隊的從北邊湧入，沿著泛美公路南下，開著福斯箱型車，帶了全副裝備，睡鋪、鍋碗瓢盤，還有夠撐一年的大麻。他們最初到瓜地馬拉來，是爲了避開寒冬、越戰徵兵或其他事情。那時，這些長髮的傢伙並未引起人們的興趣。他們住進最破爛的汽車旅館，要不就開著箱型車直接殺到水邊。他們戴著珠鍊與頭帶，穿著牛仔褲與彩色毛披肩，不消幾天，他們就打扮得跟附近耕種的印地安人一模一樣。一開始，這些說卡克其克語⑯的印地安人對嬉皮指指點點，嘲笑他們，他們從未看過白人穿鮮豔刺繡的印地安服裝，或是裹在身上的裙子。過了一陣子，新鮮感消失了，嬉皮成爲背景環境的一部分。

當湖邊變成箱型車的停車場，附近的原野變成屎坑，問題就來了。瓜地馬拉的有錢人投資了幾千塊，住到這個偏遠的人間淨土，他們決定作出反擊。

瓜地馬拉幾家日報輪流報導軍方成功解除聖卡洛斯大學的共產黨威脅（學生、工會領袖、大學教授），以及嬉皮和帕納加查當地警方爆發的滑稽游擊戰。警方一發起掃蕩行動，嬉皮就退到山坡旁的小鎮索羅拉（Solola），警察一走，嬉皮就悄悄回去。報上登的照片捕捉到這場拉鋸戰——鮮花對抗來福槍——直到一個嬉皮在大便的時候，光溜溜的屁股中了彈，失血過多而死。

爲了防止更多的抗議，軍方派來更多士兵，以擊潰剩下的露營人士。到處都豎著這樣的警告牌：

⑯卡克其克語（Cakchiquel）瓜地馬拉中西部高地的馬雅印第安民族，在語言及文化上與切基人相似。

1. 不可在湖邊露營過夜
2. 不可在湖邊裸體洗澡
3. 不可在公共區域排便

瓜地馬拉的有錢人非常得意。許多年來，他們藉著操弄司法體系，把當地的印地安人趕出祖先留下的土地，現在警方變成他們的代理人，畢竟印地安人住在湖邊，在湖裡洗澡，找到地方就大便，印地安人和嬉皮的氾濫現象同時遭到清除。

後來簽證只給三十天，沒有回程機票，就不准進入瓜地馬拉。在邊界上，你必須證明身上帶有至少五百美元。頭髮蓋住耳朵，後面長到脖子以下的人，不得入境；邊界的理髮店如雨後春筍紛紛開張，報紙每天都有專題報導，刊出嬉皮在理髮前與理髮後的對照相片。嬉皮的人數銳減到幾十個頭髮剃光的人。由於嬉皮人數驟降，素食餐廳、健康食品店與印地安人織品二手店，紛紛轉而針對週末的觀光客進行銷售。

在嬉皮盛行的時期，我曾去過帕納加查一次。我在瑞吉斯大飯店（Regis）住了一星期，這是一家優美的殖民風格的旅館，有連綿的花園，種著九重葛和果樹。近黃昏的時分，我帶著白浴巾，穿上涼鞋出去，看嬉皮在湖中裸體沐浴。女孩的馬尾編成的辮子，曬黑的乳房，彩色的項鍊，彷彿活在自己的世界裡，在大麻的天堂。有一次，在日落之後，有人邀請我加入吸大麻的一群人——當然我去了，最好能看到一個滿臉雀斑的加州女孩，戴的長項鍊垂入紅色的陰毛。圍成圓圈吸大麻的儀式結束後，每個人都在傻笑。一個男孩，有著天藍的眼睛和平常的面容，開始彈吉他，他的女友指著天堂裡的黃道十二宮星座，詢問每個人的出生日期，好披露對方的星座命運。因爲紅髮女孩跟我都是金牛座，我覺得命運把我們帶到一起，但是當我試著靠到她身邊，她往後退，站起來，坐到我的對面。突然間，我覺得很荒謬，像是一個侵入者，進入一個有著透明眼睛的外星人世界。我還是把小酒館當作避難所吧，那裡的酒鬼，無論醉得多麼深，無論多麼自私，只關心自己的事，總會作出跟其他人交談的努力。

我們沿著蜿蜒的山路，開到帕齊西亞路（Patzicia）的急轉彎時，愛絲佩瑞莎的嘴巴張得大大的。我們終於停下來，附近懸崖上的觀景台，可以往下瞭望六百碼的風景，從色彩豐富的玉米田，到下方的湖水。

「好美。」她用手臂環住自己的身體：「湖水是如此靜默。還有那些完美的火山。」從這裡可以看到七座火山。

「我知道。」

「好像一個藍色的祭神用的碗。」

「印地安人相信，這座湖是神聖的，湖裡住著怪物。」

「怪物？」

「每一天的中午時分，湖水會開始翻攪。那時你絕對看不到印地安人從湖上過。太陽照暖湖水後，湖中央出現漩渦。許多船夫和游泳的人失蹤了。印地安人相信是伊薩姆納（Itzamna），也就是創造萬物的上帝，渴望人類的鮮血。」

愛絲佩瑞莎緊靠著我，撫摸我上臂的手毛。

突然間，太陽躲進一朵雲的後面，風旋轉著穿過高大的松林，發出響亮而尖銳的哨音，我們不禁顫抖起來。在下方，巨大的黑影落在湖面，水上唯一在動的是一艘郵船，朝著聖地牙哥愛提特蘭村（Santiago de Atitlan）駛去，留下一道白色的水波。

我們回到車上，往下走，來到湖邊。我們經過三家新開的邁阿密海灘風格的大飯店，它們有十到十五層樓高，擋住了鎮上各處原本能瞭望到的湖景。對於美國與歐洲百萬富翁前來消費的期待，成功的毀掉了幾十輛福斯箱型車沒能毀掉的景觀。

令人感謝的是，桑加尤建立在旅館擁有的岬角上，飯店的位置離地面不遠，卻有很好的湖景。但是，就像我們經過的其他水泥建築，它也讓人感受到一種怪異的、被拋棄的感覺。辦理入住手續的櫃檯人員，運送行李的小弟，對於客人稀少似乎都不受影響，而現在耶誕節週末，是僅次於復活節的旅遊熱季，大飯店應該忙得不得了。

「這裡眞讓人喜歡，不是嗎？」愛絲佩瑞莎沿著木屋四周走，愉快的笑了。她看著面湖的落地窗，木屋距離湖邊不超過二十英呎。「我們能去游泳嗎？」

「如果你不怕水太冷。」我躺到床上，踢掉鞋子。我們七點離開瓜地馬拉市，開了四小時車，我感到疲憊。

愛絲佩瑞莎拉上窗簾，走過來，躺在我上面。

「喂。」我說。

「太重了？」

「對。」我用手肘撐起身子，將她轉過身來，溫柔的撫摸她的臀部。

「我喜歡。」愛絲佩瑞莎噘起嘴，輕柔地咬我的唇。她的舌頭滑進來。「我想你跟我打炮。很久沒做了，對不？」

愛絲佩瑞莎解開我的皮帶，拉開我的拉鍊。我把她的褲襪退到膝蓋。沒穿內褲。只有一團茂盛的毛髮，一簇叢生的濃黑細絲。

「你忘了一樣東西。」我說。

「我什麼也沒忘。」愛絲佩瑞莎拉出我的老二，撫摸龜頭。我試著往下挪動，她說：「等不了了，直接進來。」

在我進入她的那一刻，她喘著氣，把臉轉向枕頭。家鄉，甜美的家鄉，家鄉是我唯一想到的字眼。這些年來愚蠢無知的旋轉。

「用力，請你，用力的戳我。」愛絲佩瑞莎緊緊握住我的肩膀，把我壓向她的乳房，它們在她胸口搖晃。「馬可斯，你不會不愛我了，對不對？我需要你。」

我感覺到愛絲佩瑞莎整個身體包圍了我，因為我的戳刺而極度亢奮。它的粗糙磨傷我，但是管他的。我們彷彿在跟時間賽跑。

我的手沿著兩片臀之間的縫隙摸下去，直到找到洞口。我溫柔的把食指塞了一半進去。「太舒服了。」她喘息道，在我底下滑動：「不要停，不許你停。」

我在她上面弓起身子，每一聲喊叫都驅使我戳得更深，更用力。我覺得身負重任，無法回頭，必須繼續下去。一種神聖的任務。

愛絲佩瑞莎發出一連串短促的尖叫。但她仍然猛烈的要我繼續下去。她再次達到高潮，幾乎是因為我的堅持而達到的，輪到我爆炸時，陣陣痙攣爆裂開來，我覺得我在生與死之間搖晃。

大約在兩點，我們起來了，穿好衣服，穿過樹蔭濃密的花園，來到名叫「草坪」（Terrazza）的餐廳。我正要替愛絲佩瑞莎拉開椅子的時候，突然聽到有人喊道：「馬可斯，馬可斯，是你嗎？」

我遊目四顧，一個男人放下喝湯的調羹，正要站起來，是皮納達，『『黑人』！真是意外！」

「你這個老婊子！」他用瓜地馬拉人的作風擁抱我，輕輕敲擊我的肩胛骨。

「你在瓜地馬拉作什麼？爲什麼沒告訴我你要回來？」

「黑人」聳聳肩膀。「臨時決定的。瑪莎和我，我要介紹她給你認識。」

「這是我的榮幸。」我對坐在他身旁的女士說。

「彼此彼此。」她自信的說，朝著我伸出手。她筆直的坐著——應該用沉著這個詞語來形容她：一個金髮長腿的加州女子，生來就對自己很有把握，從不發怒。

「還有，馬可斯，你知道這個國家的人是怎麼說話的。」「黑人」繼續說：「這裡有個男人，在全國各地旅行，帶著一個女人，不只是他老婆，還是個外鄉人。」

「我對他說，我不在乎。」瑪莎揚起眉毛。

我重重拍了他的背一下。「你都五十了，你甚至不住在這裡，有什麼好在乎的？」

「我不想讓我的兄弟尷尬……」

「你是對的，你是對的。」總是警覺人們會怎麼說。

「你身邊這位迷人的女士是哪一位？」

我用手環住愛絲佩瑞莎的腰。「我要向你介紹愛絲佩瑞莎．羅布斯。她來自哥倫比亞的席斯奈羅。」我看著她，補充道：「這就是我一直跟你提起的，大名鼎鼎的『黑人』。」

「住在舊金山的那位？告訴你帕哥看起來很喪氣的那位？」

「黑人」做了個鬼臉：「消息傳得眞快。」

「愛絲佩瑞莎是我的未婚妻。」

「黑人」疑惑的看了我一眼。他在等我透露某種訊息，某種顯示這是個笑話的訊息，說明愛絲佩瑞莎只是我那些女孩中的一個，這個未婚妻的說法只是爲了取悅她。

「我是認眞的，『黑人』，這是眞的。」

「黑人」歪歪頭，嘴唇扭曲了一下。「既然如此，愛絲佩瑞莎，我們就幾乎是家人了。」然後，他轉向金髮女郎，補充道：「這是瑪莎．康諾斯。她是我在皇冠齊勒拜奇的同事。」

瑪莎對愛絲佩瑞莎露出笑容。「事實上，我正在待業中。」她用英文說：「我拿了碩士學位，主修英國文學，但是它和每分鐘打七十個字，讓我在皇冠公司的國際部門每年賺到一萬八千美元。」瑪莎的五官寬闊而平凡。她的態度自然而不做作，彷彿她在馬背上或敞篷車裡度過青年時代，而她卻很少想到這件事。

「跟我們一起坐。」「黑人」打手勢叫侍者過來，要他加兩份餐具。

「帕哥的情況如何？頭髮發白了嗎？」

「或許吧。」我笑出來：「他用同一種染髮劑染鬍子。」

「馬可斯，如果我是你，我不會談論染頭髮這件事。」

「你錯了，兄弟，我的胸毛已經變得灰白了，但是頭髮本來就是這個顏色。『佩德羅先生』會告訴你。」

「誰是『佩德羅先生』？」瑪莎問。

「馬可斯最老、最忠誠的朋友。」愛絲佩瑞莎衝口而出，用破碎的英文說的。

「你們還以為我聽不懂。」她的眼睛像藍色的井。

「黑人」和我面面相覷，爆笑出來。

「你以前是怎麼說的？」「黑人」繼續說：「你好會說笑話，關於一個獨眼國王的。」

「在這片遍地盲人的土地上，這個獨眼龍是國王。」

「柏拉圖或索福克里斯（Sophocles）⑰說過這句話。」瑪莎說。

「對，但是他們並不是指自己的老二。」

瑪莎終於明白了：「『黑人』這種噁心的幽默感原來是這麼來的。」

我們都笑了。午餐就是在開玩笑，敍舊，塡補生命的缺口中度過。我對「黑人」和瑪莎談到我待在醫院的事，當我說到安東尼奧來訪的經過，他們笑得倒在地上。愛絲佩瑞莎告訴他們，我們是怎麼認識的。

⑰索福克里斯（Sophocles，西元前四九六—四〇六年）。希臘劇作家，與艾斯克勒斯、尤利比提斯並稱古希臘三大悲劇作家。代表作為《伊狄帕斯王》。

我們移到花園喝咖啡，我們坐在尤佳利的樹蔭下，芬芳的枝條垂落水面。

「我從來沒有看到過桑加尤這麼空過。」我說：「我以爲旅館會因爲假期到了客滿，但是我訂位子的時候，櫃檯告訴我說，小木屋還有空的。」

「黑人」輕輕吹他的柑橘茶：「馬可斯，難道你不看報？愛絲佩瑞莎治好了這個習慣？」

「我每天都看《自由新聞報》、《今日報》（*El Diario de Hoy*）和《公正報》。你是指什麼？」

「《舊金山紀事報》有許多報導說，這個地區到處都是游擊隊。他們從聖地牙哥愛提特蘭四周的山區蜂湧而下，殺死當地警察，或把他們綁起來，然後根據自己的目標提出要求。已經有兩個美國人在聖盧卡斯托里曼（San Lucas Toliman）遭到劫持。他們簽下一份聲明後獲得釋放，聲明中要求盧卡斯政府推動消滅印地安人運動。」

「算了吧。」

「那是上星期的文章。」瑪莎說：「我不敢來。『黑人』跟我保證說，這裡沒問題。」

「還有一篇文章寫著，有目擊者說，他們在帕森（Patzun）附近發現了六十個印地安人被斬下的腦袋。」

「我知道納巴傑（Nabaj）和基切省聖塔克魯茲有些問題。老天爺，這裡是觀光區。這些對我來說都是新聞。」我說。

「對我來說不是。」愛絲佩瑞莎說。

我很驚訝：「你從哪裡聽來的？」

「不久之前，我去看門多薩的房子時，他曾經提到，由於一項傳說的屠殺行動，他遇到了麻煩。後來沒有其他人提到這件事，我就忘了。」

「這個消息被壓住了。」「黑人」說：「你可以住在瓜地馬拉市，卻完全不曉得全國各地發生了什麼事。」

我緊張的點燃香菸，把菸盒傳給其他人。

「不用，謝了。」「黑人」說：「因爲瑪莎，我戒菸了。還有，如果你注意到了，我也不再吃紅肉了。」

「它的膽固醇非常高。」瑪莎補充道：「他們在牛飼料裡加了很多化學物質和鎮靜劑。你應該改變飲食習慣，馬可斯。例如，維他命E和啤酒酵母會讓你的頭髮重新長出來。『黑人』兩種都有吃，看看他的頭髮。」

我同意的點頭，但是我的思緒落在別的地方。「要是我曉得有麻煩，我不會來這裡度假。」

「放輕鬆，馬可斯，帕納加查就像重兵駐防的要塞。你沒有看到通往索羅拉的那條路上，有士兵在紮營嗎？」

「我們是從帕齊西亞來的。」

「那就是了，那個地區很平靜。沿著這條到索羅拉的路上，有幾百個士兵，開著吉普車，帶著來福槍和自動武器。也許他們打算對湖邊的這些村落展開掃蕩行動。軍方想把所有的游擊隊趕出來，逮捕任何提供庇護的平民。」

「你說的『趕出來』，意思就是殺光。」我說。

「當然。但是我們在這裡很安全。我是最後一次來對愛提特蘭湖致敬的。」

「以後你不會回來了？」

「不會。」「黑人」飢渴的看著我的菸：「這一陣子不會。瓜地馬拉是個美麗的國家，但是它變得越來越危險，隨時都會爆炸。你看得出來，觀光客都被嚇跑了。你應該考慮離開，馬可斯。」

「我不能。」

「在你舉債度日、無法離去之前，你應該考慮走。要是你來舊金山，我有把握能在『齊勒拜奇』給你找份差事。」

「我就是走不了。」我陰鬱的說。

「何不跟愛絲佩瑞莎去哥倫比亞？」「黑人」問。

「是啊。」瑪莎補充道：「那裡的焦炭既多且好，我敢打賭那裡很安全。」

愛絲佩瑞莎搖搖頭。「一九五七年結束的那場內戰死了二十萬人。從那時開始，自由黨和保守黨輪流控制政府。一九七八年，我們舉行第一次自由選舉。問題在於毒梟和游擊隊各自控制了這個國家約四分之一的地區。還有，古柯鹼是嚴重的問題。阿拉伯人有石油的聯合組織，我們也有我們的毒品組織。」

「狗屎！這是什麼樣的生活！」瑪莎說。只有北美洲的人，生長於舒適的環境，與混亂距離遙遠，才能說得這麼簡單明瞭，直指核心。

「天殺的熱帶的日子。」我低聲說。

「黑人」舔舔茶杯裡的糖粒，點點頭說：「還記得我們小時候常說的？」

「以前我們好會做夢。」

「作夢的人是現實主義者。我們相信這片土地屬於印地安人，我們只是篡奪者。烏必柯說印地安人愚蠢、懶惰、骯髒、不道德的時候，我們爲他們辯護，指出他們的勤奮、精明和祖先傳下的特質。我們以爲有一天他們會揭竿起義，把美國佬從他們的土地上趕出去。到了亞本茲總統的時代，他們幾乎聯合了合作農場。但是後來阿馬斯（Castillo Armas）和他的軍隊來了。印地安人只有安分守己，耕田祈雨，刺繡編織，把一捆捆沉重的木頭背出去賣。」

「而我們卻變得更有錢，更肥胖，更漠不關心了。」

「似乎是這樣，兄弟。」

「你的解決辦法是什麼？」

「也許因爲我住在舊金山，也許因爲我爸是從宏都拉斯的貝里斯來的，我不想留在這裡，成爲瓜地馬拉執政菁英的一部分。至少在革命即將展開的時候，我不想。」

「你媽，還有你的兄弟姐妹呢？」

「我求他們離開，但是他們不認爲衝突會擴散到瓜地馬拉市。他們覺得我有點瘋狂。我經常取笑盧卡斯總統訴諸武力的作法。」

「所以，他說古巴和俄國滲透進來的人在訓練印地安人的時候，你不相信他的話。」

「不相信。」「黑人」笑了，露出潔白的牙：「而且我不認爲，馬雅人在叢林裡的七十個拉坎頓人（Lacandones），將要用長矛和玩具槍攻擊總統府。」

吃過午餐後，愛絲佩瑞莎一定要我們四個一起去游泳。太陽沉落到山峰背後，一月的水非常冷，尤其是水面下一到兩英呎深的地方。對於瑪莎來說，湖水太冰了，她留在湖邊，閱讀健康雜誌。

「黑人」是在龍涎島（Ambergris Cay）上的聖佩德羅長大的，非常善於模仿別人。他模仿魚的樣子唯妙唯肖，愛絲佩瑞莎和我笑得吃了好幾口水。他學鸚哥魚的時候，會縮緊嘴唇，假裝咀嚼一小塊珊瑚；看到梭魚迅速游走，臀部像舵一般擺動。然後他變成一條六百磅重的海鱸，在海面下十英呎的地方四處巡遊，尋找成群的小鱸魚。最精采的是他模仿一隻暴躁的老龍蝦，在岩石慌張跑動，逃開漁夫猛然刺下的長矛。

「黑人」和我能輕易卸下企業的外衣，因爲我們不太相信三件頭的西裝。讓我們重新成爲孩子並不難，我們在水裡放屁，敍述我們跟帕哥一起進行的冒險，還有運氣不佳的遭遇，我們回憶自己用過的、讓女孩跟我們上床的伎倆。我再度發現，帕哥結婚、「黑人」出國以後，這些年來我是多麼寂寞，我努力搞砸一切，讓自己進入墳墓，好彌補我對索爾妲所做的一切，好逃開我的寂寞。

到了早晨，我們跟瑪莎和「黑人」道別。我們不會再見面了，他們要去安提瓜，星期一早上再搭機去提卡爾。我擁抱「黑人」，他說，他會在舊金山替我留意工作機會。他還說，他會把美國報紙上登出的瓜地馬拉新聞寄給我，「好讓你知道你所住的國家的最新狀況。」

愛絲佩瑞莎和我到奇奇卡斯特南戈（Chichicastenango）去看週日市集。幾千個印地安人穿著他們最好的衣裳，天剛亮就來了，從附近的村落搭巴士或徒步走來，狹窄的鵝卵石街道上，暫時的攤位很快就搭起來，擺滿要賣的東西。在這裡，女人掌管銷售。在聖湯瑪斯塑像，也就是村莊守護神的引領下，男人們聚集在奇奇鎮邊緣的墓園裡，遊行著走過街道，來到鎮中央的教堂前面；他們一面走，一面擊鼓搖鈴，燃放鞭炮和煙火，讓印地安小孩笑逐顏開。

遊行隊伍抵達教堂時，一朵烏雲蓋住市場，它一直沒有上升變淡，最後雲朵遮蔽了太陽。男人們在教堂跟上帝討價還價的同時，愛絲佩瑞莎和我爲了夜總會的壁飾和布料，拼命跟賣東西的婦人殺價。

燃香的味道如此濃郁，我們的眼睛覺得刺痛，我們決定在「馬雅旅店」吃午餐。五個侍者和一隻鸚鵡不停的用英文喊道：「早安，先生。」，他們是唯一陪伴我們用餐的人。我們親暱的說笑，談到我們開夜總會的計畫，但是我甩不掉一種不對勁的感覺，沒有觀光客讓我緊張，門多薩也讓我不安。

然而，我們還是跳下去了。

15

愛絲佩瑞莎和我在我的公寓裡度過除夕夜，它現在是我們的房子了。我們躺在擺滿枕頭的小地毯上，一瓶酒喝掉了五分之四。這時，電話響了。

我讓它響了四、五聲，希望對方掛掉。愛絲佩瑞莎坐起來，把頭髮甩到腦後說：「你不打算接嗎？」

「一定是打錯了。」我把她拉過來，讓她壓著我。

愛絲佩瑞莎不停的親吻我。「拜託，馬可斯，這可能是我那同父異母的姊姊從邁阿密打來的。」

「好吧。」我從小地毯爬向電話。

我還沒說哈囉，一個聲音就爆開了：「新年快樂。」是莎拉的平板嘲諷的聲音。「我準備掛了。我還以為沒人在。」

「不。」我只支支吾吾的說：「愛絲佩瑞莎和我在看電視，有什麼事嗎？」

「壞消息，馬可斯。」莎拉的聲音低了幾度：「『偉大宮殿』今天晚上有炸彈爆炸。」

「你在開玩笑。」我說。

「大約三小時以前發生的。」

「有人受傷嗎？」

「沒有，現在是假期，我讓女店員提早下班。」

「警衛呢？」

莎拉笑了。「他走了。我想他跟爆炸有關係。到處都是碎玻璃。誰會這麼做？」

「我不曉得。等到艾倫知道了再說。」

「我剛才打電話到墨西哥市給他。他非常生氣。羅妮亞會繼續行程，到邁阿密去，跟山姆和蘇菲一起，他們在邁阿密度假，不過他明天就會盡快搭飛機回來。」

「有什麼是我能做的？」

「今天晚上沒有，馬可斯。我只是想讓你知道。警方在店門口設了警衛，防止有人進來搶東西。」

「要是有人搶劫，也是警察。」

「誰知道呢，不過他們現在在管這件事。如果你明天早上能到店裡來，待到艾倫來了再走，這樣比較好。必須跟很多人談很多細節，我剛才花了四十分鐘回答警察和記者的問題。我還在發抖。」

「喝幾口白蘭地會讓你平靜下來，莎拉。」我用手掠掠頭上的六、七根不畏艱難長出的頭髮。「當然我會一大早就去。店全被毀掉了？」

「就我能看到的部份來說——警方不准我越過自動玻璃門——店的後面和二樓的儲藏室沒有受損，但是所有前面的商品不是燒焦了，就是被水淹了或被煙燻了。所有的瓷器都破了，櫥窗和櫃檯也碎裂了。馬可斯，艾倫該怎麼辦？」

「我相信他有保險。他會叫人來修理，然後重新開張。你何不按照我說得去做：喝點酒，上床睡覺。」

「我會的。」

「順便問一下，你告訴法蘭西斯柯了嗎？」

「說了。他爸媽在墨西哥的電話，我就是從他那裡問到的。明天他也會到店裡去。」

「很好。去睡吧。」

我睡得非常糟。儘管我住在這棟八層公寓的頂樓，我仍聽到腳步聲在屋頂來回響起。我起來了兩、三次，檢查門鎖，鎖緊窗戶，我甚至想拿把菜刀上屋頂去勘查。到最後，我確定這些聲音是老鼠在房屋內牆跑上跑下造成的，於是我在客廳的躺椅上蜷縮著睡著了。我夢到愛絲佩瑞莎和我回到桑加尤，躺在石灘上曬太陽，突然間，有些臉上包著手帕的男人衝過來，把我們帶到地下的監獄。五個男人審問我們——其中一個是門多薩——他們控告我們跟游擊隊團體「MR-13」一起策動陰謀。

我們遭處決之前，我強迫自己醒來。天剛亮，愛絲佩瑞莎睡得很熟。我喝下最後的一點酒，穿好衣服，往艾倫的店去。

第六大道附近三條街的地區，車子都不能進去。「偉大宮殿」前面的人行道拉起警戒線，不許路人經過。我告訴警衛我的名字，說我是店主的弟弟後，他們讓我進去。

爆炸震破了附近商店的玻璃，人行道佈滿玻璃碎片。在這新年假期，附近商店的店主都來到這裡，他們努力舉起夾板，遮住原本是玻璃窗的地方。一家專門照人像、婚禮照與猶太成年禮的小照相館的負責人克蘭斐，在人行道上來回踱步，不停的搖頭。

一看到我，他就說：「馬可斯，我們從德國回來了。」

克蘭斐向來很歇斯底里。他讓我想到我姊夫山繆。我猶豫的笑了。

「馬可斯，你知道嗎？你是一個南歐拉丁語系的猶太人，你錯過了歐洲的盛會。你有沒有在報上看到，阿根廷的猶太人碰到了什麼事？還有在美國？在斯柯奇？太不安全了。」

我用手臂環住克蘭斐的肩膀。「你看太多文章了。我確信這次是瓦斯意外爆炸。」

他甩開我的臂膀。「去跟羅妮亞的姊妹說。」他指著莎拉：「她可以告訴你，我是否只是一個有瘋狂想法的老人，去啊。」

在「偉大宮殿」旁邊的書店，我看到幾片彩色的碎布和一個活動下顎，在門口對客人致意的五英呎高的小丑剩下的殘渣。滿地都是爆射的玻璃渣和金屬彈簧，堆成許多閃亮的小山。

莎拉一看到我，就緊緊擁抱我。「馬可斯，太可怕了，對不對？」

她那碩大的乳房，堅實的幾乎像少女，緊壓我的胸口。她的牙齒在打顫。

「莎拉，已經結束了，放輕鬆。」

「沒辦法，馬可斯。」她哭道：「我一直在想：要是爆炸早一點發生，會怎麼樣？琪琪和卡蜜拉會被炸死。羅莎瑞歐——她從來不在她該在的地方——原本也可能受傷——」

我按摩她緊繃的肩膀。「炸彈設定在晚上關門後爆炸，並不想造成傷亡，這是某種惡作劇，某種警告。」

她推開我，掏出皮包裡的面紙擦乾眼淚。「這是哪門子的警告？艾倫只管自己的事。每隔幾分鐘，克蘭斐就走過來對我說，這個炸彈是瓜地馬拉一個新納粹組織放的，目的在於抗議艾倫最近當選『馬加比』的會長。」

我搖搖頭。「克蘭斐對柏林發生的事記得很清楚，到這裡四十五年了，他還是弄不清楚安提瓜在哪裡，或是馬雅人說的是什麼語言。莎拉，這枚炸彈可能有一百種理由——艾倫有錢和房地產·,公司在全國知名度很高。也許他們想炸的是書店,因爲它賣馬克斯和列寧的書——我哪裡曉得?或許只是某個游擊隊團體的隨意攻擊,或是『藍手』(Blue Hand)想從艾倫的口袋裡挖錢。」

「馬可斯——」

「你看,」我握住莎拉的手:「他們炸了他的店,而不是他家,這樣比較好些,對不?」

莎拉點點頭。

「現在,讓我看看損失了多少。」我跟她一起走到店裡。

「警察不會讓你進去的。他們還在尋找線索。」

「我只是想靠近看看。」

炸彈的火力很強。玻璃櫥窗震碎了,金屬支柱熔化了。到處都是沒有五官的時裝模特兒的碎片,臂膀、雙腿、軀幹——燻黑了,或是原本沒有血色的粉紅——爆炸的高熱讓它們皺了起來。玻璃走道前的鐵架扭曲剝裂,只有靠牆的地方倖免於難。地面散落著或大或小的混凝土塊,所有的東西都蒙上一層水泥爆裂的粉塵。「偉大宮殿」的霓虹燈招牌歪了,警方封鎖了招牌下面的地方,以防它掉下來。我對炸彈所知不多,不過它必是壓縮過的小型炸彈,很容易藏起來。

距離我不遠的地方,有個男人在用耙子之類的東西掃地板。我覺得他是這裡的頭頭。

「我是馬可斯·艾塔勒夫,店主的弟弟。」男人停下來,親切的點頭。他像迪克·鮑威爾

⑱，瓜地馬拉版的鮑威爾，扮演偵探的角色。他的裝扮——褐色的帽子、弄皺的西裝、薄薄的黑領帶——顯然是模仿許多門票只要兩毛五的二流電影。

「有人似乎不喜歡你哥哥。」他劈頭就這麼說。

我聳聳肩。「瓜地馬拉現在有內戰，誰都可能這麼做。」

「你有什麼想法嗎？」

「沒有。」我小心的說：「我老哥人緣很好，你得自己問他。他應該快到了。」

「你哥哥的姨子也是這麼說的。」

「你知道爆炸原因是什麼嗎？」

偵探拿下頭上的牛仔帽，吹掉帽檐上堆積約四分之一英吋厚的粉塵。「當然是炸彈——從一輛開過的車子裡丟出來的，要不就是放在靠近商店的某個地方，或許在紙袋裡。巴勒斯坦人就是這麼做的，他們是專家，對不對？」

用拐彎抹角的方式，這人讓我知道，他曉得我們是猶太人。我不理會他放的誘餌，掏出手帕擦擦眼睛，我的眼因為空氣中瀰漫的粉塵而感到刺痛。「探長——」

⑱迪克·鮑威爾（Dick Powell，一九〇四—一九六三），美國一九三〇年代著名歌舞片男星，一九五三年起轉任導演和製片。

他揮揮手。「我姓波提羅，叫我瑞卡多就可以了。我希望我們是朋友。」他對我眨了眨眼。

「瑞卡多，我哥哥有一台很大的機器小丑，也許跟你一樣高，放在自動玻璃門附近，那是爲了在假期吸引顧客上門，它的碎片到處都是。你覺得炸彈有沒有可能放在這裡？會不會有人把炸彈放進小丑的嘴巴——」

探長用手摸摸下巴，用手捻著灰色八字鬍的尖端，思索了片刻。「你可以加入我的小隊。」

「這只是一個想法。」

探長拍拍我的肩膀。「不只是一個想法。炸彈——讓我們假設它是手榴彈——若是扔進來的，有人——一個目擊者——會看到這輛車開過，或是聽到炸彈打破玻璃的聲音，我們甚至可以在瓦礫中發現防止炸彈滑落的裝置……你的小丑理論聽起來非常有道理，尤其是大部分的損害集中在店面的前半部。必定是塑膠炸彈，或是定時炸彈。炸藥的量很大，我們沒有發現電線、引信或雷管。」

這時，艾倫跟法蘭西斯柯來了。他穿著深藍色西服，面如死灰，像那灰暗的水泥粉塵。他的眉毛緊緊皺起，眉心有之字型的直紋。

「在這裡，艾倫。」我叫道。法蘭西斯柯跟一個朋友站在附近，不久就消失了。

「謝謝，馬可斯。我知道你靠的住。」

「莎拉通知我的。所有的事都是她做的。山姆來了以後，你眞的沒有給她應得的肯定。」

「我知道。」艾倫說：「我任命山姆擔任店經理後，她對我很失望。但是我能怎麼做呢？他是我的女婿。沒有我的幫忙，馬可斯，他連自己的鞋帶也綁不好。」他說得有點離題了：「現在他在哪裡？有緊急的事要忙？他在邁阿密跟蘇菲在一起，每天睡到很晚才起床，他在想有什麼辦法，可以不用問我就能延長假期。」

隔著一段距離在聽我們講話的探長走過來。

「我不想干擾這個小小的聚會，艾塔勒夫先生，但是我要跟你說句話。還有，讓我們這麼說，你弟弟，不管他剛才說了什麼，對調查工作幫了很大的忙。請到這邊來。」

「沒問題。」艾倫有點迷惑。

艾倫和探長站在鐵架原來的位置，私下談了一會兒。波提羅用耙子的把手尖端，從佈滿粉塵的碎布中挑出一樣東西，或許他在向艾倫解釋爆炸是怎麼發生的。然後，他們從守在後門的兩個警員身邊走過。他們避開地上的水泥塊、玻璃渣、還有破裂的人工瀑布漏出的水流的時候，許多碎裂的灰泥落到他們頭上。他們轉個彎，消失了。幾分鐘後，他們回到這裡。艾倫一手拿著帳簿，另一手抱著一個大黑盒子。我想盒子裡裝的不是展示箱的珠寶，就是私人用品。

艾倫走到我面前，這時，法蘭西斯柯也來了。

「爸，情況有多糟？羅伯·亞瑞薩說，他在瓜地馬拉夜總會那邊，就聽到爆炸聲了。」

艾倫用臂膀環住兒子的肩。「原本可能更糟糕的。沒有人受傷。二樓幾乎沒有受損。」

「你必須停止營業。」法蘭西斯柯說。

艾倫不是那種在家人面前，會放下全家守護者角色的人，縱然在二十三歲的兒子面前，他仍勇敢的露出笑容：「對，關門一段時間，但是我想『偉大宮殿』這個月就能重新營業。兒子，我需要你的幫忙。」

「當然，爸，我一月九號就考完了。開學前我會有一個月的空檔。」

「這才是我的好兒子。」

「艾倫，你有保險吧？」我插嘴道。

「只有保商品損失。只有倫敦羅意德保險公司的投保範圍涵蓋恐怖主義行動。但光是保險費就比我付給所有員工的薪水還多。」

「所以你必須自己負擔裝修費用。」

「對，馬可斯，我想我必須賣一些我在公司的股票。要是你的紡織生意還在，你現在就有一個急著上門的顧客了。」他轉過身，對法蘭西斯柯說：「兒子，去跟莎拉說，要她到『傑森』去跟我們會面，一起喝咖啡。這場騷動讓我非常累。」

「也許你應該回家去躺一躺。」我說。

「不要，你扶我走過去就可以了。」我們沿著第六大道，走向第七街。認識艾倫的店家與朋友，站在街旁向他致意，表示安慰，並說願意提供一切協助。克蘭斐，一如平日歇斯底里的作風，莽撞的衝過來，把三張百元鈔票塞進艾倫的手心。

「我不能接受。」

「拿著它，拿著它。」克蘭斐打個手勢，彷彿在驅趕蒼蠅。

「我非常難過，在瑪莉娜的婚禮上，我沒有請你來拍照。」

「我老了。幫助年輕人是很好的。」他不帶憎恨的說。

「但是——」艾倫試著把錢塞回去。

「讓我說完，艾倫，我們瓜地馬拉的猶太人，應該像個大家庭，你要告訴『馬加比』的董事會。我只希望能給你更多錢，來緬懷你爸爸。」

艾倫的眼睛濕了，嘴角露出笑容。克蘭斐向來喜歡我爸，有時他開車送我父母到會堂去做安息日禮拜，護送我那幾乎全盲的父親走到位子上。現在他在這裡，送錢給我們，儘管他的店——一棟簡陋的小屋，辛苦而謹慎的一次沖洗一卷軟片——一個禮拜的總營業額可能還不到三百塊。這個禮物送得很大方，我懷疑我姊夫山繆是否會想到要這麼做。

「傑森」沒開門——今天畢竟是元旦——我們轉到汎美大飯店的咖啡屋。大廳裡一片嗡嗡聲，大家都在討論這起爆炸案。女侍穿著印地安服裝，頭戴漿過的荷蘭風格的帽子，當她帶領艾倫、法蘭西斯柯、莎拉到位子上時，我走到報攤旁邊，買了一份《自由新聞報》。頭版下方有一篇短文，提到爆炸案發生的時間和地點。當然，文中暗示爆炸案是古巴和蘇聯援助的都市游擊隊幹的。

女侍記下我們要的咖啡和甜點。法蘭西斯柯問道：「爸，你認爲是誰幹的？」

艾倫疲倦的搖頭。「不知道。」

「我確信是聖卡羅斯大學的學生共黨團體幹的，盧卡斯總統應該把那個地方關掉。」

「爲什麼是我？爲什麼是我？」艾倫重複的說。

「嗯，」我開口了：「你和大衛讓公司成爲中美洲最大的企業之一。你在商務部和猶太人的事務上非常活躍。還有，『偉大宮殿』是一家讓人印象深刻的店——」

「但是我不是席爾瓦或卡斯提羅那樣的大地主，這兩家壓制人民有好幾百年了。爲何找我的麻煩？」

「席爾瓦和卡斯提羅這兩家有防彈車、保鑣、精密的警報系統，有自己的私人部隊。這些你一個也沒有，你是脆弱的，孤伶伶的。有人威脅過你嗎？」

艾倫還沒有答話，莎拉就插嘴了：「上星期有人打電話到店裡來，要我們給他十萬塊美金——不是格查爾喔——而且要現金。電話是我接的。」

「爸，這是眞的？你沒有告訴我。」

女侍端來四杯熱騰騰的咖啡和一籃麵包。等她走遠了，艾倫說：「一直有這種電話，法蘭西斯柯，把錢匯到某處，否則就要……去年我就接到四、五次，都是假的威脅。」

「直到現在。」我說。跟法蘭西斯柯一樣，我也有點氣艾倫對這些威脅隻字不提。是否有人對艾倫懷恨在心？眞的是反猶太人的攻擊行動嗎？難道他不信任我？

艾倫繼續說：「我一直覺得是無聊的電話，一個憤怒的員工，或是某個聰明的傢伙，想輕易的撈點錢。」

「你應該更小心的，艾倫。」莎拉咬下牛角麵包的尖端：「有一個打電話來的人還警告你說，要是不付錢，你就會被綁架，對不對？」

「對，但是什麼事也沒有發生。」艾倫端起杯子，喝了一口咖啡：「爆炸案發生後，一切就不同了。等下我會打電話給羅妮亞，要她跟蘇菲、山姆和孩子們留在邁阿密，直到我覺得安全了再回來。然後，法蘭西斯柯，也許你也該過去。」

「但是，爸，你不能一個人留在這裡。你需要人幫你重新開店。還有，我若離開學校，必須等上至少一年，才能重新開始上課。」

不知道爲什麼，我發現自己在幫法蘭西斯柯說話：「這孩子說得有道理，艾倫。」

法蘭西斯柯懇求道：「瑪莉娜嫁出去了，你不能一個人獨自留在這棟房子裡。你需要有人陪你。」

艾倫開心的看著兒子。這讓我想到，這場談話的目的是爲了向莎拉和我證明，法蘭西斯柯不是傻瓜，而是一個勇敢忠誠的後代。艾倫搔搔兒子的脖子：「現在你是男人了。你媽會爲你感到驕傲。」

接下來的幾秒鐘，我們靜靜的喝咖啡，吃麵包。

我點燃香菸，我的喉嚨因爲吸進了許多粉塵，因爲前一晚喝的蘭姆酒，而感到灼熱。

「波提羅探長要我今天下午跟記者談話。」

「你想這麼做嗎？」我噴出一口煙。

「我想是吧。」

我有點怕我老哥。「可能很危險。何不保持沉默？讓警方去調查。」

法蘭西斯柯插嘴道：「爸，這麼做可以幫我們的店打廣告，每個人都會討論『偉大宮殿』的事……」這個腦筋簡單的兒子又在信口開河了。

「我沒有想過這一點。」艾倫點點頭：「但是我不想利用這個悲劇作宣傳。我只是想，時候到了，應該有人站出來公開的反抗綁架和暴力。像鴕鳥一樣把頭埋在沙裡，不能讓問題消失。瓜地馬拉的生意人站出來的時候到了。」

「告訴他們，」法蘭西斯柯接過話頭，激動的說：「『藍手』應該炸掉聖卡羅斯的校園，派間諜參加工會的會議，那裡的學生和教授想毀掉這個國家，讓他們嚐嚐教室裡放了炸彈的滋味。」

「你不知道你在講什麼，法蘭西斯柯。」我說。

「你必須以牙還牙，智利總統皮諾契特就是這麼對付前一任的阿言德的。」

在瓜地馬拉，人們可以隨便說話。「你以為這些年來被殺掉的是哪些人？當然不是你的朋友，席爾瓦和卡斯提羅家的人。是他們給『藍手』提供經費，這群殺人兇手，要是懷疑印地安孕婦是共產黨，他們就把炸彈塞進她的陰道。」

「我的天。」莎拉的叉子落到桌上。

「馬可斯，你讓莎拉覺得不舒服了。」

但是我的發條已經上緊了。「不，我要說，艾倫。當一打印第安人被人發現，屍體剁成一百塊塞進坑裡，沒有人抗議。畢竟他們只是印地安人。他們對國民生產毛額有什麼貢獻？但是一旦柯菲尼歐家有一個人被綁架，贖金要五十萬美元，而他可能遭到毆打，這時人們就會熱烈討論了。任何人都有可能放炸彈，傑斯登、維拉，或是某個不喜歡你姓名拼法或是走路姿態的人。我們不要誇大問題的嚴重性，但是任何人，甚至你，法蘭西斯柯，都可以放炸彈。」

「你的意思是，不是共產黨幹的？」法蘭西斯柯問：「還有誰會傷害我爸？每個人都知道，他是個資本主義者，親瓜地馬拉的人士。一定是他們。」

我絕望的舉起手。「法蘭西斯柯，你是一匹帶著眼罩的馬，你看到的全是紅色。我敢打賭，要是我穿了一件紅襯衫，你會說我是共產黨。」

「你講話的樣子很像。」

艾倫的拳頭重重落在桌上，粗糙的手震動了杯盤。「夠了，法蘭西斯柯。你是個聰明的孩子，但是有時候你在開口之前，沒把事情想清楚。」

「但是你告訴過我，馬可斯曾經參加共產黨。」

我看看艾倫，覺得既憤怒又驚訝。四〇年代的時候，我們兩個都是共產黨員。他甚至相信，武裝抗爭是糾正不公不義的合理方法。是艾倫公開表示，烏必柯和他的黨羽騙走了印地安人有權擁有的一切……但是五〇年代開了「小宮殿」以後，艾倫的立場變了。他反對查封聯合水果公司的土地，這家公司從印地安人手中取得土地後，土地陷入休耕狀態。如今他說亞本茲是「共產黨的傀儡」。

「曾經不等於現在。」他糾正兒子：「這是很久以前的事了，在烏必柯的時代，他是個怪物，我希望你在大學裡聽過他，他是獨裁者。我很自豪的說，我反對他。你叔叔想說的是，我們沒有證據顯示，是誰在我店裡放炸彈的，找到證據之前，我們最好三緘其口。」

一片沉默。艾倫說話的口氣好像絕不會出錯的耶和華。我有點希望法蘭西斯柯跟我道歉，但是他一個字也沒說。

「波提羅要你說什麼？」我問。

艾倫拿下眼鏡，揉揉鼻樑。

「他要我說，以前我就被威脅過，被一個匿名的懦夫組織勒索。探長希望逼出策動爆炸的人。」

「他的意思是，這會給軍方或『藍手』一個機會，讓他們用你店裡的爆炸案為理由，多殺幾個敵人。」

艾倫掏出手帕，開始擦眼鏡。他朝著灰濛濛的鏡片呵氣，一次呵一口，把眼鏡擦乾淨。他調整一下眼鏡，重新戴上。「馬可斯，我們必須採取行動，阻止這種暴力的循環，要不然我們只有到街上去賣花生米了。你覺得我該怎麼說？」

波提羅探長要我哥哥撒謊，要他成為這種激憤策略的一部分，我很確定這種作法只會讓他面臨更大的危險。「說出眞相，艾倫，就說你對爆炸案一無所知，讓他們去問探長。告訴記者，你是個誠實勤奮的瓜地馬拉人，是這項暴力行動的受害者。告訴他們，你會逆來順受。看在老天爺的份上，艾倫，如果我是你，我什麼也不會說。」

16

「偉大宮殿」爆炸案究竟是誰幹的，實在是眾說紛紜。第二天報上刊出後續報導，但是這些報導只提供了些許事實。一位不具名的政府發言人宣稱，這項攻擊爲「瓜地馬拉貿易工會運動」或「貧民游擊部隊」所策動，政府將予以痛擊。報導引述艾倫的話說，這種暴力行動會迫使商人僱用更多的私人警衛，報上並登出他的照片——看起來非常無情，連我也認不出他來——跟波提羅探長一起，站在他的店門口。旁邊的文章描述暴力行動暴增的現象——許多普通竊賊被砍成碎片，在基切聖塔克魯茲一所教堂的地下室，有人發現一個麻袋，裡面裝著十五名男子的人頭——但是這些邪惡的舉動不必然跟瓜地馬拉市除夕發生的這項爆炸案有關。

令人驚訝的是，艾倫並未接到勒索者的來信，若不是他決定對此事保持沉默，可能早就接到了。爆炸案發生的這些天來，艾倫如行屍走肉一般，眼神茫然，跟人談話談到一半的時候，他會閉上眼，或是注視別的地方。對於一個凡事立刻都有答案的人來說，這種反應十分不尋常。

一天晚上，我知道法蘭西斯柯要跟朋友去喝酒，便到艾倫家去看他。他剛吃完飯，坐在客廳喝西娜爾酒（cynar），這種酒是從朝鮮薊蒸餾出來的，據說有助消化。他的心情不佳，談到孩子這麼快就長大了，他感到不愉快，因爲沒有足夠的時間去愛他們，愛他的妻子，享受獨處的樂趣。

我試著讓他開心一點，我說，他跟孩子相處的時間，比父親跟我們相處來得多。

艾倫點點頭，表示同意：「馬可斯，我們小的時候，你知道我最討厭什麼？」

我可以想出許多事物，全都不確定。「餓著肚子上床睡覺，這件事我永遠忘不了。」

艾倫點點頭。「這當然很可怕。對我來說，更糟的是，」他用大家長的口氣說：「沒有意義的搬來搬去，馬薩特南戈、格查爾特南戈、巴拿馬市、安提瓜。搬進一間陌生的房子時，我們完全不曉得會住多久……我沒法列出清單，標明我們在什麼時間搬到了什麼地方。總之，我們的生活不比吉普賽人好。」

「太誇張了，艾倫。我們在每個地方至少都待了一年。」

他聞聞酒杯裡的酒，啜了一口。他讓酒在嘴裡流動，彷彿在用漱口水，然後，他把酒呑下去。「或許問題在於，我再也不能把夢想與記憶分開。我不斷的看到一幅鮮明的景象，就是我們打開箱子和關上箱子，排那永遠排不完的隊，登上骯髒的巴士，聞著廉價汽油的氣味，抵達一個陌生的廣場，走上好幾里路，來到另一棟房屋——一棟早該廢棄的房子——做同樣的事，清理和打掃。我很小的時候就明白了，一年似乎永遠過不完，幾乎像一輩子，對我來說，我們在每個地方待的時間都不夠。一旦我們安頓下來，僅僅是稍微安頓，山繆爾先生就會突然宣布說，我們又要搬家了。」

「那些年是很辛苦，艾倫，對你和費莉西亞更是艱難，因爲你們必須照顧我們小的。」

艾倫響亮的笑著。「照顧弟妹不難。難的是我要讓爸爸放心，讓他相信他做了正確的決定。」

我躺著，幾乎是整個身體靠在艾倫家寬闊的綠沙發上，我在腦袋底下墊了兩個枕頭，好讓我能看到他像是被伸出來的兩隻腳框起來的臉。「你是指什麼？」

「別說你從來都不知道。」

「知道什麼？」

艾倫的鼻子噴著氣。「山繆爾先生不可能信任母親。娶她的時候，他已經四十二了，一個成年人，而她才十五，一個藍眼睛的少女，拉比的女兒，學校都還沒有上。她可以做他的女兒了。艾茲拉伯伯不在的時候，他是經常不在的，他養成了習慣，叫我進他的臥房，在沒有其他人在家的時候，跟我說他的新計畫。他說得非常詳細，解釋他的決定背後的邏輯，說明他爲何認爲這項改變對全家人是最好的。然後他會告訴我，要是他遇到什麼事，我就是家裡的男人了，他希望我能負起這個責任。」

「你爲什麼從來沒說起這件事？」

艾倫聳聳肩。「我以爲他把這個大秘密委託給我，不應該說出來。他跟我講話的態度非常坦白，他對媽媽從來不是這樣。」他笑了：「你還記得我們從瓜地馬拉市搬到馬薩特南戈的時候嗎？」

「那時我應該是四、五歲。」

「我們之所以搬到那裡，是因爲艾茲拉伯伯和芮娜去歐洲旅遊兩個月的時候，我們親愛的瑞秋阿姨把艾茲拉伯伯的店弄得一塌糊塗。艾茲拉回來以後，他的店幾乎快垮掉了。瑞秋解雇了所有的女店員，理由是她們從收銀機裡偷錢，其實是她算不清楚帳目。艾茲拉伯伯氣瘋了。你知道爸爸做了什麼？他爲他的妹妹所作的一切負責，儘管他跟這件事完全沒關係。艾茲拉一定要他們兩人中的一個到馬薩特南戈的店去——作爲一種懲罰。瑞秋當然和平常一樣，一把眼淚一把鼻涕：『搬過去我會死掉，那裡太熱了，住在印地安人當中，我該怎麼辦？我需要我的會堂。』」

「你說得太好了。」我說：「瑞秋有時非常有猶太人性格，她可以不去上班，跑去參加婚禮或成年禮。」

艾倫微笑道：「我們都知道，這位阿姨是什麼樣的人……所以，無論如何，山繆爾先生自願過去。那天晚上他要我進入他的臥房，對我說，我們要搬到馬薩特南戈去。我們全都可以去上學，不要在意同學全是赤腳的印地安人。媽媽負責看店，他會到附近的小鎮賣東西——」

「我知道，英國的粗花呢，還有防水的斜紋呢，賣給印地安人。」

「在這段時間，他的酗酒和賭博變成了嚴重的問題。他已經五十二了，仍然養不活一家人，他的妹妹，是的，他必須養她，因爲他們家在埃及的時候，他答應了他哥哥蕭爾，承諾永遠不讓妹妹挨餓。在復活節的那個禮拜，我們親愛的父親喝醉了，對我說出這件事。」

「多麼令人沮喪。」

艾倫揮了揮手。「你知道，馬可斯，我不擅長分析過去。我要讓自己的家人持續的團結在一起，麻煩已經夠多了。但是我要說一件事，他給我這麼重的擔子，這是不公平的。因爲如此，我讓我的孩子要什麼有什麼。」

西娜爾酒，儘管是有療效的藥酒，仍會讓人變得激動，艾倫的傷感逐漸增強。「你做的特別好，兄弟。」我給他打氣：「你的兩個女兒結了婚，而且很快樂，法蘭西斯柯也唸大學了。」

「對，說得對。我原本希望女兒能嫁得更好，但是她們至少找到了愛她們的男孩。以前我總是爲法蘭西斯柯擔心——羅妮亞和我希望在他後面再生一個，卻生不出來——現在他終於變成大人了。我害怕他永遠不能發展出自己做決定所需要的力量，現在我明白，在我們生活的這個世界裡，他是一個機敏的學生。我們是怎麼談到這裡的？」

「你正在告訴我，你小時候的經歷，還有我們的過去。」

「馬可斯，生活比以前好多了，對不對？」

「對，但是你應該多去享受生活。你不需要一直照顧山姆和蘇菲的生活。你都五十七了，艾倫，你這個年齡的男人，已經開始想著退休，想著該如何享受晚年。」

艾倫笑了，他的笑容彷彿在暗示，我完全不了解他身上有多少重擔。「我沒有時間想這個。我年紀越大，有越多的事要做。現在我必須把全副心力放在重建店面，讓家庭團結，確保猶太團體不會群龍無首，亂成一團。你知道，儘管所有的傳言都跟事實相反，傑斯登讓『馬加比』的財務狀況變得非常糟。必須採取行動，否則就得關閉希伯來文學校。我們還得想辦法，確保我們的生意不受民間騷亂的影響。我們必須確保我們的安全，不怕游擊隊的攻擊。」

我點燃香菸。時間不早了，愛絲佩瑞莎在等我。然而，艾倫似乎想對他那單純的弟弟坦白說出某一件事。「你在想什麼？」

「墨西哥市的會議非常有趣，非常多的猶太人覺得，我們必須找出結爲網絡的方法，來支持我們的政府，我們應更加主動，打擊共產黨和他們的恐怖主義。」

「我們是一個宗教，艾倫，不是一個政黨。」

艾倫把腳放到躺椅兩側，躺椅變回凳子。他在杯中再倒了酒，加進冰塊。「你知道德瑞福斯嗎？」

「那個尼加拉瓜的實業家？他一直在援助桑定政權。」

「這是個猶太人主動參與政府事務的例子。我欣賞他，他願意爲了自己相信的事情站出來，儘管站錯了邊。他表現出一種精神，就是我們猶太人必須採取更積極進取的立場，不能只是假裝對政治不感興趣。」

「但是，艾倫，幾乎所有的拉丁美洲國家都是軍人掌權。墨西哥、哥斯大黎加、委內瑞拉，也許哥倫比亞是例外。」

「的確是，這是現實，馬可斯。無論情勢多麼令人厭惡，我們還是得想辦法，向這些掌權者表現出我們的團結。」

我覺得反胃。「墨西哥市的會議談的就是這個？」

艾倫似乎覺得我的憎惡十分有趣。「不，我們分成許多小組，代表們討論了各自的國家裡的猶太人的生活、過去與現在。還有許多講員，來自墨西哥市的以色列傳教團體、比奈布里斯（Bnai Brith）⑲、以色列總工會，還有以色列勞工組織。會議上宣讀了以色列的比金傳來的電報，還有一封裴瑞斯（Shimon Peres）的電報，希望我們一切順利；還有各種跟募款有關的工作坊、中東菜的烹飪課，拉丁美洲猶太人與以色列的關係。你知道有四萬名以色列人說西班牙文嗎？」

「不知道。」我答道。

突然間，艾倫似乎清醒過來。「我們發現了許多有趣的事實。有些猶太人跟著西班牙將軍科

⑲比奈布里斯（Bnai Brith）加拿大猶太人權組織名稱，全名為 Bnai Brith Canada。

德斯（Hernan Cortes）⑳來到墨西哥，跟著西班牙人皮薩羅（Pizarro）㉑登陸祕魯與厄瓜多；去年有人在巴拿馬的科隆發現一片十七世紀荷蘭製的律法護甲；最古老的猶太人殖民地位於多明尼加的一個小鎮；阿根廷的第一批猶太人是高卓人，事實上，有個叫傑丘諾夫（Gerchunoff）的人寫過一本書，探討這件事。非常有趣。」

「所以，你甚麼時候有空跟軍方討論這個『偉大的協定』？」

「你太憤世嫉俗了，馬可斯。太太們在游泳或購物的時候，我們幾個男士會聚在一起，在飯店的酒吧聊天。有個從烏拉圭來的猶太人名叫帕茲，他堅持有位名叫佛圖娜・艾塔勒夫的女孩——我們的遠房堂妹，也許是蕭爾伯伯的孫女——住在蒙特維迪歐（Montevideo），帕茲說，猶太人袖手旁觀夠久了，而圖帕馬羅（Tupamaros）、蒙托納羅（Montoneros）和其他的游擊隊團體卻用恐怖行動威嚇善良誠實的民眾。他的話很有道理，我們必須積極支持執法和維持秩序的力量。」

⑳科德斯（Hernan Cortes，一四八五～一五四七），一五一九年征服墨西哥阿茲特克帝國，橫掃墨西哥各地，使百分之七十四的阿茲特克人死於細菌感染，人口從兩千五百萬降至六百五十萬。

㉑皮薩羅（Pizarro, Francisco，一四七五～一五四一），西班牙的殖民地征服者和探險家，征服了印加帝國，建立了利馬城。早年名爲Gonzalo Pizarro。

我的右腿不受控制的敲擊地面。「但是，艾倫，你的意思聽起來像是，我們碰到的一切麻煩完全沒有原因，好像反抗的人只是被馬克斯主義者灌輸了教條而發動攻擊。拿瓜地馬拉來說，這些將軍殺人如麻，奪取財物，好登上最高的位置。每隔六年，他們舉行虛假的選舉，選出他們下一任的首領。你知道的。他們與地主聯合起來，竊取印地安人的土地，而你表現的如此驚訝，指責他們跟游擊隊合作。要是你跟他們處境相同，你會做出同樣的事。」

艾倫推推眼鏡。「但是我跟他們處境不同，因此我不會被拖進這種爭論，馬可斯。人們若想改善自己，他們可以靠著勤奮工作做到，就像我們艾塔勒夫家的人。印地安人過去很開心的耕種他們小小的田地，對著松林裡的一塊石頭禱告，星期天喝得醉醺醺的。但是後來他們犯了一個策略上的錯誤，就是跟游擊隊結盟。他們當中有許多人甚至會對你這麼說。所以，他們不如換邊站，讓游擊隊去保護他們。我只想知道誰會保護我們這些勤奮工作的人，有時一天工作十二小時，難道我們辛苦工作是爲了得到現在面臨的一切？回答我，馬可斯。」

一開始，我們低聲談論家裡的事，現在我竟對他大喊大叫。「艾倫，難道你不明白，印地安人沒有選擇？他們快餓死了，他們的土地被奪走了。我不明白你爲何爲何爲地主說話，他們可以躲在他們的金錢和私人部隊後面。你這種人爲何要開心的替他們打仗？」

「你不懂，馬可斯，我們是一起打仗，因爲我們的利益碰巧能夠結合。我們都想要和平、秩序，還有結束所有的暴力行動——」

「以便回到十九世紀的封建體制和奴隸制度。」

「你把問題簡化了，馬可斯。任何人都看得出來，今日的瓜地馬拉人一般的生活，比四十年前改善了許多。」

「也許你忘了烏必柯時代的生活。」

「好吧，比三十年前改善許多。以前裝電話或瓦斯管要等上一年，只有最富有的人買得起汽車。」

「對，現在你可以立刻裝上電話，但是它從來不管用，還有，這個城市污染得非常嚴重，幾乎無法呼吸。」

許多年來，艾倫和我一直避談政治。我們清楚自己所站的位置，對於一起做生意的兩兄弟來說，這足以讓我們閉口不談。艾倫逐漸爬上成功階梯的同時，他也忘了那些留在下面的人，每一新的階級帶來不同的問題、衝突和複雜情勢，很自然的，也帶來不同的歡樂。

但是階梯之上，永遠還有另一層階梯。一層攀上一層，直到你抵達高處，放眼望去，到處都是飢餓的白蟻，用牠們的牙齒侵蝕你的木梯。根基搖搖欲墜。你能怎麼做？爬下來，重新當一隻卑下的白蟻，還是支持允諾消滅這些惱人的蟲子的除蟲人？

奇怪的是，我也想要和平與秩序，也希望暴力行動畫上句點。我不希望「愛絲佩瑞莎」夜總會破產。但是我相信，我和這些人有著重要的差別，一種獨特性，有些事我不會做，而且我願意設定界限。但是界限究竟在哪裡？不可偷盜，不可殺人。有人被殺，被拷問時，不要裝作沒看到。我是否在唬弄自己？

理想永遠是純潔簡單的，至少在抽象的層面，遠離人際接觸的塵垢與油膩。我無法嚴厲的判斷艾倫，我已經跟一位擔任過上校的人合夥了，毫無疑問，這人除掉了不少反對份子，不是嗎？

「沒有簡單的答案。」我終於說。

艾倫朝我俯身，拿下眼鏡。「當然沒有。我店裡的爆炸案讓我相信，我必須採取一切行動，在理智的範圍內，來保護我最愛的東西，我的親人，我的家，我的生活方式。我不想失去一切，以及發生一個女兒住在聖地牙哥，蘇菲搬到特拉維夫，我太太獨自留在佛羅里達，不確定丈夫是否能活著跟她見面這種情況。」

我站起身來，在這一刻，在談話的高潮，所有關於貧窮和少年時代的回憶燃燒殆盡，宛如清晨的薄霧。「艾倫，我要走了。明天一整天，愛絲佩瑞莎和我都會忙夜總會的事。」

「好。」他的身子往後靠回去：「你的新探險。我希望你們一切順利。」

艾倫說的，做每一件事，都要「在理智的範圍內」，這句話在我腦中迴盪。

「你從不要我給點建議。艾倫，這讓我覺得受到輕視。但我還是要對你提出忠告。不要做蠢事。談論你做事的方式，這沒有問題，但是強力推動你自己的解決方案，是一場非常危險的遊戲。猶太人的會議是一回事——喝幾杯酒，輕鬆談談——和將軍們與暗殺小組往來卻是另一回事。這些人是不玩遊戲的，如果他們要玩，絕對不是按照書上講的來玩。這不是一場單純的撞球比賽，不會是你若贏了，他們就給你五塊錢，而你能輕鬆的離開。」

「你太會想像了。」

「希望如此。」我走向大門：「今天晚上你用了一些相當強烈的字眼，你暗示了很多東西。我能了解商務部和『國家之友』必須清楚列出他們的目標，但是我希望你不要跟『藍手』等暗殺組織搞在一起。」

艾倫對我微笑，就像大人對著孩子笑，因爲孩子無法了解某種事物的意義。「別擔心，馬可斯，你哥哥永遠知道該怎麼做。」艾倫拉住兩隻杜賓狗的項圈，我沿著小徑走到前門。我坐進車子的時候，艾倫的眼睛閃爍著奇特的光芒：

「馬可斯？」

「什麼事？」

「誰說過他們的手是藍的？」

17

第二天早晨，愛絲佩瑞莎和我忙著打電話，估算夜總會的裝修費用。我的心情低落，因爲去看艾倫的緣故，我睡得不好，所以無論愛絲佩瑞莎說什麼，我都找得出毛病跟她吵。她建議我們去「梅森」(El Meson) 吃午餐，這家餐廳位於街角，距離我們這棟房子不遠。但是換個地點並未沒有讓我的情緒獲得改善。

「馬可斯，你今天簡直是不可理喻。」

我點了蔬菜湯，但我只是用湯匙一圈圈攪動著。我還點了牛排和煎洋芋，但我懷疑我會把它們吃進肚子裡。我決定抽支菸。

「是夜總會讓你煩心嗎？」愛絲佩瑞莎用指甲敲擊桌面，「回答我。」

「我想是吧。我都五十三了，爲何要讓自己捲入另一樁生意？」

「你花了太多時間擔心你的年齡。」愛絲佩瑞莎不高興的說：「你表現的好像你跟費莉西亞的先生一樣老，而他比你大了二十幾歲。還有，再吸一根菸不會讓你覺得年輕起來。你應該按照瑪莎建議的去做，在香菸終止你之前，先終止吸菸。」

我還是點燃了香菸。愛絲佩瑞莎推開還剩一半的酪梨和鮭魚。「你讓我完全沒胃口了。」

「爲什麼你突然那麼重視瑪莎說的每一句話？你甚至不喜歡她。現在你也變成健康食品狂了。」

愛絲佩瑞莎拿起叉子，對著我搖晃。「我不跟你吵了，馬可斯。一整個早上，你都在發脾氣，現在你又跟我挑釁。」她丟下叉子，猛的把大腿上的餐巾紙抓起來，丟在沙拉裡。

我緊緊抓住愛絲佩瑞莎的手腕，她奮力掙扎，想站起來。「對不起。」

「放開我，我不想再忍受你的虐待了。」

「一切都讓我緊張，夜總會、政治氣氛、『偉大宮殿』的爆炸案、昨天晚上亞倫說的話——」

「關於我搬進來的事？」

「這個我們談得最少。」我虛弱的微笑。

「擔心的人不只你一個，但是我試著抱持樂觀。一直去想世上的壞消息，不會讓它消失。對，夜總會讓我緊張，但我試著把它看成一個可能給我們某些自由的好機會。我希望在幾年內，我們能存下足夠的錢，把這個企業賣掉，賺一大筆錢。你就能退休了，馬可斯。我們可以在安提瓜買一棟殖民風格的老房子，或是四處旅行。只要你不讓年齡佔據你的想法，就不會覺得自己老了。」愛絲佩瑞莎永遠有一種本領，能讓一切事物明亮起來。她不了解憂鬱這個字眼眞正的意義，對她來說，一片烏雲不過是雲，不是棺材。

侍者年約六十，蓄著八字鬍，白襯衫和磨損的袖口上有汚漬。他端著主菜，走到我們的桌子旁邊。

「我不餓，愛絲佩瑞莎。」侍者撤下了我的湯碗。

「我也不餓。我們回家吧。」

我按熄香菸，給了侍者十塊錢。他站著，看了我們一會兒，搔搔帶著鬍渣子的臉，懷疑我們是否腦筋有問題。我們走出餐廳，侍者把錢塞進背心的口袋。我們走出去後，他關上門，彷彿要確定我們眞的走了。

我對愛絲佩瑞莎有著絕對的信任，還沒看過夜總會，我就跟門多薩簽了租約。有一天晚上，我們開車經過那裡，但是大門關了，即使如此，它看起來還是像「鮮花農莊」的老舊版。

然而，白天的光線顯出了缺點，玻璃需要切割，停車場通往前門的石子路雜草叢生。樹籬需要定型，幾棵松樹與鴨掌木需要修剪。

「我們必須用一個園丁。」我沮喪的說。

「馬可斯，你知道我想怎麼做嗎？拉根電線到入口的大門，電線上裝些彩色燈泡，繞在樹上。」

「目的是什麼？」很難想像在瓜地馬拉正午炫目的陽光下，能看得到彩色燈光。

她鬆開我的手。「我覺得這樣會比巨大的聚光燈，更能營造浪漫的氣氛。到這裡來的人，應該覺得受到歡迎——像賓客，而不是入侵者。」她用手比劃著：「也許我們可以在花園裡建個粉紅色的噴泉。這樣豈不很好？」

「對，我們會在裡面養很大的天使魚，或是造一座瀑布……客人開車進來的時候，也許我們可以僱個義大利歌劇家來唱詠嘆調。看在老天爺的份上，愛絲佩瑞莎，我們沒有這麼多錢。」

她從我背後走過來，右臂挽住我。她像魚一樣撅起嘴唇，吻了我。「我知道。我想的是以後，我們賺了很多很多錢以後。」

我擁抱她，我讓我的頭沉入她豐厚的頭髮裡。尤佳利的味道，她的洗髮精，還有，她擦了不少香水。「我們的金礦全速運作起來以後，我們會建個游泳池來養魚。現在，讓我們去看看人們要怎麼過活。」

我們打開門，一陣灰塵落下。感謝上帝，門多薩在一堆堆的傢俱上面蓋了床單。我拉起一張床單，灰塵湧入我的鼻孔，我打了個噴嚏。「這個地方的灰塵比地窖還多。」

我的眼睛濕濕的，我打開靠進門後第一個房間的窗——過去這裡是主要的用餐區——讓新鮮空氣，因爲蔭涼而涼爽下來的空氣，流進來。

愛絲佩瑞莎在房裡忙碌走動，拉下床單，揉成一團，丟在角落。「你覺得這些傢俱怎麼樣？」她不確定的問。

餐桌是松木作的，有著深色的斑點，上面塗了幾層透明漆。看起來有鄉村風味，富有的瓜地馬拉人擺在鄉間別墅的餐桌。這跟我們夢想的厚軟長沙發，還有點著幽暗燭光的餐桌，完全不一樣。

「酒吧的凳子太高了。」我咕噥著，一面彎下腰，扮演老練木匠的角色。「我們可以找人來，把椅子腳鋸掉一半，這樣我們的餐桌高度就剛剛好了。我們可以拿長條裝飾用的檯布當桌布用——」

「——在上面擺些裝著爆米花和花生的小碗。」

椅子有木頭把手，幸運的是，坐墊的部位有軟墊。坐墊僵硬結塊，還好目前能用，過一陣子，我們可以用紅褐色的天鵝絨軟沙發取代它們。

牆壁上掛滿了義大利鄉村景色與建築地標的海報——托斯卡尼的山丘、威尼斯的麗都大飯店、米蘭大教堂、羅馬議院廣場，還有比薩斜塔。對於賣義大利麵的地方來說，這些還不錯，但是它不適合我們想像的餐館。我一摸到海報，它們就解體了，在牆上留下一塊黑。「粉刷工人明天會來吧？」

「會。再一天，刨光地板的一組工人也會來。」愛絲佩瑞莎說。她在進門第一間房裡到處找插頭。「馬可斯，你知道嗎？有兩面牆各有三個插頭，另外兩面牆卻一個也沒有。電工必須整天工作，拉新的電線。」

「我們爲何需要這麼多燈？我們可以點蠟燭，放在玻璃碗裡，每張桌子都放。這樣感覺更親密。」突然間，我開始興奮起來。

「說得對，馬可斯。我沒有想到這一點。」愛絲佩瑞莎站起來，穿著凱文克萊牛仔褲的膝蓋沾滿灰塵，潔白的網球鞋也不白了。「你覺得壁爐能用嗎？要是能用，就太好了，尤其在冷天的晚上。」

我移開幾堆「垃圾斜塔」，湊近壁爐仔細審視。一片發黑的、放柴火的鐵網，把木柴與地面隔開，旁邊有一台加媒機、一把鏟子，還有一把佈滿蜘蛛網的畚箕。我用鏟子掃掉蜘蛛網，檢查煙囪。一條長而狹窄的管子，在尾端，光線把灰塵照得閃閃發光。我站起身來，笑了。

「我看不出它爲何不能用。我們需要的只是木柴。」

愛絲佩瑞莎跑過來，緊緊抱住我。「馬可斯，我們會有一棟迷人的房子，對不？」

「對。」我吻她：「但是我們必須等待，在安提瓜找到我們自己的房子。」

愛絲佩瑞莎抓了三個椅墊，在地板上鋪成直線：「來吧，馬可斯，我們來給『愛絲佩瑞莎』夜總會舉行首用儀式。」

「你瘋了？電工說他今天可能來裝瓦斯管和電線。」

愛絲佩瑞莎取下髮夾，頭髮垂到臉上。「你說過，在瓜地馬拉，跟人第一次約好時間，對方一定爽約。」她看來如此狂野，幾乎有點邪惡。我那困乏的粉紅色的老二，突然在午睡中被喚醒，開始騷動，不管電工來不來。

愛絲佩瑞莎和我脫掉衣服，潛入彼此。附近的聯合教會傳來鐘聲，鳥啾啾叫——我們交媾的背景。我們的做愛大多是爲了逃避，逃避我們拒絕面對的自己的某些部份，逃避眼前的一大堆問題，也是一種祈願——或許堅持得有些愚蠢——希望性愛把我們融合成同一塊溫軟覆被的血肉。若非如此，要怎麼解釋我們這種狂暴的做愛？我們原是一個球，被切成了兩半，急切的想要回復合一的狀態。

做完愛以後，我們仍然躺在椅墊上愛撫彼此。大約一小時候後，我們一定是睡著了，因爲我們沒有聽到一輛箱型車開過來的聲音。

我站起來，看到一個穿軍服的男人下了車，看了我的車一眼，然後來敲門。

沒有人開門，他繞到房子後面，把兩桶新的瓦斯接上廚房與儲藏室後方的瓦斯自動控制器。他把外面的一個黑盒子修理了一下，輕輕打開開關，夜總會就有電了。

之後，愛絲佩瑞莎和我把所有傢俱搬到夜總會進門的第二個房間，這個房間比較長，但也比較窄。門多薩提到的一座鍍鋅的美麗吧檯就在這裡。它什麼都有，鏡子、凳子、櫃子、頂上還有掛啤酒杯的架子——絕對是北美洲的設備。這房間連接著廁所，還有一片凹進去的空間，面積約有兩百五十平方英呎，過去可能用來舉行私人晚宴。我想在這裡做一片塗上石灰的木板夾心牆，再裝一扇門，這個小房間可以作爲我們的辦公室，我們隱蔽的居所。

我們把進門第一個房間清乾淨時，放在進門的衣櫃裡的電話響了。

「我來接。」我說：「我連這裡有電話都不曉得。」

「馬可斯，我是拉斐爾，這個地方看起來怎麼樣？」

「很好。」我簡略的回答，希望這通電話不代表以後每天都得跟他聊天。「灰塵很多。」

「你期望怎麼樣？」門多薩沙啞的說：「我有兩個多月沒到那裡吸塵了。有沒有玻璃被人打破？鄰居小孩有沒有到牆邊灑尿？」

「沒有。」我必須笑幾聲：「但是廚房的冰箱好像不能用。你能不能修理一下？」

「我會修理的。我有個朋友能幫我弄到一台二十八立方英呎的冰箱，甚至可以做冰塊。西德作的，免除霜。還有別的嗎？」

「我們想在酒吧間到凹進去的房間那裡裝一扇門，把後面的空間當作辦公室。」

「高明的主意！我會處理。」我開始覺得，只要我開口，門多薩會願意一毛不收，就把房子租給我們。我感激，但也覺得不安，非常不安。

「大概就是這些。」我告訴他粉刷工、電工、水管工和做地板的工人施工的時間。我不知道我爲什麼要說，我們當然不需要他的許可。我對他說了一大堆事，我們要買哪些布料、愛絲佩瑞莎想在花園裡的樹上放彩色燈泡的構想、新的霓虹燈招牌，我甚至提到，幾乎是在考驗他，也許從改革大道通往夜總會門口的這條路，可以鋪上柏油。

「我來處理這件事。」他毫不遲疑。「順便提一句，」他繼續說下去：「我可以給你找個優秀的調酒員——他在軍官俱樂部做了三十幾年。曼紐爾先生是個有品格的人，話不多，也不酗酒。我想你會喜歡他的，馬可斯。」

「等一下。」我用手蓋住話筒，告訴了愛絲佩瑞莎。她聳聳肩，彷彿在說：「有何不可？不要疑心病這麼重。」

「先帶他過來。」我微弱的抗拒這個既成的事實。

「我還能幫你找些女侍——我的幾個遠房堂妹——很漂亮，但是不庸俗。她們很習慣做只拿小費的工作，長期來說，這能給你省很多錢。」

「我要先面試。」我暴躁的說。

「夜總會是你的，你作主。」

沉默了一下。我沒有說話，門多薩繼續說：「你考慮過我對酒的建議嗎？」

「沒有。」我坦白的說。

「要是你直接從卡斯提羅訂貨，買啤酒可以得到更好的價錢，不過我可以幫你拿到一瓶奇瓦士威士忌八美元的價錢。即使大盤進貨，至少也要十二美元一瓶。這樣可以省很多錢。如果你擔心買到假酒，所有的酒都是正品，上面貼著打稅的封條。我還能幫你弄到琴酒、進口的蘭姆酒——不是我們這裡的波德恩公司（Botran）釀造的，味道跟小便一樣的爛酒——還有肯塔基波本酒，我甚至能弄到眞正的俄國伏特加。但是你得提前通知我。」

「我們會的。」我不確定的說。

「明天告訴我要不要，好嗎？替我問候愛絲佩瑞莎。」一說完，他就掛掉了。

我把話筒放好，告訴愛絲佩瑞莎，我們談了什麼。「你知道，」我覺得陷入了無法逃脫的困境：「我討厭這個事實，就是門多薩要什麼有什麼。」

「爲什麼？」愛絲佩瑞莎問，她用乾布擦亮酒吧後面的鏡子。

「他讓我害怕。一個男人可以啪的一聲，摩擦一下手指，要的東西就到手了。光是想到這一點，我就覺得他坐在裝滿開關的電路板前面，只要拉下一根控制桿，事情就做成了。」

愛絲佩瑞莎擦完了鏡子，把布丟進垃圾桶。她擰擰手：「你不該怕，馬可斯。他喜歡我們，我們應該感激。」

「你確定嗎？如果他在利用我們呢？」

「爲了什麼要利用我們？」

「他要給他的軍人死黨找個喝酒的地方。」

「太荒謬了。他不需要靠我們提供這種地方。我確定他可以自己找地方。聽我說，他有一棟租不出去的房子，有許多時間需要打發。就像我以前說的，我認爲他眞的喜歡開夜總會的構想。也許他覺得，他能藉著這裡打進上層階級。」

「萬一他改變主意，叫我們離開，那該怎麼辦？」

「我們簽了約。」

「對，但是他對我們說過，合約只是一堆文字。難道他沒說過這話？」

愛絲佩瑞莎走過來，緊緊握住我的手。這個問題，她沒有回答。

18

門多薩成爲在幕後操縱我們一切行動的那隻上帝的手。只花了兩百塊，他就幫我們弄到賣酒執照，這件事原來的難度相當於在瓜地馬拉市見到雪豹。我沒有問他是怎麼辦到的；我很感激不用等上六個禮拜，讓一個幾乎不識字的官僚人員，用老舊的打字機打出一份合法執照。儘管有許多聲音，眞實或想像的，艾倫、大衛和上帝在我耳邊喊叫，要我不可這麼做，我還是答應了門多薩提供的做法，透過他買便宜的酒。所以，一月中的某一天下午，一輛沒有特別標記的道吉汽車開到夜總會後面，兩個士兵，通常在波多巴瑞歐站崗的士兵，我稍後才發現，從車上搬下了幾箱酒，放進夜總會的儲藏室。

我們展開了陌生的探險，他就像漁夫，魚餌、魚鉤和墜子都有了，讓我們毫無保留的上了鉤。要是我們抬頭看看水面，可能會看到門多薩在他的帆船上，愉快的捲著釣魚線，準備把我們拉上去。

門多薩推薦的調酒員就像我想像的唐吉軻德的模樣，曼紐爾先生又高又瘦，肉在骨頭上垂掛下來，彷彿衣櫃裡掛的睡袍。他努力把鬍子刮得很乾淨，但是臉上的青皮掩不住正在長出來的茂盛毛髮。他的八字鬍修剪過了，幾百根毛從耳朵裡刺出來，彷彿玉米的底部。他的耳垂大而扁平，幾乎像鬆餅，彷彿在警告別人，沒有聲音能逃得過它這一關。

他絕對是唐吉軻德，被擊垮了，在旅程的終點，在心中述說他的醒悟。他姓瓦加斯，但是我稱他爲「馬薩特南戈來的曼紐爾先生」，我就是出生在那裡。我不能說他讓我感到親切，但他在酒吧後面的動作很有效率，像個技術優良、不愛出風頭的影子。如果有可能做到這樣。

就另一方面來說，那些女侍缺少那種讓人迷醉的魅力，不過並不是因爲聯想到曼紐爾先生，她們是鄉下女孩，門多薩從曼查省（La Mancha Province）的薩卡帕帶來的，她們大腿粗壯，乳房快要從暴露的衣服裡掉出來。我知道她們是哪種遠房堂妹，我跟索爾妲分手後，剛開始單身漢的生涯時，曾經上過幾十個這種女孩。愛絲佩瑞莎說，她知道如何管理她們，我只對她們發表了一場清教徒式的冗長演說，警告她們不能在上班時間跟客人亂搞。她們疑惑的看著我，彷彿我在討論以集郵作爲嗜好的優點。

奇怪的是，她們的名字是妮娜、蒂娜和瑪利亞，跟哥倫布船隊裡的「妮娜號」、「蒂娜號」和「聖瑪利亞號」如此相似。我把她們統稱爲「聖父、聖子、聖靈」。

我繼續在公司上班的同時，愛絲佩瑞莎監督大家工作。夜總會的裝修進行得十分順利。到了一月底，我們幾乎可以準備開張了。我們的新霓虹燈招牌裝好了，上面有夜總會的名字，黑色的中世紀羅馬字體，店名的下方有一條線，畫出一個紅色的男人和一個藍色的女人，坐在翹翹板上，隨著霓虹燈的閃爍，翹翹板不停的起落。他們手裡拿著粉紅色的香檳酒杯。

車道鋪過了，園丁修剪了路旁的灌木，做了四個花壇，種上玫瑰、大理花和金魚草。電工在樹枝上纏繞燈泡，就像愛絲佩瑞莎希望的那樣，在花朵後面裝上彩色的聚光燈。我們在樹下放了鐵製的長椅，對於突然想置身於夜空下的情侶而言，這裡是最理想的綠洲。不過，愛絲佩瑞莎的噴泉必須等些時候。

在許多方面，夜總會都是愛絲佩瑞莎的孩子，而不是我的孩子。她不停的打電話，試著得到最低的價錢，一簽了約，叫人來做事，她就緊密監督，以防對方偷工減料，除非讓我們省下一半開銷，或是爲我們提供額外的服務。她用強烈的個人魅力去哄包商，讓我們多得到一些東西。儘管愛絲佩瑞莎極力撙節開支，到了開張的那天晚上，我們湊到的錢幾乎全花光了。我們只能靠貸款再撐幾個月，在這段期間，我們必須獲得利潤。

我很想白天在夜總會多待一些時間，但是公司的財務狀況突然惡化。我們的貸款額度被削減了，美國的銀行拒絕進一步提供美元放款，連百分之二十五的利率也不肯。我們這家裝箱與瓶裝的企業曾經非常興旺，如今卻困於淺灘，無法擺脫內戰、高油價、恐怖行動與日益擴大的全球經濟衰退的影響。爬到桅竿頂端的水手或許能預先看到危險，但是大衛，永遠是樂觀的，直到這時，大衛仍然是永遠不會錯的，他不斷把利潤投入公司：更多的產品，更多的顧客，更高的薪水，更高的價格。但是訂單越來越少，工廠處於半停工狀態。爲了預防進一步裁員，我們決定取消紅利，將白領員工的薪水減半（包括我在內），大量削減高階主管報銷的額度。兩星期後，大衛在紐約和舊金山跟銀行方面的接觸並不成功，公司開始要某些工人停職停薪。有趣的是，瓶裝工廠繼續開足馬力生產，因爲越來越多的農夫買不起豆子和玉米粉，轉而拿汽水當做早餐。

白天我依舊是公司的忠臣。我從辦公室去到工廠，然後到倉庫，像個蹣跚的祖父，審查節約成本的各種措施，而工頭們早就開始實施這些措施了。過去我會抗議這種侵犯我權限的作法，現在我卻焦慮的等待下班的一刻，好立刻趕到夜總會，準備晚上的事情。也許，到最後，這家夜總會也會成爲我的後代——索爾妲不讓我看的兒子，愛絲佩瑞莎不能爲我生的孩子，我們太忙碌、以致無法收養的孩子。

我們的平版印刷廠的首席設計師拉米瑞茲給我們做了一張四色宣傳海報，上面有我們的翹翹板商標。我們把它和幾十張宣傳單放在彼特摩爾和卡米諾里爾兩家大飯店，瓜地馬拉畜產業者與瓜地馬拉航空公司（Aviateca Air Lines）分別在這裡舉行會議。同時，我們在市中心最重要的多家大飯店張貼宣傳海報。愛絲佩瑞莎發揮她平時的熱情，在幾十家超市、美容院與精品時裝店擺設宣傳單。她甚至在《公正報》上登了一個小廣告，告訴大家開幕第一個禮拜飲料打五折。當然，我們無論走到哪裡，都會拼命讚美我們的夜總會。

爲了開張那晚的盛會，在愛絲佩瑞莎的堅持下，我穿上燕尾服，她穿著一襲紅褐色的V字領露背裝，背後開的叉低到幾乎能看見臀渦。

開張那晚的情況若能當作未來的指標，愛絲佩瑞莎和我可以在年底拍賣公司，賺進一大筆錢。到了九點，夜總會裡已經擠滿了男士，穿著一雙要四百美元、蜥蜴皮做的靴子，還有鱷魚牌的襯衫。幾十個瓜航的訂票員和空中小姐從卡米諾里爾過來。

左拉和辦公室的半數員工都來喝上一杯，恭賀我開店。艾倫店裡的女店員也來了。

帕哥出現了。他的裝扮驚人的時髦，好像一台經過改裝、用清潔劑擦過的汽車引擎，儘管蘇珊娜，他那可靠的手煞車，用一根短短的韁繩控制他。「馬可斯，太棒了。」帕哥說：「你很快就在金錢的池子裡游泳了。」他的妻子，就連在恭喜我的時候，也無法掩飾臉上的怒容。「哼，我希望你不是快要淹死了。我做過比你風險更大的事情。」

我不確定這話是對我還是帕哥說的。「蘇珊娜，我們何不過一天算一天呢。」

「這向來是你的人生哲學，馬可斯。」

「你能不能說點好聽的，一次也好？」帕哥責備她。突然間，他們重新開始一場經常發生的爭辯。我爲他們兩個難過，帕哥努力表現幸福的樣子，而蘇珊娜，她的皮膚上有大塊的黑斑，像一根過熟的香蕉，她的臉上永久留下了傾洩而出的憤怒的痕跡。我從他們身邊走開，蘇珊娜的聲音如同令人不快的靜電，緊跟在我身後。

我厭倦了他們說的這些愚蠢的話，更重要的是，門多薩走過來了，身邊跟著四個人——我確定是軍人——穿著橄欖綠的平民服裝。他穿著輕快的粉紅色長袖襯衫，打褶的黑長褲。除了菸味，我還聞到他身上乳液的香味。

「幹得好，馬可斯，這麼多人。不久你就得爲客人加蓋一個房間了。」

我們握握手。「這只是開張第一天，看看以後的情況再說。」

他介紹一起來的人，這個是中士，那個是上校，還有一個中尉。整潔的男人，留著薄薄的落腮鬍。每一個都比門多薩高一個頭，不是那種在總統府四周疲憊行軍，或是在戰士廣場（Campo Marte）演習的光頭士兵。我立刻發現，我對軍方有一個相當單一的觀念，就是笨拙暴虐的屠夫。我忽略了一個事實，就是瓜地馬拉目前有許多軍官是在美國喬治亞州的班寧堡（Fort Benning）接受訓練。這些軍官十分靈光，擅長使用軍事策略的辭令，甚至會打作戰的電動遊戲。但我仍然相信，他們心中的屠夫就藏在溫和的外表下。

在另一方面，門多薩顯然是老式的軍人。他仍然掌有優勢，不過很快就會被取代。

我看到愛絲佩瑞莎走進辦公室，便向門多薩和他的親信告退。今天晚上的大多數時間，愛絲佩瑞莎在「三位一體」之間穿梭，三個女侍蛇行於客人之間，送飲料給客人喝，還有克莉絲汀娜，今天早上我們才雇了她來放唱片。

愛絲佩瑞莎坐在我從公司倉庫私下拿來的辦公室旋轉椅上。「我累死了，馬可斯。」我從她背後，把手伸進她的洋裝，捏了柔軟的乳房一下。「眞好吃。」她用深棕色的眼睛看著我。「馬可斯，只有你會在一個累死人的晚上說出這種話——」

突然間，有人來敲門。我立刻把手從她的衣服裡拉出來。來的是「聖靈」，她急促的喘氣，彷彿一口氣跑了十哩路。「馬可斯先生，請你過來，出了問題——」

有幾秒鐘，我完全動不了。然後，我把身體拖起來，讓它脫離突來的癱瘓狀態。這就是我在開張的晚上所需要的：問題，好嚇走客人，而客人是進來愉快輕鬆的喝一杯的。

問題就發生在我們的辦公室外面，但是客人的笑聲和談話聲蓋住了它。門多薩的一個隨從壓住一個牛仔，門多薩正在用手槍威脅他說：「出去。這是個正派的夜總會，不是你說髒話找婊子的地方。」這個男孩的上唇被撕裂了，除此之外並無大礙。門多薩的隨從順利的帶著他和他的朋友出去。

「門多薩，發生了什麼事？」我緊張的問。

這位卸任上校把槍插回腿上的皮製槍套，用手摸平稀薄油膩的頭髮。他指指酒吧旁的一個美麗女子，她的三、四名女友在安慰她，曼紐爾先生倒了杯白蘭地給她。「這些有錢男孩中的一個太魯莽了，我想，所以這個女孩尖叫起來。我看到他們的時候，他把她的手腕扭到背後。我要他放開她，他就推我，我的一個手下被迫出手幫忙。馬可斯，你的運氣不錯，我正好在這裡。你應該僱個保鑣，至少在週末的時候。我出入這種場合的次數多了，酒會帶來麻煩的。」

「但是我希望這裡是正派高尚的夜總會——」

門多薩把襯衫袖子拉直，皺了皺鼻子。「我希望這是個正派高尚的國家，但是看看你四周。我們必須面對現實，就目前來說，我們有太多下流的狀況。惡棍掌管了政府，掌管了軍方，現在我們還有這些二十歲的牛仔，認為國家是他們的財產。他們試著跟軍方抗衡，用他們的私人部隊，他們的保鑣，他們的威脅，這都是因為他們有錢負擔這一切。」

「拉斐爾，平靜一點。」門多薩的一個伙伴說，介紹認識的時候，門多薩說他是中尉：「你說得太大聲了。」

門多薩把他的手甩開。「羅洛，你知道，我厭倦了總是閉嘴不說。」

「我只是認為，我們該回俱樂部去了。」這人說：「我們有個會，要在午夜的時候開。」

突然間，門多薩笑了。他臉上的疤痕閃著光。「對，我們的會。讓舌頭動個不停的藉口；我們當然不能忘記這個。」他快活的說：「馬可斯，我們得走了。這個開張的活動辦得不錯，對不？夜總會看起來好極了，但是你該僱個人看門，讓某些野馬不敢造次。」

門多薩離開了，隨從跟著出去。我走過去，跟酒吧旁的那個女孩說話。現在她沒事了。我對她道歉，讓她和她的朋友免費再喝一杯。我穿過夜總會，微笑著，其實頭暈眼花。我努力向客人保證，一切都沒問題。客人變少了，我對「三位一體」說，現在有足夠的空間擺設餐桌和椅子。在幾分鐘內，人們轉爲低聲談話或跳舞——一切都是平和的。我不停的想到門多薩對軍方的評語；突然間，他不再像個祖父般的平靜軍官，一個年老的贊助人。

「馬可斯？」愛絲佩瑞莎的聲音傳過來。我夢遊般的穿過燈光和煙霧，站在辦公室的走廊上。「你還好吧？」

「一切都在掌控之中。」我說。

「瑪利亞告訴我，剛才發生了什麼事。要是拉斐爾不在這裡，可能會發生一場混戰。」

「當然。」我還在夢境裡，沒有劇情和角色，只是一卷空白影片在不停放映，放映機持續發出噠噠的聲音。突然間，影片停了。「愛絲佩瑞莎，我們在桑加尤跟『黑人』和瑪莎在一起的時候，你說門多薩提到跟愛提特蘭湖附近的游擊隊有關的事。他到底說了什麼？」

愛絲佩瑞莎用右手摸摸額頭，閉上眼睛。「他說了一些話，好像是『軍方非常緊張，他們無法分辨游擊隊和一大群恐懼的印地安人有何差別。』然後他笑了。」

「你能分辨得出，從他講話的口氣，他對游擊隊是否抱著同情的態度？」

「我不知道，馬可斯。他講話的口氣很務實，除了最後偷偷笑出來，眞的……爲什麼他怎麼說對你而言那麼重要？」

「也許那不重要……我猜不透他的想法。他看起來像個年老的黑幫份子。他的舉止像紳士，但是他的話讓人摸不透。我們應該在簽約前多了解關於他的事情的。」

愛絲佩瑞莎拿起我的手，貼住她的臉頰。「馬可斯，你看起來疲倦極了，或是害怕極了，好像到鬼門關走了一趟。你何不到辦公室裡休息一下？我會留在這裡。不要再想了。」

過去幾個禮拜狂熱的準備工作，確實讓我精疲力竭。像個順從的孩子，我按照愛絲佩瑞莎說的做了。唱片不停的播放，聲音嗡嗡響，酒杯相碰的清脆聲音，在這些持續傳來的隆隆聲響中，我睡著了。

19

第二天早上，我的痔瘡，幾個禮拜以來一直處於休眠狀態，開始搔癢出血。應該怪前一晚的酒和很辣的開胃菜；怪任何事情，除了緊張的心情。當然，隨著灼熱感越來越強，心情也越來越緊張。我覺得我變成了帕卡雅火山，從臀部的疼痛洞口噴出熾熱的岩漿。

到了中午，我知道今天我必須趴在床上度過，讓愛絲佩瑞莎在流血的部位敷上紗布。到了晚上，我覺得好些了。我還是陪愛絲佩瑞莎去夜總會，儘管我只能側躺在辦公室的躺椅上。

客人少了很多。瓜地馬拉畜產業者和瓜地馬拉航空來這裡開會的人，或許在旅館裡找到狂歡的地方，夜總會的客人換成了年輕人，他們到這裡來喝一杯，鬧一下，然後回到有四聲道和閃光燈的迪斯可舞廳。愛絲佩瑞莎讓「三位一體」暫時不當女侍，以增加女性顧客的人數。然而，到了午夜，夜總會慢慢空了。開車回家的路上，愛絲佩瑞莎建議暫時取消最低消費額，第二週繼續採行飲料半價的促銷活動。做什麼都行，我答道，只要能讓客人回到夜總會來。

星期天早晨，情況還是不見起色。愛絲佩瑞莎打電話給安東尼奧，求他過來一下。儘管我們是老朋友，他動手術的名聲相當不錯，我還是很難當眞。也許是因爲我記得他把老二塞進咩叫的山羊裡面的樣子。就連在美國杜蘭大學（Tulane University）讀醫學院的時候，他還是抽菸、喝酒、嫖妓。得到學位後，他回到瓜地馬拉，展開定居生活。他開始吃素，做瑜珈，隨身攜帶名片，成爲同類療法的專家，加入聖盧卡斯薩卡佩奎茲（San Lucas Sacatepequez）的自然療法協會。然而，他知道必須繼續開抗生素給病人吃，偶而也得動動手術。

安東尼奧來了，我介紹他給愛絲佩瑞莎認識。他害羞的跟她握手。我們三個聊了一下，我發現安東尼奧一直看著愛絲佩瑞莎，彷彿人們審視顯微鏡下的載玻片。他問她到瓜地馬拉來感覺如何的時候，他的臉沒有表情，幾乎是嚴峻的。奇怪的是，他似乎不是在聽她說話的內容，而是在聽她的口氣。

「你知道，愛絲佩瑞莎，馬可斯在醫院的時候，跟我談到你的很多事。你的聰明才智跟你的外貌一樣出色。」

愛絲佩瑞莎尷尬的點點頭。

「我是說眞的。馬可斯告訴我，你是怎麼把他救出慘敗的紡織生意。在瓜地馬拉的司法體系裡辦事，對本國人來說已經很不容易。恭喜你。」

「馬可斯信任我，我才能做到。」

閒談了幾分鐘，安東尼奧從醫療用品袋裡拿出手術外套。「我中午在聖盧卡斯有個餐會，所以我們來看看情況怎麼樣吧。把褲子拉下來，馬可斯，趴好。」

我們兩個走進臥室。安東尼奧輕柔的檢查，然後，他叫愛絲佩瑞莎進來。「我若用馬可斯對待他的屁股的方式——愛絲佩瑞莎，原諒我的粗魯——對待我的牙齒，我會需要做一套全新的假牙。」

我從枕頭上抬起頭。「有這麼糟嗎？」

「我要給你做完整的直腸檢查——直腸鏡——看看你的血管破裂到什麼程度。還有，你的攝護腺有一點腫大。最好每年做直腸癌檢查。」

「我一直是這麼對你說的，我不要讓聚光燈照我的屁股。」

「既然你不肯，我只能假設。」

「那你就假設。」

「馬可斯，我不能告訴你，你該如何經營你的事業——」

「我們討論的是我的屁眼，安東尼奧，不是某種勞工管理的談判。」我暴躁的說。

安東尼奧看了愛絲佩瑞莎一眼，她靜靜的，感謝上帝，沒有開口爲我說話。他舉起手。「我假設你沒有得癌症，但是這只是猜測。」他走向他的黑盒子。「保持趴著的姿勢，馬可斯。」他命令我：「我要給你打一針幾千毫克的維他命A和E。肛門括約肌附近的皮膚長好以後，摸起來會比較粗糙。我希望愛絲佩瑞莎給你用人參萃取的浣腸。」

「沒有綠色或黃色的膠囊？」

「目前我不給你開抗生素。你讓我沒有選擇，馬可斯。我要給你傳統醫療，你卻把每一條路都堵死了。」

「你跟巫醫沒兩樣。」

安東尼奧笑了，對我的抱怨深感得意。他的身體極為柔軟：一個沒有骨架的男人，只有厚厚一層的肉墊。「要是想要什麼，打電話給我，馬可斯，不過你要知道，約翰霍普金斯醫學院多年來一直要我過去。傳統醫療方法有時不管用，有些醫生已經曉得了。首先，你必須戒菸。菸草裡的焦油和尼古丁會讓肛門裡面發炎，提高發展出惡性東西的機會。我不是在開玩笑，馬可斯。你也應該戒酒，或是少喝酒。還有，不要吃辛辣的東西：不可以吃辣椒，辣味的香料。不要太擔心。」

「這簡直跟要求馬可斯不能呼吸一樣，安東尼奧。」愛絲佩瑞莎撫摸我脖子上的體毛。

「你這種地位的人，有什麼好擔心的？」

「問問艾倫或大衛。他們的甲狀腺是你切除的。」

安東尼奧拿出一管粗大的針筒，裝上兩英吋長的針。他拉下針筒，從一瓶沒有標誌的瓶子裡，吸入黃色的液體。「你的兄弟有甲狀腺腫大的問題。我要給他們開放射性碘，但是他們一定要動手術。老實說，馬可斯，你的兄弟身體上的問題向來比你多一些。」

「我的運氣好——」

「但是艾倫店裡發生的事令人害怕。我們生活在如此艱難的時代……這是否因爲他是猶太團體的新會長。不要動，馬可斯，會有點痛。」

我努力不去看針頭，它的長度有蜘蛛猴的老二那麼長。針頭刺進皮膚的時候，我咬住了枕頭。「該死，安東尼奧，你一定要把那玩意兒一直插到我的睪丸麼？」

安東尼奧笑了。「多麼富有想像力，馬可斯。不要動，神奇的萬靈丹正在進入肌肉組織。」過了一秒鐘，他拔出針頭，用棉球揉我的屁股。他一面取下針頭，一面說：「對，由於最近的綁架案，我覺得艾倫會低調一點。」

「我跟他談過這事，但是你知道艾倫的。」

「當然。」安東尼奧說：「腦筋簡單，頑固的跟驢子一樣。但是他至少不抽菸。」他叫愛絲佩瑞莎進來，把用過的針頭給她，要她拿去丟掉。「壓力對人的影響各不相同，」他把工具包收回袋子裡：「你有痛風、痔瘡，你的頭髮也掉了——維他命B群可以減緩落髮。艾倫覺得疲倦，其他人則睡不著。牙床流血，身上生體蝨。有些人雄風不再，有些拼命找女人。我的手掌經常起疹子，讓我痛到沒法開刀。許多年來，我擦強力的可體松軟膏，卻沒有用。最後一年我改擦香蕉液。看到了嗎?疹子全消失了。」

我拉起褲子,站了起來。「我會試用一下,看看能不能減輕搔癢。」

「放鬆的運動有神奇的效果。還有瑜珈。」

「如果你記得,安東尼奧,我已經做瑜珈好多年了。」

「你的眼鏡蛇式做得很完美,馬可斯,但那是爲了戒賭,不是改善你的健康。你必須一次只把精力放在一個地方。範圍不要太廣,太耗損自己。讓二十來歲的年輕人去忙這麼多事。」

我笑了。「這樣誰來管夜總會?」

「我在《公正報》上看到廣告,『馬可斯.艾塔勒夫和愛絲佩瑞莎.羅布斯,所有者』。令人印象深刻。我必須過來看看。還有,蒙塔達斯碰到了什麼事?我懷念他做的西班牙海鮮飯。」

我把背靠在牆上。「他和他太太回西班牙去了。一對義大利夫妻買下那個地方,但是菜糟透了。每一樣東西都加了番茄。」

「我也不喜歡,太酸了。」

「他們賣給了門多薩上校。他是我們的房東。」

安東尼奧的眼睛亮起來。「不!他的臉上是否有幾條橫疤,頭髮是黑的,像這樣梳過去——?」他的手從頭上往下比。

「就是他。你認識他?」我好奇的問。

「你知道，有好多年的時間，我都在理工醫院兼差。」

「我從不知道你爲何要這麼做，安東尼奥。你和軍方完全沒有共同點。」

「老實說，我的薪水很好。還能用免稅的價格進口我所有的藥物和手術設備。這個福利很棒。」

「你在那裡碰到過門多薩？」

「有一天，有人把一位軍官用擔架送進來，他的右腳有多處骨折。顯然他在對年輕的官校學生示範如何攀登鐵鍊牆時，不小心滑了腳。我給他上了石膏，從大腿包到腳趾。門多薩上校簡直是鐵打的。我記得他，因爲他不肯用止痛藥，我接合他斷掉的骨頭時，他完全沒有退縮。這是非常痛的。而且，他從頭到尾一直保持幽默感，說笑話給我聽。他非常有禮貌，對於軍人來說，十分的不尋常。後來我才聽說，這人叫門多薩。」

「一定是同一個人。」愛絲佩瑞莎對我點點頭。「因爲我們認識的門多薩走起路來有點跛。」

「這是因爲他不肯遵照我的建議去休養。」安東尼奥彷彿在爲自己辯解：「身爲醫生，我只能建議。有時我希望我是個將軍。」

「沒有人怪你。」一陣劇痛讓我側躺下來：「你還記得關於他的什麼事？」

安東尼奥聳聳肩膀。「這個人喜歡講話。也許他藉著說話抵抗疼痛。他對我說，他曾經支持艾瑞瓦洛（Arevalo）。後來他跟亞本茲鬧翻了，就辭掉了職務。我不知道他跟阿馬斯的下台有沒有關係。我想門多薩曾經在墨西哥住過一陣子。然後他跟艾澤迪亞（Peralta Azurdia）或『蜘蛛』阿拉納有些關係，我不確定是哪一個。他曾公開抨擊盧卡斯總統——也許在一年前——而遭到降職，也許因此退休。我只知道這些。他的人緣很好，受到年輕官校學生的歡迎。他受傷的時候，他們不肯離開醫院，直到我保證了十次，說門多薩一定沒事，他們才走。」

「這就是忠誠。」愛絲佩瑞莎說。

「不止如此：你可以看得出來，這些軍人眞的對他非常愛戴。他得到了他們的感情和尊敬。」

「他是左派還是右派？」我問。

「這個問題很怪。」

「我必須知道。」

「他的心肌是否肥大？他是否到處跟女人亂搞？我怎麼知道？他是個職業軍官。不是所有的軍官都有政治理想的，馬可斯。」

「不是嗎？」愛絲佩瑞莎諷刺的問。

安東尼奧的手在空中揮動。「每個人都有自己的看法。但是許多軍人不在乎是誰掌權，只要他們不會失去自己的位子。你爲何對門多薩的政治立場有興趣？」

「他是我的房東。」我很快的說。

「沒錯，馬可斯，他不是你的政治顧問。如果我在理工醫院學到了一個道理，那就是不要問太多問題——尤其是跟軍人有關的。他們寧可聊天。」

「我會謹記在心。」我說。

「我得走了。」安東尼奧站起來，跟我握手：「在午餐的餐會之前，我會去洗三溫暖和做按摩，你們兩個一起來。它能讓你年輕好多歲。愛絲佩瑞莎，很高興認識你。馬可斯非常稱讚你——眞的。」

愛絲佩瑞莎臉紅了。「彼此彼此，安東尼奧。」

我站起來，送安東尼奧到門口。「不要忘了用浣腸，馬可斯，它幾乎立刻就能減輕腫脹。」

「浣腸讓我想到你以前經常做的事。」我取笑他。

「跟火雞打炮的是帕哥。」他無辜的說。

「這些年來，我一直以爲是你，安東尼奧。」

20

一月下旬，大衛告訴我們一個驚人的消息，我們在聖塔特克拉（Santa Tecla）的紙板廠遭到燃燒彈的攻擊。第二天，他在薩爾瓦多召開緊急董事會議。艾倫忙於「偉大宮殿」的整修工程，因此不能參加。

會議舉行前，大衛帶我們參觀工廠。「裁紙機、波紋機和上蠟機只有輕微受損。我已經訂了三台新的訂箱機。」

「這是好消息。」我說。

「對，但是我們紙的存貨還是損失了百分之九十。」

「你的意思是，我們用美國銀行貸款的百分之二十五的錢買來的紙？」公司的監管人員卡斯特納達問。

「這筆貸款相當於我們採購的庫存的一半。」大衛指著一卷卷焦黑泡水的褐色紙張，它們濕透鼓脹，好像熱騰騰的麵包。「我們必須重新談判，延後貸款的期限，還有，我們需要更多的現金，買新的紙取代損失的貨品。」

卡斯特納達點點頭。「你能估計損失金額嗎？」

「超過五十萬——，美元。還不包括新訂單的損失，我們現在無法支付這些訂單的費用了。」

「要是把它包括進去呢？」我把鞋子裡的一隻腳趾壓到潮濕的紙卷裡。

「金額會加倍。我希望我們能在兩星期內展開某些行動。耽擱的越久，損失的錢越多。」

「我們的保險呢？有些損失應該有給付。」我樂觀的說。

「我們損失的每一美元，他們付五毛錢，不過是用我們買紙的進價來算，而不是用補貨的花費算。」

「這樣好像不太對。」

大衛把一隻腳架在紙卷的鐵桿上。「合約是這麼寫的，我們受到合約條文的限制。但結果是他們要取消我們在薩爾瓦多的所有投保合約。我們的保險公司跟薩國總統杜華德（Duarte）與美國政府想要相信的不一樣，他們宣稱這裡發生了內戰。風險太高了。」

「我們的風險有多高？」卡斯特納達懷疑的問。薩爾瓦多正午的灼熱陽光穿過發黑的樑柱，在水泥地上留下方格形的巨大陰影。

「正是這樣。」大衛說。他似乎縮小了，彷彿這場火災奪走了他好幾英吋的高度。「我們還是可以給羅意德保。」

「他們的給付範圍沒有涵蓋恐怖行動。去問艾倫就知道。」我說。

「不完全是這樣。」大衛說：「如果我們願意付一百萬美元當顧問費，他們就會給我們保。我們每一季必須支付六萬美元，作爲紙廠、平版印刷廠和瓶裝廠的保險費。」

「這樣一年光是保險費就接近二十五萬美元。」我說：「船要沉的時候，老鼠總是第一個逃走的，對不？」

「表面上是這樣。但是這個船長不會讓船沉下去的。我們可以多僱些警衛來看守工廠。至少我們可以用薩爾瓦多的科倫㉒付他們薪水，而不是用美金。」

「那些混蛋。」卡斯特納達一語雙關。

「這是個狗屎交易。」大衛終於說：「但是我不認爲還有什麼是我們能做的。我們被銀行、保險公司、極右派，還有現在的游擊隊榨乾了。來吧，我想你們已經看夠了。」

公司的辦公室在旁邊的建築物裡，一棟瓶裝廠加蓋出來的房子。我們曾想在這裡蓋一棟獨立的公司總部，有度假小屋、游泳池、網球場，還有一間私人餐廳，加上一位瑞士大廚，爲我們和客戶做菜。一切都蓋在公司的用地之內。

㉒薩爾瓦多的科倫（colone）：薩爾瓦多貨幣名稱。

「火災原因是什麼？」我問，我們走進了辦公室。

「兩個男孩幹的。」大衛說：「一個十七歲的孩子拿著M-1步槍。另一個，根據路易斯的說法，是個十一歲——或十二歲的男孩，拉著五加侖的汽油罐。他們大約是上星期天下午一點左右來的。」

「在週末的中午？」卡斯特納達無法置信。難道他覺得革命份子星期天應該去打高爾夫？

「隨便坐。」大衛說，我們跟著他走進會議室，「對，就在星期天，事情就是這麼發生的——就在聖塔特克拉隊跟聖塔安娜隊的比賽快要開始的時候。」大衛繼續說，我們各自坐下，「兩個男孩制服了路易斯——警衛在這裡保護我們的財產，但他們不準備犧牲自己的性命——他們強迫他打開倉庫的側門。小的一個體重一定還不到八十磅，因爲他幾乎沒法把汽油罐舉起來，澆在紙卷上。大的一個不斷說他們要燒掉這棟房子，因爲我們是阻止革命的反動份子。」

「至少他沒有叫我們法西斯主義者。」我說。

大衛緊張的笑出聲來。「聽聽看，路易斯做了什麼——他問這兩個男孩，那些工人該怎麼辦，因爲他們兩個所做的事，現在工人要失業了。小的那個回答說，每個人都必須爲革命犧牲。你不認識路易斯，但是他的腦筋不大靈光。他問：『你何不去問問哪些工人，看他們是否想要你們的革命？』大的那個回答說：『這個國家的工人被剝削得太厲害了，沒有能力知道自己要什麼。』」

「令人無法置信。」卡斯特納達喘著氣。他是個訴訟律師，曾經是基督民主黨的總統候選人。他有選民的選票，但是軍方阻止了那次選舉。受到過幾次死亡威脅後，他進入民間產業。「我懷疑游擊隊是否有時間把他們的馬克思放到一邊，來研究邏輯。他們看不起工人，就像看不起席爾瓦斯（De Silvas）一樣。」

「在這裡，我們必須對這件事抱著知足常樂的態度。游擊隊、極右派、死亡小組，完全不關心大多數只想不受干擾、過著平靜生活的人民。」大衛用手環住卡斯特納達的肩膀，「你想聽一件好笑的事嗎？」大衛的聲音變得尖銳，如同在哭和笑之間拉扯：「他的手被綁住，火開始燒以後，路易斯問兩個男孩說，他們知不知道倉庫的老闆是誰。當然沒有一個曉得。大的那個說，是誰都沒有差別，資本主義者就像同一家印刷廠印出來的鈔票——每一張看起來也許有些差別，但它們的價值是一樣的。他對我們或公司一無所知，但是我必須說——他對印刷知道不少，我願意僱他在我們的印刷廠做事。」

這次的會議帶來了更多壞消息。大衛建議我們關掉瓜地馬拉的老舊印刷廠，讓薩爾瓦多的工廠負責淡季的生產。這樣得解雇一百二十個員工，還得想辦法賣掉機器。目前我們不想把工廠直接賣掉，因為沒有人會用美金買下它，而在中美洲以外的地區都不接受格查爾。

「我不懂為什麼要這麼做。工廠起火後，應該把工廠全部遷出薩爾瓦多，這樣不是更有道理？」我問。

「卡斯特納達，你要回答這個問題嗎？」

卡斯特納達皺起眉頭。「我必須知道，你能不能守口如瓶。」

我們自然全都點頭了。

「由於瓜地馬拉的人權紀錄不佳，美國國會還是拒絕擴大對瓜地馬拉政府的協助。他們在等盧卡斯總統的保證，要在三月七日舉行自由選舉。同時，薩爾瓦多對瓜地馬拉有著高額的貿易盈餘，主要來自賣給盧卡斯硬體軍事設備，這些設備來自美國，是薩爾瓦多當局不曉得怎麼用，也不會用的。昨天晚上我跟杜華德的一個經濟顧問一起吃晚餐。他說，杜華德對薩國國庫裡的幾百萬美金感到汗顏。他相信，隨著格查爾的疲軟，科倫遲早會受到影響。所以他有個計畫——」

「杜華德想快速而決斷的採取行動。」大衛插嘴道。

「就在這個禮拜。」卡斯特納達繼續說：「杜華德會提出限制兩國貿易的作法，直到貿易不平衡的情況自行修正。這會對瓜地馬拉造成災難。」

「看在上帝的份上——」我看到夜總會的翹翹板商標墜落地面。

下一個問題顯然是公司的重建。董事會成員與管理階層的薪水會繼續減半，所有的紅利——

不是延後給——而是無限期的取消。藍領階層的加薪幅度回復到一九八〇年代的標準，白領員工，除了秘書和處理檔案的職員，必須減薪百分之十，否則就得走路。一旦公司重新獲利，就會全部取消這些嚴厲的措施。

「我們都會受到這些變化的傷害。」卡斯特納達說。我不知道為何這麼生氣。他總是吹噓他在墨西哥有近百萬美元的存款，還有至少五十萬美元的錢卡在美國股市和債券市場裡。當然，他跟杜華德的顧問一起用餐後，他已經把他在瓜地馬拉所有的錢撤出來，匯到比較安全的地方。

「不止如此。」大衛啜了一口咖啡，他的腳不停敲擊地面，因為餐桌上的盤子開始震動。「馬可斯，你必須把這些事情都告訴艾倫。還有，你得對他說，我們再也負擔不起每年付他四萬美金顧問費。」

「但是我相信，他要靠這筆錢修復店裡的損失。」我抗議道。

「我們沒有選擇。卡斯特納達和我跟我們的審計人員仔細算過了，我們只能支付讓公司存活下去的眞正重要的項目，沒有工資以外的福利。如果你不想跟他談，我可以去講。」

「不，我能處理這件事。」我答道：「我只是還不明白情況有這麼糟。」

「你看了我給你的紙條，對不對？」

「當然，但是每一種行業都在縮緊褲帶。」

大衛的手在餐桌上握緊了。「馬可斯，我必須要你現在就休我們答應過你的那個假。」

「情況這麼糟，我還去休假？」

「不幸的是，這跟薪水有關。」

「你在開玩笑——」

「我希望我是，兄弟。」大衛嚴肅的說：「希望我們能在六個禮拜之內重新僱用你。我要卡斯特納達增加一倍的工作量，他會繼續在這裡的印刷廠工作，並且負責你在瓜地馬拉的工作。很抱歉，馬可斯，但是我們或許一開始就不該爲了你待在醫院，付你這麼多錢。」

「我不是『待在』醫院，大衛。」我生氣了：「如果你記得，這件事我是沒有選擇的——我是代罪羔羊。」

「必須有人去。」卡斯特納達微弱的說。

「我可沒有聽到你自願說要去。」我厭倦了掩護他，只是因爲他不是我們家的人，因爲他結婚了，還有小孩。

一段短暫而緊繃的沉默。大衛說：「很抱歉，馬可斯。我們沒有選擇。」

「我也很抱歉。」我怨恨的說，想到我跟愛絲佩瑞莎所有的偉大計劃，如今一切都成了泡影。「我該怎麼辦？去賣花生？」我用了那晚去看艾倫時，他所說的話。

「我們才給了你一萬美金。」

「但是這筆錢絕大多數進了我的新夜總會——」我突然停下來。我的抱怨顯得多餘。突然間，我覺得自己被撇下了。大家都知道了，只有我被蒙在鼓裡。世界果然是圓的。奇怪的是，竟沒有人告訴我。

大衛的腳不抖了。他坐在旋轉椅上，背脊往後靠。卡斯特納達用口水順順眉毛。我對艾倫無法參加這項會議感到難過，因爲他會想出辦法來，讓我領到薪水。儘管我老是抱怨他，艾倫還是照看著我。

「馬可斯，」大衛繼續說：「只有六個禮拜。我可以自己借一萬美金給你，但是我不能讓你領公司的薪水。這樣在會計上是不負責任的。你有錢再還我。」

我聳聳肩膀。

「我們沒有選擇，馬可斯。」卡斯特納達說，他一直相信，沒用的東西就要丟掉。「在杜華德的顧問告訴我以後，就沒有選擇了。」

「我想沒有。」我答道：「我留在這裡沒有意義，還是回瓜地馬拉去，通知艾倫這件事。」

「留下來，我們還是需要你的意見。」

「你只是暫時停職停薪。」卡斯特納達把他的幸運銅板放在桌上。我最想揍的就是他。

我直直瞪著他的臉，但是，就像典型的艾塔勒夫家的人，我什麼也沒說。

「我想我會搭下午的班機回去，跟以前一樣。」我的痔瘡，在安東尼奧的怪異療法之下順利恢復的痔瘡，又開始搔癢了。

21

艾倫總是在「偉大宮殿」留到晚上七點，所以我決定去店裡看他，然後再上夜總會去。從聖薩爾瓦多飛過來的四十五分鐘行程中，我練習了好幾種方式，來宣布大衛託我傳達的決定。我必須不斷的提醒自己，我不是做出這個決定的人。但我該如何對我哥哥說，他的主要收入來源暫時中斷了？

堵車非常嚴重，我花了將近一小時，車子才從機場來到他在市中心的店面。馬路上這麼多車，看起來不像馬上就要發生經濟蕭條。看到拉丁美洲混血人種的家庭在改革大道上賣手工傢俱，還有印地安人輕快地走向巴士站，背上背了一百磅重的毯子，感覺非常奇怪——對於快速疏遠的都市環境來說，這些讓人想起傳統生活的畫面，彷彿是一種附屬的東西。貧富差距每天都在擴大，突然間，我也加入了繼承權被剝奪的人群，我可以想像自己在郵局旁邊賣腰果，或是肢體殘廢，在波特里托酒吧的台階前乞討。拿我跟一個不幸的印地安人相比，是令人厭惡的

——一個被趕出自己的土地，眼睜睜的看著家人被殺的印地安人——但這正是我的寫照。我曾經擁有的財富就像是一齣戲：我是卓別林演的流浪漢，翻出他的口袋，發現只有棉絮和花生殼。

「偉大宮殿」幾乎恢復了原來的輝煌陳設，裝了新的大門和更緊的鐵架，鐵架後面有一片落地玻璃，用來展示商品。新的法國塑膠模特兒穿上薄紗服裝，戴著閃亮的假珠寶，看來栩栩如生。

新的警衛讓我進去。因爲是晚上，店裡的燈光調暗了，但是我輕易的找到通往艾倫辦公室的樓梯。走上樓梯的時候，我聽到瀑布的聲音，莎拉走以前忘了關掉牆上的水流開關。

艾倫正在打盹，頭幾乎敲到桌面。牆上黑白照片中的羅妮亞，穿著明亮耀眼的白色墨西哥新娘長禮服，似乎正微笑地看著他。

「哈囉，艾倫？」我在他對面坐下。

他緩慢的動了一下，彷彿從沉醉的夢中醒來。「哦，馬可斯，是你。我一定是睡著了。」他戴上眼鏡：「沒想到你會來。」

「我決定下午搭飛機回來。我有壞消息給你。」

艾倫打了個呵欠，下顎發出喀噠一聲。「我已經聽說了。大概一小時前，大衛從辦公室打電話給我。」

「我不明白。我還以爲他要我通知你。」

「我想他覺得自己對我說更恰當。畢竟在很多年前，我曾經是公司的總裁。」

大衛說了，我感到如釋重負。「這會對你造成什麼影響？」

「你知道我是董事，也是公司的大股東。顧問的薪水一直不是最重要的——我喜歡提供意見，還有，保護我的投資。但是我不能說，取消紅利對我不會造成傷害，我越來越仰賴它。但是沒有關係，我還有租金收入，至少到目前爲止，它支撐了我的收入。」

「我希望這些房子一直有人租。」

「我也是……馬可斯，你被裁掉了，我很難過。」

我試著保持微笑。「只是暫時的。」

「六個禮拜，對不對？」

「至少我還有夜總會。」

「對，帕哥對我說到你們開張那天晚上的盛況。他說，這是個非常好的開端。」

「還不壞——只要這些會議繼續辦下去。」

「今天下午我從艾斯特拉達那裡聽說，凱特比勒公司取消了原本準備二月中在彼特摩爾舉行的會議。選舉快到了，他們不覺得能保證員工的安全。他們改在聖荷西舉行會議。」

「太好了，溜走了幾百個潛在的顧客。」

艾倫揉揉後頸。「我警告過你，恐怖主義已經失控了。國際特赦組織在英國出版了一份報告

——《美國新聞與世界報導》登出來了——報導指出，瓜地馬拉正式採行『政治謀殺的政府計畫』。他們再次提到三十九個農場工人死在西班牙大使館的事，這已經是兩年前的事了；他們還說，有一百零四個印地安人在潘佐斯被殺，另有三十個調查人員在巴士票漲價的抗議活動中遭到槍殺。」

「這些是事實，艾倫。你不能否認它的存在。」

「但是不要用國際特赦組織的說法。他們讓印地安人看起來好像卡通主角，除了傻笑什麼也不想做。盧卡斯總統堅持他們組織自己的民防隊的作法是正確的；這樣印地安人就能自己維持治安。這種報導不僅助長了恐怖主義，也毀掉了一個健康經濟最後的一點痕跡。」

儘管這跟我向來相信的一切信念相反，但我發現我同意艾倫的見解，特別是後面那一段話，不是因爲我想順從他，或是表示謙恭。令人害怕的是，新聞報導即使說的是眞相，仍能影響經濟氛圍，最終影響到人們的生活。記者的文章，通常是在卡米諾里爾一面喝酒一面寫下來的，就像把一根火柴扔到裝滿乾草的穀倉裡。要是銀行家與投資人拒絕跟瓜地馬拉往來，那些想從經濟底層爬上來的人毫無機會可言。還有那些最下面的人，他們會死於飢餓，而不是營養失調。

更別說對我們這種人會有什麼影響。

難怪金錢養肥了「藍手」組織。我是否透過我親愛的朋友門多薩，對它也有所貢獻？這個念頭讓我反胃，卻不足以讓我抽手不幹。

「家裡有沒有什麼新的事？」我試著換個話題。

「羅妮亞很好；她非常想念我。她在幫蘇菲替席薇亞和艾茲拉找學校。由於古巴人不喜歡孩子跟黑人混在一起，邁阿密到處都是雙語學校。所以孩子們可能會上古巴人的天主教學校。也許這是最好的，孩子們還不會說英語。」

「你家一定感覺很空。」

「對，我也想羅妮亞，但我儘量讓自己不要閑著。你也看到了，我經常在這裡待到很晚。我每隔一天的晚上就有一個會。莎拉和我通常一起吃晚餐。還有，山姆兩天前回來了——」

「我還以為你希望他待在國外。」

「事實上，他比莎拉更能管理那些女店員。他把她們嚇到了。他比較不友善，因此讓她們做更多的事。」

「莎拉一定很不高興。」

艾倫的肩膀抬高了。「我家總有人不高興。山姆很鈍，但他畢竟是我的女婿。他誇口說，他有全瓜地馬拉最豐富的英文書籍藏書，書籍編了號，必須在卡片上簽名，他才肯出借。許多年來，他一直想叫我讀浪漫小說以外的書。兩天前的晚上，我拿起一本書，書名是《眾生之路》（*The Way of All Flesh*）㉓，他為此興奮極了。因為這個書名，我以為會很有內容——你知道，色情方面的——全不是那麼回事。我打開書，不久就睡著了。」

「艾倫，至少它能讓你入睡。法蘭西斯柯呢？你從來不提他考試的成績如何？」

「哦，法蘭西斯柯成績很好。儘管他宣稱馬洛京學院是中美洲的哈佛，課程並不困難。對不起。」艾倫清清喉嚨，在面紙裡吐了口痰，揉成一團，扔到辦公桌下面。

「他在跟你做事嗎？」

「對。爆炸案發生後，他幫了很多忙。但是你知道，馬可斯，法蘭西斯柯深信不疑，他相信有人在跟蹤他。」

「誰會這麼做？」

「我不知道。也許因爲他是我的兒子，一個了不起的猶太企業家的兒子。我個人認爲，這一定跟爆炸案有關。」

「你講話開始像克蘭斐或費莉西亞的先生了。」

「我從沒說過山繆對瓜地馬拉納粹的看法是錯的，他只是喜歡把問題說得很嚴重。目前我

㉓眾生之路（The Way of All Flesh）：英國小說家巴特勒（Samuel Butler）一九〇三年出版的小說。該書一九九八年入選美國紐約公共圖書館編選的選出的《世紀之書》，以及藍燈書屋《當代文庫》編輯小組選出的「二十世紀一百大英文小說」（The Hundred English Novels of The 20st Century）。flesh 一字指眾生，亦有情慾、肉慾之意。

只能說，這裡的游擊隊是反以色列、親巴勒斯坦，因此是反猶太人的。卡特對瓜地馬拉實施武器禁運以後，瓜地馬拉政府向以色列買了大量武器。現在我是『馬加比』的會長，我的家人大多出國了，因此法蘭西斯柯和我因此成爲綁架的目標。」

這個說法讓我害怕。「你應該辭掉『馬加比』的職務，艾倫。」

「你知道我不能。」艾倫搖搖頭，兩手在餐桌上交疊。在玻璃桌墊底下，壓著三十年來的家庭照片，沒有按照特定的次序排列。「不只是爲了距離成年禮還有很多年的猶太小孩，也是爲了克蘭斐和薩巴赫這樣的老人家。你知道，他們見到我時，會跟我談到爸的事，山繆爾先生——他已經去世十五年了——他們的口氣包含了許多的愛與喜歡。我眞的相信，他們有資格享受舒適寧靜的老年。有時你該去會堂看看。」

「有空我會去。」

「還有一把椅子是留給爸的。」艾倫的聲音變得微弱：「我坐在裡面，幾乎感覺他還在這裡。」

這就是艾倫需要的，感覺他是爸的輪迴轉世。「法蘭西斯柯的事，你準備怎麼做？」

艾倫停了一下。「我不確定能做什麼。」

「他眞的看到過有人跟蹤他？」

「沒看到特定的人。他確信有人在監視他。我告訴他這很可能是一種感覺，我不希望他覺得我不把他的感受當眞。他開車的時候，有時會看到一輛紅色的豐田汽車跟著他。」

「瓜地馬拉一定有十萬輛紅色的豐田汽車。這可能是巧合，或是妄想。也許是他某個朋友的惡作劇。」

「他堅持說，這輛豐田汽車在他後面，隔著一段距離，停車燈開著，突然間，這輛車加速前進，他還不能做什麼，車子就消失了。他說，車窗全貼上了黑色貼紙。」

我想了幾秒鐘。「有哪個想綁架他的人會開著停車燈跟他的車？這樣太明顯了，說不通。」

「也許他們想嚇嚇他。」

「爲了什麼？」

「馬可斯，你講話開始像波提羅探長了。我怎麼知道他們嚇他是爲了什麼？」

「法蘭西斯柯很愛講話，艾倫，我不覺得他的看法在馬洛京以外會受到歡迎。他是否跟任何右翼團體有往來？」

艾倫的背脊駝了些。「法蘭西斯柯有時會跟朋友到『特圖里亞』（La Tertulia）去喝酒。我想他們會談汽車、摩托車，還有女孩子——跟所有正常的青年男子一樣。」

「還有政治……如果你記得，『偉大宮殿』受到襲擊後，法蘭西斯柯說過要在聖卡羅斯大學放顆炸彈——」

「那是隨便說說。他生氣了，但是我認爲他連點燃一根鞭炮也不會做的。這些男孩喜歡把自己看成大人，重要人物，認爲他們的意見很有價値。我知道我在他身上投下巨大的陰影，也許他覺得必須賣弄一下，因爲我的緣故。老實說，有時他並不知道自己在說什麼。」

我看著其他地方。奇怪的是，我爲法蘭西斯柯感到輕微的難過，他必須忍受這樣的父親，每一件事永遠都有答案。難怪蘇菲和瑪莉娜這麼年輕就嫁出去了。婚姻是唯一逃開艾倫高壓控制的方法。

「法蘭西斯柯應該離開這裡。」

「正是如此。我要他休學一個學期，到邁阿密跟他姊姊在一起，直到明年九月。但是他不想去。他對我說，他寧可隨身帶把槍，也不要被『被迫』流亡。」

「對他這種年齡的人來說，這番話氣勢倒很足。」我說。

艾倫揮揮手。「馬可斯，如果你有孩子，你會了解他們有時會很難相處。法蘭西斯柯現在是大人了。我只能給他建議，但是最後他要怎麼做，是他的決定。他對農業有興趣，我答應讓他到以色列的集體農場去研究農藝。他喜歡這個主意，但他想先唸完經濟學的學位。這讓我沒有太多的選擇，我應該讓他帶槍，還是僱個保鑣？」

這一天接連聽到的壞消息耗盡了我，我覺得像一塊過度使用的海綿，厭倦了吸收水分，然後被擠乾。我需要休息，把我的頭靠在愛絲佩瑞莎身上，爬進她雙腿之間，感受她的肉體緊貼我的安全，沒有對談，不再需要討論，只有純粹的生理激情。我不加思索的說：「你知道，艾倫，現在我什麼也不懂了。爸媽從埃及到瓜地馬拉來的時候，事情沒有這麼複雜。問題只在於找到工作，或是餓死。五十年後，我們可以揮霍過日子，我們不再去想餓著肚子上床是什麼滋味。現在你的店被炸了，我們的一間工廠被放火燒了，法蘭西斯柯被一輛紅色的豐田汽車跟蹤。你不覺得這樣很怪嗎？」

很長一段時間，艾倫沒有說話。他看著我疲倦的眼睛，收回眼光，瞪著自己那雙遍佈皺紋與斑點的手。「是很怪，馬可斯，但是我們無法讓時光倒轉。也不能假裝我們居住的世界改變了。我相信，我們正在嘗試發展出一種美好的生活，不幸的是，我們沒有獲得准許，無法享受它。我們不能放棄，我們必須繼續奮鬥，去適應環境的改變。」

「以上帝之名，我們該怎麼去適應？」

「我不知道，馬可斯。但是有一點你可以確定，我不會坐在一旁，看著我所愛的一切被摧毀。我絕對不會。」

22

艾倫和我一起離開「偉大宮殿」，走到第七大道的停車場，我們的車子停在那裡。走向停車場的途中，我問他想不想到夜總會看看。一開始他拒絕了，說他必須回去看會計的十二月銷售報告，但是當我提到，夜總會也許有很多美麗的少女時，艾倫突然有了興趣。不過他要先回家一趟，吃過晚餐，洗過澡，換好衣服才來。

我也回我的公寓泡個澡。坐在浴缸裡，臂膀和雙腿輕拂香水肥皀的泡泡，這是愛絲佩瑞莎的日常儀式。我感覺心中的憂慮慢慢蒸發，連泡在熱水裡的痔瘡也讓我得到緩刑。

不知道爲什麼，我突然覺得暈眩，一陣洶湧而出的快樂。也許是因爲我領悟到，儘管有這些壞消息，我的生活還是變得比較美好了。認識愛絲佩瑞莎之前，我沉陷在一堆呆滯的例行事務裡——醒來、用餐、工作、打炮、睡覺，用賭博來轉移注意力——眼前沒有任何新鮮刺激的事在等著我。我想到我曾經滿腦子都是老化的念頭，把自己看成一匹再也沒有用處的年邁公馬。

花開花謝；無論我怎麼看，過去十年當中，我不停的凋萎下去。

認識愛絲佩瑞莎之後，我不知道會有什麼經驗，用更好的字眼來說，有什麼大災難，在前方等待著我。無可爭議的是，現在我有了一個伙伴，分享我的勝利與挫敗。我的體驗更加深刻，用馬術的比喻來說，我被帶出牧場，重新回到跑道上。儘管我可能無法第一個衝過終點線，《賽馬論壇》仍會說，我是個令人敬畏的參賽者，一匹年老的公馬，勇敢的堅持到底，拼命跑完最後一程。

這就是我要的，一次充滿挑戰性的賽跑，一場不屈不撓的戰鬥。

我抵達夜總會時，已經過了九點。翹翹板的招牌上有幾個燈泡不亮了——我確信，這是一個十二歲大的貪心小孩用彈弓造成的結果——但是香檳的霓虹燈仍閃耀著粉紅的泡泡。停車場大約有十二輛車，對於星期三晚上來說，算是不錯的了。我總是抱著希望，會有人陪著女伴，從改革大道的許多家大飯店走到這裡來。

我推開大門，把外套掛進衣物間。裡面正在放伊帕內瑪式森巴㉔，恰恰符合夜總會的氣氛，幾對男女坐在點著蠟燭的餐桌前談天，幾名女子，顯然是外國人，坐在吧檯旁的凳子上。沒有騷亂，沒有人看起來想鬧事。滿意的顧客。

馬薩特南戈的曼紐爾先生最先看見我。他暫時停止洗酒杯，告訴吧檯旁邊的愛絲佩瑞莎。

愛絲佩瑞莎從凳子上跳下來，用力擁抱我，親吻我。「薩爾瓦多的這場會議進行得如何？」

「一切都很糟。我們到辦公室去講。」我拉著她的手走過去。

我們走進辦公室，關上門。我坐到旋轉椅上。

「我能坐在你的大腿上嗎？」

我點點頭。愛絲佩瑞莎跨坐在我身上，面對著我。

「重大消息是，我被暫時解雇了。」

她懷疑的看著我。「這是什麼意思？」

「大衛，在董事會的批准之下，要我暫時離開公司。星期五是我最後一天上班，至少離開六個星期。」

「太可怕了，馬可斯，在你承受了這麼多事情以後，我無法相信你弟弟會這麼做。」

我揉搓愛絲佩瑞莎的大腿。「就是因爲我經歷了這些，才會發生這個結果。我想，我在醫院

㉔伊帕內瑪式森巴（Ipanema-style sambas）：語出六〇年代的歌曲〈伊帕內瑪來的姑娘〉（Girl from Ipanema），在巴西的里約熱內盧有一處海灘叫做伊帕內瑪，這首的作詞和作曲者，每天都會看到一名美麗的高中女生在放學時從酒吧前經過，因而寫了這首「伊帕內瑪來的姑娘」，其中有一句歌詞就是：「當她走過，像森巴一樣，靜靜地搖，輕輕地擺。」森巴爲拉丁舞蹈的一種，一九四〇年代初期流行於西歐和美國。特徵爲簡單的向前向後舞步，身體側傾與搖擺等。

的時候，艾倫不花什麼力氣，就替我把事情做了。不用費事就能知道，誰是不值得保存的。」

愛絲佩瑞莎直視我的眼睛，手指按摩我的太陽穴。「你一定很生氣，馬奎托斯。」

她憤怒的時候，看起來特別可口。「我覺得——好像從自己家裡被扔出來。我自己的家。」

「難道你沒有權利得到某些補償？」

「我被正式的暫時停職停薪。六個禮拜之內，我會知道是否能回去做這份工作。我也許會永久的『退休』。但是這麼做公司就得付給我月薪乘以我的二十年資歷的錢——在瓜地馬拉，這是少數幾條嚴格執行的法律之一——一次付給我十幾萬格查爾。公司沒有這筆錢。」

「這樣我會非常生氣。」

我聳聳肩；我已經克服內心的失望，平靜下來。大衛和艾倫二十五年前創立公司。他們要我加入，因爲我是家裡人，可以信任。我在管理與企業方面並未展現才華。沒有人說過，但這是無可爭議的事實。現在這口井暫時乾掉了。「我會有更多時間給你，給夜總會。」

「這樣很好。」愛絲佩瑞莎說。

「你好像不覺得很好。」

「不，只是我開始把夜總會看成——我的。當你晚上到這裡來，我很高興能跟你述說這裡發生的事。」

「就像另一種禮物？」

「有點像。」她不好意思的說，或許她想起了奧塔維歐被捕後，她極力搶救我投入的金錢。

「現在我沒有什麼能給你。」

我看看她。由於某種原因，她需要自己去做事情，讓我覺得她很有用。「有時候你非常愚蠢。」我說。

我把她拉過來，用舌頭掰開她的嘴唇。我們深深的接吻，她的腿環繞我，這時，一個聲音傳過來：「打擾一下。」

艾倫站在半開的門前。他看起來很調皮，比較不像個老爺爺了。他不但回家沖了個澡，還刮了鬍子，換上休閒服。他的古龍水香味瀰漫開來，我打了個噴嚏。

「艾倫，眞是驚喜！」愛絲佩瑞莎從容的從我腿上起來。她的眼睛閃著光，她又是豔光四射的女主人了。

「馬可斯沒告訴你我要過來？」

「我先回家去了。」我抱歉的舉起臂膀：「我也剛到。」

愛絲佩瑞莎挽著我老哥的手臂。「我帶你去走走。馬可斯，你何不去看一下儲藏室，我想我們必須跟拉斐爾多訂些酒。」

愛絲佩瑞莎把艾倫帶走後，我檢查我們的存貨。有幾瓶酒被偷了，「三位一體」幹的，或是曼紐爾先生，或是門多薩給我們找的週末保鑣。但這是任何一個優秀的生意人必須對付的預期之內的損失。我記下來，我們缺少奇瓦士和巴卡迪（Barcadi Anejo）㉕。

我回到辦公室，打電話到門多薩家裡。一個聲音像火雞的女人——一定是門多薩的老婆——接的電話。她要我等一下——我想像她全身肥肉，有著巨大下垂、類似家畜的乳房。我聽到拖著腳走路的聲音，更多火雞的咯咯聲，重重的關門聲，然後，我仰賴的買酒來源來接電話。

我說出我的名字，門多薩說：「馬可斯，才過了一分鐘，你就開始想念我了。有什麼事嗎？」

「拉斐爾，」我說（我花了一個月的時間，才習慣叫他的名字，儘管只是偶爾叫一下），「我還要幾箱。」這是門多薩要我使用的暗號，因為他很確定他的電話遭到竊聽。

「很急嗎？」

「有一點——我們週末前會需要。」

「我會處理。再見，馬可斯。」

我掛上電話，看了一些帳單，簽了這個禮拜給員工的支票。我放下筆，艾倫和愛絲佩瑞莎就進來了。他們像小學生一樣格格的傻笑，我很確定，是個黃色笑話，艾倫的外表雖然拘謹，內心跟我一樣好色。事實上，他曉得一大堆笑話。同時，他很思念妻子對他如寵物般的忠誠，

㉕巴卡迪（Bacardi Anejo）：巴卡迪為著名的蘭姆酒品牌，Bacardi Anejo 為一種存放六年的陳年蘭姆酒。

還有性愛。但是鼻樑斷裂的羅妮亞遠在國外，儘管受到了這麼些年的束縛，艾倫還是可以放得開，打開衣領，成功的跟女人調情。

「馬可斯，」他開心的大吼：「你讓我刮目相看。夜總會看起來棒極了。我不知道你這麼有品味。」

這是艾倫恭維我的方式。我對這份讚美表示不在乎：「大部分都是愛絲佩瑞莎做的。」

他緊緊擁抱愛絲佩瑞莎瘦削的肩膀。「她很有魅力。我不懂她看上你的哪一點？」

「也許是像馬龍白蘭度的那一點。」

艾倫笑了，爲了保持歡樂氣氛，我沒有對他語氣裡貶損的意思作出反擊。

愛絲佩瑞莎用手環住我的腰。她建議我們到夜總會的餐桌旁喝一杯。「我們是老闆，對吧？我們不必整晚被關在不通風的辦公室裡，對不對？」

我們找了一張餐桌，在隔開大廳和酒吧的弧形走道旁邊。

艾倫一定覺得他很健康，很有活力，因爲他拒絕喝他的西娜爾酒，點了不攙水的傑克丹尼威士忌。瑪利亞記下我們要的酒，以輕快的步伐，端著托盤回到吧檯時，艾倫的眼睛無法從她豐滿的臀部移開。他那色瞇瞇的眼光令人尷尬。

愛絲佩瑞莎謝謝艾倫邀請她參加瑪莉娜的婚禮，並說那天她非常開心。她問到羅妮亞的身體，鼻子復原的狀況，還有他家其他人的近況。他不專心的答道，大家都很好。他想念每一個不在這裡的人，丹恩和瑪莉娜在聖地牙哥，其他人在佛羅里達。
瑪利亞再次越過弧形走道，艾倫在位子上轉動身軀，看著她，眼光隨著她胸罩吊帶上懸掛的細小芒果晃動。愛絲佩瑞莎察覺了，對我眨眨眼，彷彿在說：又一匹快要脫韁的野馬。
他的話證實了我們的揣測。他說：「你們的女侍非常有趣。」他的眼睛裡閃著光。
我對自己說，我不會用「有趣」這個字眼來形容「三位一體」。但是艾倫發明了各種委婉的說法，來隱藏內心的眞實感受，即使羅妮亞既溫柔又遲鈍，這些想法還是會令她不悅。
「我們的房東推薦的。她們做得不錯。」
「我相信。」艾倫呑下杯中剩餘的酒。我不知道說話的是他還是酒精。爲了掩飾自己，爲了不讓我們誤解他的意思，他補充道：「這裡的每一個人看起來都很客氣，很有禮貌。女侍不穿制服，很好。」
「在酒吧做了許多年的經驗讓我學到，」愛絲佩瑞莎說：「環境越自然，客人越自在。這些女孩可以隨自己的意思打扮，只要不粗俗，不冒犯別人就可以。」
「對，這個作法很好。」艾倫把剩下的最後幾滴酒倒進嘴裡。
同時，酒吧旁的兩個女孩，二十出頭的美國人，開始隨著一首歌曲的副歌跳舞。

只有你的吻，你的吻——這就是我懷念的

兩個女孩分開來跳，但是每隔幾秒鐘，她們會擊個掌，笑一聲，摸一下臉頰。在瓜地馬拉——一九八二年——兩名女子不會這樣跳舞。艾倫，平日受到羅妮亞的嚴密控制，挑逗的看著她們，彷彿她們在愛撫彼此，舔彼此的乳房。

「你們的客人也很有趣。」艾倫說。

「你可以去邀其中一個跳舞。」愛絲佩瑞莎鼓勵他。

艾倫虛假的狂笑起來。「我不想讓她們受窘。她們也許不曉得怎麼跳我記得的拉丁舞步。」

他才會受窘，我暗自思考，隨著美國迪斯可的節奏跳曼波。

歌曲結束，兩名女子攬住彼此的腰，回到酒吧的凳子上。她們的肉感舞蹈顯然讓艾倫非常興奮。

一陣短暫的沉默，克莉絲汀娜換了一張唱片。艾倫靠上椅背，盯住她不放。他的舉止讓我非常不自在。三十年的婚姻把他變成了一個青少年。我應該諒解他，但我無法同情他，有太多次，他利用我的寂寞，我在性愛方面的出軌，來誇耀自己的忠貞。

我們喝到第三巡的時候，有人拍了拍我的肩膀。

「嚇了我一跳。」我跳起來。

門多薩笑了。「你正在進入容易害怕的老年了。」他彎下腰，輕輕啄了愛絲佩瑞莎的臉一下。

「我沒有料到你今晚會來。」

「你說你還缺幾箱。」

門多薩靜靜的站了一秒鐘，審視艾倫，等待我們介紹。

「對不起，拉斐爾，」我說：「我哥哥艾倫。」

他們用力握手。艾倫說，彷彿有點不好意思：「我想我們以前見過。」

「你看起來的確很面熟。剛才我在這裡看到你的時候……你以前留小鬍子，鬢角比較長，對不對？」

艾倫嘴角的尷尬笑容加深了。「那是幾年前的事了。你幫我進口過一輛車——」

「對，當然。」門多薩快速的說，他從另一張沒人坐的桌子旁邊拉過椅子，跟我們一起坐。

「一輛BMW，對不對？」

「是賓士。」

「對，對，對。它什麼都有，嵌入式錄音帶、播音系統、空調，後座有一個小酒吧——現在有五十輛這種車了，不過當時是第一輛。」

「對。」

門多薩重重的拍了自己的腦袋一下，太誇張了，我想，也許是爲了製造效果。「我怎麼忘得掉？莫里納把你介紹給我的。可憐的傢伙，去年他得喉癌死了。」

「對，我也聽說了。」艾倫說。

「我還以爲哥倫比亞才讓會人覺得世界眞小。」愛絲佩瑞莎說。

門多薩頑皮的捏了她銀手鐲下方的臂膀一下。「就某種層面而言，在瓜地馬拉，我們全都彼此認識。但是你必須知道如何選擇朋友。這才是秘訣。」

我們閒聊著，和往常一樣，門多薩避開任何可能披露他的過去或現況的問題，他是變色龍，輕易的適應新的角色，新的環境，說出兩邊討好的話，好讓你摸不清他的立場。在瓜地馬拉很多像他這樣的人，由於某種原因，卻經常讓我覺得憤怒。我很容易接受別人，他們若表現得親切寬大，我就信任他們，尤其在許多年前，我還沒有錢的時候。我記得我在一個派對裡認識一個人，聽他唱作俱佳的述說他那生病的老母，我就借給他四十塊，像吹熄蠟燭一樣沒了，那是我身上僅有的錢。後來哥斯大黎加的一個導演跟我借了兩百塊，用來促銷他拍的一部電影，他說，這部片子講的是納巴傑地區的印地安人基切族的儀式，爲原住民研究院拍的，最後他也跑了。

艾倫到洗手間去。他的膀胱裡必定有半瓶酒。

一名總是陪著門多薩來的男子走過來，在他耳邊低聲說了些話。

「我得走了。」他站起來。

我迅速的把訂酒單交給他。他點點頭說，這些酒跟以前的不一樣，沒有打稅的戳記。不用擔心，不會出事的。

「這讓我緊張，拉斐爾。要是夜總會被臨檢，那該怎麼辦？」

「我們都得冒點風險。你想省錢，就會發生這種事。」

「也許我會自己去買酒。」

「我不認爲你能做到。」

「何以見得？」

「因爲你的訂單是一筆大宗貨運的一部分，而我早就全把它買下了。我不能讓我的客戶做到一半就不幹了。」

醫生告訴我，我只有一星期可活了——此刻我臉上就是這種表情。這是威脅，簡單明瞭。毫不誇張的顯露出來。

門多薩輕輕敲了我的手一下。「馬可斯，到目前爲止，你都很信任我，我沒有送不出貨過。星期五早上，你的酒會運到。放鬆心情，我知道我在做什麼。問問你老哥，我幫他弄到了那輛車，讓他不必付兩萬五千美元的稅金。」

這番話並不能讓我安心……

這時，艾倫蹣跚的回來了。

門多薩站起來，從外套口袋裡掏出一張名片。「再說一次，很高興見到你，艾塔勒夫先生。」他對艾倫說：「這是我的名片。要是有我幫得上忙的事，給我個電話。」

「謝謝，門多薩上校。」

他們握握手，門多薩走出夜總會。愛絲佩瑞莎和我不解的看著彼此。我們都明白，我們兩個都沒有說過，門多薩是上校。某種可疑的事情正在發生，但是我們又能如何？

艾倫的情緒很亢奮。他的眼珠子在眼窩裡四處轉動，嘴角掛著愚蠢的笑容。

門多薩出現以前，艾倫盯著克莉絲汀娜不放——克莉絲汀娜並不比「三位一體」純潔，只是害羞一些。她發現我哥哥的目光隨著她移動，這讓她既羞怯又緊張。有一刻，克莉絲汀娜的眼光與我的碰在一起，我對她眨眨眼，彷彿在說：綠燈，向前走。現在是夜總會的工作時間，不許亂搞，但這位是我那寂寞酒醉的哥哥，沒關係，如果你們看對了眼。

午夜之前，夜總會就空了。我對「三位一體」說，她們可以早點走。艾倫撐到最後，看著克莉絲汀娜把所有的唱片擺回沾滿灰塵的封套裡。我不想目睹即將來臨的誘惑場面，便要愛絲佩瑞莎跟我到辦公室去，待了二十分鐘，我們才出來。

我們出來時，曼紐爾先生正伸長虛弱的臂膀，把最後一些洗淨的酒杯，放進酒吧間的櫃子裡。

艾倫和克莉絲汀娜都不見人影，想必是一起走了。

23

之後的一星期當中，發生一連串的街頭殺人、炸彈攻擊和大膽的綁架案。距離全國大選還有六個禮拜，但是瓜地馬拉市迅速的從繁榮走向蕭條。盧卡斯總統準備讓兒子接班後，他的政黨拒絕接受這項安排，盧卡斯只得指定安格爾將軍繼任。安格爾宣稱，他讓瓜地馬拉上上下下的人團結一心，但是三個主要右翼反對黨已指出這是個騙局。進一步的騷亂氣氛已是無可避免的事。我很高興索爾妲正在想辦法把亞伯特弄到國外去。

有五十萬居民並未收拾行李離開，但是你可以感受到恐懼與心神不寧，像帶電的空氣，瀰漫了整個城市。人行道旁的餐廳或咖啡屋門可羅雀，市中心的街道在黃昏前便空無一人；許多店家日落前就關門休息。

沒有觀光客。沿著改革大道開車，經過彼特摩爾和卡米諾里爾這兩家大飯店，會看到空盪盪的網球場，沒有人的游泳池和池邊躺椅。

在瓜地馬拉市的外圍地區，情況也不比市區好。星期天我帶愛絲佩瑞莎到聖安東尼安瓜斯(San Antonio Aguas Calientes)去，這個小鎮位於安提瓜的北邊，以精緻的印地安刺繡服出名。我們沿著塵土飛揚的道路開到鎮中心，途中看到許多空掉的水泥地基，曾經立在上面的彩色隔間全部消失了，印地安人收拾細軟，就這麼走了。在鎮上的廣場，就在教堂旁邊，我們被幾個骯髒的印地安女孩包圍，求我們買點東西，即使是兩塊錢一個的壁飾也好。她們緊緊抓住我們的臂膀，如同揮之不去的小蟲，在我們旁邊不斷打開一捆捆破爛的布料。我問她們父母在哪裡，她們只是指著我們腳邊的布料。非常怪異。到最後，愛絲佩瑞莎和我逗留了二十分鐘才上車，我們買了幾片不需要的壁飾。

一開始，我充滿無力感，願意低頭屈服。之後，隨著「愛絲佩瑞莎」等不到顧客，成爲蜘蛛的天堂，我的憤怒燃燒起來。我們付錢讓電影院在開演前，播放夜總會的廣告，但是一家電影院遭到土製炸彈攻擊，導致三人喪生後，電影院的觀眾急劇減少。所有能增加顧客的事情，我們都做了，我們在大飯店貼上彩色宣傳海報，讓沒有男伴的女士免費喝酒；我們甚至把晚上六點到九點列爲優惠時間。儘管有這些誘因，生意還是一落千丈，許多會議取消了，中產階級的頂層，我們最明顯的客戶，覺得留在家裡看《朱門恩怨》或者《*Archie Bunker's Place*》㉖影集還比較安全。

「我們必須接受這個事實，馬可斯。我們無法跟它對抗。」一天晚上，愛絲佩瑞莎說。我們坐在夜總會的一張餐桌前，喝加冰塊的蘭姆酒；五、六個人坐在酒吧旁彎腰喝酒，身體的線條很像問號。

我已經停職三個禮拜了。再過不久，就能照大衛說的跟他貸款。「跟它對抗？我若站在改革大道的停車標誌旁發傳單，早就被車子撞死了。我們必須想出另一個玩意兒。」

愛絲佩瑞莎搖搖頭。「我們必須等待，等環境改變。」

「也許你是對的。我覺得自己像個在馬戲團前面大喊大叫，招攬觀眾的人。」

「情況沒有這麼壞。」在燭光下，愛絲佩瑞莎爲她的指甲塗上紅褐色的指甲油，她沒有抬頭看我。

「看看這些收據。這種情況再持續幾個禮拜，我們就完了。我已經欠了門多薩一個月的房租。」

愛絲佩瑞莎蓋上指甲油的瓶蓋，吹了吹每一片指甲。「提供伴遊服務怎麼樣？」

要是我是站著的，我的腿會像引爆的樓房般彎折下去。「我會假裝沒聽到你剛才說的話。」

「馬可斯，不要對我擺出聖人的樣子。」

㉖《*Archie Bunker's Place*》：美國哥倫比亞電視公司一九七九年推出的著名連續劇，前身爲《一家人》（*All in the Family*）。

「我不想讓夜總會變成妓院。要是如此，我死去的父親會從墳墓裡坐起來。」

「你誇大了每一件事。提供女性伴遊跟嫖妓和拉皮條不一樣。」

我覺得晚上在餐廳吃的那條蝴蝶蝦在胃裡活了過來，想從我肚子裡飛出來。「我不會這麼做的。」

「不是這樣，就是破產。」她簡潔的說，神情堅定而肅穆。

我抬起眼睛，看著克莉絲汀娜在跟一位客人聊天。她身旁的男子突然變成了艾倫。我哥哥在搖頭。我喝下一口酒，重新看著愛絲佩瑞莎。「瓜地馬拉猶太團體的會長不會允許的。」

「他怎麼會在乎這個？」

「只是因爲他跟克莉絲汀娜有一腿，你就以爲他改變了？他甚至沒有對我坦白承認。他就是判斷力的化身。他絕對不會允許我開妓院。」

「不會是妓院。我們需要做的只是讓人們知道，到夜總會來可以認識女人。」

「然後呢？下棋嗎？學跳舞？這是要人打炮。」

愛絲佩瑞莎揚起眉毛，彷彿在說，有何不可？

我覺得自己被推到懸崖邊。這番談話提醒了我另一個問題，就是認識我以前，愛絲佩瑞莎究竟在幹什麼。我心中的景象從模糊到淸晰，那就是愛絲佩瑞莎曾是一個收費高昂的妓女。「這樣怎麼行？你要我坐在衣物間旁收入場費，還是站在洗手間外面，賣有顆粒的保險套？夜總會的女主人要做什麼？確保女孩們不會得梅毒？」

愛絲佩瑞莎的臉燃燒著憤怒。我被董事會解雇後，每天從正午到午夜，我都懷著惡劣的心情在夜總會裡走來走去，我發脾氣，我有點怪愛絲佩瑞莎，因爲她讓我把最後的一點錢投入夜總會，而它顯然就要成爲我另一項失敗的事業。在某個層次上，我也怪她讓我失業。那個在船上給我帶來賭博好運、充滿誘惑力的女人到哪裡去了？可愛的幸運女士變成了掃把星。現在又來談這個伴遊服務，讓夜總會成爲心癢難熬的男人與心甘情願的女人中間的潤滑劑，這番話喚醒我，讓我想到我對她曾經有過的一切邪惡的揣測。

我們在船上相遇的第一個晚上，我巧妙避開的種種困難，現在重重的壓垮了我。

「很好，馬可斯」愛絲佩瑞莎說：「你可以得到你一直想知道、卻不敢開口問的答案。對，爲了錢，我做過妓女。」

「我對你的過去沒有興趣。」我的話聽起來沒有說服力，就像一個觀光客來看偷窺秀，卻說他只是來看熱鬧的。

「沒有興趣才怪。從認識我開始，這個問題就在你的舌尖打轉，只是你沒膽子說出來。」

「這是艾倫的專長。」

「讓我說一句，你哥哥不害怕當面問我，至少他有膽量。艾倫知道很多你不敢承認的事。」

「像是什麼？」我咬牙切齒的說。

「你自己說的，要不是你哥哥，你會窮到從陋室出來，到第八大道上叫賣身上那條破爛的藍色牛仔褲。從你認識我的那一刻開始，你就知道我當過妓女，但你就是不敢面對這件事。你在等我招認，好讓你崇高的說這不重要，或是你會原諒我。對，在哥倫比亞，我不只是端盤子。我賺取自己的生活費，而這種事待遇很好。有幾年的時間，我出賣自己的身體。對，我搭那艘船的目的是想釣到凱子，因爲，老實說，我不想到邁阿密去，投靠我那同夫異母的姊姊，還有她那販毒的丈夫，我也不想回巴倫奎拉（Barranquilla）繼續賣淫。至少我知道，我要的是什麼。我知道我是什麼樣的人……你實在可悲。四處嫖妓的男人。你以爲這些年來跟你打炮的都是些什麼人。處女？你在跟我這種女人打炮。」愛絲佩瑞莎站了起來。她衝到大門前面，幾乎把門上的鉸鏈扯斷。然後，她跑到花園裡。

在一剎那間，我坐在那裡，動也不動，感到沾沾自喜。我重新成了無辜的人，成了某個永遠對我不公不義的人的受害者。過了一會兒，我明白自己是個傻瓜，她有勇氣離開我，她可以這麼做，直接吞下我們感情失敗的痛苦，如同嚥下一口痰。她可以回去，重新過自立更生的生活。我知道她可以這麼做。

我站起來去追她。酒吧旁的客人奇怪的看著我，我確信他們一直在聽我們吵架的內容。我審慎的微笑著，像個虛僞的叛徒，加快腳步，朝門口跑去。

「愛絲佩瑞莎，你在哪裡？」我的喊叫聲在夜空裡散播開來，憤怒的成分超過恐懼。花園裡的樹木宛如地毯上的圖案。我喘了口氣，喊出來，這一次聲音裡帶著氣急敗壞的意味：「行行好，愛絲佩瑞莎，我們不要吵了。」

我沿著石子路往前走，夜總會旁邊的空曠田野傳來燒木柴的味道。有人偷偷進來，生火保暖。

言語從我口中冒出來。「對不起，愛絲佩瑞莎，請不要拋棄我。我需要你。」

我到處都找了，包括停車場車與車之間的狹窄空間，直到我發現她靠在夜總會後面的一棵尤佳利樹樹幹上。一盞聚光燈照亮她身體的輪廓；她的一隻手的瘦削手指與腦袋形成一個三角形。我不認為她在哭，但她似乎在一個遙遠的地方，陷入沉思。

我走過潮濕的草地，握住她的手腕。

她把手抽出來，沒有看我。「讓我靜一靜。」

有幾秒鐘，我不曉得該怎麼做。愛絲佩瑞莎的話都是事實，且讓我感到羞愧，我要她招認一件我早就知道的事。它讓我得到力量，讓我覺得要是可以讓她認罪，我就是一個大人物。我就像大審判官，僅僅征服異教徒仍無法滿足我，他們還必須驅散自身的邪惡，彌補這些年來的褻瀆神靈與表裡不一，才准許他們效忠於基督。這就是我要她給我的。難怪索爾妲會從我身邊逃開。

「對不起，愛絲佩瑞莎。我不知道中了什麼邪。」

「這樣還不夠，馬可斯。我再不接受你這種唉聲歎氣的道歉。你以為只要你想出道歉的方式，你所造成的傷害就會消失。事情不是這樣的。你用對待……對待……愚蠢頑皮的小孩的態度對我，實在很病態。」

我全身發冷，感覺自己神經衰弱。「你對每一件事的看法都是對的。」

「不是每一件事。解決辦法不是兩手一攤，說你永遠是錯的。你必須思考，了解自己為何說出這樣的話，否則我們注定要不停的玩這個遊戲……我不明白你為何要找我的碴。」愛絲佩瑞莎的眼睛濕了：「我也有自尊。我不會讓你欺負我。」

「我對你的態度非常差勁。」

「情況不順利，不是我的錯。我沒有叫觀光客不要到瓜地馬拉來。我沒有把你從公司解雇。」

「我知道。」

「那你為什麼讓我覺得充滿了罪惡感？」

我試著擁抱她，但她還是抗拒。話語從我口中流出。「我知道我並沒有過著理想的生活，跟這個差遠了。事實上，我虛度了人生，因此我討厭自己。我不能面對自己，所以把箭頭指向身邊的一切，去責怪另一個人。我想，對於完美世界該是什麼樣子，我心裡有個想法。別人達不到我的期望，儘管這些期望是不眞實的，我就抓狂。索爾妲拒絕墮胎時，我讓自己相信是她的錯——被拋棄、受到傷害的是我——尤其是她不讓我見亞伯特以後。我就知道了。」

「但是這非常病態，極度、極度的病態。」

她讓我抱著她。「我知道，我知道，但我就是這麼做了——而且還在繼續這麼做。」

愛絲佩瑞莎離開我身邊。「你在怕什麼？」

寒冷的感覺爬上我的脊椎。我聳聳肩。三隻青蛙在我們上方發出深沉的喉音。一輛汽車開進車道，明亮的車燈照到我的眼睛，車子開到夜總會的停車場。「費莉西亞說，我像媽媽，從來不看事情眞正的面貌，要不就是太晚才掌握情況。她是拉比的女兒，向來什麼也不用做，但她十五歲就離開家，到外國生兒育女。」

「這跟你有什麼關係？」她不悅的說。

「我想，有很大的關係。」

愛絲佩瑞莎看起來非常疑惑。

我摸摸她的頭髮。「我母親本性不是這樣，但她被迫學著務實。她的眼睛裡永遠有一種遙遠的神情，彷彿她和我爸共享的生活是不眞實的，只是爲了考驗她的意志。有一次，我弄傷了整條腿的側面部位，她說：『假裝沒事，你就不會感覺到痛苦。』我接受了她的勸告。有少數幾次，我讓眞相進入心中，而感到痛苦。只要我否定它的存在，我就不受折磨。」

「但是你不能在每次害怕的時候，就以對痛苦的恐懼猛烈地攻擊其他人。」

「我沒法不這麼做。」

愛絲佩瑞莎嚴肅的凝視我。「你若希望我們在一起，馬可斯，就必須試著改變。我可以諒解你經歷的痛苦，但我不會讓你傷害我。」她轉過身，背對著我，腦袋靠在樹皮上。

這不是空泛無用的威脅。她愛我，我們之間有一種無法切斷的連結，但是我知道，要是我不停止這種行爲，要是繼續爲了她沒有做的事而攻擊她，她會從我身邊走開，永遠離去。

我把愛絲佩瑞莎的身體轉回來，讓她面對著我。我們緊緊擁抱。我覺得我在試著擠出體內所有的挫折感。骨頭發出喀喀的聲音，幾乎溶解成柔軟的血肉。我抱著愛絲佩瑞莎的腰，不敢鬆手，不想再次墜入孤寂，也許是最後一次的墜入。她一定是感覺到我內心深處的恐懼，因爲她的手一直緊緊環住我的肩膀。

我需要她，眞的。如果我們不要漂浮分散，我就得想出辦法，克服突然爆發的譴責別人的個性。

我們走回夜總會。在辦公室裡，我們低聲說話，幾乎有宗教氣氛，我們談論要怎麼做，才能「拯救」它。大衛的貸款依舊在附近誘惑的搖晃著，但是我們必須想出所有的策略，讓夜總會繼續經營下去。愛絲佩瑞莎的伴遊服務值得嘗試，最起碼，它能爲我們爭取時間。我們必須跟門多薩講我們的想法，他拿著金色的枴杖，似乎有本領把癩蛤蟆變成王子，或者，至少變成可愛的爬蟲類動物。

第二天晚上，門多薩到夜總會來，我向他說明我們的新策略。我要愛絲佩瑞莎也在這裡，作爲誘餌或緩衝，但是她頭痛得要命，因此今晚不能出來。

「護送服務聽起來不錯，馬可斯，但是你估計誰會使用這項服務？」

「那些會來夜總會的人。」

門多薩伸直腿，鞋子架在我的辦公桌上，所以我看不到他的臉，還沒有看到他臉上的笑容，就聽到他在笑了。

「什麼事這麼好笑，拉斐爾？」

「你需不需要拿一台計算機，算算今天晚上的顧客人數？」

我知道他在暗示什麼。「我們可以作廣告，報紙，還有口碑。一定有數以百計的情慾高漲的有錢男人，在家裡玩自己的老二。」我答道。

「你的廣告能讓他們停下來？外面發生這些槍擊案後，這些富有的混蛋甚至不敢坐在自己的防彈汽車裡去看場電影。馬可斯，認眞一點。還有，即使是時髦的妓女，在瓜地馬拉也不新鮮了。我可以告訴你五、六家妓院，你可以去到那裡，不必擔心梅毒。」

「我不知道還能做什麼。」我站起來，在辦公室來回踱步：「我們快要關門了。」

門多薩把腳放下來，手肘往外，雙手放到膝蓋上。「不要這麼沮喪。我有個主意。」

「那是——」

「何不忘掉觀光客？忘掉富有的瓜地馬拉人。何不讓夜總會更能吸引軍人上門？」

我停下腳步。撒旦露臉了。「不，門多薩，我寧可破產，也不要爲你的軍人夥伴端酒。」

「馬可斯，我們不是生活在十九世紀。現在有一整個新的軍人族群，軍官在美國接受先進軍事作戰的訓練，他們擁有極高的聰明才智，遠超過你我。他們不想被迫到軍方小吃部用餐，也不想偷偷溜到波特里托酒吧那樣的地方聽醉鬼唱歌，還有一個肥胖的妓女在台上跳脫衣舞。相信我，他們分辨得出奇瓦士和野火雞波本酒的差別。」

「眞替他們高興。」

門多薩對著我伸出手臂。「來，坐下來，馬可斯。我認識那些會喜歡在改革大道上找個地方喝酒男人，你看過跟我在一起的人，他們不穿迷彩裝，也不穿高筒軍靴，但是他們覺得，走進卡米諾里爾飯店，讓他們感到不自在，這個環境不適合他們。他們有錢，卻沒有地方花。他們厭倦了軍官俱樂部，他們只想要一個地方，讓他們可以在那裡社交、喝酒、認識特別的女人、跳舞，讓他們覺得自己是人，有尊嚴的人。他們想要一種感覺，就是他們對這個國家的未來做了投資。」

突然間，我的頭劇烈的痛起來。我點燃香菸，阿斯匹靈的功效不彰。「我得跟愛絲佩瑞莎商量一下。」

「當然，她是你的夥伴。但是你們若願意接受我的建議，我們可以重新訂合約。你不用付我房租，直到你開始獲利。你不可能輸的。」

「拉斐爾，所以你一直是這麼規劃的，對不對？」我覺得暈眩，又想直言不諱。我清楚的看出門多薩的手法——先給紅蘿蔔，再用鞭子。油膩尖銳的刀鋒劃過來了。「你甚至犧牲了自己的母親。」

門多薩站起來，揉揉臉。「五年前，我會爲了你剛才說的話，用槍射穿你的腦袋。相信我，我是非常有可能這麼做的，但是我也是一個現代、有彈性的人。這並不容易，但是我必須明白，儘管賭注是一樣的，一個人還是必須培養出耐心、包容某種程度的辱罵，以達成他的目標。然而，我要你知道，你傷害了一個朋友。」

「拉斐爾，我不想暗示任何事，」我向後撤退，我說錯話了。「我很緊張。你能了解的。」

門多薩看著我。「緊張不能作爲愚蠢的藉口。你總是必須清楚的說話，清楚的思考事情。我不會要一個手指發癢的士兵來保護我。」他走到辦公室的門前面，拉開門。「如果我只跟你一個人做生意，我會說，我們的合作結束了。但你是跟愛絲佩瑞莎在一起。跟她商量一下，她看事情比你清楚，要她來跟我談，她會用不同的方式來表達。」

門多薩走出去，留下一扇半開的門。

24

艾倫邀請愛絲佩瑞莎和我到他家吃晚餐，典型的中東盛宴。唯一讓人分心的就是門多薩，而我們需要他。

「家裡的人在佛羅里達過得如何？」我吃了第二盤的南瓜釀肉配炸茄子，蒂娜做的。羅妮亞把我母親的食譜寫下來，讓女僕照著做。

「他們想我，我也想他們。但是下星期情況會改變，山姆會去邁阿密跟蘇菲和孩子們在一起。這裡太危險了。」

對，我想，而且這樣可以給艾倫更多時間好跟克莉絲汀娜在一起。沒有太太，沒有女兒，女婿也走了。

愛絲佩瑞莎開始被視為艾塔勒夫家的一份子。她問：「山姆上一次看到孩子，是在什麼時候？」

「新年剛過的時候。」艾倫打了個呵欠：「這絕對不是維持家庭的好辦法，但是至少他們在邁阿密很安全。我們希望三月七號大選結束後，他們全都能回來。我期待新政府能發揮魄力徹底解決游擊隊的叛亂問題。」

蒂娜走進餐廳，撤走吃過的盤子。

「爸，我能走了嗎？」法蘭西斯柯說。艾倫點點頭，法蘭西斯柯走出去，坐在電視前面，觀賞重新配音、重播的《摩登原始人》影集。

沉默了很長一段時間後，我說：「這裡有這麼多暴力事件，你一定很擔心兒子。」

「我是很擔心，馬可斯，非常擔心。」艾倫用強調的語氣說：「但這是我們必須付出的代價，因為多年來我們一直忽略了問題。我們必須接受，這些拷問、殺人和暗殺都是日常生活的一部分。最好你們的子女也送到遠方去，安全的地方，這樣總比持續面臨危險要好。情勢不久就會恢復正常。」

「我不斷問自己，什麼時候才會。」我答道。

「當我們摧毀所有的共產主義者的時候。」法蘭西斯柯插嘴道，他顯然一面看《摩登原始人》的荒謬冒險，一面又豎起耳朵來偷聽我們講話。

「那會是什麼時候？」我大聲說，音量壓過了這個卡通影集的男主角佛萊德的口頭禪「呀比呀比杜」。

「安格爾當上總統以後就會發生，你看著吧。」他答道：「他會消滅所有從古巴滲透進來的人。」

「法蘭西斯柯若是我的兒子，」我低聲對艾倫說：「我不會希望他留在這裡。他的看法越來越極端。更糟的是，他完全不明白什麼時候應該住嘴。」

艾倫拿起咖啡杯的小匙，慢慢地在桌上畫著圈圈。「他還不知道，我要送他到邁阿密去跟山姆在一起。也許他能找一所大學，修幾門課。」

這樣想可能很不公平，但我突然看到艾倫和克莉絲汀娜在羅妮亞的超大的床上，不爲人知的嬉鬧玩樂。法蘭西斯柯的離去當然讓他更省事。

「還是有人跟蹤他嗎？」我問。

「跟蹤？」愛絲佩瑞莎問。艾倫對她說明幾星期前他在「偉大宮殿」對我說過的事，關於那輛紅色的豐田汽車。艾倫的右手緊張的摩梭左手，這是他平時用來安撫羅妮亞、讓她平靜下來的手勢。

「現在的情況更糟了。」艾倫繼續說：「他確信還有綠色和黃色的豐田汽車在跟蹤他。」

「他是否在使用藥品？」我問：「聽起來像是他看到了什麼，產生幻覺，看到了不存在的東西。」

「我兒子不會這樣。」

我覺得法蘭西斯柯的幻覺影響到艾倫，但是他很擅長防衛自己的情感。奇怪的是，我發現我們在這方面有多麼相似。

「他需要去看醫生。」我終於說。

「已經看了。安東尼奧說他身體沒有問題。」

「精神上呢？」愛絲佩瑞莎問。

艾倫轉過身，凝視看電視的兒子。法蘭西斯柯看起來非常專注。「他累了，他害怕，跟我們每一個人一樣。」

「但是我們沒有被各種各樣的豐田汽車跟蹤。」我看了愛絲佩瑞莎一眼，她沉默的聽著，想要開口說，卻不敢插嘴。

「也許他看了太多電視，我怎麼知道？我店裡的爆炸案對他造成的影響超出了我的預期。突然間，他似乎很想找出辦法解決瓜地馬拉的社會危機。」然後，艾倫換了個話題：「甜點是什麼？我需要吃點甜的東西。」

他搖鈴叫蒂娜，她從廚房出來，然後，她回到廚房端出她烤的葛萊布甜餅，這種小甜餅形狀像甜圈圈，用牛油與糖製成。一分鐘後，她又端著擺放土耳其咖啡的托盤回來。

吃甜點的時候，艾倫對我們說，他讓蒂娜回去柯本（Coban）探望家人，住幾個禮拜。更省事了，我想，實在是太省事了。

幾天後，大衛打電話給我說，我的停職必須延長。

「意料之中。」我說。

「我們原本希望情況到這時會有所改善——」

「大衛，你何不直接解雇我就好了？」

「我們負擔不起。」

「我明白了……資遣費。」

「沒錯。我們需要把所有的錢用來付薪水。」

「對，我知道這是什麼感覺。」我嘆息道。

「你知道？」大衛問，出於好奇而非惡意。

「我有那家藍色牛仔褲的店時，每到星期四，我就開始擔心自己是否能付薪水給那些替我做褲子的女工。有時我會暫時關上店門，到第六大道的擦鞋攤後面去玩吃角子老虎。」

「『法蘭克福』旁邊那一家？」

「對。要是沒有贏到錢，我就回到店裡，拿起幾十條褲子，走到旁邊的商店，用成本價賣給他們，來換點現金。有幾次我必須跟艾倫借錢，但我每次的薪水都付出來了。到了星期六，生活就恢復正常了。」

大衛在電話那頭笑了。「你的意思是，星期六的早晨，你坐在『傑森』，盯著從你身邊走過的女孩們不放，而你跟爸說，你不能去會堂做禮拜，因爲星期六是生意最好的日子。」

「正是如此。我們都有藉口。你有希爾達，艾倫有羅妮亞。我必須想出某個理由……」

「我希望我可以幫你，馬可斯。你知道我提議的貸款辦法仍然有效。」

「我接受。」

「夜總會的情況不好？」

「你應該知道的，大衛，由於這些暴力事件，還有快要舉行的大選，生意幾乎都停滯下來。現在我們百分之七十五的顧客都是軍人。要不是他們，我們就得關門大吉了。」

「一萬美金是你的了，沒有附加條件。」

「謝謝。」我誠懇的說：「但是我不知道何時能還你。」

「別擔心，有人會解救我們。公司還沒有要收掉。回到你的情況，要是軍人不來光顧了，你該怎麼辦？」

「我只有去偷安東尼奧的手術器材，把它們賣到黑市去。」

奇怪的是，我覺得大衛覺得我眞的會這麼做。

「黑人」從舊金山來信了。他跟瑪莎分手了，不過重要的消息是，皇冠齊勒拜奇願意讓我去面談，德州布朗威爾（Brownsville）臨墨西哥邊界附近的一個小紙板廠，有個需要雙語的審計員職位出缺。那邊跟舊金山不一樣，但是至少我會有工作，不必擔心自己性命不保。活著，馬可斯，活著。

我把這封信讀給愛絲佩瑞莎聽，她沒有說話。它留在夜總會的辦公桌上。

第二封信來了，上面標示了急件，我沒有撕開信，直接扔進垃圾桶。我確信裡面是另一個工作機會。不知為什麼，我還沒有準備好打包離去。在瓜地馬拉，有一場賭博還在進行——我已下了注，投入更多籌碼，我要撐到最後，不輸光一切，決不罷手。

不久，在星期六早晨的禮拜時間，一枚炸彈丟進了摩根大衛會堂（Morgan David Synagogue）的院子。神奇的是，它沒有爆炸。有個匿名者打電話到《公正報》說，這是「貧民軍游擊隊」（Guerilla Army of the Poor）幹的，它譴責猶太團體支持當前的法西斯主義政府，援助準軍事組織購買以色列的武器，這些準軍事組織包括「反共產主義秘密軍」（Secret Anti-Communist Army）、「以牙還牙幫」（Eye-for-an-Eye Gang）和「藍手」。這人所說的最後一句話是「殺死所有的猶太復國主義者」。

我的膝蓋顫抖起來。連艾倫也被嚇到了，他還開過十幾次記者會，強硬否認猶太人跟暗殺小組和瓜地馬拉的任何準軍事組織有政治與金錢上的瓜葛。「為什麼要找我們？我們只是五百多個忠誠的瓜地馬拉家庭，想在這裡生存下去。」他說。對於一個早就預想到游擊隊反應的人來說，這話顯得太過無辜。

「我們一定是做了什麼好事，」法蘭西斯柯反駁道：「這些混蛋才會這麼恨我們。」再過一天，他就要登上去邁阿密的飛機。

他的眼睛看起來很呆滯，像洋娃娃的眼睛。

夜總會的客人還是不多。愛絲佩瑞莎提出的伴遊服務的主意徹底失敗。這時，門多薩主動表示，星期三晚上他若能用夜總會的場地來開私人會議，就完全不收我們房租。「這樣你們唯一的開銷就是員工、酒和水電瓦斯。」

「是哪一種會議？」我看了愛絲佩瑞莎一眼，她看起來和我一樣驚訝。

「你知道，」他捻了捻八字鬍的尖端：「找個地方，讓我的好友聚在一起，進行社交活動。我們還會請人來演講，提出可行的作法，來解決目前的政治問題。」

「你們不能在軍官俱樂部聚會嗎？」

「不能，馬可斯，這些會議不只是對軍方開放，我希望把範圍擴大一點。還有，我們在那裡不安全。」

「怎樣才安全？你們是不是想一起推翻盧卡斯總統的政府？」我說話的時候上唇不斷抽搐。

門多薩笑出來，他重重的拍了我的膝蓋一下，彷彿在強調我的問題有多麼荒謬。「你的想像力眞豐富，馬奎托斯，眞是太了不起了。在你的眼中，我馬上就要去攻打總統府了。」

我還沒有開口答話，門多薩就說：「我那些男孩們和我只是需要一點隱私，來討論軍事以外的事情。喝幾杯酒，玩點紙牌，一個放鬆身心的地方。」

「你不能在家裡做這些事嗎？」愛絲佩瑞莎問。從門多薩提議把夜總會變成軍人巢穴的那一刻開始，愛絲佩瑞莎對他的信任就消失了。跟我一樣，她也察覺到，他爲我們設下陷阱，我們心甘情願的落入他的圈套。

「這跟在家裡不一樣。跟我太太在的時候不一樣。九點一到，她就要上床。『軍人太吵了，孩子們沒法睡覺。』這種抱怨的話多了。你會以爲孩子們還是嬰兒……所以你怎麼說，馬可斯？星期三晚上一直是生意最差的日子。」

愛絲佩瑞莎和我對看了一眼。沒有必要再說我們需要私下商量，我們臉上的表情說明了一切——我們沒有選擇，只能答應。

「很好。」門多薩吐出一口氣：「當然，我們喝掉的酒，我會補給你。」

「你怎麼說，就怎麼做，拉斐爾。」

門多薩深深吸進一口氣：「還有一件事，馬可斯。」

「什麼？」我的身體緊繃。

「你和愛絲佩瑞莎，還有你們認識的任何人，星期三晚上都不能到夜總會來。絕對不許人進入。」

「但是夜總會仍然是我的。」我抗議道。

「星期三晚上不是。」門多薩朝我搖搖食指：「這件事不能討論，也不能辯論。爲了保護你，保護我們，你絕對不能出現。明白了嗎？」

「你說了算。」我只能豎起白旗。

門多薩走後，愛絲佩瑞莎和我留在辦公室。現在開支下降很多，我們決定不再浪費錢來打廣告。「三位一體」若想跟軍人約會，我們會裝做沒看見。我會用大衛的錢付清一些帳單，讓我的銀行帳戶收支平衡。雨天要來了，爲了保險起見，我要有足夠的錢買雨傘。

「我想我們的一輩子都搞定了。」我清清喉嚨：「不要擔心。」

愛絲佩瑞莎抬眼看我。她的眼神遲鈍疲憊，不想對我的嘲諷作出回應：「你的話是什麼意思？」

「我們絕對不用擔心任何事情。下個月我們可以開始付帕哥百分之十的利潤。我們的前上校拉斐爾·門多薩再一次拯救了我們。我們應該開一瓶他走私來的酒，慶祝一下。」

「很好笑，馬可斯。」

「我是說眞的。」

「你當然是。」愛絲佩瑞莎站起來：「回家吧。曼紐爾先生可以關店。」

「但是時間還早。」

愛絲佩瑞莎扣上毛衣的釦子：「我不想留在這裡。」

我穿上休閒外套：「現在你對我們的守護天使看法如何？」

「我不太信任他。」她疲倦的說。

「我已經到了這個程度，害怕自己不能信任他。」

「你的意思是？」

「我們把一切都交給他了。現在他決定一切。這絕對不是該有的做法。」

我領著愛絲佩瑞莎走出辦公室，然後，關上燈。

25

門多薩的新計畫實施後，夜總會不再賠錢。週一到週五晚上，我們吸引那些跟家人住在離軍營有一段距離的軍官前來，只要轉幾個彎，就到了日益荒涼的大飯店區。到了週末，夜總會擠滿了穿便服的單身軍人——爲了週末的夜晚，在門多薩的推薦下，我們僱了胡索當保鑣。胡索非常瘦削，你可以看到他手臂上所有的血管。

「他看起來不太像，但是他身上的那把史密斯威森手槍可不是玩具。」我們的前上校一面說，一面用力拍了我的背一下。他經常拍打的位置，已經隆起一個腫塊。

「我們在夜總會有必要帶槍嗎？」我抱怨道。

「馬可斯，軍人喜歡隨身帶武器，幾杯酒下肚，就有可能失控。畢竟瓜地馬拉軍方有著各種派系，要是相信軍人的想法都一樣，那可就大錯特錯了。事實上，有些人討厭彼此。在選舉期間，他們很喜歡亂開槍。」

很好，我想，這正是我們需要的，槍戰和怒罵，彷彿夜總會是一家以西部牛仔爲主題的餐廳。

我把心中的疑慮告訴愛絲佩瑞莎，她只說了這些：「不要反應過度。沒有門多薩，我們早就淪落街頭，叫賣糖果和香菸了。」

「叫賣有這麼糟嗎？」

「馬可斯，這是我們最後的機會，能賺到錢，去安提瓜買棟房子。」她的口氣非常有信心，如同癌症患者堅持自己能長期存活下去。

「要是我們吃了子彈怎麼辦？」

愛絲佩瑞莎不理會這個問題，彷彿它不適用於我們的情況：「沒有觀光客。我們必需存活下去。」

「如果我們不能存活下去，會發生什麼事？」我說，五十三年來，我一直是用緊張的心情生存下去。

那天晚上在夜總會，艾倫用色瞇瞇的眼光看著克莉絲汀娜之後，我跟艾倫很少見面。毫無疑問，他私下見過她。有幾次我看到他那輛深藍色的賓士轎車，停在改革大道旁邊的一棵樹下，等著帶她回家。他彎著腰坐在駕駛座上，拿掉眼鏡，彷彿在掩飾自己。艾倫請我們去吃晚餐的幾天後，克莉絲汀娜說要辭職。我盤問她，她承認我哥哥要她別做了。她還告訴我，經歷了三個痛苦的夜晚，感覺有幾十輛豐田汽車侵入他的睡眠之後，法蘭西斯柯到佛羅里達去了，跟母親和姊姊在一起。這是可以預知的，我想，關於他的生活，我從他的新肉體伴侶那邊知道的，遠超過他告訴我的。他是獨行俠，連外遇都得一個人進行。而羅妮亞，忠實的羅妮亞，獨自在邁阿密的購物中心閒蕩，她一定不明白，她那忠心耿耿的丈夫怎能在沒有她的情況下存活下去。

同時，暴力事件繼續增加。一個星期五，距離大選還有四個禮拜，一場盛大的公開示威活動舉行了，以抗議一位知名的勞工領袖在走出家門時遭到暗殺。幾十萬名學生和工人聚集在總統府的台階前，傾聽死者同事的演說。第三位演講者，聖卡羅斯大學勞工研究學院的一個學生領袖，在演說完畢前中彈倒地。警察和士兵並未嘗試追捕槍手，反對群眾發射催淚瓦斯，似乎在掩護兇手。幾小時後，晚報登出特刊，政府發言人宣稱，這所大學校內的一個對立的激進派系份子射死了這個學生。「你知道，」他對記者說：「聖卡羅斯是孕育兇手和危險份子的溫床。」一輛不引人注意的汽車開走了，留下一具屍體，上面的彈孔比月球表面的坑洞還多。這張照片佔據了半個頭版。

盧卡斯總統立刻暫停公民的言論與行動自由權，宣佈進入戒嚴狀態。次日開始實施晚間九點到黎明的宵禁，今晚將是大選前最後一個能出外的晚上。瓜地馬拉市的街上到處是人，發出最後的歡樂叫喊。

那天晚上，「愛絲佩瑞莎」夜總會毫無歡樂氣氛。客人很多，大部分是坐在同一張餐桌的朋友。酒吧煙霧瀰漫，氣氛十分緊繃，彷彿輕輕打嗝都會引發爭吵。我叫曼紐爾先生給所有人免費的酒喝，試著緩和緊張。人們在搖頭，酒灌下肚內，爭論的聲音傳過來，談論是否有必要實施宵禁。彷彿下午示威的混亂在夜總會重新上演，只是演員換成了反對示威的人。

我回到辦公室，我的避難所，避開那軍人的巢穴。愛絲佩瑞莎在講電話，她蓋上話筒，對我說「一下下就好」。她說了些安慰的話，掛上話筒。「妮娜今晚不來了，」她說：「她的月經來了。」

「有些男人喜歡這樣，」我用以前打光棍的幽默口氣說。我要愛絲佩瑞莎留在旋轉椅上，自己坐上門多薩送給我們的躺椅，他幫一個傢俱經銷商從義大利進口了一些不用打稅的立燈，對方便把這張躺椅送給他當禮物。門多薩經手的非法行當實在太多，我早就放棄去了解這些事了。

「以前那個開心的馬可斯到哪裡去了？你看起來像個敗兵。」

「我想我就是。」我重重歎了口氣，像個洩了氣的汽球。

「怎麼了？馬可斯。」

「沒什麼。」近來我最喜歡的話。

愛絲佩瑞莎走過來，撫摸我的脖子。

我的脖子很僵，抗拒她的撫摸。

她親吻我的脖子。「我們已經一個禮拜沒有做愛了。我記得以前你的手總是放在我身上。」

「以前我沒有一百件事情要擔心。」愛絲佩瑞莎是對的。從我被公司停職後，我很少擁抱她。我感覺自己越來越封閉。跟夜總會有關的每一件事，似乎都需要花很大的力氣來處理——連菸也懶得抽，幾乎算是戒菸了。

「也許你病了。」愛絲佩瑞莎又在我脖子上種下幾個蝴蝶形的吻痕。

「既是病了，也是擔心。害怕、不安、緊繃，還有鬱悶。」

「但是夜總會今天晚上是客滿的。」

我點點頭。「對，黑暗籠罩之前的最後一晚。你若到處看看，就會發現只有軍人上門。任何一刻都可能出事。你記不記得，瑪莉娜的婚禮結束後，我們聞到的那股惡臭？」

「我們在等人把你的車子開過來。」

「今天晚上也有這個味道，好像皮膚被燒焦的氣味。愛絲佩瑞莎，我們讓自己陷入了什麼樣的處境？」

她的手停下來，不再摸索我的身體。「我不知道。我們想賺點錢，想保住性命。至少我們在一起，馬可斯。」

「我知道。我有你，你也有我，我們應該知足了。但是夜總會的事讓我反胃。我再不能忍受下去。我爸經常說，沒有什麼比當妓女的兒子（Ibn sharmuta）㉗更糟的事。這就是我的感覺。在政府的許可下，軍方正在屠殺反對他們的每一個人，而我們在這裡，爲他們調酒，想辦法讓他們開心。我們究竟在做什麼？」

愛絲佩瑞莎俯身下來，手伸到我的襯衫裡，指甲在乳頭的四周繞圓圈。我向後靠，閉上眼睛，想像我們回到相識之初，她的撫摸總是讓我興奮。「佩德羅先生」騷動起來，然而僅止於此。我無法凝聚能量讓它硬起來。

「我不能，愛絲佩瑞莎。」

她向後退，靠著書桌的邊緣坐下。「你連試也不想試一下。你好像很能享受我們這種沒有愛的羅曼史。」

「我擔心隨時有人進來。」

「進來又怎麼樣？我們有權撫摸對方。你急著做的時候，從不在乎別人怎麼想。」

「我不再急著做了。盧卡斯總統下了禁令。」我用輕浮的口氣說，我已經很久不這麼講了。

「你何不給安東尼奧瞧瞧？」

「他只會開些治肝的藥粉給我，或是打一針酪梨汁……我們需要休息一下，離開這一切。」

㉗Ibn sharmuta：狗娘養的，婊子養的。

「也許我們應該用大衛那筆錢的一部分來度個假。我們可以去邁阿密，也許坐客輪去碧米尼。回想我們第一次見面的感覺——」

這時，「聖靈」進來了，她皺著眉，眼珠子幾乎從眼眶裡跳出來。

「馬可斯先生，愛絲佩瑞莎，快來！一個軍人受了重傷。」

我的心臟幾乎停止跳動。我勉強提起精神，要「聖靈」打電話給門多薩，然後我們快步走出辦公室。

曼紐爾先生停下了清洗酒杯的日常工作，用平時的輕鬆步伐，給保鑣送上熱毛巾。胡索把毛巾放到一個軍人頭上，這人卡在酒吧凳子之間。他們俯身審視傷者，彷彿縮著前臂，準備獵捕的螳螂。

「胡索，他死了嗎？」我問，我對自己說出這話感到驚駭。

「馬可斯先生，他沒死。」他用毛巾吸乾年輕男子嘴巴與鼻孔裡流出的鮮血，「只是昏過去了。」他把手指伸進男人嘴裡，在舌頭附近摸索，拿出一顆帶著半個牙根的牙齒。保鑣掰開他的嘴，形成幾乎在微笑的模樣，然後，他拿著這顆牙轉了一圈，讓大家看到，再把它放進褲子的零錢袋裡。「我找到了子彈。」他笑了，像一個搖晃的掛外套的架子。他轉向曼紐爾先生：「拿塊乾布給我。還有威士忌，用來叫醒他的。」

我彎下腰，把紗布蓋在軍人的額頭上。他還不到二十歲，娃娃臉。他的頭髮，不全是鬈的，因爲剪得極短，在頭上長成許多小鬈子，眉毛在鼻樑上連成一線。胡索把軍人的臉擦乾淨了，他的五官看得更清楚。這是張熟悉的臉，是法蘭西斯柯在馬洛京學院的密友，還是我一個舊情人的弟弟。我見過他，卻想不起在何時何地見的。

愛絲佩瑞莎一直握著軍人的手腕：「他的脈搏有點弱。」

「而且他還是沒有恢復意識。」保鑣補充道：「那些野獸一定打了他十幾拳。」

「聖靈」跑過來。

「你跟門多薩講到話了嗎？」我問她。

「我給他太太留了話，請他過來。」她斜斜的看著地面：「還有什麼事要我做嗎？我姊姊在ＩＧＳＳ醫院當護士。」

「沒有了。」我說：「大家退後一點，打開窗戶，讓新鮮空氣進來。然後你們可以幫著愛絲佩瑞莎，給每個客人再送一杯免費飲料。」

曼紐爾先生回來了，手裡拿著一塊平日用來壓碎冰塊的白餐巾，還有一瓶野火雞威士忌。他把手上的東西交給胡索，胡索將威士忌倒在餐巾布上。

「也許我應該打電話叫救護車來。」我想到警鈴大作的聲音。一堆記者守在醫院裡，隨之而來的照相機與刺眼的閃光燈。

胡索把多餘的威士忌壓擠出來，滴在地板上，再把餐巾放在軍人臉上：「看看這能不能讓他醒過來。」

男孩吸進威士忌，往後縮了一下。他的手臂抽搐著，彷彿想給人一拳；笨拙的動作，好像木偶。然後，保鑣用手捧住他的頭，他的頭開始前後搖晃，舔著嘴唇，呻吟著，因爲血混合著酒精的味道而向後縮。突然間，他坐了起來，受驚而茫然，彷彿剛在手術後醒來，或是從一場充滿威嚇的夢中醒來。

胡索丟開餐巾，兩手穩穩捧住男孩的臉。他試著讓男孩的眼睛集中焦點，男孩的眼球在眼眶裡不規則的滾動。「看著我，看著我。」胡索不停的說。

男孩短暫的抬起眼皮，瞳孔宛如夜空中閃爍微光的星星。胡索再次拿起泡了威士忌的餐巾，強迫男孩吸進去。

男孩蠕動了一下，大聲的打了個嗝，猛然昂起頭，吐在毛巾上。幾個旁觀的人發出無聊的歎息之後就走開了。保鑣丟開毛巾，要曼紐爾先生再拿一條乾淨毛巾來，然後，他對著軍人大喊，要他看著自己。

男孩能做到集中目光，維持兩、三秒的時間不眨眼的時候，胡索歡呼道：「就該這樣，軍人。」

男孩坐起來，揉揉橫隔膜附近的胸口與肚子。他的臉佈滿了割傷和撕裂的傷口。

「很痛嗎？」胡索問。

「對。」男孩尖叫道：「全身都痛。」

「那些混蛋把你打了一頓。」

他點點頭，努力吸進空氣。

夜總會有一半的人重新聚集在我們四周，他們手裡拿著酒杯湊近，好看得清楚些。我要大家退出酒吧間。幾個士兵看著我，好像我是個精神錯亂的小丑，自顧自的指揮別人。

「往後退。」我吼道。一陣笑聲傳過來，人們互相拍背以示友好，最後，這一小群人終於慢吞吞的散去。我搖搖頭，這些軍人屬於我不了解的種族。當他們突然笑出來，他們是爲何發笑？或是突然變得粗暴？我的結論是，他們是由不同的機制推動，一種輪替於攫取與放手之間的掌控機制。也許這就是他們對自由與權威的反應。

保鑣把瘦弱的肩膀放到男孩的臂膀下，把男孩撐起來。男孩的腿顫抖著，在地板上跳出滑稽的舞步。保鑣因負重呻吟了兩聲，我趕緊過去幫他。「把他扶到我辦公室。」

我們像六腳怪獸般走過去。我打開辦公室的門，看到「聖靈」正在翻我桌子的第一個抽屜，彷彿在尋找一樣東西。聽見我們進來，她立刻砰的一聲關上抽屜，轉過身來，若無其事地面對我們。「愛絲佩瑞莎小姐要我給她拿隻筆——」

「滾出去。」我發怒了。我在幫助一個受害者，瑪利亞卻在翻我的口袋。「天殺的熱帶日子。」我咬牙切齒的說，然後我領悟到，頭一回明白，關於這個首都，這是最荒謬的說法——瓜地馬拉市沒有一個地方具有熱帶風味。

「我們把他放在哪裡？」

男孩的眼睛是張開的，四肢卻軟弱無力。

「放在躺椅上。我們可以把椅背往後靠。也許他會睡一下。」

「我不想睡。」我們把他放在躺椅上，儘管他不停的說：「我要回家，我要回家。」他的右頰發紫，下唇被深深的割開，腫得像魚鰾。坐下來以後，他摸索牙床，彷彿在尋找什麼。

「你的一顆牙，前面的下齒列。」

男孩找到了缺口，哭泣道：「我媽會殺了我。」

曼紐爾先生走進來，拿著一筒碎冰和一條毛巾。胡索用毛巾包住冰，交給男孩：「把它靠在臉上。」

男孩接過毛巾，點點頭。

我認識他，這種感覺令人顫抖，在我心中掀起一陣陣洶湧的浪潮。我感到恐懼、好奇、興奮，我問道：「孩子，你叫什麼名字？」

男孩用充滿淚水的眼睛看我，彷彿不確定是否要向我敬禮。在短暫的靜默中，我的心快速跳動，我聽到一個聲音說：「他有你那悲傷的猶太人眼睛。」我等待著，恐怕已揉了一百次耳垂，終於聽到他說：「先生，我叫亞伯特・歐卡波斯。」

電纜啪的一聲斷了，我胸口的電梯筆直落下，在我腹部就墜了十幾層樓。我不知道我的下顎是否在劈啪作響。

「你可以離開了，胡索。」

「老闆，你還好吧？」

「當然，當然。」

「這樣的話，」保鑣說：「我到門口去，以免那些混蛋又跑進來。」

亞伯特仔細看著我，他的眼神有點凝滯，像是出生前某種未曾預料的傷害造成，穩穩固著，只偶有從洞穴裡傳出燭芯燃燒的火光。「有什麼問題嗎？先生。」

「你流了許多血，看到這麼多血，我有點虛弱。我需要喝一杯。」我彎下腰，從書桌最下面的抽屜取出一個眞皮的圓筒，裡面是半瓶擺了四十年的奇瓦士，門多薩送的，用來慶祝夜總會營業滿兩個月。

愛絲佩瑞莎拉開門。「馬可斯，情況恢復正常了。曼紐爾先生正在擦地板。」她看到亞伯特，他的臉洗乾淨了，再看看我。她的眼睛在酷似的兩個形象間轉動——加上或減去幾百萬根頭髮，幾條明顯的皺紋，還有發灰的皮膚。

「我的天，馬——」

「不要說出來。拜託你，不要說出來。」

「我出去一下。」愛絲佩瑞莎控制著不說出我名字後面的音節。
「馬可斯？」男孩問。門關上了。
「不，馬丁。」
「馬可斯是我父親的名字，我是這麼想的。」除了這個，男孩沒有說出任何話語顯示他可能知道我是誰。
我吐出一口氣，把這瓶蘇格蘭威士忌倒進兩個水晶酒杯裡，拿了一杯給他。他聞了聞，啜了一口，作出苦相，把杯子放到躺椅的扶手上。
「這是怎麼發生的？」我的手顫抖著，試圖吞下滑順如絲緞的奇瓦士。
「我坐在酒吧旁邊，有一個軍人開始談談這個，談談那個。」
我握著酒杯，聽他說話。亞伯特有他母親的膚色，和稍微嘶啞的聲音，比常人的音調低半音。除此之外，他很像艾塔勒夫家的人。像我。「談談這個，談談那個，這麼做不會割傷你的臉——」
「談的永遠是同樣的話題——把所有的共產主義者扔進坑裡。盧卡斯總統跟以色列人共同推動陰謀。還有，殺死印地安人。有時我也這麼說，只是爲了融入團體。」
「你是猶太人？」我漠不關心的問。
他看了我幾秒鐘。我試著流露信任的神情。「只有一半，我父親那邊。我媽口風很緊。我是在天主教的環境裡長大的，受浸、堅貞、彌撒和告解，在每個星期三和星期天……」

「爲什麼打架？」

「我一定是喝太多了，因爲我叫一個軍人住嘴，他說得太多了。我一定是喝醉了，我媽向來不准我喝酒。我罵這個軍人是縮頭烏龜，我只記得這個。我的下巴眞的很痛。」

「再喝一點蘇格蘭威士忌。它會讓痛的感覺變得遲鈍。」

他靜靜的喝，向杯子裡吹氣，彷彿酒是燙的。

「你一個人到夜總會來？」

「對。」他聳聳肩膀：「搭7路巴士來的。理工學院的課程結束後，我就在家陪我媽。我們住在席波卓姆（Hippodrome）附近。上星期我回學校去，有些人提到，『愛絲佩瑞莎』是一家狂野的夜總會。明天就開始宵禁了，我決定今天晚上自己過來看看。」

「你母親不知道你在這裡？」

「不知道。她以爲我跟朋友去看電影了。」

「她看到你的時候，一定很生氣。」

儘管會痛，亞伯特的嘴唇還是緊壓在牙齒上：「我想是吧。我必須編個故事，我十一歲就進軍校，我媽認爲，我們在裡面只是學習數學與軍事科學。」

「她有點過度保護孩子，我想。母親有時候會這樣。」

亞伯特的眼睛眨了幾次。

「你父親呢？」我知道索爾妲對他說過，我在海裡淹死了，但是我想要確定。

「他跟著愛提特蘭湖的一艘下沉的漁船一起淹死了。呼的一聲，就這樣消失了。」他的手指互相摩擦，發出響亮的聲音。「一直沒有找到他的屍體。她是這麼告訴我的。」

我重重的咬，事實上，是咀嚼，我的下唇。「你不相信她？」

「這是她的解釋，有時她的說法自相矛盾，她甚至不記得她告訴過我他是因爲罹患癌症去世。我知道他們沒有結婚。我不想問太多問題讓她難堪。他不是死了，就是不想見我。都是一樣的。」

「也許他不能。」

「你是指什麼？」亞伯特的眼睛突然亮了一下。

「也許他的身體有殘疾，只能待在某個地方，也許他不知道怎麼跟你聯絡。有許多很好的理由解釋他爲何不能來見你。」

亞伯特想了幾秒鐘。他坐在躺椅上，昂著頭，用跟我很像的姿勢揉耳垂。「我想不出爲何不能來。我是他的兒子，不是嗎？」他終於說。

我們竟能如此自然的談話，幾乎像朋友，這種感覺眞是奇特。

許多影像在我腦中旋轉，卻無法形成思想，它們不願意凝結起來。我感到一股衝動，像是急著上廁所或者達到高潮一樣，想對這個年輕的軍人表明我是誰，無論結果如何，我都接受。我生命中最具戲劇性的一刻，蒙面俠蘇洛拿下面具的瞬間。

然後我看到索爾妲，她的眼神如匕首，刺穿我的心。

「你媽是對的，可能他已經死了。」

年輕人等待著，拍拍自己的大腿。「現在不重要了。太遲了。我會成爲一個好軍人，聽從我母親的命令，把死去的人忘了。」他把包著碎冰的毛巾放在地上。

他的語氣帶有表層的冷淡，一種哲學的漠然，顯然是在模仿索爾妲。我想尖叫，告訴亞伯特說，還有另一種生活方式。你不必成爲犧牲品，不必變成地鼠，生活在深深的地底，害怕空氣、光線與陽光。

然而我只是從椅子上站起來，扶起亞伯特。我握著他的手的時間長了一點，比應該的多出幾秒鐘；他看著我的樣子讓我覺得，他在懷疑我是同性戀，想要勾引他。

「我有過一個兒子，」我解釋道，幾乎說不下去：「他現在該有你這麼大了，也許更長你幾歲。」我感覺亞伯特和我被封在一個即將碎裂的瓷質球體內，在相認的時刻來臨前，一大堆銀色的碎片就已落到我們頭上。等他滿二十一歲，索爾妲說過。按照我們現在的速度，還不到相認的那日，其中一個就已死去。

「他生病了？」亞伯特問。

我的嘴角幾乎垂到地面，我的眼睛如青蛙般闔攏。「他是個死胎。」

亞伯特皺了皺眉。「我從來弄不懂這是什麼意思。」

「它的意思是，他生下來就死了。」

「眞好笑。」亞伯特笑道：「我一直以爲，它是說嬰兒出生的晚了些。」然後，他的神情變得嚴肅，察覺到我們談的是我兒子，而不是某個軍校學生在生物實驗室開膛剖腹的胎兒。他說「你和你太太還有其他的孩子嗎？」的時候，我想到，有許多事情我可以教他。

亞伯特走到門口。「我很幸運，有兩個女兒。」我扯著謊，卻又希望他看穿我在掩飾自己。

「太好了，也許我認識她們，軍校有時在週末會舉行派對。」

「你沒有見過她們。」我迅速的揑造說：「她們跟媽媽住在美國，休士頓。」

「我媽要我跟女孩子保持距離，至少等到我完成在美國的學業以後。我要去喬治亞州亞特蘭大附近的一個軍校，下個月去。」他說，帶著混合了男孩與男人的口氣。

「你媽聽起來是個非常嚴格的人。你總是可以留點時間給女人。」難道索爾妲希望把我們的兒子教成太監？

「我跟她一談到這事，她就生氣。」他努力抬起嘴唇，笑了笑：「我得走了。也許我會對她說，我到馬廐騎馬，從馬上摔下來……順便提一下，你知道我的那顆牙在哪裡嗎？我想帶回去。」

「胡索，門口的那個人，牙在他的口袋裡，你很難跟他要回來，他覺得男孩的牙齒比鯊魚的更能帶來好運。」

「我懂了，別擔心。」亞伯特咧開嘴笑了，他打開門。

「等一下。」

亞伯特轉過身子。

「我的女友和我可以開車送你回去。」

「不用了。你們已經對我夠好了。」

「你不能這個樣子去搭巴士。大家會瞪著你不放。」

他走回來，讓門開著，在愛絲佩瑞莎掛在牆上的橢圓小鏡裡端詳自己。

「腫得很厲害。」他說。

「說眞的，我們幾分鐘內就要回去了。」

「不要緊。」他答道：「我可以自己回去。」

我喉頭的硬塊讓我沒法說再見。我能說什麼？再會？回頭見？後會有期？不要失去對你爸的信心？

亞伯特離開以後，我發現我在用力地呼吸著，好讓自己不會哭出來。我覺得如釋重負，因爲我沒有啜泣著坦白招認，把事情弄得一團糟，一旦說出來，我們兩個，更別提索爾妲，都可能後悔。但是……但是……

愛絲佩瑞莎走進來，帶來一團香菸的白霧。她告訴我，門多薩傳話說他不能過來。他必須處理一件沒有料到的麻煩事，顯然跟白天學生領袖被殺有關。我把愛絲佩瑞莎拉到身邊，撫摸她，如同一位父親撫摸多年不見的女兒。我把頭埋進她的頭髮裡，哭了：「最近我對你太冷淡了。」

「是亞伯特，對不？」她撫揉我的後腦：「他跟你長得很像。」

「對。」

「你沒有告訴他你是誰？」

「我說不出口。」我掙脫她的擁抱，好讓我能看著她：「我不想毀掉一切，讓索爾妲改變讓我在他滿二十一歲後見他的主意。第一次見到兒子，我太緊張了。我幾乎說出來，但是我想到他也許會看著我，對我說他有多恨我，因爲我對他母親所做的一切。因爲這些年來我對他不聞不問。我無法預知他的反應。總之，我不認爲他發現了任何事情。」

「他似乎沒有表現出來。」

「看著我，他一定看出了我們長得很像。也許這就是他信任我的原因。他對我坦白的說，毫無保留。愛絲佩瑞莎，我愛他。」

「你沒有理由不愛。」

我點點頭。然後，我的整個身體開始不由自主的顫抖，淚水汩汩流下，我從沒有如此哭泣過。我覺得輕鬆，終於讓內心的情感決定了我的反應。不用關住水龍頭，因爲我很寂寞，因爲我害怕失控。「我愛他。」我又哭了。

愛絲佩瑞莎揉揉我的背，在我耳邊低語：「畢竟他是你的兒子。」

「但他也是索爾姮的。」我提醒自己。

「她是他媽。」

「她對他說，我死了——她實在是鐵石心腸。」我說。

26

學生領袖被殺給了盧卡斯總統一個他需要的藉口，讓他在國會的支持下暫停實施憲法，限制反對黨總統候選人的競選活動。對我們來說，戒嚴對夜總會造成嚴重的打擊。有些軍官仍在宵禁前過來喝一杯，但是許多常客不是被調到墨西哥邊界的聖馬可斯（San Marcos），就是調到奇奇卡斯特南戈北邊的游擊隊大本營納巴傑。根據政府的說法，游擊隊鋌而走險，發動一陣狂暴的攻勢，以愚弄馬雅人，以干擾選舉，以推翻「以自由與民主方式選出來、廣受民眾歡迎的總統」。我對天祈禱，希望索爾妲在亞伯特也被調到瓜地馬拉的某個要塞之前，把他弄到國外去。

各地的報紙幾乎每天都報導了政府反擊行動的進展：「勇敢的士兵釋放了被關起來的印地安人」或是「五十名游擊隊在突襲失敗後被殺」。社論要求美國取消卡特總統一九七七年爲了抗議瓜地馬拉人權紀錄不佳，對瓜國實施的武器禁運，恢復對瓜地馬拉出售武器，否則瓜地馬拉就會成爲美國自家後院的共產主義國家古巴的衛星國家。

「黑人」寄來的信，我一封也沒有回，但是他決定開設一人「馬可斯・艾塔勒夫資訊代理公司」，專門爲我找工作。我每天都接到《洛杉磯時報》和《舊金山紀事報》的簡報，報導指出，瓜地馬拉的難民發誓說，政府拷打與屠殺印地安人，燒毀整個村落，強迫剩下的印地安人加入民防巡邏隊，來監督自己的人民，降低對游擊隊的支持。五萬個印地安人逃到墨西哥，許多人描述恐怖的經驗，指軍隊進入他們村子，射殺他們看到的所有八歲以上的男性，再姦殺女性。

我們這裡的報紙當然完全沒登。我們的新聞全部是游擊隊做出哪些傷天害理的暴行，拼命想讓印地安人加入他們的行列。還有些報導引述雷根總統顧問的話說，他們相信美國不久就會恢復對瓜地馬拉出售武器。

狂暴的雨季跟宵禁一起降臨。一晚又一晚，我們在幾乎沒有客人的夜總會裡，拍打蒼蠅，修補裂縫，擦拭漏雨的地板。要是不下雨，客人也不過十到十五人，大多時間是不停的看錶，而不是點酒喝。我們被迫叫胡索和「三位一體」走路，實在沒有理由讓他們繼續呆坐在夜總會裡，有時還偷喝幾杯。曼紐爾先生拒絕離開，他求我們讓他留下，不拿薪水，只靠不存在的小費過活。儘管發生了這些事，愛絲佩瑞莎仍然非常鎮定，一個不受暴風雨影響的樂觀主義者，而我卻變得越來越陰沉易怒。

大衛的貸款很快花光了；部分拿來還夜總會的裝修費用。只有星期三晚上的會議，我們房東的好意，讓我們不致倒閉。對門多薩來說，他似乎對夜總會的日常運作沒有興趣，但是只要聽到我說，夜總會近期內再不賺錢，我就要關掉它，他甚至表示會給我錢，好讓夜總會繼續營業，我們將爲了租他的房子而得到錢。

我們逐漸明白，夜總會成了門多薩秘密訓練的掩護。在星期三的晚上，某種力量強大的事情正在進行，不僅不合法，也許還會威脅到盧卡斯總統的政權。我很想知道他們在幹什麼，但是愛絲佩瑞莎說服了我，讓我相信這是個完美的機會，讓我以前的人生哲學「看不到的就當沒看見」重新復活。

「我們何不去邁阿密和碧米尼玩？」一天晚上，愛絲佩瑞莎問。在夜總會閑閑的待了幾小時後，我們回到家，喝著咖啡。她看起來十分可口——打扮得很漂亮，耳朵掛著銀圈圈，頭髮盤起來——但我還是繼續發呆，我失去了所有的精力，性愛和其他方面。

「光是機票就能讓我們破產。」

她喝了一口咖啡，把杯子放回盤子上。「那麼你來想點事給我們做。」

「我想不出來。」

「去提卡爾（Tikal）如何？好幾個月前你就答應我，要帶我去那裡玩。我很想看馬雅金字塔。」

我搖搖頭。「你晚了一個禮拜。瓜地馬拉航空取消了到提卡爾的所有班機，以後會不會恢復，要等他們進一步的通知，這些班機上根本沒有乘客。」

「我們不能開車去嗎？」

「在乾季，開車去就要二十小時。現在雨季開始了，主要的道路被沖走，唯一的辦法是坐吉普車去，我的痔瘡受不了這樣的旅行。」

愛絲佩瑞莎的額頭皺起來，但她堅持說：「我們何不回帕納加查去？以前我們在那裡玩得很開心。」

「愛絲佩瑞莎，那個地區到處都是游擊隊。上星期有人在愛提特蘭的聖地牙哥發現了一個美國傳教士的屍體，他被人殺了。」

「馬可斯，你實在不可理喻。」她丟下小湯匙。「你像個坐輪椅的老人，什麼事都能讓你流淚。你只想坐著抱怨。」

我點燃香菸，把手肘架在餐桌上。我有好幾個禮拜沒跟我哥哥說話了。「我去看艾倫一下，他會想出我們能做什麼。」

第二天早晨，我到「偉大宮殿」去。莎拉站在玻璃後面，正在給塑膠模特兒脫衣服。她看來十分疲倦，眼皮厚重，彷彿除了聽到馬可斯・艾塔勒夫向她求婚外，沒有什麼能振奮她的精神。也許連這個也不管用。

「生意還好嗎？」

莎拉要卡蜜拉繼續爲塑膠模特兒脫衣服。我幫著她從展示櫥窗裡下來，站到地板上。

「你看看。」她說。

店裡幾乎空無一人。「你是主宰這座墓園的盜墓人。」

「不好笑，馬可斯。」

「我知道。」我向她道歉，然後換了個話題：「山姆要回來嗎？」

莎拉陪我走到樓梯口。「艾倫要他留在國外。再說，他回來能做什麼？給塑膠模特兒穿衣服脫衣服嗎？艾倫害怕，你知道，綁架案。上星期他甚至給他的賓士汽車裝了防彈玻璃。」

「我不曉得艾倫有這麼怕。」

「每天中午都有抗議的遊行隊伍從店門口過去。我們害怕示威群眾隨時會失控，砸爛店門口的玻璃，這不是開玩笑的，馬可斯。」

我們走到樓梯口，莎拉停下腳步。

「現在艾倫靠什麼過活？」我問她。

「問你啊。」莎拉答道：「你若去查書，就會覺得他在靠空氣過活。」

爬上樓梯頂端，我俯視瀑布，水流像鬆開落下的髮絲，墜入底下小小的石砌池塘。已經十點了，而我看著一座幾乎沒有人的舞台，內衣區有個女人，一對母女在查看小皮包裡的零錢。女店員坐在凳子上往外看，無聊的望著第六大道，宛如雕像。一滴雨落在我光禿的頭頂上，「偉大宮殿」也漏雨了，從天窗的裂縫漏進來。

艾倫坐在旋轉椅上，跟人講電話。他一定是聽到了我的腳步聲，因爲他看著我，舉起一根手指，要我坐到小冰箱旁邊。他繼續談了一下，猶太人的事務，跟拉比和即將來臨的逾越節的儀式有關的某一件事。

艾倫看起來跟以前不一樣了，他打扮得很整齊，穿著淺藍套頭衫，看起來年輕了十歲，他重新蓄了小鬍子，讓鬢角長到耳朵下面。

「麻煩，眞麻煩。」艾倫高興的掛上電話。

「什麼事？」我覺得沉重，拖著腳，彷彿再過幾小時就要死了。

艾倫揚起眉毛。「沒有了麻煩，生命不值得一活，馬可斯。我們會死於無聊。」

「到底是什麼具有挑戰性的問題，讓你的生命這麼令人興奮？」

艾倫充滿興味的笑了，他的眼睛眞的閃著光。「金斯堡拉比，他原來是個好人。」

「你似乎很驕傲能讓他離開庫拉考（Curacao）的會堂。你說他既是老師又是學者，擁有主修中東研究的學位，會說西班牙文、希伯萊文、法文、德文，還有一種發音很像『帕帕亞』的語言。」

艾倫拉低眼鏡，兩眼瞪著我。「帕皮曼托語，馬可斯，那是庫拉考的一種方言。」

「五種語言……你曾對我說，他是瓜地馬拉歷來最優秀的拉比。」

「這都是眞的，馬可斯。一開始，他把學校從只是學習希伯來文、研讀律法的地方，變成猶太研究的中心。我還記得席薇亞從學校回來後問我說，我對中世紀猶太教學者拉希知道多少。那時我孫女才六歲大，你知道。後來他開始不關心學校的事。蘇菲覺得他有外務。」

「對，我記得他的怨言。所以，他現在有什麼變化嗎？」

「他對自己的薪水一直不太滿意，即使我們在洛雅克（Los Arcos）給了他一棟免費的房子住。他說，他的錢不夠，沒法替六個孩子買衣服。」

「這是一項相當合理的抱怨。」

「對。」艾倫把眼鏡放到書桌上，然後把鬢邊的頭髮往後攏，蓋住耳朵。「還是一樣，我們要他來的時候，他就知道我們能負擔到什麼程度。我們沒有隱瞞。那次他提出的，關於合乎猶太教規定食物的事，我不太高興——拉比不該管這種事——但是裴瑞拉、蘇爾坦和米夏恩說，我這樣不公平。每個人都需要更多錢，況且瓜地馬拉會有中美洲第一家只提供合乎猶太教規定食物的肉品店。『好吧。』我說：『但是猶太團體不能支持它。』你知道，他希望我們借錢給他開店，但是不管是我，還是『馬加比』，都沒有這個錢可以借出去。結果顯示，我們的運氣好，沒有這麼做。」

「發生了什麼事？」

「金斯堡拉比失蹤了。」艾倫笑了，拔掉伸出鼻孔的一根鬈毛。「光是從裴瑞拉那裏，就騙走了十五萬格查爾。」

「這麼多錢。不過我眞想不出，除了他還有誰能負擔的起。」

「不，馬可斯，每個人都受到傷害，連我們這些最富有的人。」艾倫打開第一個抽屜，四處翻找：「該死的鼻毛！你有隨身的小剪刀嗎？」

「沒有，只有指甲剪。」

「我只有用老辦法拔掉它。」艾倫用兩根手指拔出鼻毛，他的臉皺了起來。「再過不久，我們就會是睪丸垂到地上的虛弱老人了。」

新的艾倫非常慧黠，有明顯的幽默感。「你的樣子不錯，兄弟，更懂得裝扮，也更年輕。有些新的東西進入了你的生命，對不？幾星期之前，金斯堡的事會讓你抓狂。」

艾倫神秘的笑了。「我在學習不要太擔心。，讓事情自行發展。你不會相信的，但是我現在不吃紅肉了，跟那個瘋狂的裴瑞拉一樣，變成吃素了。」

「再下來你會飛到印度，拜訪高僧修行的地方。」

「我可不會，馬可斯。我的頭腦沒那麼糊塗，我沒有追求極端的東西。拉比失蹤了，所以我得去找個新的。生意很差，我就得想辦法改善。一個月前我碰到帕哥，他看起來好像在幾個月內老了十年。我不想落到跟他一樣的下場。」

「要是蘇珊娜是你的太太，你也會。她是個『睪丸剋星』。」

「帕哥從來不知道怎麼處理他的女人。」

「你卻知道?」我說。

「不,我不知道。我只是停止擔心了。」

「很好,艾倫。」我點點頭。有幾秒鐘,沒有人說話,我覺得胸口的壓力越來越大。如同青蛙的舌頭飛速的捲入小蟲,我脫口而出:「克莉絲汀娜好嗎?」

艾倫清清喉嚨,不是用平常準備發表大家長評論的方式。他的臉紅了,事實上,他眨了幾次眼,彷彿在調整呼吸,以便開口說話。「我定期跟她見面,馬可斯,我是不會否認的。」

「我不是故意要掀你的底。」我說,然後我發現,這是個好機會,讓艾倫卸下盔甲,赤裸裸的面對我。這麼相像的兩兄弟之間,沒有理由一直存在著不自然的障礙。

「克莉絲汀娜對我來說沒有什麼,在眞實的意義上沒有。羅妮亞是我的妻子,也是我孩子的母親。分開兩地,對我們兩個來說都不容易。但是克莉絲汀娜非常遷就我,她讓我開心。我必須說,我很盼望每天早晨醒來的時刻。」

「我很高興你找到了她。獨自過活很不容易。」

我可以想像克莉絲汀娜的舌頭舔著艾倫的卵蛋,讓他開懷大笑的樣子。她在他的肚皮上起起落落,把鮮奶油塗在他長滿毛髮的胸口上,勇猛的騎著他衝過終點線。

「就像你這些年來獨自一人過活?」他重新戴上眼鏡。

我點燃香菸。「對，艾倫，就像我這樣。」

羅妮亞不在，或許艾倫對我過去三十年來忍受的孤獨，終於有了更深一層的了解。他曾藉著每週一次邀請我去吃安息日晚餐，努力讓我成爲他家的一份子，但是他從未假裝他很了解，我的獨自過活有多麼悲慘。「我懂得這些年來你的感受了。」我想像他說：「這種不曉得該拿自己怎麼辦的感覺，發現自己不爲任何人與任何事物而活的恐怖感。」但是他沒有說，連類似的話也沒有。

「你知道，馬可斯。」他嚴厲的說：「只要羅妮亞回來，我會立刻拋棄克莉絲汀娜。」

「有必要嗎？你還是可以偶爾見見她。」

「不，像她那樣的女人只會帶來麻煩。你應該明白。我不認爲我是那種能在兩棵樹上來回擺盪的猴子，如果你知道我的意思。」

我們之間的門被關上了。「我知道。」我覺得厭倦，還有坐立不安。

我還沒說什麼，他就問我：「愛絲佩瑞莎好嗎？決定結婚的日子了嗎？」

他的口氣，如此的實事求是，讓我笑出聲來。「沒有，不是這樣的。我連買戒指的錢都沒有。」

「美金極度的不足。幾家美國的銀行已經通知我，他們不再接受我用格查爾來償還貸款。我該怎麼跟美國的製造商作生意？」

「給他們一磅咖啡豆，用來交換一套內衣褲。」

「這倒不是個壞主意。你應該去當財政部長……我以為雷根上任後，情況會有所改善。他幾乎跟卡特一樣，都是共產黨，支持杜華德在薩爾瓦多推行的土地改革政策。美國總是讓人徹底的失望。」

「每個國家都面臨了危機。」

「危機給我下地獄，政治也給我下地獄。我們需要的是行動。你的朋友門多薩明白這一點。」

「他明白？」我試著表現得不像在刺探。

艾倫坐著，背脊往後靠。「我的意思是，他能讓事情辦成。我的車，舉個例子，兩個禮拜就到了。他不只是坐著空談。」

「他幫了很多忙。關於他，你還知道什麼？」

「他能把事情辦成。」艾倫又說了一遍。然後，他緊閉嘴唇，如同美國政府在諾克斯堡（Fort Knox）戒備森嚴的金塊儲存所。「我真的不太了解這個人。」

「你怎麼把事情辦成，艾倫？」

他在我面前攤開雙手，如同聖經裡的猶大宣稱自己是無辜的。「我只是坐著，仔細看，等待著。我很慢才採取行動，但是有必要的時候，我會決心向前。有時你必須緩慢審慎的採取行動，有時則需要一把抓住牛角。」他閉上眼睛，彷彿沉入深深的思緒裡。這是一種策略，我太熟悉了——討論結束，讓我們往前走，下面要做什麼？

我想起我是爲什麼來看他的。「艾倫，我不知道我們這個周末能不能去住你在里金的別墅？」

艾倫立刻醒過來了。他打開第一個抽屜，翻出一支鑰匙和一張卡。「它是你的了。沒有這張卡，警衛不會讓你進去。不要忘了帶。」

「你確定你不要用？」

「確定。」他伸個懶腰：「我整個週末都要睡覺。」

睡覺？我暗忖道，你要用那根長灰鬍子的老二，在克莉絲汀娜身上練習柔軟體操。

這時，電話響了。艾倫一聽到對方的聲音，臉色就暗下來。他把手按在話筒上，對我說：

「抱歉，馬可斯，我需要私下講。」

我看了他一秒鐘，他毫無表情的等著我離開辦公室，然後，我就離開了。

27

我們從我家的停車場把車開出來準備前往里金的時候，天上烏雲密佈。一到特伯爾立體交流道，就下起傾盆大雨，好像天上有個巨大的噴水器，不停的灑水下來。

「這的確是去馬雅俱樂部的路，對不對？」愛絲佩瑞莎問。

「對，這條岔路就在紐瓦別墅（Villa Nueva）南邊。」

「我們好久以前去過那裡。」

「那是我離開蘭諾醫院的第一個周末。幾乎是三個月之前。」

愛絲佩瑞莎響亮的笑。「你不肯脫下褲子。你的褲子捲到膝蓋，露出白白的腿，看起來好好笑。你用毛巾蓋住臉。」

「我不喜歡曬太陽。以前去拉斯維加斯的時候，我從不離開賭場。一整個星期都待在『熱帶產物大飯店』，我連旅館裡有沒有游泳池，旅館對面是什麼地方都不知道。我只想賭。」

「你懷念嗎？」

「賭博？」

「以前你很會賭。」

我用手指敲敲方向盤。「有時我非常想，尤其是最近，情況這麼糟。我想，到賭城或納索(Nassau)去玩一兩天，可以平息這種心癢難熬的感覺。有你在我身旁，只要在桌子前面坐五個小時，我們就能叫門多薩滾蛋，回到社會頂層。」

「你不會這麼做的，對不對？」

「如果沒有你坐在我旁邊，我可能會叫安東尼奧或帕哥過來，玩撲克消磨一個下午。」我對著她笑：「爲了你，我一下子全不賭了，這種感覺眞怪。」

她靠過來，親吻我：「你是爲自己做的。」

「也許我只是找藉口不賭了。天知道，我試過上百次了。後來你出現了，從不對我嘮叨這件事，我就戒了。如果現在你能叫我戒菸——」

愛絲佩瑞莎又挪近了些。

車子登上圍繞城市的山區，雨停了，天空亮起來。愛絲佩瑞莎把頭倚在我胸口，睡了二十分鐘左右。陽光穿透雲層，喚醒了她。她解開包住頭髮的紅黑相間絲質大手帕，讓頭髮披散開來。我把一隻手放到她的大腿上，她開始玩我的手指。「我們不要把對方視爲理所當然，馬可斯，無論發生什麼事，都不要這樣。」
「不可能這樣，我們相遇的時候，總是在觸摸彼此。要是這樣，會覺得不自然。」
「會麼？」
我們在愛昆特拉（Escuintla）南方，橫越一片片香蕉林。陽光炙熱，引擎蓋的水滴蒸發了。我把冷氣調到中度。「我不曉得。我非常擔心夜總會和所有的事，這一陣子我對你不好，對不對？」
愛絲佩瑞莎拿起我的手，放到唇邊。

里金在海邊，一個搖搖欲墜的小村，位於太平洋和瑪麗亞林達河（Maria Linda River）流域之間的狹長土地上。直到一九五〇年代，它還處於沒有開發的狀態，黑色的火山岩沙灘，吸收了酷熱的熱帶陽光，無法吸引遊客，喜歡破壞的人把沙灘弄得一塌糊塗，在這裡游泳變得很危險。土地與海洋都顯示出不祥的預兆。
艾倫剛買下這裡時，我們都覺得他瘋了，用兩千塊跟滿地的蚊子、蠶蜥和矛頭蛇分享一片沼澤。他的第一個家空蕩蕩的，實用的像個軍營，一張雙人床給他和羅妮亞睡，孩子們打地鋪，一個煤油爐來煮菜，保麗龍的保冰盒來儲存會壞掉的食物。做爲沒有電力的週末度假僻靜場所，它還過得去——如果想下水游泳，它倒是一個介於沼澤和海洋之間，可以拿出毛巾擦乾身體的好地方。艾倫的家人討厭里金，因爲它那令人無法忍受的炎熱，令人感覺不受歡迎的環境，但是他像個開路先鋒一般，在表明自己的所有權後，對它堅定不移。

在六〇年代，颶風「海蒂」侵襲沿岸，呑沒大部分海灘。一名開發商發現，他若能造一條路，從附近的聖荷西港通往里金，這裡有可能成爲瓜地馬拉菁英階層理想的遠離塵囂的度假勝地。因此他在這條路上鋪了柏油，拉上電線，僱挖泥船疏濬沼澤，爲滑雪的遊客創造出一條善加保護的小河。然後，他造了三座互相連接的巨大泳池，注入海水，又蓋了許多小屋，加上一家有冷氣和長型陽台的餐廳。

瓜地馬拉市各地豎起巨大看板，告訴大家到里金只有一小時車程，讓大家看到那裡的享樂設施。每一個有錢人都來了，買下兩個單位，或者三個單位的土地，在上面蓋起夢幻般的寬敞海灘屋。到了七〇年代，里金已是「最 in」的度假勝地。它從來不是阿卡波科（Acapulco）與坎昆（Cancun）那種時髦的度假中心，而是一個遍佈私人別墅的安靜社區，在這裡，幾百隻蜥與富有的居民和平共處。

大約在這段時間，艾倫改裝了他的別墅。房間的面積增加一倍，主臥室裝了一台一萬 Btu[28]的冷氣，其他房間的天花板也裝上風扇。院子造了景，後面的沼澤淸掉垃圾與藤蔓。艾倫建了

[28] BTU：BTU 爲英制熱量單位，1 BTU 等於使 1 磅（1 b）的水升高華氏 1 度所需要的熱量。

一座水泥碼頭，停放他那艘高速遊艇。那段時間最刺激的事，就是駕著遊艇在長滿紅樹林的水道裡衝來衝去，或是坐在新蓋好的游泳池邊，狂飲裝在挖空的新鮮鳳梨裡的熱帶水果飲料。簡單的樂趣。要是你想冒險，可以用狗爬式從碼頭游到河口，在那裡，瑪麗亞林達河與海洋交會。

愛絲佩瑞莎和我可以為里金的第三個階段作見證。通往里金的路上，宣告這裡是瓜地馬拉的海灘新天堂的看板，原本到處都是，如今全都消失了。取而代之的是一道高十二英呎的磚牆，頂端插著幾千片碎玻璃（還有蠶蜥撕裂的屍體，牠們沒有問過警衛，求警衛放牠們進去，才會落得這般下場。）。實心鋼門的一邊是警衛室，屋頂上立著雷達天線，以優雅的弧度掃描水平線。我們一開過去，兩名警衛立刻察覺了，他們一手拿著對講機，一手拿著半自動步槍。

「這是怎麼回事？」愛絲佩瑞莎驚訝的問。警衛用槍打手勢，要我搖下車窗。我關上冷氣，照辦了。

「一定是007電影裡『諾博士』的秘密基地。」詹姆斯龐德在瓜地馬拉一直很受歡迎。

「能看看你的證件嗎？」一名警衛問道。他的夥伴繞著車子檢視。

我從襯衫口袋裡抽出艾倫的卡。「我是艾倫．艾塔勒夫的弟弟，到這裡度週末。」警衛把卡拿進辦公室，可能是要用電腦終端機檢查卡片是不是偽造的。

「你看。」我對愛絲佩瑞莎說，一面用手指著光電旋轉攝影機，它們設在警衛室兩旁，好像房子的兩隻耳朵。

「做得過頭了。」愛絲佩瑞莎說。

「瓜地馬拉人很重視他們的安全——尤其是現在。」

剛才走到車子後面的那個士兵，蹲到了地上。他朝對講機說了些話，得到回答後，輕輕拍了拍行李箱的底部，沿著車底往前爬，摸索到我的車窗。

他在我旁邊站起來後，我問：「有什麼問題？」

「攝影機發現你車子底下有一塊很重的東西。你的消音器塞滿泥巴，快要裂開了。」他對我敬禮，回到警衛室。

我看看愛絲佩瑞莎。「如果我拿下帽子，也許他們能告訴我，裡面有某樣東西在啪啪作響。我敢打賭他們能查出我有腎結石。」

「我不喜歡這個地方，馬可斯，我們回去吧。」

「放輕鬆。」我拍拍她的手。拿走卡片的警衛出來了，他打開鎖住的大門，揮手讓我們進去。「你走的時候，我會把卡片還你。」我開過他身旁時，他說。

通往週末度假別墅的道路過去崎嶇不平，現在變成了兩旁種著樹的平坦大道，新鋪的柏油，景觀非常雅致，最適合駕著飛雅特或雪佛蘭的跑車在這裡風馳電掣。我努力尋找入口附近的低矮房屋，但是每一戶別墅都被尖刺的大門與石牆圍住，四周甚至挖了深溝。有一棟房子設了眞實生活中的矮樹籬而非混凝土牆，但是我很確定它們也裝上了詭雷。

愛絲佩瑞莎全神貫注的看，吹了一聲口哨。「了不起，這個度假勝地還眞樸實，馬可斯。」

「以前是這樣——上一次我來的時候。」

「那是什麼時候？」

「八到十年前。」

「不是十五年前？」

「也許是十二年前。」

「啊哈……」愛絲佩瑞莎舔濕嘴唇：「我希望你知道艾倫的房子在哪裡。」

「當然知道。」我尖銳的說。但是繞了十分鐘圈子以後，事實證明我完全迷路了。我又花了十分鐘，才回到警衛室。一個士兵給了我一張地圖，艾倫的房子距離海灘不遠。

我對警衛解釋道：「我以爲海灘被沖走了。」

警衛笑了，露出嘴裡的金牙和銀牙：「要是這樣，將是建築學上的壯舉。」他吹噓道，彷彿在讀廣告傳單：「政府的工程師正在改造沿岸，讓里金擁有一百英呎寬的海灘。負責施工的工程師，就是建造貫穿英吉利海峽的海底隧道的那個義大利人。這項工程將在五年內完工。」

「誰來買單？」我問警衛。

他看了我一眼，彷彿我是呆瓜。「盧卡斯總統。他要在這裡建一棟有十個房間的房子。」

「我們的總統？」

警衛點點頭，愛絲佩瑞莎笑了。「馬可斯，你受的教育有許多漏洞。」

靠著地圖，我們輕易找到艾倫的房子，它也被高牆圍住，我在汽車喇叭上足足按了五分鐘，管理員才讓我們進去。一走進去，我就聞到房子後面的碼頭傳來的第一陣鹹鹹的海水味。熱帶地區，是的，終於到了，真正的熱帶，儘管文明和它種種高明的創新用了兩倍力氣來抹去它。

我把車停在房子前面，有兩層樓粉紅色的房屋，像雙層蛋糕。管理員鎖上門，走過來幫我們提行李。他一定是天生壞脾氣，要不就是我們把他從午睡中吵醒。

「我們只過一夜。」

「艾倫先生打電話來說你們會過來，所以我開了窗讓空氣流通些。要是再早些通知我，就有足夠的時間打掃乾淨。」

愛絲佩瑞莎指向地面。「這個大洞是作什麼用的？」

「這是艾倫先生正在建造的游泳池。我們幾乎挖好了，後來我們倒進了水泥。」

艾倫在金錢方面的災難一定很嚴重。我打開車子後座的門，拉出行李袋。「進去吧。」我握住愛絲佩瑞莎的手。

一棟空無一人的房子，主人在遠方，幾乎在懇求我們去探索它。愛絲佩瑞莎和我輕快的走過一個個房間，看過一個個抽屜，打開一扇扇衣櫃的門。我在找尋什麼？某種讓控告成立的罪證——克莉絲汀娜的避孕環，一張我哥哥擁抱門多薩的照片。

突然間，我幾乎無法呼吸。「換上游泳衣，愛絲佩瑞莎，我們去游泳。」

房子後面的人造河水流緩慢，黃褐色的水，幾乎沒有雜草。在艾倫停放遊艇的棚子裡，我們發現了幾塊發霉的保麗龍浮板，歪歪斜斜的漂在角落，還有十幾件橘色的救生衣。我們各拿了一塊浮板，跳下碼頭，背朝上的踢水前進，只有在繼續游的時候，才不覺得冷。我們緊握住浮板，用蛙式前進，直到抵達亞奇瓜特河（Achiguate River）的支流。現在是退潮時分，河水迅速流向海洋。人們常說，鱷魚會在附近的紅樹林沿岸曬太陽，或是鯊魚會在漲潮時自河流的入海口逆流而上，但是我認識的人當中，沒有任何人看過這些景象。

我們游了幾分鐘，愛絲佩瑞莎突然說：「我喜歡這裡。」她的頭髮黏在潮濕的古銅色肌膚上，好像僧帽水母的觸鬚。海水的鹽分很高，她的臉上形成了鹽的沉積物。

「我也喜歡。」我說，儘管我頭上光禿的部位就像煎鍋裡的蛋黃，皮膚下的黃色黏稠物質快要變得滾燙。我詛咒自己，因爲我沒有擦防曬乳液，也沒有戴水手帽。

游了幾百英呎，我們抵達隔開人造河與海洋的長條型土地，這裡是重建海灘的預定地。有兩家人，他們的遊艇在淺水區下錨，身上包著毛毯，正在吃三明治當午餐。

愛絲佩瑞莎站在及膝的水裡，突然拉了拉我。「我們到那裡去。」她指著一座在陽光下閃著光的黑色沙丘。「我討厭躺在其他人附近。」她游出人造河，有力的小腿與膝蓋上滿是水珠。

我們走上沙灘，愛絲佩瑞莎趴在浮板上，臉朝下躺著。我們在沙灘上逗留了二十分鐘左右，熱氣炙悶難當，然後，我們游回艾倫的房子，吃我們帶來的三明治，睡了個午覺。

到了晚上，我們去「里金宮殿」餐廳，星期六的晚上，這裡只有二十到三十個客人。

愛絲佩瑞莎點了蝦子冷盤，我點了新鮮龜卵，作爲開胃菜。

「你怎麼吃得下去？」愛絲佩瑞莎搖搖頭。

「我小時候吃了幾百個烏龜蛋。」

侍者送上一個托盤，裝著一個碗，裡面有三枚龜卵，還有番茄醬、檸檬汁和鹽。它們看起來不像我記憶中的那般可口。但我還是說：「看看我怎麼吃。也許你會想試一個。」

愛絲佩瑞莎的頭俯向冷盤：「不要，我永遠也不會吃的。」

我拿起最大的蛋，渾圓光滑，像沒有波紋的高爾夫球，我撥開柔軟的殼，番茄醬、檸檬汁和鹽全都蓋不住蛋黃乾澀帶顆粒的味道。我的指甲每次壓破蛋殼，殼上還黏著窩裡的海藻，我的喉嚨就收縮得更厲害。但我決心重新體驗少年時的記憶，爲了吸引別人的注意而吃下它。

「你不必爲了我這麼做。」愛絲佩瑞莎發現我並不太狂熱。

「有點反胃是這經驗的一部分。」我想起嘴裡這種生的、黏稠的味道，正是我不再吃它的原因。「這種龜卵含有豐富的蛋白質，吃下去五分鐘後，你就會覺得自己跟匈奴王阿提拉一樣了不起。它是天然的春藥。」

愛絲佩瑞莎點點頭，忍受身旁這個小男孩。

五分鐘後，我的嘴成了一池呆滯的鹽水。雄性的壯舉迅速畫上句點，膽汁不斷湧上喉頭，阿提拉懇求上天讓他快點死去。

我站起來，兩腿發抖，突然間，雙腿彎了下去。侍者幫愛絲佩瑞莎架著我上車。回去的短暫路程中，我不斷的說：「對不起，對不起，非常對不起。」

「你應該試著吐出來。」

我不好意思在愛絲佩瑞莎面前嘔吐。「也許回去後再吐。每一次我想到這些蛋黃——」

「不要。」

「我不舒服。」

「馬奎托斯，你真是孩子氣。」

「我知道，我知道。」我答應過上帝，不再試著證明自己的男子氣概，至少不是用這種方式。過了一會，回到家後，我覺得好些了。之後，我感覺嘴裡全是鹽，想吐的波潮像烏雲般挪近。最後，我覺得腸子獲得了解放。

愛絲佩瑞莎換上了中國風的罩袍，用濕毛巾輕輕擦我的臉。「你為什麼不試試用手指伸進嘴裡催吐？」

「我不能。我告訴過你了，我討厭這種感覺。」

「這樣你會舒服一點。」

我在艾倫的床上坐起來，擔心自己會弄髒它。我的頭像賭博的輪盤般飛快旋轉。「我知道，如果我吐了，也會拉肚子——」

呻吟與抗拒了十分鐘後，我緊緊抱著馬桶。虛弱、疼痛，無法控制痙攣，我的嘴開始吐出長條狀、番茄色的痰，宛如帕卡雅火山的岩漿。我努力站起來，坐到馬桶上。一陣熱帶暴雨從我的臀部雷霆般灑下。鼻涕流出來，腋窩和膝蓋後方大量出汗。我一面嘔吐一面拉肚子，我無法求助，只有屈服，讓我身體的每一個孔洞同時流出許多液體。我甚至也在小便。

沒有人描述過這種地獄般的經驗，但這就是我現在的處境，想死，想停止一切的動作，這就是拯救。

稍後，在我反胃的時候，愛絲佩瑞莎全裸的抱住我的頭：「你的身體好涼。」

我點點頭，我那被太陽燒傷的頭頂感覺像著火了。

「我應該找個醫生給你看看。」

「你在這裡找不到醫生。」我用手臂抹抹嘴唇：「扶我上床就好。」

愛絲佩瑞莎扶起我的時候，我的老二也起來了。

「不，馬克斯，你不可能是認眞的。」我聽到她這麼說，她放開手，讓我躺到床上。我可能回答了，但我不記得。我閉上眼睛，覺得有一張床單蓋住了我。佩德羅先生直挺挺的站著，一個立正站好的士兵，馬上就要敬禮，我全身唯一沒有參與叛變的部位。

燈熄了。我靜靜躺著，讓奇特的性愛念頭在腦中漂浮。我想起我曾經跟艾茲拉伯伯的一個女僕偷情，當時他和我爸媽在會堂做禮拜。我不知道安東尼奥是否眞的戳過山羊，還是我們所有人一起想出了這個故事。一隻山羊，或是一隻雞。

索爾妲呢？她有了新的情人，還是因爲我而再也不要男人？還有亞伯特，我的兒子怎麼可能到了二十歲還是處男？也許他和軍校同學上過妓院。還有愛絲佩瑞莎，爲了錢跟男人上床，究竟是什麼滋味？我愛的女人，竟跟另一個男人上床。

我不明白艾倫和羅妮亞的性生活，他們是否用過69體位性交？艾倫有沒有從後面上過她？她有沒有用舌頭舔過他的肛門？

一段談話在腦海湧現。「黑人」在說話：「馬可斯，你永遠不會了解的。在公開場合是小貓，在床上是豹子。」但是他講的是誰？我想像葛萊迪絲騎在我的屁股上，讓自己達到高潮。還有荷爾嘉，也在我屁股上，但她從頭到尾一直在抱怨很痛，彷彿她能藉此得到淫穢的感覺。還有愛絲佩瑞莎，終於在我底下，怒海上的小舟，一開始很害羞，我在她裡面進進出出後，她開始使勁壓擠，尖銳如貓的指甲刺進我胸口，得到了一次高潮，門多薩為何發笑？第二次，他從我的臀部後面，筆直的進入愛絲佩瑞莎——三、四次，在我的老二軟下來之前。我飛上天空，同時吹出上下兩支喇叭——

有人在搖晃我的身體。夜間照明燈的強光讓我什麼也看不見。「馬可斯，你還好吧？」

「我在哪裡？」我呻吟道，無法凝聚心神。

「你叫得像個瘋子，好像有人在拷打你。」

光線移開了。門關上，我等待著，等待愛絲佩瑞莎上床來，躺在我身邊。不，他們綁架了我，光天化日之下，在瓜地馬拉的大街上，他們拿著機關槍。首先，他們想餓死我，把食物放在我面前，我拿不到的地方，不讓我吃。他們說，他們會殺死我的子女，一次一個。他們把指甲刺進我的耳朵裡，把電線塞進我的鼻孔裡，然後打開開關。我受到電擊，一天又一天，一整個月——

我坐起來，汗如雨下。愛絲佩瑞莎赤裸的躺在我身旁。窗子是開的，我聽到微風穿過椰子樹葉片的聲音。我把頭靠在枕頭上。我們到里金來，是來玩的，讓憂慮蒸發掉，讓逐漸侵蝕我們的憂慮暫時消失。然而，恐怖的夢境耗盡了我。

我強迫自己睡去。我試了幾分鐘，直到風不再吹了，一隻飛蟲撞上緊靠窗外的電網，在紫色的光芒中死去，身體被燒成焦炭。

28

星期一下午，我問曼紐爾先生週末生意如何，他放下手上的拖把，指著酒吧的收銀機。「下雨了，後來又下了更多的雨。等到雨停了，宵禁也開始了。」

「沒什麼人。」我幫他翻譯。

「沒有，馬可斯先生——除非你把蟑螂也算在內。」他顯然覺得這話很有趣：「雨水沖出來幾百隻巨大的蟑螂，幾乎成了一場瘟疫。牠們膽子很大，連開著燈的時候也敢爬出來。」

「只要牠們是付錢的客人。」

曼紐爾先生哼了一聲，提起骨瘦如柴的肩膀，繼續拖著冰箱旁邊的一灘水。我們叫胡索和「三位一體」走路後，他把夜總會當成自己的家。他睡在一張老舊的帆布行軍床上，這是一個禮物，當然，是那位前上校送的。行軍床放在沒有打開的一箱箱酒旁邊，就在廚房外面、儲藏食品的房間裡。他變成了調酒員、管家和警衛，綜合成一個憂傷的人影。

曼紐爾先生繼續擦乾地板。他穿著拖鞋和米色內衣——緊身衛生褲，他到黃昏時分的制服。

「你應該回軍官俱樂部去。」我點燃香菸。

曼紐爾先生彎下腰，把拖把裡的水擠到一個罐子裡，他拿這罐子當水桶用。「讓那些小伙子嘲笑我？」

「門多薩的軍官們？」

「軍官們。」他在剛擦乾淨的地板上吐了口口水。他站起來，靠在拖把上。「乳臭未乾的小混蛋，滿肚子都是屎。拉斐爾先生一離開，他們的牙齒就格格作響。」

「你的火氣不小。」我驚訝的說。曼紐爾先生的眼睛變得昏昏欲睡，宛如史前時代的石頭。

「要是你在他們旁邊工作的時間跟我一樣長，一定會有同樣的感覺。」

我深深吐出一口煙。「但是門多薩跟他們不一樣。」

「他總是尊重我。」他用一根手指指著我：「他在軍官俱樂部的時候，沒有人會來煩我。他一離開，狒狒就從籠子裡放出來了。他們認爲他們都很聰明，問題就在這裡。」

「門多薩爲何要跟他們攪在一塊兒？」

「拉斐爾先生總有一個部下跟著他，雖然他個人從不追求權力。他推翻伊迪戈拉斯那個惡棍時，跟接著上台的阿蘇迪亞很好。他領導反抗行動，最後卻連升官也沒有。每個人都看到這件不公平的事，但是拉斐爾先生眞的不在意。市區四周裡有幾個師的部隊願意以他的名發動叛變——他們就是這麼愛戴他。『蜘蛛』阿拉納和勞傑若也跟他保持距離，或許因為他曾經跟前總統艾瑞瓦洛有關係。所以二十年來，他看著能力不如自己的軍官得到財富與權力，而他厭倦了坐著旁觀。現在拉斐爾先生正在推展一項改革運動，讓軍方和政府變得乾淨，絕不像現任總統推行的誠信政府運動那樣虛假。」

「你怎麼會知道這些事？」

「有些是常識。有些事，拉斐爾先生連自己的太太也不說。我像一面老舊的白牆那樣可靠。有時他這裡說一點，那裡說一點，但他誰也不信任。『為了十塊錢，你最好的朋友也會背叛你。』——他經常這麼說。」

我吸了口菸，臉轉到側面，吐出煙霧。然後，我走到曼紐爾先生站著的地方。「我們是朋友，對不對？」

「當然。我留在這裡，不只是為了薪水。」他狐疑的答道。我擁抱他，瓜地馬拉式的擁抱，拍拍他的肩膀，然後退開。「星期三的晚上，這裡在做什麼？」曼紐爾先生看著我，彷彿聽不懂我的問題。

「我必須知道。這些會議的目的是什麼？」

他的頭微微下垂。「星期三晚上我根本沒有走出廚房。」

「但是你在這個房間裡，你一定聽到或看到了什麼。」

調酒員遲疑了一下。他的臉皺起來，彷彿想對某一件事徵求我最誠實的意見。「你能信任我嗎？」

「幾乎用我的生命。」即將知道這裡在幹什麼，讓我非常興奮。

「馬可斯先生，你私下坦白告訴我的事，也會期待我爲你保密。我若說了，就是背叛拉斐爾先生的信任，我不能做這種事。二十多年來，我忠心耿耿的幫他做事，贏得了他的信任。而這件事需要我的忠貞。」

「但是你現在爲我做事。」我改變了策略。

「這個，我親愛的朋友馬可斯，對我來說毫無意義。」曼紐爾先生明確的說：「我隨時可以另謀差事。」

「我不是這個意思——」我撤退了。

曼紐爾先生點點頭。「我完全明白你的意思。這是你的夜總會，所以你覺得有權知道這裡在進行什麼事。這完全無傷。你有權利知道你做生意的地方發生的任何事，但是你必須自己去想辦法找出答案。不要要求我背叛朋友。讓我這麼說吧，馬可斯先生，我所聽到的少許言語，不會眞的冒犯你。」他拿起拖把，吸取廚房窗子底下的積水。

我把菸蒂彈出窗外。

我的渴望把我帶到一面磚牆前面，這天下午剩下的時光，我都用在挽回他。曼紐爾先生淸掃夜總會的同時，我對他講述有趣的事情，披露我自己的事，讓他知道我多麼信任他。他很感激我的努力，神情恢復輕鬆，回到原來的自己。

我的子彈從靶的上方遠遠飛了出去。我想多了解門多薩的努力落空了。然而我希望調酒員知道，儘管有這次的失誤，他仍然可以信任我。我非常明白，不久我就會眞的需要曼紐爾先生。

我決定弄淸楚星期三晚上夜總會裡究竟在搞什麼。曼紐爾先生多少對我提出挑戰，讓我想自己找到答案。

「你瘋了。」愛絲佩瑞莎說：「要是門多薩希望你在那裡，你會接到邀請。」

「但這是我的夜總會。我有權利知道。」

「問題不在權利，馬可斯。你告訴我幾十次了，你說在這個國家，沒有人把權利這個東西看在眼裡。他對我們說過，星期三晚上絕對不能去夜總會。還有，他還付給我們租金。爲何要毀掉這一切？」

「我仍然是夜總會的老闆。我有合約，上面明白寫出這一點。」

愛絲佩瑞莎笑了。「很對，馬可斯，你可以到夜總會去，對門多薩說，你只是想坐一下，聽他們講話。難道你不明白，他和他的人不只是坐在那裡玩紙牌嗎？」

「我就是這個意思。他在搞鬼。」

「對，他就是。但是你知道嗎？你管不著。」

我心意已定。不過我不能就這麼闖進去，我必須想辦法混進去。我想了各種僞裝的方法，黏個八字鬍，戴上假髮，向給軍人做衣服的裁縫買套舊軍服。但是，星期三的宵禁開始前，我在夜總會的四周繞了一圈，發現許多穿便服的軍官從軍用吉普車上下來。兩個士兵在改革大道上站崗，我確信進入夜總會的人必須說出通關密碼，一個簡單乏味的字眼，像是「玉米餅」，或是「丘其托」(chuchito)㉙。

更好的主意是，從後面那片空曠的停車場溜進夜總會。附近的孩子經常在停車場打棒球，那裡有一排尤佳利樹，靠著夜總會的後牆，在我入侵的那天，這面牆將是完美的掩護，可以把梯子藏在後面。我只需要快速安靜的前進，不要驚醒鄰居家的狗。

我會像一個隱形人，像溜冰一樣的滑進去，帶著我的痔瘡和其他的一切。這件事並不難。愛絲佩瑞莎強烈反對我這麼做——對於一個五十三歲的男人來說，這麼做實在愚蠢。她甚至威脅說，要告訴門多薩，好讓我打消這個主意。她以爲這是個笨主意，會對我的生命造成危

㉙丘其托(chuchito)：墨西哥玉米製成的餡餅皮。

險。之後，她開始問我問題，要知道我打算怎麼做。我想她是覺得興奮，因爲她看到了可能性，我有可能是認眞的，我即將進行的脫軌行動可能揭開星期三晚間會議的神秘面紗。這是一項危險卻必要的任務。

爲了警告我，我的痔瘡每天都在流血。我擦了非常多的藥，內褲幾乎都要結塊了。然而我覺得，我像個衝浪者，跳上一道升起的大浪，現在，到了浪頭的最高點，我不能就這麼撒手離開。我必須乘浪前進，直到波浪徹底崩塌。

我的一人攻擊行動在三月初發動，太陽剛下山的時候，距離大選還有五天。猛暴的雨勢稍微停了一下，瓜地馬拉進入會持續幾個禮拜的乾季。

「馬可斯，我愛你。」愛絲佩瑞莎對我說。她在改革家鐵塔前停下車子，鐵塔到夜總會走路約要二十分鐘。她緊緊擁抱我。「你一定要這麼做嗎？」

「對。」我吻她的眼睛和臉頰。我抱了她最後一下，打開車門。

交通繁忙，幾百輛汽車快速來去，想趕在九點以前到家，輪胎發出尖銳刺耳的聲音，喇叭聲傳到遠方。我沿著第七大道往回走，走到凱特比勒卡車陳列室的門口時，愛絲佩瑞莎車子裡跳出來，再次擁抱我。我們抱了幾秒鐘，許多笨瓜朝我們吹口哨、按喇叭和大聲尖叫。愛絲佩瑞莎在哭，我也是，輕微的哭泣。「你不必這麼做。」她說。

「我知道。」我最後一次抱緊她：「但是我想這麼做。」我有很多年沒有發覺到自己有勇氣了——在眞正的意義上沒有。我回到了十四歲，狂野，不考慮後果，靠著直覺行動，把預感發揮到淋漓盡致。這是我們的家族遺傳——沒有冒險，就沒有收穫。這項攻擊行動是一場下注很大的賭博，但是去他的，我像寄居蟹一樣，躲在殼裡過日子，這種情況已經太久了。

愛絲佩瑞莎把車開走了。我沿著第七大道往下走，伸手遮著眼睛上方，擋住來往車輛的刺眼燈光。

宵禁！我只有不到一小時能進入夜總會，要不然就會被逮捕，或是被某個過度自信的士兵射死。我感覺到鮮血從臀部噴出來，弄髒了內褲。這個頭腦簡單的兄弟在正午的太陽下閒逛，還以爲沒有人看得到他，殊不知他是所有雷達銀幕的死點。

我在街燈下看看錶，八點二十，還有很多時間走完剩下的三個街口。我向左轉，沿著第三街走去。磚牆和鑄鐵的大門內隱藏著巨大的宅邸，將豪宅與街道隔開。從上面看下去，街道彷彿被垂掛下來的木棉樹、橡膠樹和鴨掌木的枝條纏繞，好不容易才打出一條生路。

汽車從我身旁迅速開過，衝過有停車標誌的路口，趕在宵禁開始前到家。宵禁實施的第一天，就有三個平民遭到槍殺，此舉顯然是爲了警告守法的公民，讓他們不要上街。之後，遭到槍殺或被殺死的都是「游擊隊」。從五〇年代以來，在一名總統府警衛暗殺了阿馬斯總統後，我們就進入戒嚴狀態，一次持續幾星期到幾個月。到了「蜘蛛」阿拉納的時代，戒嚴的時間長達一年。花了二十七年來掃蕩共產主義的病根，我們能給它看的只有近五萬具屍體，被推土機摧毀的村落，還有一箱箱的反政府文學作品。我想到「黑人」，他在舊金山，深深吸入加州夜晚乾爽清澈的空氣，想念他那衰敗的祖國，想到我——

一輛汽車開進一條私人車道，越過人行道，幾乎把我擠到一扇金屬大門的門口。到了，我想，車燈讓我看不到東西，汽車廢氣和燒橡膠的味道讓我頭暈。我有點期待幾個士兵突然冒出來，拿著機關槍，把我推到牆壁上，迅速搜身，不經審判立即處決。

我轉過身去，面對大門，舉起我的手。一輛車的車門打開了。「我差點撞死你，笨蛋。」一個女人吼道。

我重重喘了口氣，轉回去。車燈暗下來，一英呎外站著葛萊迪絲，她穿著黑色的連身裙，配上黑色的鞋。

「馬可斯，你在這裡鬼鬼祟祟的做什麼？」

「葛萊迪絲，感謝老天，眞是你。我還以爲是警察。」

「你知道，什麼人都有可能。」她答道。她的眼睛很疲憊，毫無生氣。她的丈夫傑米在十五年前死去，他的死摧毀了她，那時他才四十五歲，精力充沛，在他的農場騎馬時，心臟病發作而死。葛萊迪絲當時跟孩子們留在瓜地馬拉市。他的死引發了幾十種內容豐富的謠傳，例如傑米死的那天，還在跟孩子的家庭教師偷情，儘管那家庭教師只是剛好在農場，而不在孩子們身邊。死在馬上或是床上，不管有沒有跟太太在一起，我不在乎。這個男人死得太早了。

葛萊迪絲指指她的林肯汽車。「進屋來，馬可斯。你可以在我家的客房過夜。現在太晚了，要是送你回家，就沒法在宵禁開始前趕回來。」

「我不能留下，葛萊迪絲，我必須到我的夜總會去。」我說，但是我的身體並未移動。

「這麼晚了還去？」

「對。」我笨拙的說，我覺得急著離開會顯得很無禮。她的臉沒有化妝，看起來很年輕，一縷縷的長髮黑而亮，但是她全身上下都瀰漫著屈服和哀悼的氣息。她丈夫死後的第一年，葛萊迪絲拒絕在公開場合出現。羅妮亞說，一位瑞典心理分析師正在治療她的人群恐懼症。就在這段時間，艾倫暗示我應該娶她，一個富有的女人，擁有兩家巧克力工廠，繼承人也不多，只要她肯穿黑色以外的衣服，偶爾擦點胭脂口紅，還是很有魅力。艾倫認爲，如果像我這樣的人不娶她，就是一種浪費，她的錢遲早會掉進下水道。

「你是『愛絲佩瑞莎』夜總會的老闆。」葛萊迪絲說，努力要那張生了皺紋的嘴唇露出微笑。

「你聽說了？」

「誰沒聽說？」葛萊迪絲環顧四周，手臂疊在胸前，微微顫抖：「如果你不想在這裡過夜，馬可斯，至少坐進車裡談一下。站在這邊講話，我覺得不自在。或者我能送你去夜總會，如果你希望這樣。」

「我們坐著談一下。」我走到駕駛座旁的座位，葛萊迪絲坐進駕駛座，按下某個東西，我這邊車門的鎖就彈起來了。我坐進紫色的絨布座椅，她按了一下門又鎖起來。車裡放著柔和的音樂，是亨利・曼西尼（Henry Mancini）㉚的弦樂。

「你的夜總會名氣不小。附近社區正在傳送請願書，要求市長關掉它。我的鄰居相信，夜總會裡充滿了不名譽的行爲。」

葛萊迪絲的用詞非常細膩。她的父親伊薩克經常用西班牙系猶太人的拉第諾語（Ladino）低聲咒罵「婊子」，平時也滿嘴髒話。人們也許會以爲，到了一九八二年，「妓院」這個字眼會從她潔淨的辭彙裡冒出來。「你知道，葛萊迪絲，我經營一間酒吧，很難看住每一個女孩子。」

「我了解你，馬可斯，你在裡面走來走去，手伸出來，眼睛卻是閉著的。」

「你不是指我在拉皮條吧？」

「我沒有這麼說。」她答道：「這是個安靜的住宅區。人們不喜歡這裡有滿是放縱女孩的

㉚亨利・曼西尼（Henry Mancini）：美國電影配樂家，二十世紀流行音樂界最令人懷念的大師之一。他不僅是出色的作曲家和作詞家，也是傑出的鋼琴家。代表作包括《月河》（*Moon River*）與《頑皮豹》主題曲。

夜總會，現在換成了士兵，出現在他們的孩子玩耍的地方。我對艾倫提過這件事，希望請願書正式提出前，他能跟你談談。」

「他一個字也沒提。」

「實在不幸。身爲猶太團體的會長，碰到我們的成員涉入傷害所有人的活動時，艾倫有責任出手干預。要是他不能跟你討論這件事，也許他應該辭職。」葛萊迪絲用強調的語氣說。

「艾倫是我哥哥，不是我父親。」

「你的夜總會讓猶太人背了惡名。」

有些話到了我的舌尖，關於傳說中傑米嫖妓，或是可疑的生意往來，但是這個女人——如此的受到保護，如此的盲目——也許根本不知道這些事。我確信事情的眞相也許會毀掉她。

「猶太人也是人，葛萊迪絲，有些是好人，有些是壞人。在瓜地馬拉，我們有律師、醫生、老師、生意人和人類學家，也有惡棍與縱火犯。身爲猶太人，並不表示有特別高的價值。如果你看到事情的全貌，經營夜總會就沒有那麼壞了。」

「你的父母，上帝保佑他們，會死不瞑目。馬可斯，你一點也沒變。」

「你也是，葛萊迪絲。」聽這個女人對我發表演說，讓我焦躁起來。近四十年前，這女人曾經沒沖掉她拉出的一大堆屎，讓我看個正著。「永遠都不會變。」

葛萊迪絲對我的陪伴感到厭煩，對受到指責感到生氣，她按了四、五下喇叭，叫警衛過來開門。她嘆了口氣，眼睛直視前方，彷彿對我沒有接受她的好意，感到如釋重負。她最希望的就是獨自用餐，泡個澡，看本 *Vanidades* 雜誌，讓她「事情永遠不會改變」的理論替自己打氣。我很感激愛絲佩瑞莎的名字沒有在談話中出現。

鑰匙的叮噹聲，警衛走出來，打開實心的大門。葛萊迪絲拉到開車檔，一腳放在煞車上。她打開我旁邊車門的鎖，過度殷勤的說：「很高興跟你談話，馬可斯。」

「是的，葛萊迪絲。」

我下了車，她開上車道，警衛鎖上大門。

然後，一切歸於平靜，除了一陣風偶爾吹過木棉樹的葉片。我急速往前走，想不通艾倫爲何從未提過鄰居發起請願書的事情。我很高興現在我又是一個人了。到了轉角，我看了看錶，還有十五分鐘可以走到夜總會，我必須加快腳步。

我大步前進，五分鐘後，我走到夜總會後面的停車場。我穿者深藍的高領衫，棕色長褲，在夜晚很難讓人發現。我迅速越過空地，有幾次被凸出地面的石頭絆到，我不明白，孩子們如何能在如此凹凸不平的地上打球。有四、五隻狗叫起來。但是鄰居們——在幾名警衛、秘密入口、一大隊狼狗、插了碎玻璃的圍牆與精密警報系統的保護下——十分安全，不受馬可斯的威脅。

血液在血管中加速流動。我爬上事先藏好的梯子，高度剛好讓我爬過六英呎高的圍牆。在牆頂上，我抓住一根靠夜總會方向的粗壯樹枝，越過牆頭的碎玻璃，爬上這根樹枝。進入我的產業以後，我從樹枝上溜下來，像泰山一樣，只是我用側邊著地，而不是雙腳落地。我靜靜躺了幾秒鐘，傾聽著，等待著。然後，我站起來，走向夜總會的後門，門口擺著瓦斯罐和垃圾桶。我立刻排除了從後面潛入夜總會的想法。他們開會的時候，曼紐爾先生若眞的，如他所說的，一直待在廚房，我會直接掉到他的大腿上。同時，我擔心藏在食品儲藏室內，可能會聽不到談話內容。所以我往前門去，沿著夜總會與四周樹籬間的狹長空間，慢慢爬過去。

忙碌的夜晚。停車場停滿了車，將近十二輛車，一輛大型卡車，上面蓋著帆布篷子，幾輛軍用吉普車，宵禁時間送人回家用的。這裡有一種怪誕的氣氛，彷彿這不是我的夜總會，我是一個雙面間諜，偷偷潛入了阿爾巴尼亞。我希望我可以直接走出大門，叫輛計程車，火速回到我的愛絲佩瑞莎安全的懷抱裡。我到底在這裡幹什麼？

已經沒有回頭的餘地了。

兩名拿著來福槍的警衛坐在吉普車上。他們抽著菸，背對著我聊天。我走到前門，門沒有鎖，我就這麼進去了。

酒吧間的前方擺了一個講台。我進去的時候，大家在拍手，顯然不是爲了歡迎我到來。我悄悄走進門口旁邊狹小的衣帽間，平常我把清潔用品和零碎雜物放在這裡。有幾秒鐘，我靜靜站著，一動也不動。我汗如雨下，努力讓自己不要喘氣。我把門打開一條縫。門多薩站在講台後面，即將開始演講，大約四十個男人坐在摺疊椅上，顯然是坐卡車過來，專程參加這項會議。

「現在你們都在這裡，我想應該開始了。今天晚上我們請來一位主講人。我個人認識他五年多了，那時他正在經歷轉化的階段，接受了我們的理想——當然他反對預定在星期天演出，被盧卡斯稱做自由選舉的鬧劇。我敢擔保這位主講人的操守與忠貞，我們需要更多像他這樣的民間人士，這樣的愛國主義者，願意支持我們，讓我們一方面肅清社會主義者與無政府主義者，一方面消滅機會主義者，這些人正在蠶食鯨吞我們的國家。請歡迎今晚的主講人，艾倫·艾塔勒夫——」

我們的感官經常愚弄我們。我願意相信，我的耳朵聽到的話全是出於想像，因為神經緊張破壞了聽覺。但是我又看到我哥哥艾倫站在門多薩旁邊，低下頭禱告，一面緊張的吸吮牙齒。不是幻覺。

我有點想衝出去，拿東西塞進他的嘴，但是艾倫開始即席演說了：

「謝謝拉斐爾的介紹。今天來這裡跟你們講話，我覺得有點不好意思，你們是真正的自由鬥士，選擇以行動而不是用言語表達。我不想用冗長的演講，談論你們很有經驗、非常了解的問題，而讓你們覺得無聊。然而，我希望你們聽聽我的話，因為，在戰鬥最劇烈的時刻，能聽到支持你們的人所說的話，對你們來說是很好的，這些話就是：我們也有我們的角色。無論如何，我在這裡，以一個個體，一個企業和宗教組織的代表，對你們的努力表示支持。」

「跟你們一樣，我從來不管政治——讓政客去管就好。我一直相信，我可以對這個國家表示關心，這個地方有工作給人做，讓我的父母與子女得到關愛和庇護。但是當幾千名游擊隊，在叛變的馬雅人組成的網絡支持下，不斷干擾企業團體的日常運作時，這種情況就維持不下去了。我的女店員不敢來上班，銀行不肯貸款，商店老闆留在家裡，觀光客避開我們的國家，彷彿它受到瘟疫的感染。我認為你們會同意，這種生活不是人過的（響亮持續的掌聲）……」

「我對你們正在做的事情充滿信心。我強烈反對美國的角色；美國不但不支持我們，還想在我們的道路上設下障礙。美國有一度支持和平與秩序的力量——我指的當然是美國支持阿瑪斯中校（更多的掌聲），這位軍人知道，姑息主義不能得到結果。如今美國丟棄了我們，瓜地馬拉的人民必須把繮繩握在自己手裡，支持那些願意為我們共同相信的理想獻出生命的人。我的朋友門多薩告訴我，由於軍方內部個人對立的問題非常嚴重，軍方現在已經分裂了，無法對游擊隊做出成功的反擊……然後是盧卡斯總統，經過了多年的偽善表現，他最後的欺騙行為，是星期日要選出安格爾將軍……就像你們已經在做的，採取獨立的行動，確保我們忠誠公民的權利能受到保護是必要的，不讓那些看著我們的國家被武力和混亂毀掉的人剝奪它。你們是眞正的人民軍（掌聲與口哨聲）……我們希望你們知道，在財務和精神方面，我們會盡力提供協助，支持你們追求淨化我們的國家，免於外國與干擾的因素影響我們。謝謝大家……」

椅子被拖動，我能看到的大多數的男人站了起來，熱烈鼓掌；艾倫笨拙的揮手，走出我的視線。我坐到疊起的箱子上。難怪艾倫沒有給我看請願書，他是不會在發表這篇演說之前告訴我的。

我覺得很累，彷彿是我發表了演講。不，不是用同樣的話，只是精疲力竭，對於某些人來說，是迷醉，在拼命努力之後，你所有的錢放在同一個籃子裡，輪盤裡的球一圈圈的滾動，幾乎在完美的軌道上，然後咯噠一聲。你不敢張開眼睛——你張開了——老天爺，它在那裡，一個大大的「〇」瞪著你，就像你這個剛刮過鬍子的混蛋。

有人衝過衣帽間的門，猛烈的擦過，我確信那是艾倫在趕著回去。在這裡把錢花光了以後，他一定很想跟克莉絲汀娜在一起。但我還是覺得自己被擺了一道，即使我親眼看到了。我恨他，他的言詞，他那虛假的謙遜。我想像艾倫得到的權力感，當一個下士飛快的開著受到保護的吉普車送他回家。

門多薩回到講台上說，現在要分成小組，討論戰略、演習和種種問題，包括這個團體的官方地位，與即將上台的總統的關係等等。他提到要增加知名勞工領袖綁架，殺死這些人，嫁禍給游擊隊和同情他們的人。他談到用郵件進行死亡威脅，干擾會議等做法，好讓新政府知道他們沒有能力處理如此嚴重的混亂情況。我氣得把門關上，不聽門多薩的聲音，聽天由命的坐在徹底的黑暗裡。我的臂膀落到大腿上，但是它們似乎是外來的東西，好像是別人的。我閉上眼睛，戰慄在脊椎蔓延開來。我的眼前出現一幅景象，一個男人騎著駱駝穿越沙漠，駱駝在炙熱的黃沙上邁開大步，慢慢的跑，當它試著爬上一座變幻莫測的沙丘，它那長而突出的關節微微彎曲。爬到頂端後，卻發現還有一片山谷，後面是另一座升起的沙丘，放眼望去——現在我成了騎駱駝的人——更多的沙丘，無盡的綿延到地平線。突然間，沙子陷入洞裡，彷彿從沙漏裡落下，男人和駱駝都掉了下去。

然後，我看到另一個男人，是我的父親，頭上帶著帽子。他看來消瘦憔悴，精疲力竭，在馬薩特南戈崎嶇不平的街上走了一整天，試著把背上的進口布料賣給印地安人，或是從外地來探訪丈夫的香蕉園和咖啡園老闆的太太。還有我媽，她坐在房間裡，皮膚黃得像古老的書頁，手裡拿著針，指上套著頂針，在那裡縫縫補補，還有一顆磨損的木頭蛋，她把它塞進正在織補的襪子裡。她在做事的時候，我看得出來，她正在夢想有一台勝家牌縫紉機，有一天，讓她的指頭不必再像野草一樣搓扭彎曲。

我看到自己在撞球台邊，用左手中間凹槽架著球桿，球桿像一支標槍，謹慎，如此的謹慎，不要在這次困難的推桿中滑掉，要在八號球遊戲中，讓六號球落入球檯側邊的中袋，中袋宛如女性難以捉摸的陰部，它那緊閉的唇在嘲笑我；我想到，我最後剩下的十塊錢都壓在這次的推桿上（要不然我一定會輕鬆的打到八號球，最後的一擊，致命的毀滅），十張鈔票，可以停止一陣陣飢餓的劇痛，這劇痛幾乎把我所有的內臟從肛門吸出來……然後我看到艾倫，自鳴得意，癡肥臃腫，同時也很害怕，拼命讓腦袋浮出水面，爲了羅妮亞和孩子們，而不是爲了自己。我們應該都得相信，他的每一個動作都是犧牲，爲他的家人，爲他的猶太團體，爲了讓他的國家更好。他的遠見和理想讓他相信，他在做正確的事，支援這些頭腦簡單、冷酷無情的殺人兇手，來淨化——淨化什麼？——一個嗜血的國家，這個國家開始靠著吃下自己的身體活命，如同一隻獅子，咬下自己或孩子的四肢……這種自相殘殺的慘劇何時才能結束？

還有前上校門多薩，他露出怯懦的微笑，就像愛絲佩瑞莎介紹他給我認識那天，他所流露的笑容。他是否該爲哪些沒有頭顱的屍體負責？每一天幾乎都有幾十個這樣的屍首被挖出來，割去鼻子的臉，眼珠子掉出眼窩，陰莖塞入張開的嘴，屁眼裡塞進手指關節，泡在鹽水裡的舌頭，穿在電線上的一串耳朵，如同玉石穿成的項鍊，沾了灰燼的乳房，這種恐怖的景象，每一天的恐怖景象，我們知道它的存在，但是我們加以否認，我們支持它，因爲它是一場對抗共產主義與革命叛亂份子的戰爭，還有，觀光業衰亡了，我們所有愚蠢的企業，我們的金礦，全都開始耗竭……

還有「黑人」，他在舊金山的公寓裡，這個舒適的象徵把腳放在躺椅上，新力牌彩色電視正在播放勃特雷諾演的電影錄影帶，他的手上拿了一杯加冰塊的威士忌，取代瑪莎的女人把頭枕在他的大腿上。他穿著絨布睡袍，對她講述他在龍涎島的經歷，他所記得的貝里斯，瓜地馬拉美麗的愛提特蘭湖，被七座處於休眠期的火山圍住。他對我說，聲音越過兩千一百英哩的不毛之地：「旅行社的廣告傳單說這裡很好，馬可斯，但是這是個狗屎國家。獨立了近一百六十年，我們還是自己有限的聰明才智的奴隸。對於擁有馬雅人聖書《波波爾・烏》和記載馬雅文化的德瑞斯頓古抄本（Dresden Codice）㉛的民族的後代，我們的統治者把他們看得比生瘡的狗還不如。他們的喉嚨應該被自己的彎刀割斷。這種生活方式多麼糟糕，馬可斯，不是嗎？不是嗎？」

我在箱子上坐了很久。有一兩次，有人走到距離我非常近的地方，拿酒給外面的警衛喝，我想。門關上了，我聽不清楚，只有嗡嗡聲，嘶啞的笑聲，故作勇敢的表現。

亞伯特的臉浮現出來。可憐的孩子。我的可憐的孩子。我祈求上帝，希望他不在這裡，不在這扇門的另一邊，跟門多薩和他的殺人黨羽在一起。我祈求他不是他們當中的一個，許多純潔孩子中的一個，不久後的某一天，他很可能拿起武器，對著我的臉砸下來。

然後，我聽到許多拖椅子的聲音。會議結束了？不久之後，每個人都會走去，除了曼紐爾先生。他會獨自清理場地，再把一身的骨頭安歇在帆布床上。也許吸一兩根菸。打個呼。

到時候，我該怎麼做？走到他的床邊，跟他聊天？

我該怎麼做，才能離開這裡？

㉛德瑞斯頓古抄本（Dresden Codice）：現存最重要的四份馬雅文化古抄本中的一份。

29

然而，社交時間開始了：杯觥交錯，笑聲起起落落，在空氣中迴盪，腳步聲來來去去，談話就在距我不過一臂之遙的地方。爲了安全起見，我站起來，從裡面門上門——很聰明，因爲一分鐘後有人旋轉門把，可能以爲這扇門通往廁所。這隻入侵的老鼠，就是我，幾乎被逮到了。突然間，我覺得衣帽間變得非常熱；我脫下高領衫，只剩下背心，安靜的坐在那裡。我的身體發出臭味。我想洗澡。他們什麼時候才走？

我終於聽到折疊與收拾椅子的聲音，很可能是送到停車場那輛有頂蓋的卡車上。有一個人，不是門多薩，喊著要大家快一點，吉普車要走了。

有人說對不起，曼紐爾先生答道，他會清理乾淨，關掉剩下的燈，把門關好，不用擔心。一扇門關上，我門底下的狹長光線消失了，有一秒鐘，徹底的黑暗，完全的靜默。

然後，聲音突然響起，好像百萬支鞭炮在地面爆開。我跳起來，把耳朵壓在門上，我的牙齒夾得死緊，彷彿當他們是防彈盾牌，能夠保護我。爆炸聲很快轉成砰砰的重擊聲——今天是九月十五，獨立紀念日，在馬可斯的「愛絲佩瑞莎」夜總會的停車場，有許多煙火同時綻放。

但這不是歡慶的聲音。

子彈呼嘯的掠過，快速的開槍噴出金屬碎屑。

幾個男人踉蹌的退回來，喊叫著，一路上碰著什麼，就撞倒什麼。玻璃全破了；我蜷縮在地上，藏在木箱後面，這些木箱擋不了一個子彈。噠噠的密集開槍聲持續了十五秒。我知道屍體被切開了，但我身處瓜地馬拉的八月節慶，一把來福槍擊碎所有的燈泡，目標是幾千個燈泡中某個有獎的燈泡，於是負責射擊攤位的人說：「你贏得了手錶。」

開槍聲慢慢減弱，喧鬧聲靜下來，腳步聲來來去去。開火結束了。

然後，傳來兩記槍聲。

更多的槍聲。輪胎尖銳的煞車聲從鋪柏油的車道傳過來，這些現代的馬車，從烏茲槍紛紛落下的子彈與塵屑中脫離出來。引擎翻落地面，更多的輪胎煞車聲。硫磺味的煙霧從門底下滲入衣櫃。我的眼睛覺得刺痛。

恢復了安靜。

有人踏著沉重的腳步，走進夜總會。他喊道：「電話在哪裡？該死的電話在哪裡？」有人在推衣帽間的門，發出喀噠喀噠的聲音，構造簡單的門閂被拉緊了。

「這是儲藏櫃。」我聽到曼紐爾先生說：「電話在老闆的辦公室裡。」

「他媽的。」男人喊道，他踢了門一下，如此的用力，竟把門閂震斷了，門開了一條縫。有人開了燈，灰藍的煙霧陣陣飄進衣櫃。我縮著肩膀，儘量壓低身子，躲在角落裡。

「有什麼問題？」曼紐爾先生問。

「我必須立刻叫救護車來。我得打電話去軍營。」這時我聽出來，這是門多薩的朋友艾圖利亞的聲音。

「我有艾塔勒夫辦公室門的鑰匙。」

曼紐爾先生用諂媚的口氣喊我「馬可斯先生」時，他也私下複製了一支我辦公室門的鑰匙。或許那晚我抓到「聖靈」翻我抽屜時，她拿的就是這支鑰匙。我突然明白，他們從頭到尾都是門多薩的人馬，他把他們放在這裡，爲的是監視我，確定我總是守規矩。如果我有所懷疑，就立刻通報他。他們甚至偷走了我的鑰匙。

這些雙面混蛋！受到不公不義的待遇，受到欺騙的感覺，在我心中沸騰。只有一個保護的聲音不斷的說「靜下來，靜下來」，這聲音讓我不致衝出衣櫃，對著這些惡棍的臉飽以老拳。

有人從外面跑過去。「艾圖利亞上校在哪裡？」

「他正在打電話到總部去。情況如何？」

「拉斐爾死了。」

「不。我剛才還聽到他在發布命令。」

「一開始我們聽到的開火是個圈套。射擊停止後，拉斐爾走出去。一個狙擊手藏在樹後面，有兩槍打中拉斐爾的肚子，他當時就死了。我們殺了那混帳的狙擊手，可是太晚了……拉斐爾的腸子像岩漿一樣流出來。」

「上帝！」曼紐爾先生叫道，一面發出嘔吐的聲音。

「撐著點，士兵。」

「門多薩，門多薩。」他啜泣道。

「我們需要到外面幫忙。有三個人受傷。盧卡斯總統派軍隊來之前，我們必須趕快把門多薩運走。」

我蜷縮在地板上。我的前上校死了，不再需要打爛他的臉，不再買走私的酒，不再付房租，不再有夜總會。有兩、三次，我微弱的試著站起來——好吧，馬可斯，舉起你酸痛的屁股——直接走出去，這個無辜的目擊者，被困在自己的夜總會裡。但是一個念頭阻止了我——門多薩死了。他那傲慢的要求消失了以後，誰來保護我們？

當然不是馬薩特南戈的曼紐爾先生。

我決定等，等到所有的腳步聲，來來去去的呼喊聲，全都平息下來。救護車來了，裝進死人與傷者，然後開走。更多的車輛開到夜總會。有一刻，至少有一打警鈴同時在響。我確信附近的鄰居全都驚醒了，因爲宵禁的緣故，沒有人有膽子過來察看。

葛萊迪絲怕的是單純的嫖妓。哈！

許多車輛從停車場慢慢開走，像一列護送的車隊。歸於安靜，過了一會兒，我站起來，兩腿僵硬，把門關上。我非常想小便，就尿在空瓶子裡。

腳步聲近了，從酒吧過來，繼而停下。艾圖利亞上校和曼紐爾先生在低聲談話。

「現在你要怎麼做，曼紐爾？」

「我沒有理由再待在這裡。我的工作結束了，不是嗎？回軍官俱樂部去。可憐的拉斐爾。他就像是我兒子。」

「他像我們許多人的父親。但是他死得痛快，沒有受苦。」

「那些混蛋。」

「走吧，曼紐爾。我送你回家。這件事，對誰也不能講？」

「當然。我們已經跟沉默結婚了，對不對？」

「跟沉默，跟眞理，跟正義。」

「拉斐爾就是這麼教我們的。」

有幾秒鐘，沒有人說話。然後：「順便提一句，你應該打電話給艾塔勒夫。我們必須在警方對他問話之前找到他。」

「你的意思是做掉他?」我發誓，曼紐爾先生的聲音裡帶著震驚。

談話又陷入停頓。過了一會兒，艾圖利亞上校繼續說:「我們不能冒這個險，再殺一個人。我們必須對艾塔勒夫編個故事，說有些懦夫對我們發動攻擊。一定要說，會議結束前，門多薩就離開了。對我們來說，拉斐爾活著的意義遠勝過死了。」

「我該立刻打電話給他嗎?」

「從你家打過去比較好。」

前門喀噠一聲關上。我等了十五分鐘，才推開門，走出去。夜總會裡的燈光滅了，但是我能看到前方的窗戶打碎了，木頭地板上全是泥。裡頭沒有人，但是警衛一定守在外面，直到另一個波提羅探長在早晨過來，在殘殺現場仔細尋找亂七八糟的線索。

我走到辦公室，緩慢的，鬼鬼祟祟的越過玻璃渣。曼紐爾先生，這個混蛋，讓我辦公室的門大開著。

電話響了，我準備拿起話筒，但是我僵住了，我應該冒著被發現的危險接起來，還是讓它一直響?要是一名警衛以為是找他的而衝進來，我該怎麼辦?我會當場被抓到。響到第二聲，我就拿起話筒，粗聲說哈囉。

「馬可斯?馬可斯?是你嗎?」

「愛絲佩瑞莎，我就希望是你。你不會相信今天晚上這裡發生了什麼事。」

「你還好吧？」

「我很好，絕對沒問題，但是——」

「等下再告訴我。」她停了一下：「十分鐘前我接到電話，艾倫的女傭蒂娜說她接到蘭諾醫院急診室打來的電話……我以爲你被人殺了。」愛絲佩瑞莎哭道：「我好害怕。」

我搔搔後頸：「我不明白。」

「艾倫中彈了——」

「我的天，不要！」這時我才明白，艾圖利亞爲何要曼紐爾先生打電話給我。他們知道艾倫出事了，他根本沒有離開夜總會。

「艾倫只有擦傷，他的情況很穩定。他現在睡得很舒服。」

「她還知道什麼？」

「蒂娜說，警方打電話來，要跟羅妮亞說話。他們問了你的地址。我確信他們很快就會到了。」

「他們要對我問話。艾倫是哪裡中彈？」

「蒂娜說，一顆子彈擦過他的下巴，還有兩顆打中左大腿。她不知道事情的經過。」

「我擔心艾倫還是有危險。」我粗重的喘氣。

「你是指什麼？」

「他是在夜總會中彈的。這裡發生了一場槍戰。」

「不。」

「艾倫今天晚上在這裡，當門多薩這個團體的主講人。他們都是『藍手』的成員，我確定是這樣，要不就是某種準軍事團體，想要推翻新的政府，起來掌權。我早該知道，艾倫和門多薩之間不是普通關係，看他們見面時笑的樣子就知道。」

「馬可斯，今天晚上發生了什麼事？」

我把一切都說給愛絲佩瑞莎聽。「艾倫講完以後，我還以爲有人護送他回家——你知道，不受宵禁的管制；我很確定。顯然他沒有離開，他在停車場等著。這裡的會議一直持續下去。」

「談什麼？」

「策略。如何殺死勞工領袖，星期日的大選過後該做什麼之類的。我睡著了，也許睡了半小時。醒來後，他們在聊天、喝酒。當他們準備走了，子彈就在夜總會裡亂飛。艾倫一定是在這個時候中彈的。他怎麼能跟這種野獸混在一起？」

「誰開的槍？」

我搖搖頭。「一個團體，左派，右派，中間立場，或是立場在這些團體之間的組織。我確信我們永遠不會知道眞相。有一件事是確定的，門多薩死了。」

「不。」愛絲佩瑞莎叫道。

「我偷聽到的。腹部中彈，送了命。」

「太可怕了，太可怕了。」她喊道：「你還好吧？馬可斯，你發誓你沒事？」

「我很好，愛絲佩瑞莎……只是……我希望我是跟你在一起。」

「馬可斯，我們現在就離開這個國家，在你被人殺掉之前。我有個女性朋友在墨西哥市；我們可以在那裡重新開始。我再也不能忍受這些暴力行動了，它讓我想到哥倫比亞的內戰，有幾十萬人喪命。馬可斯，我們絕對逃不出這場流血屠殺的。」

愛絲佩瑞莎幾乎在尖叫了。

「親愛的，聲音小一點。」我對她說：「現在夜總會外面還有士兵。我們可以等一會兒再談這個。」我全身上下都在痛，彷彿肚子被打了四、五拳，腦袋也被打了好幾拳。

「警察來的時候，我該怎麼說？他們會問你到哪裡去了。」

「不能告訴他們，我藏在這裡。門多薩死了，沒有人保護我們。」

「我該打電話給帕哥嗎？」

「要是把他也扯進來，蘇珊娜會殺了我。」

「卡斯特納達？」

一百年來，我第一次笑了。「那個混蛋？他會嚇破膽，打電話給他的朋友杜華德，讓事情更糟……你何不告訴警察，我到薩爾瓦多去看我弟弟大衛了。對他們說，你跟我通過電話，我一早就搭飛機回來。然後打電話給大衛，告訴他該怎麼說。還有，愛絲佩瑞莎，你對門多薩和艾倫的事一無所知，也不曉得他們爲什麼要去我的夜總會。」

「你要怎麼做，馬可斯？我好怕。」

我迅速考慮我的行動計畫。「我要回到衣帽間，待到早晨。」

「要不要我早上去接你？」

「愛絲佩瑞莎，我不要你接近這裡。天一亮我就從後門溜出去，翻牆過去，跟來的時候一樣。」

「但是警衛呢？他們若看見你，會對著你開槍。」

「他們不會看見我。」

「不，馬可斯，等一等——」

我聽到噪音，也許只是一個酪梨掉到地上。「我得走了。」

「馬可斯，小心點。我想你。我非常愛你。要是你出了事，我不知道該怎麼辦。」

我的嘴唇張開：「我知道。」我只能說出這句話。

我放下話筒，努力讓自己走回藏身的處所——一個家，這裡變得如此熟悉。我覺得冷，便重新穿上高領衫。我在地板上斷斷續續的打瞌睡，一次不超過幾分鐘，直到我推開門，透過玻璃碎裂的窗戶，我看到天空輝煌燦爛，像顆紅豔的石榴。

30

我把垃圾筒翻過來，站在上面，抓住尤佳利的樹枝，用力把身體拉上去，翻過牆頭。瓜地馬拉市所有的狗都在叫，聽起來像是這樣，我快速跑過空地，彷彿在躲避子彈的掃射。跑上人行道時，我就像哥倫布踏上了新大陸，土地！堅實不變的土地！

我沿著改革大道走，在夜總會前方的巴士站停下來。一個穿迷彩裝的士兵，來福槍握在胸口，靠在距離夜總會入口幾英呎的一棵菩提樹上。沒有巴士。

我決定慢慢走向他，到了距離他不到十英呎的地方，他舉起槍，對著我的胸口。「你要什麼？」

「嗯，」我結結巴巴的說：「我的一個朋友是這家夜總會的老闆。我住在附近，昨天夜裡，我聽到騷亂的聲音。因爲宵禁，那時我不敢過來看出了什麼事。」

「你朋友是誰？」士兵問。

「馬可斯．艾塔勒夫。我們都叫他『青蛙』。」我試著開玩笑：「一切都還好吧？」

「沒有問題。艾塔勒夫先生又僱了些警衛。你最好離開。」

我點點頭，往巴士站走去。我用來掩飾自己的方法完全生效了。不久，今天的第一班巴士來了，裝滿印地安人，他們正在前往自己設在動物園或機場門口賣糖果香菸的路邊攤。我上了巴士，今天將是有趣的一天，我叫自己振作起來。

我到家的時候，愛絲佩瑞莎正在廚房燒咖啡。我們緊緊擁抱，熱烈親吻，像一對情侶，經過了十年的戰爭，無法跨越的海洋的阻隔，得以重新聚首。

「你沒出事。」愛絲佩瑞莎哭道，她觸摸我的身體，確定我在這裡，完好無缺。

「當然。」我聞到牛奶酸掉的味道：「我對你說了，我很好。這裡的情況如何？有關於艾倫的消息嗎？」

「早上我打電話去醫院。醫生從艾倫背上拿出兩顆子彈。」

「他沒有癱瘓吧？」

「沒有，子彈打到臀部。」

「運氣不錯。」愛絲佩瑞莎給我倒了咖啡，我拿起咖啡杯：「我今天必須跟他談談。」

「護士說，你可以四點以後去。他很好，馬可斯，不要擔心。護士說，他只是虛弱，因為用了止痛劑和鎮靜劑。」愛絲佩瑞莎把一個盤子從桌上推過來給我：「吃點土司。」

「我不餓。我要喝咖啡，沖個澡。」

「吃吧。等下你可能沒機會吃了。」

我們走進餐廳，在餐桌旁坐下。「他住在幾號房？」

「五一五。」愛絲佩瑞莎為我的土司塗上牛油。

「我簡直無法相信。我被監禁在醫院的時候，住的就是這一間。太巧了。」

愛絲佩瑞莎把土司遞給我。她吹了吹咖啡，喝了一口：「也許只有五樓才有單人病房。」

「我想也是這樣。他們應該在五一五號房門上釘個牌子，寫著『保留給艾塔勒夫家的人』。太神奇了。」

「你要我陪你去醫院嗎？」

儘管昨晚的事情讓我的身體非常疲憊，我的心仍為了怒火中燒而沸騰。艾倫有很多事情必須跟我解釋，這一次我不會讓他搪塞過去。只要他腦筋清醒，我就要跟他談——就我們兩個。

「你不去比較好，至少今天不去。」

愛絲佩瑞莎察覺到我的想法，警告說：「艾倫可能頭暈眼花的。」

「我不會強迫他站起來。我只是覺得，我們好好談談的時候到了。我要在羅妮亞和他的孩子到來之前，在一切的謊言展開前，跟他談一下。」

我又把昨夜發生的經過，對愛絲佩瑞莎說了一遍：我遇到葛萊迪絲，夜總會發生的事，還有我怎麼把許多個碎片拼在一起，看到事情的全貌。有幾件事我還想不明白，就是門多薩的團體的眞正目標，以及艾倫跟他們串通到什麼程度。我也想知道，在門多薩的策略會議中，艾倫在夜總會裡做了什麼，最後是怎麼受傷的。在我找到更多的答案之前，我無法對第一項疑慮作出回應，至於第二項，我只能說，我想到的是，艾倫也許繼續留在夜總會裡。「他在那裡發表演講，如此而已。」

「難道你不記得演講後的任何事情？」

「我對艾倫的話太失望了，腦中一片空白。我眞的想不起任何東西，直到槍戰開始。」

「一點也想不起來？」愛絲佩瑞莎懷疑的看著我。

「我沒有在聽。他們談到綁架，殺死勞工領袖，把這些事嫁禍給游擊隊。進行死亡威脅，郵件炸彈，其他的我記不起來了。我非常生氣，最後睡著了。衣櫃裡很熱，我開始想到過去。我無法相信艾倫會參與這些事。」

「你覺得這些狙擊手的目標是艾倫還是門多薩？」

原來愛絲佩瑞莎想知道的是這個。「我不曉得，就目前來說，我也不在乎。艾倫有很多事必須跟我解釋清楚。」

兩個探員跟愛絲佩瑞莎談過了，更多的探員來找新線索。他們對我那晚出了國，似乎既不感到驚訝，也不覺得奇怪——愛絲佩瑞莎覺得，彷彿這件事眞的取悅了他們。她問他們，夜總會那晚發生了什麼事，他們說，兩個士兵爲了女人發生爭執——純屬私事——在星期三晚上的會議。

「吵得可還眞兇。他們如何解釋艾倫的受傷？」

「他們說，他涉入了另一個意外事件，在維斯塔赫摩沙路上被人搶了。」

「我不相信。」我幾乎被第三杯咖啡的含糖殘渣嗆到。

「他們是這麼說的。艾倫下班回家途中，車子被翻過來。聽到他們這麼說，我按照你教我的，並沒有露出驚訝的樣子。有一刻，我提起門多薩的名字——」

「他們怎麼說？」

「探員說，他們只知道昨天晚上他沒有去夜總會，其他的就不知道了。」

「但是我聽到了他的聲音。我看到了他。」我尖叫著站起來，血液像小型的賽車，在發脹的血管裡奔馳。

「警方可不是這麼說的。」

我的頭在旋轉。我走到客廳的沙發旁，癱軟下來。我的身體因爲整夜的扭曲姿勢而酸痛，散發出血和火藥的辛辣氣味。「愛絲佩瑞莎，他們在欺瞞我們。」

羅妮亞搭下午的班機，從邁阿密飛回來。愛絲佩瑞莎主動表示，願意先送我到醫院，再到機場接她。我打電話給大衛，告訴他艾倫中彈了，不過情況不嚴重。大衛非常震驚。我向他保證，艾倫一定會復原後，他說要坐下午的班機，從薩爾瓦多趕過來。

我走進蘭諾醫院五樓的護士櫃台，以前照顧過我的人，都出來跟我打招呼。瑟希不在，今天她休假，我很難過沒能爲了三個月前發生的事，跟她說聲對不起。

一個護士陪我走到以前我住的房間。她說：「不能超過二十分鐘，艾塔勒夫先生。你哥哥神智不清，而且很痛。」

我打開門。一個長方形的軀體躺在床上背對著門，床單拉到枕頭下邊，像是充氣的木乃伊，身上接著靜脈注射的管子。病房的陳設沒有改變，白椅子更髒了些，另一個窗台上放著天竺葵，如今長得比較細長，不過開花了，下午的陽光照上它，連我舊日對於死亡，對於被拋棄的恐懼，也飄浮在空氣裡。我被關在醫院，是一段令人沮喪的經歷。

「艾倫？」我低聲說：「是我，馬可斯。你醒了嗎？」

軀體緩慢的動了動，恐龍一般。一隻手摸索著床頭櫃，尋找眼鏡。艾倫轉過頭來。認出我以後，他說：「到這邊來，馬可斯，到我這一邊來。我很難翻身。」

「護士說，我可以來看你。」我向他道歉，不知爲什麼，我想像我哥哥坐了起來，像教皇一樣發表演說，急促背誦出由命令句組成的連禱。

「沒關係……我一定是睡著了……要是你的屁股裡拿出兩顆子彈，你也會覺得虛弱的。醫生說，只差一英吋，一顆子彈就會打進肛門，沿著大腸進去，打穿我的內臟。」

我緊張的笑出來，想到《唐吉軻德》裡的公主，把自己的半邊屁股切下來，給飢餓的摩爾人吃。

「我告訴你這個，不是爲了讓你開心的，馬可斯。我幾乎沒命。你怎麼會相信，生活是由一連串關於大便和放屁的無盡的笑話組成的？」艾倫很蒼白，一定非常不舒服，但是沒有到非常糟糕的程度，就我看來，並沒有無法忍受的疼痛或精神錯亂。他的心智和記憶都沒有受損。

「對不起，艾倫，說得對。」我表現出無知的樣子：「究竟發生了什麼事？好像沒有人知道事情的經過。」

當他換個姿勢時，艾倫從緊閉的牙縫中吸進一口空氣，嘴巴發出嘶嘶的聲音。「你知道跟通往我家的坎波馬特公路（Campo Marte）垂直的那條塵土飛揚的路嗎？一輛汽車從那條路衝出來，幾乎撞到我。我知道我應該留在車子裡，現在有防彈玻璃了，但是我本能的下了車，我想知道對方爲什麼差一點撞上我。我走到這輛車旁邊，看到一把槍對著我。一個男人要我把皮夾給他。我還沒開口，這人就開槍了，子彈擦過我的下巴，我轉身就逃。搶匪又開了兩槍，打中我的臀部。」艾倫朝我抬起下巴，一小塊紗布蓋住傷口。「幸運的是，一個警察開車經過，在宵禁開始前幾分鐘，把攻擊我的人嚇跑了，要不然我很可能沒命。」

我感到迷惑。我期待聽到一個狡猾的故事，用互相交織的謊言仔細編織出來。相反的，我得到了一種荒謬卡通漫畫的解釋。只有白痴會相信，一輛防彈車的駕駛會離開車子，把自己的血肉之軀暴露在陌生人面前。

不再繞圈子了，我決定直接攫取致命的部位。「門多薩呢？」

艾倫清清喉嚨。「對不起，你說什麼？」

「門多薩呢？」我又問了一次。

「是你夜總會的房東？他爲什麼要來看我？」他裝出不解的樣子：「我幾乎不認識他。」

「他死了，艾倫。」

「怎麼發生的？」

「艾倫，你可以對羅妮亞裝出一無所知的樣子，對我可不行。門多薩昨天晚上被人殺了，就在你中彈的地方——在我的夜總會。」

艾倫僵硬的笑道：「警察是這麼對你說的？兩個分開的事件，被他們湊到一塊兒？他們的想像力實在太豐富了。」

我很想一拳把艾倫打到父親長眠的耶路撒冷墓園裡。我深深吸了口氣，堅定的說：「昨天晚上我在夜總會，躲在衣帽間裡。我聽到你對門多薩和他的『人民軍』發表激勵人心的演說。那些話可還眞勇敢，兄弟，勇敢的話。」

艾倫困難的伸出手，拿起呼叫器按下去。護士來了，艾倫問她，能不能給他再打一針嗎啡。

「到六點才能打。醫生說的。」

「你是說，沒有別的能打？」

「只有阿斯匹靈。」護士瞥了我一眼：「也許你弟弟不在這裡比較好。」

「不，他可以分散我的注意力。」艾倫縮了縮，頭落回枕頭上。護士關上門時，他說：「你知道羅妮亞快到了。」

「愛絲佩瑞莎到機場接她去了。」我靠上窗台。下午的陽光十分微弱，曬在背上十分舒服，有一種讓人康復的感覺。

艾倫笑了。「她眞好，她是個好女人，馬可斯。你們認識多久了？」

「大約六個月。」

「神奇，眞是神奇。感覺上她已經是這個家庭的一份子了。你們很幸運，能找到彼此。」

「艾倫，我不想跟你聊愛絲佩瑞莎。」

「或許我太累了，沒法談別的。」

「只能談瑣事。」我快速的說。

艾倫的眼睛亮起來。這一刻我發現他是裝的，假裝疲倦欲死的樣子。「也許護士是對的，你應該讓我睡一下。」

「不！」我喊道：「我要知道你為何跟門多薩搞在一起。」

「你不該管這件事，馬可斯。生命裡有一些事，最好不要挑明了說。」

「像是幫忙募款，好讓右翼的野蠻人能夠屠殺無辜的人民？」

艾倫露出諷刺的笑容。「你不會是認真的。」

「我就是。」

「噢，那麼游擊隊不過是童子軍，還在學習如何用木棍和石頭保衛自己？」

「我沒有這麼說。但是，艾倫，你怎麼能跟那些軍人混在一起？看在老天的份上，身為猶太人，你──」

「不要跟我說怎麼做個猶太人。除了參加婚禮和成年禮，你已經有三十年沒上會堂做禮拜了。你沒有為爸爸禱告過一次。」

「禱告不會讓你更像猶太人，我要用什麼方式記住爸爸，與你無關。你在安息日所說的那些演講呢？你說要遵守十誡，要保護弱小，幫他們抵抗強權。」我模仿他佈道的樣子，他演講的時候，家人就在身旁。

「我們處於戰爭狀態，這種情況與平時不同。我們唯一的義務，」艾倫坐起來，重心壓在身體的一邊，靠在第二個枕頭上：「就是保護我們辛苦賺來的東西，我們建立起來的東西，無論我們相信的是上帝或眞主，還是山頂的一塊刻了字的石頭。我覺得我們需要做的只是確保我們的父母、子女和孫輩安全無虞。」

「我們不用做別的，除了付錢給兇手？」我對他的不信任爆開來：「你什麼都肯做？有任何界線嗎？」

「界線？不要教訓我跟界線有關的事。你可以對瑪莉娜說。對她解釋，她必須靠自己養大五個孩子，因爲游擊隊不承認他們的界線。或者對幾百個被綁架，被殺死的人說。你有膽子對我講，我們必須更重視人道，因爲我們接受上帝的指引，因爲上帝說，我們不能跟對手使用同樣的手段？」

「這是不對的，艾倫。難道我們沒有從山繆爾先生身上學到一點東西？」

艾倫笑了。「我們的父親，馬可斯……你選了一個以身作則的例子。難道你忘了，我們經常餓著肚子上床，因爲他去賭博，把菜錢輸光了？因爲他覺得只有他有特權，能在瓜地馬拉市的會堂度過安息日？我們被要求去欽佩他的勤奮。要是他沒有喝酒，我會感到驚訝。相反的，我們跟可憐的媽媽一同吃麵包屑，凍得要死的時候，他卻喝醉了，跟其他的女人在一起。」

「你不知道自己在說什麼。」

艾倫的眼睛閃著光，諷刺的光。「我所知道的事情會讓你驚訝……對你，他表現出無私和奉獻，但是對我，他只是個獨裁者。為何要我一個十五歲的孩子負責掌管全家的事，丟下課業，結束青春期的歡樂，好讓他能沉迷在他的激情裡？你不會了解這個，馬可斯，你從來沒有負過這些責任。你忙著看電影，或是得到足夠的錢，找個老妓女給你手淫。你以為山繆爾先生給過我任何機會，讓我能享受我的生活？」

「我們都把賺到的錢拿出來做為家用。」

「我沒有否認這一點。」艾倫動了動左臂——打點滴的這隻手——好讓它平放在身旁。「但是無論何時，你想走開就能走開，而不會受到責備。你可以出去跟帕哥、葛萊迪絲或荷爾嘉見面。你知道我會留下，負起責任來。我唯一能逃出去的方法就是娶羅妮亞，這樣我就能對我們親愛的父親說，如今我有自己的家庭要照顧，他必須自己照顧他的家人。」

我們偏離了主題，但這是個機會，讓我說出心中隱藏四十年的話。「你希望是這樣的，艾倫。你想做個不斷受苦的烈士。在你的一生中，你一直想控制環境，指揮別人，讓我們可以投奔你，感謝你，徵求你的意見。只有大衛不向你彎腰，而你從未錯過任何一個機會，總是批評他的虛榮，他的決定，連他教養孩子的方式也不放過。你根本不能跟人分享責任，艾倫，因為分享意味著放棄控制。」

一陣死寂。一架飛機從頭頂隆隆的飛過，窗戶的玻璃隨之震動，或許是羅妮亞的班機在空中盤旋，準備降落機場。

「你從小就這麼覺得，馬可斯？」

「對。」我有點羞愧，爲了一個無法解釋的理由。

「你從來沒想到要告訴我？難道我說的是外國話？」

「沒有人能告訴你任何事情，艾倫。你決定了何時何地該說什麼，該做什麼。」

「我明白了。」艾倫說，他轉動腦袋，讓它跟枕頭形成四十五度。他的臉肌肉緊縮，彷彿有一根粗大的針在扎他。我發現他的眼角濕潤，情感激動的表示，而不是出於僞裝。「我想，馬可斯，在某一刻，我們必須接受對彼此的失望。這些年來你一直相信，我想負擔這些責任，而我卻覺得，你總是推卸責任，這實在很有趣。我們是兄弟，馬可斯，但是我們並不眞的互相了解。也許我們之間有一道牆，沒有人有足夠的勇氣去拆掉它，我想我們必須開始接受它。」

「你說話不公平，艾倫。」我的喉嚨發緊。

「拜託你讓我說完，馬可斯。」艾倫的聲音突然變得陰沉而神秘，彷彿在夢遊，這是我所不熟悉的。艾倫在說話，沒有作假，從內心深處發出來，幾乎只求被人了解。「一整個早上，我都在回想昨天夜裡發生的事。你知道我發表了演講，你說你聽到了，我以爲我說了特定的話語，有著特定的意義，是任何人都能了解的……我以爲我在說，我，身爲幾個重要團體的代表，支持那些部隊的行動，來創造和平穩定的氣氛，爲了企業界，擴大範圍來說，爲了全國的益處。你不必相信我，馬可斯，但這就是我的動機。你也可以不用相信我不太了解門多薩。他幫過我幾次，不用付稅就把貨品運進來。這有什麼不對的？所以，有一天他打電話到店裡找我，問我是否願意到你的夜總會去，對一些軍官發表演說——這是我在夜總會碰到他之後發生的事。他說，正規軍隊陷入混亂與鬥爭，他的團體是一個特殊單位，他正在訓練他們，準備派到游擊隊盤據的地區，潘佐斯附近，叢林裡，還有帕納加查附近。一支精銳部隊。他說，他正在邀請各種組織與商業團體的領袖來演講，當然，還有貢獻資金做爲特殊訓練的經費。我對他說，我當然會去。我打了幾個電話，就向許多商業領袖募到了二十萬美金……每個人對目前迅速陷入混亂的情勢都非常不滿。但是，在我講完了以後，門多薩開始談到綁架和暗殺——」

「我在衣帽間裡聽到了開頭的話。非常可恥。」我試著讓艾倫對他的角色產生罪惡感。

然而艾倫不過是點了點頭。「四人一組規劃不同的干擾行動，到處是地圖和手繪圖表，願意參加的後備軍人名單，在未來幾天，大選之前，必須進行的各種計畫。一個團體要在薩卡普拉斯（Sacapulas）附近露面，扮成游擊隊的模樣，焚燒印地安人的小屋，燒得越多越好，你知道木頭燒得有多快，再處決幾十個印地安人，包括女人和小孩。他們會留下宣傳小冊，宣稱這些印地安人是因爲跟軍方串通而死。這個計畫的目的是策動政變，推翻盧卡斯總統的繼承人，然後起來掌權。這讓人想吐，馬可斯；聽到這些細節，我覺得我被利用了。會議結束後，我質問門多薩，他只說，要消滅共產黨，我們必須運用他們的方法。就像你說的，馬可斯，運用你所對抗的人民使用的伎倆。我對他感到極度的憤怒，感到被他利用了。我告訴他，我以爲我替他募到的錢會用在不同的地方，爲了宣傳，付錢給間諜，買選票，還有，如果有必要，就用來購買武器。他笑出來，拍拍我的背說，我不該擔心『藍手』正在做的事，我只該擔心，他引用了你的話，怎麼賺到更多錢。」

「說謊。我從沒有說過你只關心這個，沒有用這些字眼說過。」

「我想立刻就走，但是你知道，那時還在宵禁，門多薩答應會後要用吉普車護送我回去。然後是社交時間，所以我在夜總會裡走來走去，喝酒，坐在角落，等著時間過去。到最後，艾圖利亞，門多薩的得力助手，舉杯跟大家喝酒。我非常沮喪。然後我們一起走到外面，這時槍聲響了。我一定是第一個中彈的。」

「但是，艾倫，你一定知道這筆錢會用在哪裡。你不能靠買武器來得到穩定。」

艾倫看著我。「但是這是在你的夜總會舉行，你同意讓門多薩使用場地來規劃一切的行動，你知道他在做什麼，這是你許可的。我非常確定。」

「我什麼也不知道。」我防衛的說。

「馬可斯，你以爲他們在做什麼？一群老男人在下棋？你不會這麼天眞吧。」

「不是下棋。」我覺得換成自己在被拷問了，「我以爲是門多薩爲他那些忠心耿耿的軍人安排的社交聚會。由曼紐爾先生送上酒，大家說笑話，談天。」

艾倫在床上翻動。「該死的夾子，醫生說，縫線不能把皮膚合在一起。」他躺下去，回到原來的姿勢。「你知道有某種事情正在進行，馬可斯，某種製造分裂的事情。」

「我不知道，我發誓。」

「一點也不知道？那麼你爲何要偷偷摸摸的走進你自己的夜總會？」

「嗯，」我招認道：「他警告我，絕對不能過來。」

「這句話沒讓你有所察覺？」

「它的意思可能是，門多薩想要隱私，讓大家飲酒狂歡，或是賭博。我怎麼知道門多薩要幹什麼？」

艾倫笑了。「你以爲你的房東，拉斐爾·門多薩上校，沒有名聲，除了爲五任軍人政府做事之外，他還是職業軍人，不辭辛勞的保護人們的生命。」

「我知道一九六〇年代的時候，門多薩在薩卡帕山區攻打游擊隊的行動中十分活躍。」

「你只是『知道』？我確信帕哥，甚至愛絲佩瑞莎，都可能告訴過你關於他的某些事蹟。」

我在掩護誰？我對自己說，去他的。「好吧，艾倫，我不是非常淸楚，但是我感覺到某種邪惡的事情正在進行。」

「所以你去了夜總會，想看看是怎麼回事。」

「我有我的疑慮——是的。」

「你爲什麼不站起來抵抗他？取消合約。你是個賭徒，馬可斯，你爲何不把生意收掉，認賠殺出？」

「他開始付我們租金，讓夜總會繼續開下去。我若關掉不做，我所有的錢就都賠光了。」

艾倫的臉上掠過一陣頑皮的笑。「所以你只是爲了錢，就讓這些會繼續開下去——」

「你在扭曲事實，艾倫。」

「講得好。」

一段暫時的停頓。我看著窗外，太陽溜下去，落到樹林後面。我不願承認，但是艾倫至少有部份是正確的；十年前，這種事不會發生。然而我還是在找理由，把我跟門多薩的關係合理化，我責怪情勢不佳，把責任推給我需要錢的事實。但是哪有一個時代不是困難的？我姊夫山繆會怎麼說？馬可斯會成爲那些當納粹屠殺猶太人，卻袖手旁觀的善良德國人之一？

艾倫開口了：「我中彈後，艾圖利亞的人要我裝成搶劫案的受害者。這些軍人得到自己想要的東西以後，把一切推得乾乾淨淨。先是維拉威脅公司，再來是盧卡斯總統的秘書打電話來提出更多的威脅，除非我肯替他們募款。他們給我的壓力越大，得到的就越少。所以我換了一匹馬騎……現在這些混蛋要我按照他們的遊戲規則來玩。我厭倦了被人利用，我再也不要任人擺佈——走著瞧！」

「瞧什麼？」我從恍惚中醒來。

艾倫響亮、瘋狂的笑著；他的眼睛呆滯地瞪視空中。「他們以爲艾塔勒夫家的人很好騙，但是他們的這個玩笑會讓他們自食惡果。」

「什麼玩笑，艾倫？我不曉得你在講什麼。」

「別擔心，馬可斯，你大哥不會光是躺著，乖乖的忍受這件事。無論如何，在醫院裡不會。」

他的機智讓自己發笑。「很快你就會明白的。」

說完這句話，他翻過身子，側躺著睡著了。

31

艾倫睡著了，我坐到白椅子上。回到這個房間，這個讓我不快樂的地點，有一種奇怪的感覺。這麼多純白的東西，只有天竺葵盆子裡有點綠色與紅色。

白色總是讓我聯想到童年時光。小時候，我們被迫背誦西班牙作家貝克爾（Bécquer）與克維多（Quevedo）的詩文，腦袋幾乎塞爆了，我從來寫不出一首詩，因爲我害怕弄髒白紙。我媽說，我出生的那天，我們在格查爾特南戈的家中，屋頂上凝成一根根下垂的白色冰柱。對於白色的記憶，可以追溯到我看到她坐在勝家牌縫紉機前，縫製一捆捆的床單和枕頭套，補貼我爸那份不存在的薪水。我們的家寒冷而悽涼（我媽說，她唯一一次看到瓜地馬拉下雪，是在我受割禮那天。），但是在縫紉間，我溫暖的坐在一疊疊折好的白色布料上，手裡拿著穿在木棍上的線軸，在需要的時刻放出線。這卷線是我看過最像冰淇淋的東西。我媽的膚色潔白如雪，她不停的做，給針穿線，打結，扯斷線，她那隻好的腿急急踩著踏板，小小的牙齒咬住蒼白的唇。

她的髮那時必是另一個顏色，我記憶中仍是白色，十年前我們埋葬她時的顏色。

牛奶是白色的，但是我們家裡從來沒有這樣東西。搬到瓜地馬拉市以後，我們富有的表兄弟姐妹們，裴瑞拉家的人，每天都有一大罐牛奶送到家裡。我是多麼羨慕他們，羨慕他們沾了牛奶的嘴唇。

我媽做事的縫紉間，牆壁也是白的，徹底的白。白色是記憶之母，眞相之母。這就是我一輩子害怕白色的原因。

敲門聲，推門聲，門開了。是愛絲佩瑞莎和羅妮亞。儘管隔著許多傷口和一個笨重的袋子，丈夫和妻子還是緊緊抱住對方，親吻與述說同時進行。羅妮亞哭了，她說，邁阿密的每個家人都很憂慮，她答應今天晚上要打電話給山姆和蘇菲，費莉西亞和山繆，向他們報告所有的事。她的丈夫看來如此蒼白，需要她做點家鄉菜給他吃（並非羅妮亞平常做的那種）。她停下來，艾倫開始述說捏造的車禍經過，我在旁邊對愛絲佩瑞莎使眼色，要她不要說話，不要提出跟艾倫衝突的說法，跟我到外面去，這樣我們才能說話。

「他爲什麼要對羅妮亞扯這個謊？」愛絲佩瑞莎問。我們在等候室坐下，電視開著，音量很小，沒有人在看。

「顯然這是官方的版本。我確信今天晚上《公正報》會登出這項報導。」

「我不信。」

我揉揉臉。「星期三晚上在夜總會進行的這些會議，遠比我們所想的還要危險。門多薩和他的夥伴在計劃各種分裂行動，他們的最後計劃是策動政變，推翻盧卡斯總統，不讓安格爾將軍就職。如果美國政府涉入此事，我也不驚訝，美國認爲，儘管有這些屠殺行動，盧卡斯處理游擊隊問題的表現實在沒什麼效果。」

「門多薩的死該怎麼說？」

「如果這件事沒有見報，我絕對不驚訝。」

「我不相信你。」愛絲佩瑞莎跺跺腳，從椅子上站起來。她走向電梯，鞋跟在上蠟的堅硬地板上發出響亮的聲音。我確信她是下樓去報攤買份晚報來看。我獨自坐著，風在打開的玻璃窗之間迅速穿梭，我感覺到一種令人訝異的寧靜，幾乎是安詳的。一個老人握著點滴架，上面懸掛著一瓶點滴和一個尿袋，走進等候室，開始不停的轉換電視頻道，直到找到黑白影集《*Bonanza*》那台。肥胖的兒子在月光下對可愛的女牛仔拋媚眼，然而旁白的聲音非常尖銳。

過去兩天發生的事讓我相信，愛絲佩瑞莎和我要想存活下去，就得離開瓜地馬拉。夜總會裡展現的事，未來將在大眾眼前展現的事，足以讓我相信未來所能提供的是不受制止的暴力行動，而它們將被謊言和省略所掩蓋。而「黑人」變成了愉快之聲，變成了我心中超然客觀的觀察者，他在我耳邊低語：四百五十年的歷史，馬可斯，或許一百個不同的政府，而它仍然是征服瓜地馬拉的西班牙人阿瓦拉多（Pedro de Alvarado），手裡拿著步槍，騎在馬背上，對抗手持弓箭、擊倒阿瓦拉多座騎的馬雅人特康．烏曼（Tecun Uman）。但是不要擔心，馬可斯，一位將軍會叫一個瓜地馬拉藝術家畫一幅格鬥畫作，主題是兩個天神般的男人進行肉搏戰。

「這麼專心，在笑什麼？」愛絲佩瑞莎問。她回來了，手裡拿著一份折疊的報紙。

「只是在想老朋友『黑人』……《公正報》怎麼說？」

愛絲佩瑞莎臉色發灰。「就像你說的，四行字報導夜總會有人吵架爭鬥。另外四行提到艾倫在回家途中被人攔下來。盧卡斯總統的發言人說，這些事件是政府決定應該繼續實施宵禁和戒嚴到選舉結束後的例證。」

「有任何關於門多薩的新聞嗎？」

「這個你就完全錯了。有他的訃聞，但是你不會相信它說的。」愛絲佩瑞莎的嘴唇緊緊壓住牙齒。

「我相信。現在我什麼都相信了。」

「這篇文章說，拉斐爾．門多薩上校在軍官俱樂部，從馬上摔下來。然後他跟馴馬師打了一架，馴馬師拿出槍，殺了他。馴馬師已經遭到拘禁。沒有別的了，馬可斯，只有一段簡短的話，說明門多薩在私人與軍方的經歷，家屬的名字，還有安排在大選後第二天舉行的喪禮，軍人最高的勳章。」

「就像人們所期望的。」

「我應該打電話給他太太。」愛絲佩瑞莎說：「她有權知道眞相。」

「這有什麼好處？我們全都會因此陷入危險。相信我，她絕對知道他是怎麼死的。她只是另一個串通好的目擊者。」

「我們必須做點什麼。」

「不可置信，不可置信。」我一定說了至少十幾遍，因爲我抬起眼睛的時候，那個看電視的老笨蛋竟然憤怒的對我揮動拳頭。

我按下艾倫家的門鈴，有點期待豐滿的克莉斯汀娜來開門，應門的是老邁而堅定的女僕蒂娜，她休完假回來了。蒂娜問候我們。愛絲佩瑞莎向她保證，她的老闆情況還好。羅妮亞走了進來，握住我的手臂，她看來很疲憊，但是回到家覺得輕鬆。我從廚房拿了些冰塊，把蘇格蘭威士忌和蘇打調在一起。然後，大衛到了。我調好了飲料，要愛絲佩瑞莎陪羅妮亞聊天，好讓我私下跟大衛說幾句話。

「這件事不是艾倫跟羅妮亞說的那樣。」我給了他一杯，然後把夜總會發生的事，還有艾倫在醫院裡告訴我的話，全對他說了。

「艾倫這傢伙。」大衛嘆了口氣。

「就是。」我說：「他對他太太說的全是假話。」

大衛用手旋轉喝乾的酒杯。「我覺得他的解釋非常牽強，但是這些天來我太累了，而且已經習慣看到不可能發生的事眞的發生，變成別人怎麼說，我就怎麼聽。」

「這不大像你。」

大衛聳聳肩。「我花了很大的功夫，才讓公司維持下去。中美洲共同市場已經垮了，我們回到六〇年代初期的狀況，那時我們還沒有說服政府防止美國企業控制我們的企業利益……眞奇怪，馬可斯，石油危機，我們的政治內鬥，爲美國的銀行創造出完美的環境，讓它們增加對我們的控制。我們渴望得到美金，我們的工廠處於半停工狀態。有些企業家在幫美國架設干預的舞台。你知道，『送海軍陸戰隊進場』。過去的環境是這麼好——」

「不用你告訴我，」我跟他碰杯，喝了一口酒。

「敬你！」大衛敲敲他的酒杯：「對不起，馬可斯，我希望我能多付你一段時間的薪水。工廠被燃燒彈炸了，我眞的沒有選擇。」

「你和我都明白，過去幾年來，我只是一個橡皮圖章。我被拘留在醫院的事，證明了這一點。」

大衛的眼光移開，看著坐在客廳的兩個人。在傷口上灑鹽，實在沒有意義。「我曾經以爲，艾塔勒夫家的人都能從公司得到好處——山繆爾先生會喜歡這樣——但是各種事件，無法預見的情況，壓倒了我們。就目前來說，我們必須等到暴風雨結束……你怎麼樣，馬可斯？夜總會的事怎麼解決？」

我對大衛說了夜總會所有的事——它的興衰，門多薩和艾倫的關係。大衛的眼睛，通常是閃亮而聰慧，眼神四處流動，彷彿在確認他無窮的能力可以聯結不同的事情，找出解決方案，但是在此刻，它們冷漠的聽我說話，彷彿我在敘述一項他早就知道的陰謀，因此感到無聊。我說完後，他依舊沉默，一個字也沒說。

「你有什麼想法？」我問。

「我並不驚訝。再也沒有任何事能讓我驚訝了。」

我把手放在他肩上。「這不像你，大衛。出了什麼事？」

他的嘴皺得像隻黑猩猩。「燃燒彈事件發生後，我已經沒輒了。公司的錢被吸乾了，我想不出該怎麼辦。我們已經解雇這麼多員工，連離職派對也不辦了。這些派對氣氛低迷，士氣因此更加低落。我不是魔術師，馬可斯。」

「沒有人覺得你是。你只是看起來有能力去——」

「我知道。」他插嘴道：「去把每一件事做對。點物成金的邁達斯（Midas）。現在沒有一件事能運作下去。我甚至不了解我的家人。」

「怎麼回事？」

「希爾達在佛羅里達很好，忙著養她的賽馬，我們一星期跟她通一次電話；米迦勒快要拿到電腦學士的學位了，花了他八年的時間；羅伯特在聖地牙哥的『漢堡王』非法打工；亞伯特在奧蘭多一家社區大學讀書，修的課幾乎全不及格。我們在聖誕節、復活節和暑假八月見面，試著一年有三次像是一家人。」

「這樣一定很不容易。」

「這種情況讓人無法忍受。我再也不能說希爾達和我是夫妻了，我們聚在一起的時候，幾乎像陌生人；熱情消逝了，重要的日常交流也沒有了。四年前，我把希爾達和孩子送到國外，當時的想法是要讓他們繼續活下去，遠離叢林。我留下，承擔風險，賺錢供養他們。我在一個脆弱的基礎上造了一棟房子，我們有一些錢，卻失去了幾乎所有的家庭生活。我們像行星一樣，一年有幾次，以特別緊密的模式排成一行。」

「也許我們應該賣掉虧錢的資產。」

「馬可斯，你應該知道，如今破壞事件與勞工騷亂的風險這麼高，沒有人想在瓜地馬拉和薩爾瓦多投資，更不會投資在工廠上。還有，要是賣掉了所有的工廠，我要做什麼？我已經五十了，不太想流亡到美國，坐在游泳池邊，跟艾巴羅與路納兩家人策劃另一場政變。我沒法那樣子過生活。而且，在道德上，我就是不能走，公司還有一千個工人需要謀生。」

「讓他們依靠卡斯特納達。」

「依靠他？」大衛嘲笑道：「他隨時都在準備離開公司。他自己有幾百萬美元放在墨西哥的美元帳戶裡，每年拿百分之二十的利息。要是收掉公司，他還是會過得很好。我不希望這樣，但是公司比任何時候都需要我。而我沒有力氣了。」

「跟你比起來，我的問題似乎微不足道。」我吐出一口氣。

大衛吞下最後一口酒，咬碎了一個冰塊。「沒有問題是小問題，馬可斯，只要發生在自己身上。」

蒂娜推開廚房的門，走過來，在餐桌上擺設食物。

「大衛？」

「什麼？」

「我們該拿艾倫怎麼辦？我擔心他有很大的危險。他是門多薩死亡案的目擊者。他知道他們的陰謀。」

「他根本不該跟那些人攪在一塊兒。這是個可怕的錯誤。」

「你不認爲他們會試著讓他開不了口？」

大衛聳聳肩。「我不擔心這個。我確信他們完全忘了他。艾倫最好什麼也別說，接受官方說法，做他自己的事，閉嘴不談。」

「你是否給過艾倫錢，讓他付給維拉？」

「當然。一張空白的五萬美金銀行本票。」大衛放下喝光的酒杯。

「這麼多?」我喘氣道:「艾倫早先對我說只有五千。」

大衛笑了。「五千美金封不了維拉的口,一小時都不行,尤其在我們發現他是盧卡斯總統的中間人之後。就把它看成一大筆競選獻金吧。」

「那時他在辦公室說,給維拉一萬美金,兩萬給另一個人。他沒有說是誰。」

「艾倫說,他會處理這件事。我告訴他,他可以按照自己的意思去做,只要不把公司的名字牽連在內。」

「所以這筆錢全給了盧卡斯總統的辦公室?」

「他手上有我們的把柄,我們必須付給他五萬美金。」

這項新的訊息讓我震驚。它跟我在艾倫辦公室偷聽到的,還有他去醫院看我時說的話,完全不一致。「我不想讓你失望,大衛,但是艾倫沒有給維拉錢。盧卡斯根本沒有拿到他的競選獻金。」

「不可能。這張支票是我親自批准的。」

「艾倫在醫院裡或多或少對我承認了這件事。我無法告訴你,他把這筆錢怎麼了,也許他把錢送進了門多薩的帳戶。艾倫原本就希望其他的企業領袖支持他。這一點我很清楚,維拉一毛也沒拿到。」

「這個艾倫！」大衛搖搖頭：「竟敢耍瓜地馬拉的總統。」

「難怪艾倫這麼神秘，尤其在他的店被炸了以後。他很生氣有人想勒索我們。我確信他一直在欺騙維拉。」

「艾倫反對使錢，他覺得這只會讓我們進一步做出妥協。」

「在羅妮亞進來之前，艾倫對我說他受夠了被人利用，他即將採取行動，要別人還一個公道。」

大衛敲了敲他的空杯子。

「我擔心他有生命危險。」我說：「艾倫快要氣炸了。」

大衛抬眼看我。「我們能做什麼？」

「晚餐好了。」我們還沒說完，蒂娜就搖著鈴，叫我們過去。

32

我們吃墨西哥玉米粽、米飯和香蕉，羅妮亞滿眼淚光的述說邁阿密的新生活。蘇菲在學開車；艾茲拉和席薇亞到天主教雙語學校讀書；她開始跟住在同一棟樓房、從薩爾瓦多流亡到這裡的一群人交往，包括路納和克拉瑪家的人。她說每天都跟費莉西亞和山繆在一起，但是沒有艾倫在身邊，她很寂寞。就是因爲他們被迫分開，她說，他才會被人攻擊——彷彿只要她在瓜地馬拉，就能讓這件事不發生。然後，她又哭了。

「我不了解的是，」羅妮亞說：「艾倫爲何不留在車裡，車子有防彈玻璃啊。」

「我相信當時他根本不知道是怎麼回事。」愛絲佩瑞莎說：「也許他以爲那輛車的司機心臟病發作了。」她擁抱羅妮亞。

「這幾天你們每一件事都要小心。每一件事。」大衛陰鬱的說。盤子撤下去了，咖啡端上來。「惡沒惡報。」

「法蘭西斯柯怎麼樣？」我問羅妮亞，試著轉移話題，不談艾倫的假意外事件。

她的眼睛又湧出淚水。「我控制不了他，我眞的沒辦法。他剛來的時候，在佛羅里達國際大學修了兩門金融方面的課。他不聽我的話，跟一群尼加拉瓜和薩爾瓦多流亡過來的人混在一起。他最好的朋友是奧利維・賈西亞。」

大衛放下咖啡杯，皺起眉頭：「賈西亞這個家族是自由派，但奧利維不是。他是個心理失常的年輕人；任何人都會這樣，如果你親眼看到父親在自己眼前被人殺掉。有人告訴我，他用從父親那裡繼承到的錢，做爲反對杜華德的組織訓練軍人的經費。」

「我知道。」羅妮亞說：「法蘭西斯柯輟了學，現在一個禮拜有三個晚上不回家，而在沼澤國家公園搭帳篷睡覺。他說要回瓜地馬拉，成爲解放力量的一份子。我要跟艾倫談談這件事，但是他在住院，我說不出口。」

愛絲佩瑞莎站起來，走過去擁抱羅妮亞。「兩、三天之內，艾倫就能起床了。」

「我的家要瓦解了。」羅妮亞嗚咽道。

「你要我跟法蘭西斯柯談嗎？」我說：「我們很少正眼看對方，但我仍然是他叔叔。」

「對他來說，這個毫無意義。」羅妮亞擦乾眼淚：「我是他媽，他都不理會我了。他嘲笑我憂慮的事，還說他知道自己在做什麼。」

我想到法蘭西斯柯想像有各種顏色的豐田汽車在跟蹤他。我確信艾倫從來沒把這件事告訴羅妮亞。「相信自己要解放瓜地馬拉的每一個人，都該去接受精神科醫生的幫助。」我說。

愛絲佩瑞莎捏捏我的手，要我別再講了。

「是眞的，愛絲佩瑞莎，沒有人告訴這個男孩任何事。艾倫把他寵壞了。他十四歲的時候，艾倫給他買了全瓜地馬拉最大的ＢＭＷ摩托車，引擎比大多數汽車還大。幾年後，艾倫又給他買了一輛ＭＧ。即使法蘭西斯柯要一架飛機，我哥哥也會想辦法給他弄一架來。」

「也許我能跟他談談。」大衛插嘴道。

「這樣比較好些。」我說：「他向來尊敬你。我很可能會發脾氣，說出不適當的話。」

「你會的。」愛絲佩瑞莎說。

「只要法蘭西斯柯留在邁阿密，他的安全大概沒問題。」羅妮亞不確定的說：「我求他不要跟我回來。對不起，我得打個電話給蘇菲。我答應會儘快告訴她關於她爸爸的一切事情。」

跟蘇菲通過電話後，羅妮亞打給山繆和費莉西亞，還有她姊姊莎拉。然後，她打給蘇爾坦的太太萊拉，還有裴拉塔的太太康琴恩，聊了許多過時的八卦消息。羅妮亞似乎很能享受丈夫遭到槍擊這件事，在跟她談話的每個人身上引發的輕微的歇斯底里反應。愛絲佩瑞莎陪在羅妮亞身旁。

大衛和我到遊戲間打撞球。沒有了孩子們的吵鬧與糾纏，這棟房子顯得哀傷而空虛。

孤獨讓大衛球技精進：打三顆星開侖的時候，他連續九次進洞，這時，電話響了。響了三聲以後，我拿起遊戲間電話分機的話筒。一個緊張的聲音，找羅妮亞的。我走進羅妮亞和艾倫的臥房。愛絲佩瑞莎躺在床上，羅妮亞在換衣服。她沒有聽到電話聲。我坐在愛絲佩瑞莎身旁，把球桿放在大腿上。羅妮亞拿起房裡的話筒。

從她的回答中，我能聽出是醫院打來的，他們一直試著打電話來，試了四十五分鐘，電話一直不通。她身邊沒有別人？

「不，我小叔在這裡。」

她能立刻趕到醫院來嗎？

「我的天！我丈夫出了什麼事？」

沒有時間說明。

「他還活著嗎？」

宵禁快開始了。請你快一點。帶個家屬來。

「我會帶家人一起來。」

羅妮亞放下話筒，淚如雨下。她三言兩語交待了電話裡談的內容，快如閃電的換好衣服。

在醫院的大廳裡，一個護士和一個士兵招呼我們，直接把我們帶到電梯前面，拒絕回答任何問題。五樓所有能走動的病人，都遷到其他樓層的病房。十幾個士兵緊張的圍住樓梯。看到這樣的場面，我們的心臟幾乎停止跳動。羅妮亞哭得全身顫抖，腿軟了下去，大衛和我不得不把她抬到艾倫的房間。看到門口的警衛，她立刻站直身子，衝了進去。

在我睡過的這張床上，一張白色的床單蓋住屍體，彷彿有隻熊蜷縮在床單底下。白色的床頭板和牆壁上，窗上殘破的玻璃上，濺了一條條的血跡，灰色地板上的血乾了，像是翻倒的油漆，這幅景象說明了一切。羅妮亞尖叫起來，膝蓋軟下去，她開始嘔吐，噴出吃下的食物，把白床單染成許多顏色。

羅妮亞掙脫我們的手臂，拉開床單。艾倫祥和的臉朝我們露出荒謬的笑容，他的身體藏在有拉鍊的黑色橡膠袋裡，我確信裡面裝的是散落的屍塊。羅妮亞摸摸他的臉，她的手因爲冰冷而往後縮，彷彿摸到滾燙的爐子。她試著把拉鍊往下拉，兩個勤務兵抓住她的臂膀，把她從屍體旁邊拉開，帶到我們身旁，更準確的說，來到愛絲佩瑞莎的懷裡。我閉上眼睛，不斷低聲說，不，不，不。這件事沒有發生，一切都是前一晚吃了太多東西，喝了太多酒，睡得太晚，才會做這種夢——

但是發生了。

我張開眼睛，看到愛絲佩瑞莎抱著羅妮亞，撫摸她的頭髮。她低聲跟羅妮亞說話，帶著她走出艾倫的房間，到只有她們兩個的地方去，離開屍體，離開血跡。

有人拉拉我的手臂，是那個令人難忘的矮小男人，私家偵探的眼神，海象般的八字鬍，名氣響亮的偵探，波提羅探長。

「請跟我來。」他說。

他帶著大衛和我進入走道對面的房間，關上門。我還是聽到羅妮亞靠在愛絲佩瑞莎肩頭哭泣的聲音，聽到她在說，要賣掉房子，全家搬到美國，到以色列，到任何地方，只要不是繼續住在這種國家——

「我想他是你弟弟？」探長問道。

「大衛，這是波提羅探長。他調查過『偉大宮殿』的爆炸案。」

他們笑著握手。此刻露出笑容，是一種愚蠢、緊張的反應。但是在這種情況下，哪種反應才算正常？

「醫院打電話來的時候，有人對我嫂嫂說，她丈夫還活著。」大衛說。

「不是這樣的。」波提羅探長直接了當的說，他用舌頭頂起上唇，讓鬍子遮住鼻孔：「當場死亡。沒有掙扎的跡象。他立刻就被殺死了。這麼對她說，是爲了讓她在宵禁前趕到，我們需要有人來指認屍體。」

「你們至少可以把我哥哥移到另一間病房，別讓我們看到這些恐怖的細節。」我非常害怕，艾倫的名字竟然跟我剛才看到的屍體連在一起。

「不，謝了。這樣有人會說我湮滅證據。首先，我們必須完成一份初步的調查報告，然後我們就能移走屍體。我必須按規定做事。」

「規定！規定！有誰在乎你的規定？我哥哥就是被你遵行的同一套規定殺死的。」

探長顯然習慣了死者家屬歇斯底里的反應，他從外套口袋拿出本子，潦草的寫了幾個字。我快要氣瘋了。

「誰該爲這件事負責？」大衛問。他像是法老王，詢問他的顧問們，埃及最近爲何爆發瘟疫。他親眼見到埃及所有的長子，包括自己的兒子，被瘟疫奪走生命，感到束手無策，然而他還是可以不帶情緒的跟人商討問題。

「我們還不知道。」探長審慎的說。

「你總有個想法吧？」大衛繼續說，他那迅速復原的態度，他面對這一切的冷漠，讓我感到驚異。另一方面來說，我的嘴裡發苦，膽汁從嘴邊流回喉頭，像一座故障的馬桶。我發出響亮的吞嚥聲，吞下酸腐的感覺。一陣灼熱的燃燒感進入胸口。

探長把重心從右腳移到左腳。「也許他被到他店裡丟炸彈的同一群人給殺了，或是攔下他車子的人——。」

「你知道這個搶劫案是他媽的說謊。」我尖叫道。

「對不起，你說什麼？」波提羅問道，他低頭對著我看。

「你們這些混蛋什麼都知道。」

大衛緊緊握住我的手。「馬可斯，放輕鬆。」

「這就對了，艾塔勒夫先生，你最好叫你哥哥安靜下來。在這個房間裡私下控訴是一回事；公開說出自己的幻想可就不同了，在目前的局面之下，這可能非常危險。」波提羅對大衛眨了眨眼，用拿著本子的那隻手，把八字鬍的尖端往下拉了拉。

「你認爲是怎麼回事？」大衛又問了一次，彷彿在詢問工廠經理產量爲何減少。

波提羅踱著步，從我們身邊走開，坐在沒有鋪床單的病床上。「一個多小時前，我們接到醫院打來的電話，說這邊發生了槍擊案。好像有兩個穿便服的人，拿著一大箱類似鮮花的東西走進醫院，他們走樓梯上了五樓，進入你哥哥的病房，對他開火。就像我說的，他立刻就死了。你哥哥背上被打了二十槍，他一定是側躺著，背對著門。也許他站在窗前向外看。兇手沿著樓梯逃走，沒有人來得及阻止他們。」

我抽出手腕，不讓大衛抓著我。「當然。兇手把機關槍夾在手臂底下，大搖大擺的走出醫院。這個想法荒謬至極。沒有小偷會這麼麻煩，再過來一趟，殺了我哥哥。我確信這跟門多薩的被殺有關。」

探長在床上換了個姿勢。「門多薩上校，昨天在軍官俱樂部意外遭到槍殺的那個人？」

「天大的謊言！門多薩是昨天晚上在我的夜總會遭到槍殺的。艾倫也在那裡。他是在那裡中彈的，不是在馬路上。他們兩個都是在那裡被槍打中的。」

「我不相信。」波提羅說。

探長的驚訝是眞心的。我把昨天夜裡在夜總會看到的事，還有艾倫告訴我的話，全說給他聽。我甚至大膽的告訴他，我藏在夜總會裡，聽到門多薩跟人討論大選後製造混亂的計畫，好讓推翻盧卡斯總統的政變勢在必行。這些事我已熟記在心，而且已經說過兩次了，說給愛絲佩瑞莎和大衛聽，就像背誦一部劇本。我一面說，一面望著波提羅的眼睛，它們保持專注、凍結的神情，不流露一絲情緒。

我說完了，探長說：「這樣的話，情況當然不同了。」

「還有更多事情。」我補充道。然後我告訴他，我最後一次跟艾倫談話的內容，他說他再也不要任人擺佈，那些人要他「假裝這只是意外事件」。他還開玩笑說，他們的某個玩笑「會讓他們自食惡果」。

「但是我不知道他指的是什麼，即使讀過《公正報》的官方說法後，我還是不懂。我只知道，我弟弟今天告訴我，艾倫應該給盧卡斯總統五萬美金，而他沒有給。」

波提羅仍然坐在我對面的床上。他把筆和本子放到一邊，用左手的手指按摩下巴。有二到三次，他張開嘴要說話，但他搖搖頭，回到原來的姿勢。看到他這樣坐著，兩腳懸空擺盪，碰不到地面，實在有點奇怪。

大衛彈了手指一下，發出響亮的啪的一聲。「顯然在我哥哥動完手術後，有人打過電話來，或是來看過他，告訴他對調查人員該怎麼說。」

「很有道理。」探長說。

「有人告訴他，對這件槍擊案的公開說法，汽車攔住他，搶劫的動機，應該如何解釋。除了艾倫和馬可斯——沒有人知道你，馬可斯——沒有任何平民看到門多薩喪生。他的團體顯然不希望那些星期三晚上的聚會在大眾面前曝光。你可以懷疑是因爲軍方內部的對立，策動政變的計畫。今天下午跟你談過以後，馬可斯，艾倫一定打電話給門多薩的團體，威脅要對媒體說出眞相。你說過，艾倫看起來快要受不了了，對於自己被人利用感到憤怒。」

「對。」我說：「他對我說，他不知道門多薩跟『藍手』有關係。」

「這就是他們殺了他的原因。」波提羅說：「封他的口。」

「也許盧卡斯總統的人來找他算帳，因爲艾倫沒有實現他的承諾。」大衛說。

「這些混蛋！」我尖叫著站起來：「他們逃不了的，我知道發生了什麼事，我不會閉嘴不說。」

波提羅好奇的看著我，幾乎是嘲笑的。「究竟發生了什麼事？馬可斯・艾塔勒夫先生。」

我非常憤怒。「我弟弟剛才對你說了，他想出來了。不要忘了我在那裡，在夜總會裡，我的夜總會。我是門多薩死亡案的目擊者。而且不只這樣，還有更多的事情，我知道盧卡斯總統沒有拿到錢，我知道關於『藍手』的一切事情，他們的分裂行動，艾圖利亞上校，門多薩和艾倫死亡事件背後的整個眞相。」我發出勝利的尖叫。

「不，不，不！」波提羅阻止我：「你什麼也不知道，馬可斯先生。你如何能夠？昨天晚上你到聖薩爾瓦多去看你弟弟了，你們很晚才睡，你跟他聊天，讀了一本書，看了電視，還跟他的女僕親熱了一回，隨你想怎麼做。」

「這是謊言。」

「我告訴你，你什麼也不知道。」

「我不要成爲這種做法的一份子。」

「你以爲這些人是誰？玩軍人遊戲的小男孩，不小心誤丟了炸彈，以爲丟出去的是鞭炮？難道你哥哥不是這麼想的？」波提羅頓了頓：「看看他！威脅別人的大人物！死了，馬可斯，死翹翹了。不是屁股中兩槍，下巴受到擦傷，在搶劫案發生後慢慢復原。艾倫死了，他身上的子彈足以殺死二十個人。」

「你要我跟他們一起做假，波提羅，你要我閉嘴，好保住你自己，還有你的夥伴。」

波提羅從床上起來。他幾乎不到五呎高，穿了鞋也不到。他走向我，用小而濕冷的手抓住我的臉，緩慢的吐出每個音節：「我要你活下去，馬可斯·艾塔勒夫。」

「大便！」

「救救你自己，爲了你的家人和朋友。這跟我的『夥伴』沒有關係。在這一行我沒有『夥伴』，我做我必須做的事，還有我能做的事，我不談不該談的事情，尤其是牽涉到政客和軍方的事。我試著不去揣測、譴責或反駁，至少在公開場合不要這樣。我寫報告，解決幾個案件，有時我接受一些錢，在公開場合說些必須說的話，我接受它，因爲靠著一個月三百塊薪水，不容易養活家人。我告訴你這些，馬可斯，說得誠實，毫不後悔，我對我的工作或信念並不感到自豪，但是也沒有罪惡感。我可以平靜的談論它，因爲有一個比你我權力更大的人認爲，我應該能做到。」

我生氣的瞪著他：「你這個懦夫。」

波提羅放開我的臉，轉向大衛：「我看得出來，你是可以商量事情的人。我可以跟你講理。」

大衛什麼也沒說，他沒有表示不同意。

「我要你哥哥馬可斯平靜的活下去。跟他講一講，幫助他了解我的意思。」波提羅轉過身子。

「不要掉頭就走，你這隻蛆。」我喊道。

波提羅搖搖頭，要大衛跟他出去。

「馬上回來，馬可斯。」大衛和探長走出房間。

門慢慢關上。我覺得噁心，被困在這個小小的白色房間裡，這個房間似乎有一種靜靜的嗡嗡聲。我幾乎想選擇死亡，是的，寧可失去愛絲佩瑞莎，我的未來、夢想，永遠不再見到我的兒子亞伯特，也不願蝸牛一樣，縮在謊言打造的殼裡。毀掉瓜地馬拉的正是無數的謊言，不是嗎？謊言正在毀掉艾塔勒夫家族，不是嗎？

大衛一定已經回到房裡來了，因爲我突然感覺到他的手臂圍繞著我，他那潮濕的嘴唇貼在我的後頸。我快要崩潰了，大聲哭出來，《聖經》裡的大洪水再次來襲，只是這一次沒有白鴿，牠的嘴裡也沒有啣著草，一個來自亞拉芮山（Mount Ararat）未被洪水淹沒的頂端的禮物。

也許我在大笑，無法控制，無法停止。我變成吸入笑氣的歇斯底里的蠢蛋，終於明白不管說了什麼，做了什麼，我都無法控制自己的命運。然而不只我一個，所有的瓜地馬拉人民都是這樣。另一個人在控制大局，指導我們的行動，舉起我們的手，告訴我們什麼時候該鼓掌，什麼時候要喝倒彩，這個人啪的一聲，闔上我們的嘴，抓緊我們的膀胱，我們的括約肌，告訴我們什麼時候可以小便、拉屎和做愛。

人生不是打二十一點，不是一場機會的遊戲，每一張卡都作了記號，經過改動；無論我們做了什麼，無論我們願意接受那些幻覺，決心建造多少搖晃的斷頭台，我們都在緩慢、無法挽回的下沉，被推向無可否認的挫敗。

顯露的憤怒轉變成眼淚，淚水化爲哀痛，我的虛假的天眞，最後一次，終於被殺死了。艾倫，我的哥哥，也死了。

33

父母的死，我有心理準備。我爸去世那年，他已經進了醫院兩次：第一次是胸腔感染轉成肺炎，然後是一個小腫瘤從他的攝護腺取出來，一開始醫生說是良性的，到了七月，那時他已經八十五歲，他的腎臟不管用了，各種管子插進了他虛弱的身體，最後一次英勇而枉然的努力，試著把他救回來。一天晚上，只有我跟我爸在一起，安東尼奧在巡房途中過來看看我們，他開玩笑說，山繆爾先生下星期就可以回家，到時候他的麵包上會沾滿蜂蜜和芝麻醬。我爸轉過身，對著他，聲音裡沒有恐懼或懊悔，只是簡單明瞭的說：「不，醫生，下一次你見到我的時候，我會在棺材裡。」安東尼奧說，不會的，我爸還有很多年可活。我爸沒有答話，但是他當天晚上就死了。我一點也不驚訝。我爸和我都是賭徒，我們都根據心中的預感下注，即使有時預感不靈。

我母親的死就不同了。她十五歲就來到瓜地馬拉，當了新娘，嫁給一個比她大很多，結過婚卻沒有小孩的男人。當時她還很依賴她那當猶太祭司的父親，也不想離開在開羅的親人，她知道那將會永遠離開他們。儘管她已經懷孕了（這個孩子生下來就死了），她還是跟我爸吵架，舉行婚禮的幾星期後，她回到娘家，住下來。她頑強的拒絕他的懇求，直到有一個安息日，他過來看她，當著她全家人的面，我爸，一個四十二歲的成年人，用力跺腳：「蘇菲亞，我們是一體的，我的腿跟你的腿，永遠要同步前進。」

這種姿態說服了她。

山繆爾先生死了以後，我媽失去了活下去的動力。安東尼奧說，她變得健忘，把東西放在不該放的地方，因爲她腦部的血管堵住了——動脈硬化，但我不理會他的醫生言論。她五十八歲那年，開始慢慢走上我爸的那條路。

一開始，我媽一天當中會重複說同一個片語，說上三到四次。不久，她開始重複整個句子，她問問題，卻忘了記住答案，五分鐘內，她一再提出同樣的問題。看著她退化，進入單純盲目的癡呆狀態，實在令人痛苦。

服侍了一個自我中心的丈夫四十年之久，養育了四個孩子，從來沒有自己的生活之後，她該怎麼辦？跟其他的寡婦一起喝下午茶？到「馬加比」玩撲克牌？探望散居中美洲各地的孫兒女？她過了七年才死去，但是幾乎是從山繆爾先生的葬禮開始，她開始喪失記憶力，像一只斷線的風箏飛向遠方，它越飛越高，越飛越高，飄到雲上，越過山脈、火山、叢林、珊瑚礁、海洋與岸邊、非洲的高山、沙漠和綠洲，直到它降落在開羅的童年裡。她成爲阿拉伯童謠裡的一座噴泉，這童謠開始了，卻從未結束，一直唱著她的母親、父親和兄弟們的故事。最後，她生命中的最後兩年，她無法控制排便，因而穿上尿布，之後，她忘了所有家人的名字，把我們從她腦中永遠抹去。我們俯身親吻她的時候，她像陌生人一樣的看著我們。就連艾倫，與她同住的艾倫，也不認識。她用懷疑的眼光注視我們，突然間（她認出我們了？）她低下頭，把臉埋在我們的掌心，發出哼哼的聲音。只是不停的哼啊哼的。

她花了好幾年的時間才死去，我想，這讓我爸有足夠的時間來準備他們將要共度的來生。我爸需要許多空間，她很早就認識到這一點。費莉西亞捶胸頓足；大衛，甚至艾倫，都流下眼淚。我呢？我像一朵乾枯的花，悲傷，是的，很深的失落感，但我流不出一滴淚。

艾倫的死對我造成不同的影響。我情緒低落，不吃東西，不跟人接觸，整天躺在床上。艾倫死後頭幾天，我不知道愛絲佩瑞莎是怎麼忍受我的。要是她沒有推我起來，對我大吼，我可能會縮成一團，就這樣死去。

艾倫被殺死了，事情就這樣發生了，就在經過了四十年的恐懼、無知與憤慨，我們正要開始了解彼此的時候。在醫院的最後一個下午，也許了解這個字眼用得太樂觀了，我們只是把對方的話聽進去了。從我拋棄懷孕的索爾妲，讓她沉浸在怨恨裡，我就太過害怕以致於無法坦率地理解別人。

我就像水結成了一大塊冰。

認識愛絲佩瑞莎讓冰山的尖端出現裂縫。經由她，冰山開始緩慢的融化，毫無疑問，她的愛加快了融化的速度。我心中那個害怕的小男孩慢慢死去。也許看到我兒子，能幫他擦去唇邊的鮮血，有助於讓我痊癒。抱著他的頭，感覺這個我曾參與創造的生命，雖然在沒有我的狀態下過生活，但他活著，而且大致無恙。

然後，有一天，冰塊眞的融化了，水湧出來。

我醒來，準備面對艾倫的死。也許我還得花上二十年的時間，才能接受這件事，但我突然覺得我有充分的時間。我心中有某種東西打開了；我不知是否還有別的方式來描述這種感覺。現在，即使艾倫的肉體消失了，他還是活在我裡面，在我的記憶裡，在我的夢裡。我們可以談天說地，開口道歉，重新考慮，學習信任，捧腹大笑，擁抱彼此，終於了解彼此是什麼樣的人。我們可以學習彼此接納，即使做不到彼此相愛。

我們的人生大部分花在扮演預定的角色上，艾倫，家裏的大哥，嚴格莊重、不苟言笑，背負沉重的責任。而我，小他幾歲，魯莽冒失、目中無人，即使是最小聲的呼喚，要我負擔義務，也會把我嚇跑。這一切安排、包裝得如此巧妙，這是一種方法，讓我們不去面對自己，繼續過著忙碌的日子，避開親密，接受我們投射在對方身上的浮面形象，不去了解彼此。當我們輕視彼此，太多的藐視，不勝枚舉，而不努力穿透心中成見的防衛屏幕，我們就把那印象加在對方身上，彷彿這樣過日子比較安全。痛苦而安全。

他走了。他的死，徹底衝擊我的內心，也釋放了我，讓我掙脫他在我心中的封凍形象，也掙脫我在他心中的封凍形象。

要是這些話聽起來非常奇怪，我只能說抱歉。這只是輕微的覺醒。眞相是，已經有太長的時間，我一直否認我需要哥哥的愛。是的，現在他走了，但我不讓他的死扼殺我們之間和解的希望。

儘管我們試著不對外公開喪禮，艾倫入土後，在摩根大衛會堂的悼念式，還是變成了人群湧入的盛會。我不該覺得驚訝，畢竟他曾在「國家之友」與瓜地馬拉商會中十分活躍，生前又是瓜地馬拉猶太團體的會長。此外，他也是一場失敗的搶劫案的受害者，他成爲最新的象徵，代表瓜地馬拉的死亡與暴力行動的惡性循環，必須加以根除的原因。前來致哀的政客、企業家與勞工領袖在會堂前的石獅子旁邊合照；中美洲各地的猶太團體發電報慰問羅妮亞；盧卡斯總統派人送話給金斯堡的繼任者葛里克曼拉比，告訴他巴加維拉佩茲省的省會薩拉瑪有一條街將改名爲「艾倫．艾塔勒夫路」，以紀念我哥哥。對於一個人民唾棄的總統來說，這倒不失爲一種恰當的表示。薩拉瑪，我們家沒有人去過那裡，以後也不會去，除了現在去那裡朝拜。盧卡斯總統流放了艾倫的名字，將它驅逐到薩拉瑪，宛如拿破崙晚年被放逐到厄爾巴島（Island of

Elba)。

讓山繆憤怒的是，在會堂大門那邊站得筆直的蘇爾坦也跟群眾講話，談論艾倫對猶太教和猶太復國運動的投入。儘管艾倫從未到過耶路撒冷，他仍堅持每個孩子都要學習希伯來文，而且至少要在以色列的集體農場住上半年。蘇爾坦含淚暗示，無論對猶太團體、對艾倫可愛的子女，還是對他悲痛的遺孀羅妮亞來說，他都扮演了關鍵角色。他要大家排成隊伍，對羅妮亞表現溫情和關心，讓她知道艾倫對大家有多大的意義，大家會多麼想念他。

「他是一個鬥士，爲上帝與國家服務。」我很確定，蘇爾坦一面粗聲說話，一面朝著盧卡斯總統的使者點頭。

「殺死這個混蛋。」我聽到山繆咬牙切齒的說：「他燒毀自己的店，好拿到保險金。」費莉西亞威脅他說，要是他不住嘴，她就要跟他離婚。

蘇爾坦談到艾塔勒夫公司，它如何成爲家庭企業，如何總是走在前面，推動立法，改善工人的處境，提高薪資，改善社會福利，給工人補償金，擬定退休計畫。蘇爾坦沒有提到，其他的企業界領袖和掌權的一小撮人，包括他自己，強烈反對艾塔勒夫家的立場。

「異教徒會紀念艾倫，把他看成不分宗教，幫助每一個人的那種猶太人。」蘇爾坦指出。他的假牙滑掉了，因此不得不重複說了好幾次。「艾倫的兄弟姐妹也會紀念他，記得他總是在感情與金錢方面提供幫助。他的父母老病交加，衰弱無力時，是艾倫堅持要他們跟他住在一起，就像一個優秀的猶太人，過著舒服、有尊嚴的生活……」

蘇爾坦又說了半小時，一場適合由凱撒或亞歷山大大帝來講的喪禮演說。幸運的是，他沒有聾，終於聽到了悉悉嗦嗦的腳步聲。他用最大的音量總結說：「艾倫活著的時候是個猶太人，死了也是猶太人。願我們永遠記得他，願他的名字以燙金字體刻在《生命之書》（*Book of Life*）上。」

阿門。

會堂的悼念式結束後，我們全家人在羅妮亞的房子裡聚會。所有的親人都到了，除了山繆和費莉西亞的么兒丹尼，他的太太即將在紐約臨盆。

死亡裡的新生，我想，永遠是好兆頭。

艾倫的朋友前來致哀，大啖羅妮亞的女僕們爲喪禮準備的魚子麵包。愛絲佩瑞莎緊跟在我身旁，一大堆不認識的人，強烈湧出的情感，都讓她害怕。也許她想到死去的母親。我們坐在鋼琴室，從客廳沿著L型走道過來，要走三十五步。這時，山繆突然一把抓住我。他對艾倫向來沒有好感，尤其在我哥哥變得富有以後，用山繆的話說，就是「忘本」。

「我不明白，馬可斯。」山繆說：「怎麼會發生這種事？我就是想不懂。你比較了解你哥哥，拜託你告訴我。」

「蘇爾坦爲什麼能出來講話？」我躲避他的問題，心裡卻非常清楚他要問的是什麼。

「不要管那個混蛋。」

愛絲佩瑞莎插嘴道：「我想他是指這一切，馬可斯。搶劫案，你哥哥的死。」

山繆點點頭。「費莉西亞跟我解釋過一百次，也許一千次了。我能明白車子裡發生的槍擊案。在邁阿密，這種案子隨時都在發生。但是我不懂在醫院怎麼會——」

「非常恐怖，山繆。」我還是想規避：「到處都是血。」

「我不是這個意思，馬可斯。」

「他的意思是，」費莉西亞走過來，紅著眼眶，臉卻是死白的：「爲何有人要在醫院殺死艾倫？山繆總是覺得有陰謀在進行。」

「說給我聽。」山繆大聲威嚇。

「我只是希望，一次也好，你能不要這麼多管閒事。讓它去吧。」費莉西亞對丈夫說。

他瞪著她。「我正在用一個簡單的問題，來煩你弟弟，是嗎？」他轉向我：「你被我煩到了嗎？」

「沒有，山繆。我只是不知道該說什麼。也許搶犯認爲艾倫認出了他，不想被告發。也許他們彼此認識。」

他懷疑的看看我。「一定有人有比較好的解釋，一定有人知道發生了什麼事。難道這個國家再沒有一點法律或正義了嗎？」

「你應該知道，山繆。」我答道：「你在瓜地馬拉住了二十年，你不會忘記以前它是什麼樣子。烏必柯強迫印地安人像奴隸一樣，在咖啡園裡辛苦工作的時候，當他們被控不好好做事，偷偷種玉米的時候，你也在這個國家。」

愛絲佩瑞莎用手臂圍住我。我親吻她的手。

「一個躺在醫院病床上的人，剛動完手術，半睡半醒，突然間，在神不知鬼不覺的情況下，兩個兇手上了醫院的五樓，對他打了二十槍，然後揚長而去。沒有人看到任何東西。沒道理。你怎能接受這件事？」

「我不能。」我嘆息道：「但是我們都需要把日子過下去。也許殺手就是朝艾倫的店扔炸彈的人，好幾個月以來，他一直想從艾倫身上榨出些錢，也許他終於不耐煩了——」

至少這是一種能取信於人的說法。

「不調查了？」

「我想沒有了。警方已經停止尋找兇手的努力。他們沒有足夠的線索。」

「就像我告訴你的，山繆。」費莉西亞吹噓道：「你總是忘記，這裡不是美國。」

「美國也會發生這種事。」我說：「美國工會領袖荷法（Jimmy Hoffa）是被誰幹掉的？我們在瓜地馬拉的報紙上隨時能看到這種新聞。美國每年有幾千人被殺。」

「混蛋！真是混蛋！你知道，艾倫和我看法不同，但是沒有理由的槍殺一個人，這是犯罪——跟納粹一樣壞，更壞！我看過幾個這樣的人。馬可斯，我太老了，但是你還年輕，你必須做點什麼。」

「我正在做，我們正在做，愛絲佩瑞莎和我決定離開瓜地馬拉。」

山繆的臉皺起來，他只是點點頭。

費莉西亞驚訝的看著我，蒼白的唇沾著糖粉。「什麼時候決定的？馬可斯，我頭一次聽你說。」

「槍擊案發生的時候，費莉西亞。我在公司沒有未來，大衛已經清楚的表明了。我想，你還沒聽說，門多薩，我的夜總會的房東，在艾倫死的同一天，也在另一個事件裡被人殺了。既然他死了，我勢必得關店。他太太想賣掉這棟房子。還有，夜總會也在虧錢。」

「你要去哪裡？」

「你可以去邁阿密。跟我們住在一起，直到你安頓下來。」山繆說。

「謝了。我們考慮去墨西哥市，愛絲佩瑞莎有個朋友住在那裡，我們覺得那邊很安全。」

「目前來說。」山繆警告說。

我點燃香菸。「說得對。我想，我也許能在那裡找份不錯的工作。墨西哥的石油這麼賺錢，一定很需要有管理經驗的高階主管，大衛可以跟人推薦我。即使不當主管，我還是可以去賣牛仔褲。」

「你跟大衛商量過了沒有?」費莉西亞問。艾塔勒夫家的人不應自作主張，事先不徵詢這位家庭企業魔法師的意見。

「他知道我要走了。」

「公司不可能重新僱用你?」

我吸了一口菸。「從公司目前經營的情況來看，不太可能。大衛說，公司可能必須關閉薩爾瓦多的所有工廠，這是結束營業的開始。他不得不做一天停一天，因爲總有一枚恐怖份子的炸彈擊中某一家發電廠。」

山繆拍打膝蓋。「我就知道薩爾瓦多會發生這種事，瓜地馬拉也會。三十年前我就看出來了，人們踐踏可憐的印地安人，就像踐踏塵土。他們也是人，就像你和我一樣。我對艾倫說了一百次，他根本聽不進去。他總是微笑，總能說出一個聰明的答案。」

他聽進去了，山繆，他當然聽進去了。

只是這一次，最後一次，另一個人說出了答案。

尾聲

我原本可以按照我所拼湊出來的結果，告訴山繆更多的眞相，但是我不希望他或任何人追查下去。繼續讓他們以爲放炸彈的人和槍殺他的人是同一個，而兇手早已經逃之夭夭。沒有人有心情去揭發眞相，某些人覺得不用去追索沒有價值的揣測。其次，瓜地馬拉早就陷入自己的危機。安格爾將軍仍以壓倒性勝利當選總統，儘管許多人譴責他欺騙民眾，大舉做票。傳說有幾個反對盧卡斯總統和他欽定的繼任者的軍方派系，將對總統府發動政變。

艾倫死後幾天，決心不讓一家人分崩離析的羅妮亞，跟山姆、蘇菲和嚇壞了的法蘭西斯柯，一起主持「偉大宮殿」重新開張的活動。丹恩和瑪莉娜在舊金山找到避難所，永遠不再回來。羅妮亞讓所有不合理的事件跟丈夫一起入土。毫無疑義，艾倫的確是死了，再怎麼追查也不能把他追回來。是時候了，全家人應該努力投入，藉著振興「偉大宮殿」，對我哥哥表示敬意。

我也經歷了許多極力想忘掉的詭詐計謀。聽到愛絲佩瑞莎和我要去墨西哥，卡斯特納達決定僱用我，讓我擔任他的私人投資顧問。傳說墨西哥披索要貶值；許多人開始買進美元，資金流出墨西哥，因此卡斯特納達需要一個可靠的人來管理他在墨西哥的投資。愛絲佩瑞莎和我不久就要搬過去，現在工作已經有了。

我夢裡的艾倫開始鼓勵我把許多看來不相干的線索放在一起，令人意外的是，他厭倦了讓我被謊言和欺騙包圍。他在不同的場合裡告訴我，只要剝去表層的碎片，我就可以除掉每個人視爲眞實的生鏽塵垢。這時，我會找到眞相。大衛察覺了我的心思，他提到探長態度堅定的建議，不要管了，讓它去吧。然而，艾倫慫恿我去調查，去找出殺死他的兇手。波提羅是對的；調查是一件充滿陷阱的事情，尤其在當局努力淸除一切線索的情況下。謊言已經發佈，所有的人參與演出。我並非不了解這麼做有它的意義，但是爲了對艾倫表示尊敬，我必須展開自己的調查。

維拉失蹤了，我對此絲毫不感到驚訝。總統府管薪資的秘書說，他從來沒有被總統府僱用過。他的同事和鄰居什麼都不知道，顯然他是外星人，突然在地球遇到難題，便跳上太空船，回到另一個銀河的遙遠星球。他就這麼消失了，完全不帶現金，看起來是這樣。要是找不到維拉，我就不可能從盧卡斯總統那裡追查這筆失蹤的錢。

門多薩的妻子收拾行李，到許多親人聚集的西班牙托雷莫里那（Torremolinos）度假去了。透過她留在這裡的親戚，我找到門多薩的同父異母兄弟，他在卡里劇院工作。我去找過他兩次，他總是忙著賣腰果和口哨糖，最多跟我點個頭，握個手，完全沒空回答問題。老實說，我不敢逼他逼得太緊，我不希望他打電話給門多薩的某個親信說，我去找他，鬼鬼祟祟的在調查什麼。很可能他不知情，毫不知情。

一天下午，我去看曼紐爾先生，他又在軍官俱樂部當調酒員了。兩小時的開玩笑和旁敲側擊，還是沒能引蛇出洞。他知道如何保持忠誠。我要離開時，他終於停下切檸檬的動作，對我說：「馬可斯先生，你不夠強，抓不到大魚的。」

「什麼魚？」我問。

他怎麼回答我？一個謎一般的微笑，然後，他把削下的檸檬皮丟進垃圾桶。

這時我突然明白，永遠存在、無法毀滅的門多薩可能根本沒有死，他只是設下一個複雜的計畫，以便舒適的度過餘生，跟他的家人在一起，在西班牙的海邊尋找貝殼。

在瓜地馬拉，任何事都可能發生。

愛絲佩瑞莎同意曼紐爾先生的看法：「這件事結束了，馬可斯，完結了。」我們把書籍、瓷器、廚房用品和各種小東西裝進堅固的紙箱，它們即將上路，沿著泛美公路運到墨西哥市。

「我想你是對的，但我還是——」

「還是一無所獲。」愛絲佩瑞莎把一縷頭髮從嘴邊拉開，用髮夾束到腦後。

「我討厭這種電話打不通的感覺。」

「這不是電話打不通。你是通不了的，這支電話已經停用了，電線被切斷了。你必須接受這個事實，就是你永遠不曉得誰殺了你哥哥，維拉、『藍手』、盧卡斯總統、門多薩自己、他的朋友艾圖利亞、游擊隊，還是某個你根本沒有想到要去懷疑的人。」

「克莉絲汀娜！很可能是她，因爲嫉妒而下手。」

愛絲佩瑞莎揚起一邊的眉毛，繼續裝箱。

我走到堆放的紙箱旁邊，從客廳的窗子向外瞭望西普列索村（Colonia Cipresal），一座建在雨水侵蝕的陡峭峽谷上的新社區，幾百個印地安人從這片土地上的簡陋小木屋和鐵皮屋被逐出，以利於建造樓中樓豪華別墅。利率升高與革命行動的威脅，讓這些營建計畫紛紛停擺。於是一戶戶印地安人回來了，收回他們陡峭的土地，如今這片土地已經鋪了石造的地板。

「我很難接受這個想法。」

「我知道，但是你必須放手。」

「放手，放手！」我憤怒的重複著。

愛絲佩瑞莎走到我面前。「是不是還有別的事讓你心煩？」

我的眼睛往外看，瞪著水泥地基隔成的許多空格，由於不明智的規劃、腐敗與疏失，偉大的夢想磨損殆盡。但是塵土回來了，來要求屬於它們的東西。剩下的一切是它們的了。

「萬一我們到墨西哥以後，過得不順利，那該怎麼辦？」我雖很想找出殺死艾倫的兇手，但這份狂熱並未遮蓋其他的考量。「我習慣住在比較小的國家，這樣我可以掌握事情運作的方式。墨西哥很大，那裡的情況不一樣。」

「如果你不喜歡那裡，我們可以到別的地方去。」

「去做什麼？」

愛絲佩瑞莎沒有答話。她學會了忽視用審問口氣說話的我，繼續用衛生紙包裹玻璃杯。我看到窗外有個印地安人，背上背了五十磅引火用的木條。他讓我想到我爸，沿著小徑上山下山，穿著三件頭的西裝——英國式的剪裁，布料上有人字紋——擦亮的皮鞋，站在雷塔盧萊烏（Retalhuleu）外圍的山坡上。他的貨品堆在肩頭，包在我媽縫製的白布包裡，這一大包就像他背上長出來的一個大瘤，一隻敍利亞的駱駝，會說一點馬姆語和基切語，剛好夠跟他的顧客，住在高地的印地安人，打交道。

「我們會變成吉普賽人。」我說。

「還有更糟的情況。」

這種自憐的心情實在可笑。軍方並沒有燒燬我的房子，我的子女並沒有被殘酷地殺害，我沒有遭到拷問，被送進墨西哥邊界另一邊滿地泥濘的難民營。這是墨西哥市，對我來說，就像美洲的巴黎。我想到阿根廷、智利、烏拉圭和巴拉圭的人民，他們逃離軍人專政的祖國，儘管什麼也沒帶出來，還是很高興能全身而退。

「半個美洲的人最後都會落到靠一只皮箱過活的境地。」

愛絲佩瑞莎停下來。「馬可斯，你是怎麼啦？你的樣子好像是第一次被迫搬家。」

我沒法不去想。「瓜地馬拉永遠是我的家。我的父母來到這裡，爲了逃避上帝才知道的某種東西，來建立新生活，爲了自己，爲了孩子。我在這裡出生，現在看看我們！像野草一樣散落各地，到美國和中美洲過日子。沒有人是安全的。現在我們也不得不搬走了。」

愛絲佩瑞莎走過來抱住我。「你哥哥艾倫已經死了。我知道。你可以回來，到他的墓上看看他。」

「還有亞伯特。這些年來我思考、擔心、幻想著相認的一幕，我們會握手，還是擁抱著親吻對方？我們會談什麼？當我有機會的時候，爲什麼不直接告訴他，我就是他爸爸？他不會拒絕我的。現在我要走了，再沒有機會見他。」

「別傻了，馬可斯，你隨時可以回來。我們不是去西伯利亞。」

我清醒了一下。「說得對。而且，沒有我他還是活的下去，他是倖存者，他會沒事的，他有個像鐵釘一樣強悍的媽。」然後，驚慌的感覺重新淹沒了我：「我應該看好我哥哥的。」我哭鬧起來。

「艾倫絕對不會讓你爲他擔心，他從未讓你接近他。你已經說過一百次了。」

我看了一眼我的床。床上那條摩摩斯特南戈的毯子，是我爸媽到瓜地馬拉後，蓋了一輩子的。他們死後，艾倫拿了爸的懷錶，費莉西亞拿了他們的結婚戒指和媽的金手鐲，大衛拿了媽的珍珠項鍊。我拿了這條毯子，已經磨破了，邊緣起了毛，然而顏色依舊鮮豔。它在我爸媽床上放了三十五年。後來我和許多女友，用瘋狂的特技做愛場面褻瀆了它，然而對我來說，它永遠帶有緬懷的深刻回憶。

「可憐的艾倫。」我看著毯子上呆板的人物圖案，幾乎像用紙剪出來的，「他非常孤獨。有一次，我們小的時候，那年也許我七歲，他十歲，我爸媽帶費莉西亞出去了，留下艾倫和我照顧大衛。我自然跑了出去，在街上踢足球，街道其實是一條雨水漫溢的骯髒溝渠，我爸媽一走出轉角，我就出門了。艾倫也想出來玩，跟我們在一起，從他臉上的表情看得出來，但是早在那個年紀，他就被責任感壓住了。也許是艾倫說的，他說我爸交待的，只要我爸不在就由他管事。我是個混蛋，玩了幾小時，弄得精疲力竭，我從未想到進屋裡看著大衛，讓艾倫有機會出來玩。我覺得只有我享有這個特權。」

「那時你只是個孩子。」

「只是個孩子。」我摸摸毯子：「我非常知道我在做什麼。我看到艾倫的眼睛裡燃燒著渴望。」

「他原本也可以出來的。」

「從來沒有。他只是坐在屋裡，手臂壓在窗檯上，手托著下巴，看著我們流汗、踢球、大聲歡笑。我以為大衛在睡覺。」

愛絲佩瑞莎走過來：「回想這些事，尤其是現在，並沒有好處。」

「我應該照顧法蘭西斯柯。」我喋喋不休的說。

「羅妮亞會照顧他。」

「這孩子彆扭的緊——」

「你只是傷心。悲傷會過去的。相信我。」

「如果不過去呢？」我微微顫抖。

「這不是你的錯。」愛絲佩瑞莎耐心的說：「你知道，我經常為艾倫說話。我覺得，有時候你對他並不公平。但是這並不表示，我不覺得他在庇護你。他經常如此，而且他的態度有時非常看輕別人。但是你不能因為你覺得忽略了艾倫，就要照顧他的兒子做為補償。你甚至不喜歡法蘭西斯柯。」

「我應該就這麼忘掉我對艾倫做過的事？」

「艾倫原本可以出來玩的，但是他沒有這麼做。這些年來，他不能信任你，徵求你的意見，尋求你的友情。這是他的選擇。」

「他的選擇，或是我的失敗。」我糾正道。任何一刻，我的痔瘡都會脅迫的搔癢起來。太不公平了，這種無能的感覺。

艾倫成爲祭品，這隻被獻上的綿羊，不久就會爲人所遺忘，而我既不知道是誰殘酷地殺了他，也不知道行兇的原因。就是這樣，這扇門被人關上了，上了閂，封死了。不只是這樣。艾倫和我再也不能坐在一起，如同我們一生中少數幾次的相聚，一起喝酒、抽菸、談天。

「你還有日子要過，馬可斯，而且是跟我一起過。」我聽到愛絲佩瑞莎在說。

我凝視她。她的黑眼睛深深看進我的眼睛，她的眼睛有一種永恆，彷彿一出生就認識我了。愛絲佩瑞莎是我愛的女人，她是我生命的一部分。

然而事情還沒有完。

我們去墨西哥的前一晚，夜深時分，客廳的電話響了。愛絲佩瑞莎通常很容易驚醒，這次卻只是動了動，翻個身。我趕緊從臥房出來接電話。

我感到驚訝，是波提羅探長打來的。「我要告訴你一件事，艾塔勒夫先生。」

「什麼事？」

「你不會相信的。」他取笑道。

「探長，現在是凌晨三點，明天愛絲佩瑞莎和我要開車去墨西哥市。」

「你應該延後出發的時間。」然後是一段僞裝的沉默，他說：「我找到維拉了。」

「所以呢？」

「他知道某些關於盧卡斯總統的非常有趣的事。還有，關於我們的好朋友門多薩的事。」他自豪的說：「我們快要找出眞相了。」

我把電話放在赤裸的大腿上，揉揉臉頰。我感覺好奇心流到身體之外，剩下的是寧靜的震顫。我呼吸著，感覺到空氣，現在的空氣很純淨，深深穿透我的肺。我聞到玫瑰花、點燃木柴，還有雞肉脂肪的味道，彷彿置身於奇奇卡斯特南戈市郊的高地松林裡，在基切族的石神面前參加一項永恆的儀式。這是一項潔淨與純化的儀式，一項給予自由的儀式。我覺得，我可以從身體裡飄浮出來，完全不受阻礙，飛越遼闊的湛藍穹蒼。

波提羅探長的聲音在呼喚：「艾塔勒夫先生，艾塔勒夫先生。」電話傳出的聲音，搔得我膝蓋發癢：「你聽到了我說的話嗎？」

「我沒有興趣。」我衝口而出。

「你這是什麼意思？維拉證實了這件事。這是圈套。從一開始——」

「我不想知道。」

「但是，馬可斯，你要的就是這個，要揭發眞相，要讓罪犯受到審判，要爲你死去的哥哥復仇。」他急切的說。

我想不出該說什麼。局面扭轉了。在電話的另一端，我的搭檔發揮意志力，履行他的角色。

波提羅可以調查，這是他的工作。我聽到探長幾乎在吼叫了。他的眼睛一定凸了出來，嘴角沾了幾絲唾沫。

我再沒有說一個字，就把電話線拔掉。我覺得非常輕鬆。

我回到床上，愛絲佩瑞莎又動了一下。

我親吻她的額頭，沉入深深的睡眠。

國家圖書館出版品預行編目資料

天殺的熱帶日子 / 大衛.昂格(David Unger)著
; 汪芸譯. -- 初版. -- 臺北市 :
大塊文化,2007[民96]
面 ; 公分. -- (to ; 42)
譯自 : Life in the damn tropics

ISBN 978-986-7059-57-4(平裝)

874.57　　95025201

LOCUS

LOCUS

LOCUS

LOCUS